王晓燕 ◎著

多维视野中的康拉德研究

北京大学出版社
PEKING UNIVERSITY PRESS

图书在版编目(CIP)数据

多维视野中的康拉德研究/王晓燕著.—北京:北京大学出版社,2013.8
ISBN 978-7-301-22821-0

Ⅰ.①多… Ⅱ.①王… Ⅲ.①康拉德,J.(1857~1924)-小说研究
Ⅳ.①I561.074

中国版本图书馆 CIP 数据核字(2013)第 151209 号

书　　　名:多维视野中的康拉德研究
著作责任者:王晓燕　著
责 任 编 辑:魏冬峰
标 准 书 号:ISBN 978-7-301-22821-0/I·2654
出 版 发 行:北京大学出版社
地　　　址:北京市海淀区成府路 205 号　100871
网　　　址:http://www.pup.cn
新 浪 微 博:@北京大学出版社
电 子 信 箱:weidf02@sina.com
电　　　话:邮购部 62752015　发行部 62750672　编辑部 62750673
出版部 62754962
印　刷　者:三河市北燕印装有限公司
经　销　者:新华书店
965 毫米×1300 毫米　16 开本　16.75 印张　241 千字
2013 年 8 月第 1 版　2013 年 8 月第 1 次印刷
定　　　价:36.00 元

序

优秀的博士学位论文总能够经历时代与学术潮流的冲击，以其学术观念的深刻独特而不会被后来者遮蔽，其所创造的学术价值，并不会因为时间与空间的变化而流失。笔者窃以为，从游博士生王晓燕的博士论文《多维视野中的康拉德研究》就是这样一篇论文。

记得笔者青年时期到美国图兰大学英文系作博士后研究，时任系主任的英国维多利亚文学专家詹尼斯·卡里斯勒(Janice Carlisle)教授亲任指导教授。初次见面时，笔者请她推荐几位西方文学与文化研究的优秀博士论文。她推荐的名单相当庞杂，我记得其中有马克思的《德谟克利特的自然哲学与伊壁鸠鲁的自然哲学的差别》，美国后现代主义理论家弗里德里克·杰姆逊(Fredric Jameson)的博士论文《萨特：一种风格的起源》(耶鲁大学)等。其中虽然有的我在国内已经读过，但仍然在图书馆借了英文版认真阅读，并且作了详细的笔记。研究西方博士论文，居然有了一种意外的收获。这就使我对西方学位教育体制与博士论文文体有了较为明晰的概念，特别是当代西方文学博士论文，我前后读了大约有 50 余部。在图兰其间，蒙卡里斯勒教授伉俪不弃(卡里斯勒先生是著名的莎士比亚研究专家)，我参加了系里的博士生指导工作。博士生温曼·芭芭拉正在撰写博士论文，选题是 18 世纪后期美国西部流传的中国戏曲。这是一篇杰出的比较文学戏曲研究论文，芭芭拉搜集了当年的中国广东移民与华工在加利福尼亚等地演出的中国戏曲的资料，笔者帮助她解读了部分汉语资料，论文在全美莎学大会上宣讲，引起轰动。笔者忝列指导小组成员，不胜荣幸。卡里斯勒教授与芭芭拉对笔者所提供的意见在会议上表示了感谢。在莎学研究中提到一位中国学者的意见，这在当时美国莎学研究会的年会上尚不多见。

当时笔者的博士论文早已经出版多年，并没有想到多年后这些西方博士论文仍会对自己有相当重要的参考价值。岁月倏忽，当笔者在苏州大学比较文学与世界文学专业任博士生导师，自己指导博士生后，才有了感触。当时国内博士论文写作的经验相对不足，有的指导教师自己也没有经历过博士论文写作与答辩的严格训练，所以相当多的博士论文不合规范。无论是论文选题、材料搜集、论文中心观念的推敲、结构的组织、资料的梳理与利用、主要观点的论证与阐发、作者观点的确立、论文引文等方面，都有明显的不足之处。在这种情况下，笔者在自己指导的博士论文中，要求严格按照国际博士论文特别是常青藤院校的论文规范来作，当然，我并没有盲从西方的模式，而是结合了中国博士论文的特有规则来要求博士候选人。

多年后，反观这一段实践，得大于失，因为出现了不少篇优秀博士论文，当年从游的博士中，如今不少都已经晋升教授和副教授，担任了博士生和硕士生导师，其中更有一些青年才俊担任多所综合性大学外国语学院院长等职务。更为可贵的是，多年来，他们坚持学术研究，矢志不渝，经常回到母校来，交流学术。我们近年来一直在承担国家社科基金教育部和国家部委的各种课题，他们本人都有自己的课题，并且经常互相协作进行研究，形成一个团结合作、锐意创新的学术团体。

现在任教于中国传媒大学的王晓燕副教授的博士论文就是其中一篇优秀论文。论文选题具有创新性，以具有深远影响的英国当代作家康拉德研究为对象，从康拉德研究的多维视野切入，这本身就是一个具有全球化时代学术特色的切入点。“康拉德热”本身就是21世纪中国的世界文学与比较文学研究中的一种突出现象。

随着中国作家莫言获得2012年诺贝尔文学奖，中国学术界极为关注世界诺贝尔文学奖得主。但事实上，并非所有获得诺贝尔文学奖者都具有世界性影响，而那些没有获得诺贝尔文学奖却能产生世界性影响的作者，无疑更值得反思与关注。康拉德就是这样一位作家，他虽然并没有获得诺贝尔文学奖，但是在世界文坛，甚至在诺贝尔文学奖评委会中，他的影响很可能远远胜过其中的一些获奖者。

2001 年,诺贝尔文学奖授予出生在英属殖民地西印度群岛特立尼达的印度裔英国作家奈保尔,在瑞典文学院的颁奖词中称:“奈保尔是康拉德的继承者,他从道德观的角度,也即从对人类造成何种影响的角度,记录了帝国的兴衰变迁。他作为叙事者的立足点在于他对其他已经被忘却了的被征服国家的历史的记忆。”

从中当然可以看出诺奖评委会对康拉德这位作家的推崇与评价。但是也提醒我们不可忽略一种重要话语:所谓“已经被忘却了的被征服国家的历史的记忆”。我们重述这一观念,是因为在王晓燕的博士论文中,这正是一个重要的理论焦点。

这是一个世界关注的理论话题,因为它是康拉德著作与研究的核心,能否揭示其意义与价值,是考验中国当代学者特别是世界文学研究者的一种难题,需要一种世界性的求解。而文学理论与批评的研究,经历了 20 世纪连续不断的理论高潮的冲击,已经淬炼成为高度理论化的领域。以这种话语来阐释或是评判这一难题,其研究重要性与理论高度是可想而知的。

王晓燕博士论文的价值正在于此:用中国古人的话来说,是“矫讹翻浅,还宗经诰”,这是一种推开浮层,以“迹坚求通,钩深取极”的方式来运作。当论文中举起跨文化的旗帜,以神话原型批评、文化人类学、叙事学与形象学多种方法,有条有理,循序渐进,揭开康拉德这位颇具神秘色彩作家的真谛。

“流散文学”主要是 20 世纪文学的产物,特别是英语成为世界中心语言之后,殖民地或是其他被征服国家,“第三世界民族文学”(杰姆逊语)的作者,以英语写作,从属于宗主国话语,被西方理论认为是文化一体论的全球化文学现象。论文揭示了康拉德的波兰背景与世界游历经历和多元文化语境的在场。这种典型的移民作家在流散过程中的矛盾心态本土文化是无法摆脱的,虽然他说英语与用英语写作,但是自视为“血统高贵而纯正的波兰贵族”,这其实正是他的“波兰根”。天翻地覆的社会变革,使得个人命运就像那怒海狂涛中的小船一般,在波山波谷中颠簸,随时面临灭顶之灾。尤其精彩的是，论文中揭示了康拉德这位天才的语言大师，运用波兰母语、俄语、法语、英语在语言选择和语言转换过程中的挣扎，指出这是一种主体的文化分裂。这就是以后现代精神分析学家拉康等人的理论，将康拉德研究推进到了一个新的后殖民主体特性的层次，而且以多种方法深化了这一主题。

从文化人类学的视野来解读康拉德的文本价值，正是深化主题的重要方式，这是一种超越时空的叙事，既有非洲原始文化特性和马来土著民族的习俗这种在帝国统治下的殖民地本土文化的延续性，更有理性反思，对殖民者所倡导的“文明”、“教化”等霸权意识的历史反思。其余还有从神话原型批评视野进行的探讨，包括作家对圣经和古希腊罗马神话题材的创造性运用，勾勒出康拉德文本中主要的神话原型模式。如“离家与放逐”、“替罪羊”、“蛇意象”、“游历和探险”等神话话语，其中，希腊神话中的海外冒险神话、金毛牛的追索等，被用来讽喻近代以来西方殖民主义者一手举剑、一手托着福音书，瓜分世界各大洲，进行殖民统治的历史。王晓燕博士指出，真正黑暗的不是非洲大陆，而是殖民者的内心，是屈从于这种殖民侵略的蒙昧心态。

笔者完全赞同王晓燕博士的观点：论文的核心其实是探讨康拉德的叙事艺术，是通过具体文本分析，来阐释康拉德在叙述者功能、叙述结构和叙述语言方面的创新。从一种无意识叙事的角度来看，康拉德其实是一位杰出的文体形式革新者，这种康拉德式的混杂叙事技巧：含混模糊的主题、分割交错的时空、多重变异的角度与歧义矛盾的语言，构成了一个后殖民主义作家的独特叙述话语，这是一种对话，是殖民文化与宗主国文化之间的历史对话。正如专家们所指出，这一观念的提出，是王晓燕论文的一个重要学术创新。而以笔者看来，无论是否赞同其看法，这种探索都是值得肯定的，学术研究的终极目标是理论创新，这已经是无可否认的原则了。

这样我们也就理解了博士论文规范的重要性，它表现为，选题具有相当分量的学术价值，涵盖一定的研究领域价值，是科学研究的论文，而绝非率尔操觚、轻薄为文的浪费文墨。同时必须有合适的切入角度，博士论文一般要求资料新而且全。这一特点是学位论文所必须坚持的，不能为了“美文”的代价而舍弃学术原则。当然也并不提倡公式化或是资料堆积式的“掉书袋”或是“獭祭”、“积薪”。特别值得一提的是，在写作论文期间，作者远赴美国和英国搜集大量最新的参考文献，此即所谓“取铜于山，而非买铜于市”的获取资料方法。

从理论角度来看，论文的大思路清晰，论证过程深刻严谨，从中可见作者思考的勤奋与独到。语言是地道的学术语言，而且风格晓畅，这都是该论文的可贵之处。

在我所主持或参加过的多次校内校外博士论文的答辩中，王晓燕的论文让答辩委员们感受到了学术创新的激情，因此自己的见解也必欲一吐为快。

在吸收答辩委员会、评审专家的意见后，王晓燕对博士论文进行了精心修改，现在即将付梓，嘱余以为嚆矢。余不揣简陋，直抒己见，或有不当之处，求教方家以为正焉。

苏州大学方汉文

壬辰年岁末写于苏州大学牧鱼楼

目　录

绪　　论

约瑟夫·康拉德(Joseph Conrad,1857—1924)是20世纪初最有争议的作家之一,人们难以给他定位,却又无法忽视其文本的影响力。随着比较文学和跨文化研究视域中对流散写作(Diasporic Writing)以及对身份认同(Identity)的关注,康拉德再次成为当今西方学术界的一个研究热点。

康拉德曾是失去家园的漂泊者,波兰贵族兼爱国诗人的独生子,辛苦劳作的水手,一个拒绝英国爵士封号的外来人,一个用非母语创作的现代主义作家,F. R. 利维斯(F. R. Leavis,1895—1978)笔下的传统英语小说家,等等。他扮演了太多的角色,平生充满了冒险和传奇色彩,是一个既传统又现代的人,人们很难对他的文学成就做出定论,他的写作风格也很不稳定,他的叙述手法和他的经历一样丰富多彩,他作品既继承了浪漫主义和现实主义的特点,又渗透着与这两种传统截然不同的现代主义色彩。康拉德处在英国文学史的一个十字路口,他标志着一个时代的结束,在他之前是查尔斯·狄更斯(Charles Dickens,1812—1870)、托马斯·哈代(Thomas Hardy,1840—1928)等人所代表的19世纪小说的现实主义伟大传统,之后则是詹姆斯·乔伊斯(James Joyce,1882—1941)、D. H. 劳伦斯(David Harbert Lawrence,1885—1930)和弗吉利亚·伍尔夫(Virginia Woolf,1882—1941)等现代派作家的崛起,而这些现代派作家不相信现实主义所描述的假定理论,他们大胆地进行文学创新实践,非现实的因素增多。康拉德的小说为这种叙事断层提供了一个过渡,对现代英语小说的写作技巧和文体革新均产生较大影响,在世界文坛享有很高声望,一些国家设有专业研究中心,如英国的"康拉德研究中心"(The Joseph Conrad Study Center),美国的"康拉德研究中心"(The Center for Conrad Studies),

还定期出版专业期刊 *Conradiana, a Journal of JC Studies* 和 *Joseph Conrad Today: The Newsletter of the JC Society of America* 等。

康拉德是文学研究中的一个特殊现象。作为一个身份不确定者和流散文学的写作者以及文学形式的创新者,西方任何一种新的批评模式出来,都会引用康拉德的文本进行阐释,他的文本具有多重含义和多层解释代码,在西方批评视野中,从神话—原型批评、结构主义、精神分析学、后殖民主义理论等视角对之进行不断的阐释,而且尽管作家身前文名略显寂寞,可他的成就随着时间的推移越显出其价值,西方学界对他的研究热情持续不衰,除了他的小说外,关于他的私人通信、传记、参考书、批评专著也陆续出版。根据爱德华·葛兰肖(Edward Grankshaw)的调查,西方康拉德研究可以分为几个阶段:20 世纪 30—50 年代,英国人对这位波兰籍作家的误解少了,康拉德的名誉在英国重新恢复。与此同时,美国在肯定康拉德的成就的基础上,注重他的创作来源和影响。在大学教师眼中和当时崛起的新批评视线中,康拉德成为新的专业研究领域,在这 20 年里康拉德的作品在严肃的学术研究中得到重新评价和解释;60—70 年代,在弗莱(Northrop Frye's,1912—1991)《批评的解剖》(*Anatomy of Criticism*)的影响下,人们对康拉德的哲学观点、政治倾向与 19 世纪占统治地位的意识形态的关系进行研究,他以殖民地为背景的小说也成了研究者感兴趣的一个领域,在美国权威学者的论文中,开始意识到已有的定论和文本研究中存在的不足,学界分别在得克萨斯、迈阿密、坎特伯雷和圣迭戈举行学术会议,纪念康拉德去世 50 周年,这成为康拉德研究的一个转折点,确定了康拉德作为世界经典作家的地位,研究者的兴趣涉及修辞、文体风格以及叙事技巧;80—90 年代除了传记以及越来越精细的文本研究外,新的批评思潮,如后结构主义、新历史主义、女权主义批评等也推波助澜,强调文学研究的外在因素,同时,学界仍然对传统的美学、文体的特色以及对一些保存下来的文件的发现和出版兴趣不减,新的批评理论不可避免带来彼此有争议的意见,一些研究者经常明确或含蓄地努力尝试重新评价已出版的作品和已成规范正典的评论,挑战已有的定论;进入 21 世纪,康拉德仍是西方关注的热点,近年来由于种族歧视、文化差异导致的冲突有越演越烈的趋势,西方学界对全球化时代的身份认同和流散文学尤为关注,康拉德作为流散文学中涉及殖民地文化的最新作家,是继笛福(Daniel Defoe,1660—1731)、毛姆(William Somerset Maugham,1874—1965)、吉卜林(Joseph Rudyard Kipling,1865—1936)等人之后最有代表性的,同时又是思想最深邃复杂的作家,学界认识到康拉德研究所具有的时代意义,批评界也呈多元化趋势,传统的批评模式和新的理论视角并存,研究者注重从后殖民理论、文化研究等新的角度探讨康拉德作品更深层的文化意蕴。

康拉德在英语国家影响越来越大,在英国文学史上占据重要地位,如《牛津英国文学史》认为他是20世纪英国文学八大作家之一,利维斯认为他的作品与简·奥斯丁(Jane Austen,1775—1817)、乔治·艾略特(George Eliot,1819—1880)、亨利·詹姆斯(Henry James,1843—1916)、D. H. 劳伦斯的作品一起构成了英国小说的伟大传统。尽管康拉德研究在西方国家每年发表的评论文章和出版的专著数量很多,可是在我国的研究却相对滞后,海内外学界对康拉德的研究存在落差,这需要引起我们重视。

国内学界对康拉德的研究也经历了几个阶段:第一阶段:从1924年到1949年。30年代前后形成第一个翻译、接受和传播的高潮,主要关注康拉德的海洋和丛林小说;第二阶段:从1949年到20世纪80年代初,康拉德被看成是帝国主义和殖民主义的代言人,或受到批判或避而不谈;第三阶段:从80年代到现在成为研究的热点,译介和资料引进工作受到重视,康拉德开始从边缘走向中心,受到中国学者越来越多的关注。学者们从传统文学批评模式开始转向各种文学批评思潮和方法,如存在主义、精神分析学、狂欢化理论、叙事学理论、后殖民批判以及女权主义批评等进行研究,内容有所拓展,研究力度和系统性在加强。

最早介绍康拉德的学者首推老舍先生。1924年康拉德去世的消息传出后,曾在英国伦敦大学东方学院执教的老舍先生以《一个近代最伟大的境界与人格的创造者——我最爱的作家康拉德》为题在上海《文学时代》创刊号上发表纪念文章,充分肯定了康拉德的艺术成就,随后在《我怎样写二马》和《事实的运用》等文章中谈到康拉德的写作技巧和对自己创作的影响。《小说月报》第15卷第10期刊登了樊仲云写的《康拉德评传——纪念这个新死的英国大作家而作》："康拉德追忆想象，神游于幻想之境，别营如梦似的象征自由的生活，兹据伦敦8月3日路透电讯，康拉德业已下世，我文艺界同人缅怀先哲怎能不惆怅无已呢。"从此我国学界拉开了翻译介绍康拉德的序幕，1931年上海的北新书局率先推出了梁遇春翻译的小说《青春》，1934年出版了梁遇春与袁家骅合译的小说《吉姆爷》，1936年商务印书馆陆续出版了关琪桐翻译的《不安的故事》、袁家骅翻译的《黑水手》与《台风及其他》，古今出版社在1943年出版了柳无忌翻译的《阿尔迈耶的愚蠢》，自此康拉德在中国的译介、传播和接受在三四十年代形成第一个高潮。这与当时新文化运动对外国文化所持的开放、包容心态有关，康拉德对殖民主义的反思和对人类本性的剖析迎合了五四运动和国民心理的需要，他对小说道德使命的倡导引起中国文学界极大兴趣。从40年代到70年代，受国内政治运动和"左倾"思潮等诸多因素影响，康拉德作品中的反俄意识似乎在国内显得不合时宜而被排除在学界视野之外，这段时间的康拉德研究和翻译工作几乎中断。直到1982年黄雨石翻译的《黑暗深处》出版，标志着康拉德研究进入了一个新的译介高潮，如中篇小说《黑暗深处》至少有黄雨石、智量、王金玲等人的五个中译本，《吉姆爷》多达七个中译本，康拉德的一些中短篇集陆续与中国读者见面，但他的书信、戏剧、个人回忆录和其他小说还有待翻译出版。总体上说，国内对康拉德进行深入系统研究的人还不多，专著极少，正如《康拉德精选集》序言中说："我们对康拉德的研究还刚刚起步"①，我国学界的研究基本局限在《黑暗深处》《吉姆爷》等几部小说的社会学分析、道德评价以及小说的艺术特色等方面，对康拉德的生平和文化背景介绍甚少，一些综述性的文章也主要是以这几部小说为主要对象。值得高兴的是，2000年前后，我国出版界青睐康拉德的其他小说，《金箭》、《海隅逐客》、《大海如镜》、《诺斯托罗莫》、《间谍》和《文学与人生札记》等作品陆续面世，为拓展康拉德研究领域提供了新的文本材料，遗憾的是研究文章寥寥

① 朱炯强编选：《康拉德精选集》，济南：山东文艺出版社1999年版，第8页。

可数，史诗般的长篇小说《诺斯托罗莫》、《在西方注视下》还有待深入研究。由于缺乏关于康拉德的书信、传记、戏剧作品等一些最基本的资料，学者们无法对其进行全方位的研究，形成了研究领域的某些缺失和空白，截至2010年，国内研究的系统性逐步加强，出版的研究专著有宁一中《狂欢化与康拉德的虚构世界》（湖南师范大学出版社1999年英文版）；邓颖玲《康拉德小说的空间艺术》（湖南师范大学出版社2005年英文版）；祝远德《他者的呼唤——康拉德小说他者构建研究》（人民文学出版社2007年版）以及王松林《康拉德小说伦理观研究》（华中师范大学出版社2008年版）。

鉴于上述情况，我们的研究方法需要更新和多元化，研究成果需要系统化。另外，学术界对西方研究成果的介绍也多限于翻译成中文的少量文章，如萨义德（Edward Waefie Said，1935—2003）《〈黑暗的心〉的两个视角》[①]；齐努阿·阿切比（Chinua Achebe，1930— ）《非洲的一种形象：论康拉德〈黑暗的心灵〉中的种族主义》[②]；当代文化研究学者弗雷德里克·詹姆逊（Fredric Jameson，1934— ）《传奇与物化：约瑟夫·康拉德小说中情节建构和意识形态的封闭》[③]和《梦的分析·康拉德的〈吉姆爷〉》[④]；F. R. 利维斯（F. R. Leavis，1895—1978）在《伟大的传统》中第四章专论康拉德小说[⑤]，他们的文章为中国学界研究康拉德提供了新的视角，但仅有这些是远远不够的，我们需要有自己的立场和自己的声音。

在21世纪全球化语境下，民族纷争、宗教冲突、文化差异依然存在无法回避，人们需要进一步反思帝国意识和殖民霸权，理解文化多元性，解

① 〔美〕爱德华·W. 萨义德：《文化与帝国主义》，李琨译，北京：生活·读书·新知三联书店2003年版。

② 〔英〕巴特·穆尔—吉尔伯特等编撰：《后殖民批评》，杨乃乔等译，北京：北京大学出版社2001年版。

③ 〔美〕弗雷德里克·杰姆逊：《政治无意识》，王逢振 陈永国译，北京：中国社会科学出版社1999年版。

④ 唐小兵译：《后现代主义与文化理论》（弗雷德里克·杰姆逊演讲录），北京：北京大学出版社1997年版。

⑤ 〔英〕F. R. 利维斯：《伟大的传统》，袁伟译，北京：生活·读书·新知三联书店2002年版。

决跨文化冲突,实现和平共存。康拉德作为文化身份认同和流散文学中涉及殖民地文化的作家,其独特价值再次引起评论界的广泛兴趣。在笔者看来,康拉德其人是研究跨文化冲突的特殊案例,他的作品也是文化多元混杂的生动体现,他对欧洲殖民扩张及其后果的理性考量以及他的文化理念和叙事策略影响了文坛的发展,引起了人们对文学文化的重新思考。基于目前学界的研究状况,笔者把康拉德置于多元文化背景之中,采用跨文化研究方法和文本细读法,以后殖民视角中的流散写作与文化身份认同、文化人类学、神话原型批评、形象学以及叙事学等理论为依据,在多维视野中探究康拉德小说的深层文化意蕴,试图呈现一个复杂、敏感而睿智的世界文化人的真实面貌。

第一章　康拉德的文化困境

康拉德的一生充满了传奇色彩，他阅历丰富，视野开阔，思想敏锐，是一个精神生活中充满矛盾的文化边缘人，他所面临的移民作家身份的不确定和多元的语言世界造成了他的身份认同危机和文化选择困境。

康拉德出身于波兰贵族家庭，父辈们积极参与反对沙皇俄国专制统治的政治运动，或遭杀害或被放逐，幼年的康拉德随父母生活在流放地俄罗斯的沃尔格达，由于环境恶劣，他的父母因病先后离世，他在舅父的看护下成长。17 岁时康拉德执意离开波兰到法国马赛当了一名水手，他参与走私、赌博、欠债、企图自杀，过着冒险漂泊的生活，21 岁时康拉德加入英国商业船队，度过了二十多年的航海生涯，1886 年成为英国公民，并选择英国作为最终定居点。他随船队到过欧洲、北美、南美、非洲、澳大利亚的一些港口，以及带有异域情调的远东地区，不同文化的浸润为其日后创作打下了坚实基础。康拉德放弃波兰国籍，逃离沙皇专制政府，转而投靠比较开明的大英帝国，颠沛、传奇的经历和跨文化的位移造成了他特殊的视野，他从陆地走向大海，从波兰走进法国、走进英伦，他的身份从单一走向复杂，他是一个游走在不同文化、不同语言世界中的边缘人，在他的身上淡化和超越了国籍、民族、种族概念，强化了全人类共存意识，大海是他心中唯一的精神家园，他身处欧洲中心却关注弱势种族，受益于西方文明又痛恨其罪恶，他通过创作来揭示跨文化冲突的深层原因，为我们呈现了一个多元文化混杂并存的世界，他希望人类依靠博爱、人道来构筑一个和平理想的世界，他主张用全面理解和彻底的宽容来解决各种冲突，他在海洋这面上帝之镜中找到了自我存在的价值——一个具有世界主义色彩的“地球之子”。

第一节　生平与创作概述

一、水手兼作家的特殊人生

1. 波兰背景

康拉德全名是都铎·约瑟夫·康拉德·纳里契·克尔泽尼奥夫斯基,他于 1857 年 12 月 3 日出生在沙俄统治下的波兰南部别尔吉切夫(Berdyczew)。历史上的波兰命运多舛,它原是欧洲大陆的一部分,却在 1795 年被俄国、普鲁士、奥地利切割成三块,此后一百多年里,波兰的历史延续性被剥夺,宗教和语言受到压制,它只存在于一种共同的幻想之中,成了一个地理名称和精神实体的代名词。

尽管康拉德认为"波兰与西方列强属于同一文明类型,这种文明也是波兰文化的唯一基础,在民主发展的过程中,西方列强必须承认他们与波兰在道德和精神上的亲密关系"①,然而瓜分者视波兰为一个充满罪恶的

① 〔英〕康拉德:《文学与人生札记》,金筑云等译,北京:中国文学出版社 2000 年版,第 149 页。

国度,为其侵略行径寻找借口,波兰民族就此沦陷并开始了漫长的精神流亡历史,波兰人民同时也展开了反抗沙俄、争取独立的民族解放斗争。康拉德父母的家庭成员大多是狂热的爱国主义者:他的舅舅斯蒂芬·波布罗夫斯基(Stefan Bobrowski)在波兰临时政府中任职,1862 年死于与一个政敌的决斗中;叔叔罗伯特·科什尼奥夫斯基(Robert Korzeniowski)1863 年在波兰奋起反抗俄国的斗争中为国捐躯;另一个叔叔希拉里·科什尼奥夫斯基(Hilary Korzeniowski)在 1863 年被流放到西伯利亚,10 年后死在那里。康拉德的父亲阿波罗·科什尼奥夫斯基(Apollo Nalecz Korzeniowski)是一个带有强烈民族热情和反叛意识的诗人和翻译家,他曾把法国的雨果、英国的莎士比亚和狄更斯的作品译成波兰文,1862 年阿波罗加入秘密的波兰民族委员会,立志为波兰独立而奋斗,第二年他被沙俄政府作为极端分子逮捕并流放到到俄罗斯的沃洛格达,康拉德的母亲伊娃·科什尼奥夫斯卡(Eva Korzeniowska)性情柔顺,终年穿着黑色衣服,表示为国服丧。

康拉德的父亲阿波罗·科什尼奥夫斯基与母亲伊娃·科什尼奥夫斯卡

年仅 6 岁的康拉德随父母迁往流放地,在艰苦非人的环境中他痛失双亲,母亲死于 1865 年,父亲由于体弱多病被允许回到波兰境内奥地利统治下的克拉科夫居住,接下来的 4 年他与父亲住在一起,直到 1869 年父亲去世,12 岁的他成了孤儿,这种国破家亡的处境给他的心灵造成永久的伤害,正如他的父亲阿波罗为儿子写下的那首悲天悯人的《洗礼诗》所说:

Baptismal Poem

Baby son, tell yourself
You are without land, without love,
Without country, without people,
While Poland-your Mother is in her grave.

洗礼诗

亲爱的孩子,要告诫你自己
你没有土地,没有被爱的权利
你没有祖国,也没有同胞兄弟
因为你的母亲——波兰她身陷墓地。①

(笔者译)

虽然父母亲人为波兰民族的独立献出了生命,但康拉德本人对后来的波兰复国运动却很冷淡,“在经历了这么多无情岁月后,仍然会很真切地感到一个可怕的身影用冰冷的口吻低声说着临终的遗言:崩溃和毁灭”②。康拉德终身保持着波兰民族特有的道德意识,却对流血冲突、暴力革命那一套复仇模式持保守甚至讥讽态度,父辈们理想破灭的阴影一直笼罩着他的生活。

2. 马赛冒险

双亲离世后,康拉德在舅父塔杜斯·波布罗夫斯基(Tadeusz Bobrowski)的监护抚养下成长。9 岁那年他曾在海边度过了一个夏天,大海给他留下了深刻印象,在克拉科夫上学期间,他阅读并沉迷于一些海上冒险题材

① Jeffrey Meyers, *Joseph Conrad: A Biography*, New York: Cooper Square Press, 2001, p. 10.

② 〔英〕康拉德:《文学与人生札记》,金筑云等译,北京:中国文学出版社 2000 年版,第 194 页。

的小说，萌发了航海的理想，“他经常被头痛和神经的病痛困扰，一个医生说住在海边也许可以治好他的病”，17 岁那年的某一天康拉德对舅父说想去做海员，舅父深感吃惊却无法说服外甥，他也知道一个爱国者的儿子在俄属波兰是没有前途的，他主张康拉德加入法国籍，放弃臣属俄国的公民身份。

17 岁的康拉德

于是，1874 年 10 月，康拉德手持俄国签发的护照，踏上“维也纳快车”来到法国马赛，当了一名水手，接下来的 4 年里他在马赛学习航海，随法国商船队航行在西印度群岛一带。1877 年，他为“圣安东尼号”做事，在一个拉丁美洲国家卷入了非法走私军火的活动。这段经历为他的长篇政治小说《诺斯托罗莫》提供了素材，之后他又参与了西班牙保皇派支持卡洛斯王子复位的活动，为支持者偷运武器。在充满传奇和冒险色彩的生活中，康拉德认识并爱上了走私团伙中一位神秘女子丽旦，甚至为她和一个美国青年决斗。“在那时，她说的每一句话，做的每一个手势，以及她的沉默都是对我的巨大考验，迫使我做出决定，考验我是否忠于我自己和她本人。这对于我这颗未经受过任何考验的心灵来说简直如同铅一样沉重。”我们从小说《金箭》中可以了解到这段荒唐莽撞的经历。那时的康拉德完全沉醉在马赛的社交生活中，与一批他自己称之为“放荡不羁的朋友”经常出入戏院赌场，使自己欠下了一大笔债务，1878 年他在赌城蒙特卡罗一下子输了 800 法郎，有记录说他曾开枪自伤胸部，甚至想去自杀以了残生，仅为证明自己已无法工作以摆脱债务纠缠，他的舅父被告知外甥受伤需要钱，便匆忙赶到急救室，他发现外甥除了缺钱以外，一切都很好：容貌英俊、精力充沛、显得温顺听话，恰如一个最典型的海员。康拉德人生大半时间不惜一切去追求钱财。1911 年他正在写《在西方的注视下》

时，精神差不多要崩溃了，却还忍不住埋怨这本书的连载稿费只有300镑："想想这些讨厌的家伙一下子可以获得几千镑……我总是被按在水面下的。"

康拉德的一生充满讽刺与矛盾。他一面自视甚高希望成为别人的楷模，一面却着迷于一些不切实际的计划，作为一个年轻水手，他希望在航行之外赚些钱，因为船上收入少，便想去捕捉鲸鱼，或到澳大利亚养殖珍珠，或加入日本海军，或为美国政客服务等等。到30岁时，康拉德已经在英国商船当上了船长，这本身就是事业成功的体现，但他还是难以持久地拥有这份工作。1894年，他终于不能在船上工作了，对于花了20年时光才熟悉的行当，一旦被迫放下，他感到十分失落和遗憾。他在小说中尽量把海洋写得伟大、美妙，但在现实里，康拉德似乎是憎厌海洋的："他嫌恶海洋有如一个人嫌恶已抛弃的情妇……他一见海洋，激情便随之消失，甚至连一点记忆也不留下。"这是他给笔友，也是英国小说家、评论家、编辑福特·马多克斯·福特（Ford Madox Ford，1873—1939）留下的印象。

1878年6月18日，康拉德乘坐一艘英国货船"马维斯号"（Mavis）从马赛到君士坦丁堡，然后在洛斯托夫特（Lowestoft）登岸，这是他首次踏上英国土地，接下来的16年里他以海员身份为英国商船队服务，曾担任三副（1880）、二副（1881）、大副（1883）的职务，1886年康拉德取得船长资格，同年加入了英国国籍，定居在肯特郡，开始为杂志写第一部小说《黑大副》。

3. 亲历远东

1883年到1889年期间，康拉德在东方各港口航行，到过印度、马来西亚、泰国、新加坡、南中国海等地区，这段充满异域情趣的生活经历为他提供了源源不断的创作素材。1881年9月19日，24岁的康拉德在"巴勒斯坦号"（Palestine）谋到二副的职位。1883年在随船驶往曼谷的航行中，船因货舱的煤炭自燃而失火，他们不得不放弃这艘历尽沧桑的旧船划着救生艇着陆，3月22日他被带到了新加坡，5月结束了第一次东方之行。小说《青春》的写作即基于这次航海经验，这是一篇"小说化了的自传"，它曾被当时英国著名的文学编辑兼评论家爱德华·加奈特(Edward Garnett, 1868—1937)称为“现代英国的海洋史诗”①。同年9月,康拉德担任二副随“里弗斯代尔号”(Riversdale)号驶往远东和澳洲,然后乘坐另一艘船“水仙花号”(Narcissus)从孟买返回英国,这次航行为《水仙花号上的黑水手》提供了丰富的创作素材。1885年9月22日至10月19日康拉德再次短暂停留新加坡,他情绪沮丧,曾写信给朋友说想退出海运商船队,打算从事捕鲸业或者经商,理由是“为自己做事。我身体欠佳,也厌倦了薪薄酬低的航海生活”②。1887年8月他被一艘行驶于岛屿之间的船“韦达号”(Vidar)聘为大副第三次到达新加坡,《大海如镜》真实记录了这次航行,“为康拉德提供了最丰富的文学素材和创作灵感”③。船长克莱格(Craig)回忆在新加坡船运办公室第一次见到康拉德的情景:“他与众不同的举止使我马上喜欢上他,他首先告诉我他是一个非英国出生的外国人,正如我从他的口音中所猜的那样,我答复他这没有什么关系……那时在东方找到一个不酗酒的高级船员相当困难。”“韦达号”是一艘本地的货船,船主是一个叫西德的阿拉伯人,在新加坡广为人知,小说《阴影线》是这样描写的:“船主是阿拉伯海湾地区一个大家族的头领,但也是大英帝国在苏伊士运河以东地区有名的忠实臣民。不但世界各国都不去找他的麻烦,他还在他的家族中享有至高无上的权威。”④康拉德在“韦达号”上工作了四个半月,在东南亚群岛之间往来贸易,《阴影线》和《走投无路》具体记载了这些行程,这段经历也通过《阿尔迈耶的愚蠢》、《海隅逐客》、《拯救》和《吉姆爷》得以再现。1887年12月,康拉德停留新加坡和曼谷期间,埃利斯船长给他签发了委任书,让他担任一艘三桅帆船“欧塔果号”(Otago)的船长,原来的英国船长约翰·史莱顿(John Snadden)在航

---

① 薛诗绮编选:《康拉德海洋小说》,上海:百家出版社2004年版,第4页。

② Norman Sherry, *Conrad's Eastern World*, Cambridge at the University Press, London 1971, p. 24.

③ Jeffery Meyers, *Joseph Conrad, a Biography*, First Cooper Square Press edition, New York 2001, p. 77.

④ 朱炯强编选:《康拉德精选集》,济南:山东文艺出版社1999年版,第212页。

“欧塔果号”的船长
约翰·史莱顿

行中死于暹罗湾(今泰国)一带,船上的大副查尔斯·波恩(Charles Born)把船开到了曼谷,没想到新船长康拉德的及时上任使大副接替船长职位的希望落了空。《阴影线》中的大副伯恩斯正是因为这个原因对“我”——新上岗的船长产生敌意,他谈到前任老船长“秃头、矮胖、阴沉,浑身多刺毛”,“他是一个古怪的人,约六十七岁,铁灰色的脸流露出冷酷和固执,而且沉默寡言”。

也许由于“欧塔果号”是一艘帆船,船员都是白人,有“太多的麻烦,太多的工作”,所以很难找到合适的船长,人们发现了埃利斯船长1888年1月19日写给驻曼谷领事的信,记录了聘用康拉德的情况:“我任命的人是康拉德·克尔泽尼奥夫斯基,他持有从事海外贸易的证书,在几艘船上他有很好的信誉,他曾从这个港口出海航行过,我同意从今天起到他抵达曼谷期间每月付他14英镑的薪金。”康拉德1888年1月24日到达曼谷见到了他首次亲自指挥的船:“我一眼便可看出她是一条高贵的船。她的身体线条极为和谐,桅杆的高度也十分匀称。不论她的年龄和历史如何,她仍保留着最初的痕迹。她属于那种永远不会显得衰老的船,因为其造型和设计均很完美,尽管她身边的伙伴都显得比她高大,但她看上去出身高贵,有如一匹纯种阿拉伯骏马挺立于一排拉车马之中。”①

航行中的“欧塔果号”

① 朱炯强编选:《康拉德精选集》,济南:山东文艺出版社1999年版,第250页。

康拉德在《阴影线》中详细记录了自己在"欧塔果号"这段令人兴奋的经历,称她是"精确的自传"(exact autobiography)①。作为一个年轻的船长,康拉德充满希望地走上新的岗位:"过去几个月里,由于感到生活空虚心里一直烦躁不安,而今这种感觉引起的思想混乱和不良影响已经不复存在。"②尽管在航行中遇到重重困难,"我"所指挥的船似乎被已故前任船长的阴魂所缠绕,他所下葬的北纬 8°20″这道线成了死亡之线,横在船的前方,但是"我"克服了心理障碍,指挥船顺利穿越了阴影线继续奔向新的航程。康拉德把这篇小说献给正在第一次世界大战的西线战场作战的儿子,献给"像他(康拉德儿子)一样在青年时代的初期穿越自己一代的阴影线的人们"。他说:"这篇小说是回忆,是个人的经历,明白无误地存在于脑海之中。在当时那种场合下,人们会情不自禁地有那种感觉,对此人们没有理由感到羞耻。"③F. R. 利维斯说:"我以为《阴影线》高于《黑暗深处》,甚至超过了《台风》,人称它是散文体的《古舟子咏》,而它对热带海洋魔力的再现,的确也是极富凶险意味又极其出色的。"④此外,《秘密分享者》的开始部分也取自新加坡和曼谷的生活,从那里康拉德指挥驾驶"欧塔果号"穿过中国海和爪哇海到澳大利亚,完成了几次到毛里求斯(印度洋中的一个岛国)的航行。

康拉德曾经在荷兰阿姆斯特丹担任"高地森林号"大副,在驶往爪哇途中背部被掉下来的桅杆砸伤,一直没有完全恢复,他在毛里求斯的英国港口的医院里休养了两个月,他回忆了这段不太愉快的经历并描绘了东方医院的景色,"在远东一家医院的空气流通的大病室里我仰面躺着,有大量的闲暇一边看着高与窗齐的摇动起伏而沙沙作响的棕榈树叶,一边

① Norman Sherry, *Conrad's Eastern World*, Cambridge at the University Press, London 1971, p. 7.

② 〔英〕F. R. 利维斯:《伟大的传统》,袁伟译,北京:生活·读书·新知三联书店 2002 年版,第 335 页。

③ 赵启光译:《康拉德小说选》,上海:上海译文出版社 1985 年版,第 18 页。

④ 〔英〕F. R. 利维斯:《伟大的传统》,袁伟译,北京:生活·读书·新知三联书店 2002 年版,第 311 页。

回忆阿姆斯特丹那场冷得可怕的大雪”①。书中写道:“医院在一座小山上,窗户总是大开着,从窗外吹进来的和风给这间光溜溜的房间带来天空的温柔,大地的沉闷以及东方的海洋那令人着迷的气息。风中夹着香味,使人想到永久的休息,那是没有终止的梦境所带来的。吉姆每天都要远望,他的视线越过花园的灌木丛,越过城里的屋顶和长在岸边的棕树的阔叶,望向锚地,那是通往东方的大道,——在锚地,花环般的小岛星罗棋布,沐浴在节日般的阳光下,那里的船只犹如玩具,那欢快活泼的景象就像假日里的一场盛大的露天演出,头上的东方的天空那永久的恬静,整个空间直到天水相交之处都充满了东方的海洋那含笑的和平。”②在航行东方期间康拉德有过两次不成功的恋爱,肉体与精神上的创伤令他沮丧不已,他决意不再回到这块让他欢喜让他忧的土地,他于 1889 年 5 月回到英国,完成了从海员到作家的关键性转变,他开始了第二部小说《阿尔迈耶的愚蠢》的构思。

4. 刚果之行

1890 年 4 月,康拉德被“比利时驻刚果商业有限公司”聘为船长,在去非洲前几个月,1890 年 2 月,他第一次回到阔别 16 年的波兰看望久违的舅父,并短暂停留布鲁塞尔。为了确保康拉德获得比利时当局提供的职位,舅父介绍康拉德认识住在布鲁塞尔的远亲堂兄亚历山大·波洛多斯基和他的法国籍妻子玛格丽特·波拉多斯卡(Marguerite Poradowska),玛格丽特走进了康拉德的生活,当时她已是一位很有名气的法国小说家,聪慧、精明、富有同情心,而且具有迷人的气质,她对安排康拉德去刚果任职起了一定作用。

---

① 〔英〕康拉德:《大海如镜》,倪庆饩译,天津:百花文艺出版社 2000 年版,第 55 页。

② 〔英〕康拉德:《吉姆爷 黑暗深处 水仙花号上的黑水手》,熊蕾等译,北京:人民文学出版社 1998 年版,第 13 页。

玛格丽特·波拉多斯卡

康拉德1889年赴非洲前留影

康拉德的妻子杰西也承认玛格丽特"是自己所见过的最漂亮的女人"①。康拉德直接从波兰到刚果就职，在刚果他讲自己最熟练的法语，用法文给大他9岁的玛格丽特写了许多深情款款的书信，表白他的爱意和感激之情。亚历山大去世后，康拉德与玛格丽特通信频繁，交往甚深，最终因为年龄悬殊和社会地位的差异，这段情缘没有结果。

罗杰·凯斯门特

在刚果期间，康拉德最大的收获是1890年6月在马塔蒂(Matadi)与罗杰·凯斯门特(Roger Casement)的相识，彼此建立了深厚的友谊。罗杰·凯斯门特在关于刚果的作品中记录了白人殖民者对当地人的虐待和毫无人性的没有节制的暴

① Morton Dauwen Zabel, *The Portable Conrad*, Penguin Books USA Inc., 1976. p. 93.

行，他是一位爱尔兰爱国者，后来因叛国罪被绞死，他是康拉德小说《罗曼史》中的奥白赖恩（O'Brien）的原型。

非洲之行虽然了却了康拉德儿时的夙愿，却没有带给他快乐体验，下面这份材料是康拉德写于 1890 年 7 月 5 日的一篇日记片段：

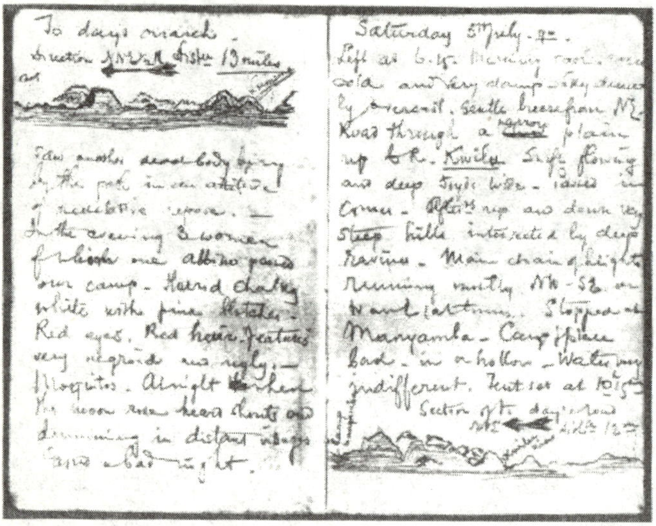
To days march. Direction NNW Dist 13 miles

Saw another dead body lying by the path in an attitude of meditative repose. In the evening 3 women of whom one albino passed our camp. Horrid chalky white with pink blotches. Red eyes. Red hair. Features very negroid and ugly. Mosquitos. At night when the moon rose heard shouts and drumming in distant villages. Passed a bad night.

Saturday 5th July 90. Left at 6.15. Morning cool, even cold and very damp. Sky densely overcast. Gentle breeze from NE. Road through a narrow plain up to R. Kwilu. Swift flowing and deep 50 yds wide. Passed in canoes. After up and down very steep hills intersected by deep ravines. Main chain of heights running mostly NW-SE or W and E at times. Stopped at Manyamba. Camp place bad — in a hollow. Water very indifferent. Tent set at 10.15.

Section of to day's road NNE Dist 12 m

《刚果日记》记下了康拉德的感受："深夜里，在非洲的河岸边，在一艘可怜的小蒸汽船上，星空下一片黑暗，我立于非洲大陆的中心，点燃烟草，感觉很孤独。"他给堂兄卡罗尔（Karol）的信中提到，60% 的公司职员在 6 个月的服役期满之前，因受到非洲瘟疫的侵扰返回了欧洲，接着他用独特的讽刺态度说："其他一些人在年末被急忙送回家，以免死在刚果。你知道，这样做会损坏那些关于优秀职员的统计数字！" 1890 年的刚果之行是康拉德生活中的一块里程碑，这段生活使他的身体变得虚弱，却使他思想成熟和心灵觉醒，"我在那里找到了一种与前不同的道德态度……一时间我想象自己成了一个新人"。殖民地残酷的现实和自己所处的困境使他内心充满了耻辱、受挫、厌恶感，对他的健康也造成灾难性的影响，他曾面临死亡的威胁，"我在与死亡搏斗，这是你所能想象的最令人沮丧的角逐了"。他染上了热带痢疾，持续发着高烧，所以他与比利时贸易公司解除了合同关系，他坐着土著人的独木舟离开金沙沙到利奥波德乡村

(Leopold ville),再用了六周时间到达大西洋海岸返回英国。后来他以惯用的调侃口吻说“在成为被记录下来的第二个葬身此地的白人这件有趣的事情上,我没有如愿”。他所指的第一个倒霉的白人就是《黑暗深处》中的人物库尔茨的原型克莱恩(Georges Antoine Klein),康拉德很幸运地离开了瘟疫肆虐的非洲大地,逃脱了死亡的魔掌。然而很多殖民者成了帝国政策的牺牲品,康拉德耳闻目睹殖民者在非洲大陆的所作所为,为他们的暴行所震惊,也为他们的遭遇所打动,从而引发对欧洲文明和殖民政策的思考,激起了创作《黑暗深处》的欲望。另一篇小说《文明路上先锋站》是1896年康拉德旅居法国时回忆在刚果的经历所写的小说:“在我从非洲带来的藏品中,《文明路上先锋站》是最轻微的一部分,那主要部分自然是《黑暗深处》……说到故事的本身,基本情节都是真实的,要想首尾一贯地编一套真正动人的谎言,我可没有那本事。”[①]小说于1902年7月17日到21日间写成,次年发表在*Cosmopolis*杂志上,作家在《最后散文集》中的一篇文章《地理与几个探险家》(Geography and Some Explorers)中,谈到欧洲人对非欧洲世界的统治,一方面赞赏英国在北极的探险,在结束时也列举出自己“战斗的地理”的例子,其方式就是“将手指放在那时非洲白人居住的中心,我声称,有朝一日我要到那儿去”;另一方面,他认为到非洲大陆探险是“古往今来,使人类良心与地理探险的历史受了玷污的最卑鄙龌龊的攫取藏品的勾当”,这种反省意识在当时确实起到振聋发聩的作用。康拉德在《青春及其他两篇故事》附言中说:“老实说,我到非洲去,也是胡闹。”[②]谈到《黑暗深处》的创作时,他说:“我就跨进了《文明路上先锋站》的那种不大相同的空气中……这篇小说分明是在另一种心境中写成的。我不愿意精确地形容这种心境的特点,不过无论是谁都可以看出,这种心境绝不是惆怅的沉思,温柔的回忆。”[③]《黑暗深处》实际上是康拉德对非洲之行的深刻反思,后面将继续探讨这一作品。

从非洲回来后,康拉德继续航行了4年。1891年,康拉德担任“托伦

① 〔英〕康拉德:《不安的故事》,关琪桐译,上海:商务印书馆1936年版,第3页。
② 同上书,第197页。
③ 同上书,第195页。

航行中的"托伦斯号"

约翰·高尔斯华绥(左)
与爱德华·桑德森(右)

斯号"(Torrens)大副,在船上与作家约翰·高尔斯华绥(John Galsworthy,1867—1933)巧遇,同船旅行的还有爱德华·桑德森(Edward Sanderson)。

几年后,高尔斯华绥回忆初次见到康拉德的情形:"他当时正在指挥装货。灼热的阳光下他的皮肤看上去很黑——晒得黑黝黝的,棕色的山羊胡子,几乎是黑色的头发,深棕色的眼睛,厚眼皮垂下。他身材瘦小,肩宽臂长,头向前伸。他和我说话时带有很重的外国口音。在一艘英国船上他显得有些怪。有56天的时间我在他的陪伴下航行,我们一起在船尾度过了许多晴朗的夜晚。"①

1893年8月,康拉德再次回到波兰与舅父共同生活了一个月,为此他放弃了"托伦斯号"大副的职位。舅父很担忧,他想也许康拉德可以获得指挥这艘船的机会,但康拉德并不后悔,因为尽管在波兰期间舅父身体很好,而且对疾病缠身的康拉德照顾得无微不至,可是没过多久舅父就离开了人世。这次波兰之行使康拉德得以最后见上舅父一面,舅父给康拉德

① 〔英〕康拉德:《文学与人生札记》,金筑云等译,北京:中国文学出版社2000年版,第298页。

留下了一笔遗产,为他潜心创作提供了经济上的保障。

5. 婚姻和家庭生活

1894年是康拉德生活中的一个亮点,他的小说《阿尔迈耶的愚蠢》被翁温(Unwin)出版公司接纳,标志着他作为职业作家生涯的开始,同时他结识了文学批评家爱德华·加奈特,这位著名且慷慨的文学编辑与康拉德相知相惜结为终生好友,这一年康拉德还通过朋友霍帕(G. F. Q. Hope)的介绍认识了书商的女儿乔治·杰西(Jessie George)。

杰西是一个年仅21岁的打字员,她在比自己年长16岁的康拉德面前有些陌生和不适应。多年以后,她在回忆录《我所了解的康拉德》中详细地描述了作家向她求婚时的细节:"在一个恶劣的天气中我们到国家美术馆躲避风雨,康拉德突然说:'看着我,亲爱的,我们最好结婚,看看这天气。我们马上结婚,然后到法国去,你要准备多长时间?一个星期或两星期?'他表示自己留在此地的时间不多,而且也无意要孩子。"之后有三天时间康拉德没有露面,杰西再见到他时,他仍坚持在六个星期内订婚。康拉德带着幽默的语气给自己的波兰亲戚写信,宣布他订婚的消息:"我一点也不害怕,正如你所知道的,我喜欢冒险的生活和面对可怕的危险……杰西是她的名字,乔治是她的姓,她年龄很小,不是一个引人注目的漂亮女子(告诉你实话吧,——相当平凡)然而,她对我来说非常重要

乔治·杰西

……她家有九个孩子……不过……我不是与她的整个家庭结婚。”当时康拉德的好友加奈特不赞同他与杰西的婚姻，因为他俩在教养和智力上有很大距离，当然婚礼在 1896 年 3 月如期举行。在下面这张保存完好的结婚证明上我们可以看到杰西的父亲是一个书商，而康拉德在家庭成分栏里填的是“地主”。

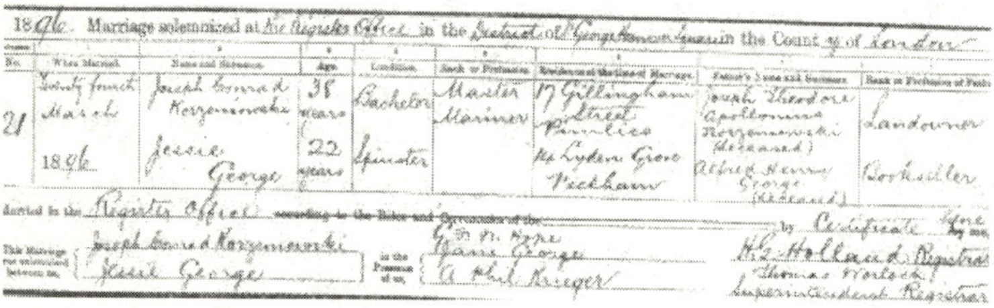

1896. Marriage solemnized at the Register Office in the District of St George Hanover Square in the County of London

21	Twenty fourth March 1896	Joseph Conrad Korzeniowski	38 years	Bachelor	Master Mariner	17 Gillingham Street Pimlico	Joseph Theodore Apollonius Korzeniowski (deceased)	Landowner
		Jessie George	22 years	Spinster		6 Lyden Grove Peckham	Alfred Henry George (deceased)	Bookseller

Married in the Register Office ... by Certificate

This Marriage was solemnized between us, Joseph Conrad Korzeniowski, Jessie George

in the Presence of us, ... George, A. Phil Krieger

... Holland Registrar, Thomas Worlock Superintendent Registrar

康拉德与乔治·杰西的结婚证明

三年后，康拉德全家迁移到肯特郡生活，开始了他的职业写作生涯，他的时间和精力完全放在写作和推敲字句上了，甚至对两个儿子博里(Borys Conrad)和约翰(John Alexander)的出生和养育之事也漠不关心，完全交给妻子负责，正是这种忘我投入和勤奋耕耘填补了他在英语语言和文化知识上的不足，为他日后写作打下坚实的基础。

1898 年，康拉德与 F. M. 福特(Ford Marx Ford)的会见是他文学生涯中最重要的事件。据福特回忆，加奈特是翁温书局的第一个读者，是他出版了康拉德和福特俩人联手写的书，也是他安排俩人的见面，这促使康拉德最终租下了福特在肯特州阿尔丁顿(Aldington)的房子——潘特农场(Pent Farm)静心从事写作，他们合作写了三部小说《继承者》(1901)、《罗曼史》(1903)和《犯罪特性》(1924)，他们的成功合作成为文学史上的一段佳话。

1914 年夏天，康拉德带着妻子和儿子最后一次回到波兰，根据康拉德妻子杰西的回忆，作家晚年流露出强烈的思乡之情，这也是他冒着生命危险越过奥军战线回到家乡——克拉科夫的动因。在《重返波兰》一文中，康拉德记录了当时的险境和自己的感受，作家尘封多年的感情得以宣泄，他觉得这块土地是如此亲近，正是在这个古老高贵、颇有学术味的城市里留下了他童年时代最初的独立印象，他陪父亲度过了他生命中的最后时光，他记起一些街名，凭直觉找到以前的街道，内心得到些许的安慰，他希望儿子了解自己的童年，培养乡土观念。然而当地警察却视康拉德父子为外国游人，“看着我这个灰白头发的外国人正用一种奇怪的口音，对着斜靠着的那个年轻人大发议论”①。作家重返故里伤感多于欣喜，徒生客居异乡的失落感，他觉得自己像一个幽灵在重游夜间世界，尽管如此，康拉德对战争中波兰的前景甚为担忧，对母国的感情复杂微妙，冷漠的背后有些无奈和不由自主的牵挂与关切。

1923 年，康拉德应邀到美国访问，受到热烈欢迎，他在波利(Bone)船长的陪伴下登上了纽约港的“塔斯卡利亚号”(Tuscania)船。

1924 年 6 月，康拉德在奥斯沃尔兹(Oswalds)花园。

康拉德还参观了波士顿等城市，但他委婉地回绝了各种举行公开演讲的邀请，只答应在詹姆斯(Curtiss James)夫人的府第举行一个各界名流和文学圈内人士参加的座谈会。他写信给妻子表露自己的兴奋之情：“我获得了完美的成功……座谈会从 9:45 分开始到 11 点结束，大家神情专注，非常安静，时而发出些笑声，最

① 〔英〕康拉德：《文学与人生札记》，金筑云等译，北京：中国文学出版社 2000 年版，第 187 页。

后当我读到琳娜(《胜利》中的女主人公)之死的那一节时,听众席中有抽泣的声音,然后与200人握手告别,这真是一段难忘的经历。"①他为热情的听众和华丽的场面所感动,美国之行成为他晚年生活最珍贵的回忆。

1924年8月,康拉德由于心脏病发作在奥斯沃尔兹(Oswalds)家中去世,葬在英国坎特伯雷,墓碑上用波兰文刻着他的全名:都铎·约瑟夫·康拉德·纳里契·克尔泽尼奥夫斯基,还有一首他在《流浪者》扉页上引用过的斯宾塞的诗:

劳累后的睡眠,暴风后的港口,
战乱后的和平,生命后的死亡,
这是最大的快乐。

坎特伯雷,康拉德之墓

二、创作概述及其影响

1. 题材来源

康拉德水手兼作家的特殊身份决定了他的文学世界与众不同。他足迹踏遍亚洲、非洲、澳洲、南美洲等地,在陆地和海洋、东方和西方、波兰和英国之间漂泊,出入不同民族文化圈:波兰、俄国(斯拉夫文化)、法国(拉

① Morton Dauwen Zabel, *The Portable Conrad*, New York: Penguin Books USA Inc., p. 754.

丁文化)、英国(盎格鲁·撒克逊文化)、亚洲、非洲及拉美地区(殖民地各民族)文化,一生见多识广,有许多离奇冒险经历。他在回忆航海生涯时说:“我发现,我作为一个海员,已经心系大海、情系大海,即使我的身体还没与大海和船只相连;大海是唯一的具有人生意义的地方,而船便能检验男子汉的气概、性情、勇气和忠诚——还有爱。”①他希望自己像尤利西斯那样“开始我自己朦胧的航海冒险生活,通过这种漫游让我见识见识赫拉克勒斯之墩以远的种种奇迹和可怖的景象,这对一个现代人来说是恰如其分的”②。大海对他来说是一种无法忘怀,远比名称更有意义的东西,他在《大海如镜》中描绘了自己在海洋上的亲身经历,记载了海洋对他前半生的影响,海洋伴随着他成长为一个真正的海员,这里既是他学习行业的课堂,也培养了他的想象力和对事物的感知力。“我可以肯定地说,也是在海上我学到了第一批英语单词。”③在前文中我们提到,康拉德从青年时代开始就坚定了航海的信念:“只有一个地方适合诚实的人,那就是大海。”“我记得,我的舅父远隔千里写信问我一个问题,那种嘲讽和宽厚的措辞掩盖不了他几乎是父亲一样的焦虑。我想我试图告诉他我(毫无根据)的印象,西印度正等待我前往。我必须去那里。这是一种神秘的自信——性质上有点像神意的召唤,但难于向那个无限慈爱,也是有严格逻辑的人清楚地表白这一信念的根据。”④当康拉德决意到海上谋生与他的初恋情人告别时,那位波兰少女渴望知道他离开波兰的动机,但他没有给出令人满意的答案,“我无法解释人类本性中那种矛盾性,使爱情本身无数次穿着绝情的背叛的外衣”⑤。在《阴影线》中,他提到那种冲动的决定:“那就是烦闷、厌倦不满的时刻,鲁莽的时刻。在我说的那个时刻里,那些还年轻的人们会做出种种莽撞行为来。”他后来在长篇小说《诺斯托

① 朱炯强编选:《康拉德精选集》,济南:山东文艺出版社 1999 年版,第 242 页。

② 〔英〕康拉德:《大海如镜》,倪庆饩译,天津:百花文艺出版社 2000 年版,第 160 页。

③ 〔英〕康拉德:《文学与人生札记》,金筑云等译,北京:中国文学出版社 2000 年版,第 175 页。

④ 〔英〕康拉德:《大海如镜》,倪庆饩译,天津:百花文艺出版社 2000 年版,第 160 页。

⑤ W. T. Zyla and W. Aycock, *Joseph Conrad: Theory and World Fiction*. Lubbock, Texas Tech University, 1974, p. 55.

罗莫》的《作者的话》中,以自己的初恋情人为原型塑造了安东尼娅这个人物:“那天下午,但我——既畏首畏尾,又胆大妄为——走进去向她作最后道别的时候,我感到手受到紧紧的一握,我的心止不住狂跳了一下,还看到一滴令我陶醉的泪水。她终于软化了,似乎她突然明白(我们还仍然那么孩子气!)我真的是要永远地离她而去了,去得非常、非常的遥远——甚至遥远得如同萨拉科一般,无人知晓地隐匿在目光所不能及的平静海湾的黑暗中。”[①]离开波兰、走向海洋的这种青春时代的冲动和冒险心理连他自己也解释不清,康拉德在《台风》中也用马克惠船长做例子来说明这种模糊而神秘的力量对年轻人所起的作用,他原是“事事称心适意,偏要跑到海上去,到底受了什么引诱呢,天底下什么事能有这么大的引诱力呢,这可没法理解了。可是他 15 岁时竟干下了这桩事。你只消仔细思索一番,就会恍悟,有一只庞大强悍而无形的手,伸入蚁冢般的地球,揪住人们的肩膀,拉拢人们的脑袋,驱使许多不自觉的面孔往不可思议的目标和梦想不到的方向狂奔”[②]。命运把康拉德带到大海,海洋成了他的梦想剧场,他在这里尽情挥洒他的青春、他的汗水,编织他的故事、他的未来,“我想到了海洋,一片汪洋的海水,像明镜一样映出了上天的愁苦和微笑,也反映了光怪陆离的世界”[③]。

康拉德对大海的态度也在不断变化,但从大海中得到创作灵感则是不容置疑的,大海——这面上帝之镜映照出作家关于忠诚、荣誉、正义、责任、人性等等道德观念,所以大海也是吉姆爷用来沉思陆地枯燥乏味和考验人性善恶是非的地方。弗雷德里克·詹姆逊认为,在康拉德小说中构想了古今英雄实现白日梦的一个空间——大海,这也正是作家自己的幻想和体验,“大海这个非地点(non-place)也是传奇和白日梦、叙事文学产生的空间,大海是工作和生活的具体地点之间的空旷空间;但它本身也无疑是一个工作地点,也是帝国主义资本主义借以将其分散的立足点和前哨聚集在一起的因素,通过这些立足点和前哨,它能慢慢地实现有时狂暴

① 〔英〕康拉德:《诺斯托罗莫》,刘珠还译,南京:译林出版社 2001 年版,第 6 页。

② 薛诗绮编选:《康拉德海洋小说》,上海:百家出版社 2004 年版,第 50 页。

③ 〔英〕康拉德:《间谍》,张健译,北京:外国文学出版社 2002 年版,第 5 页。

有时安静而恶毒地向地球上前资本主义外围地带的渗透。大海不仅是商业交易的场所,它也是劳动的场所"①。大海为康拉德提供了创作灵感和想象的空间,他终身以航海生涯为骄傲,在《大海如镜》中他对海员的品格给予充分的肯定,也很自信地认为自己是一个真正的海员、优秀的水手。他说自己"在所从事的职业中发现一种深深的安全感。海上的严格生活自有它比陆上生活强的优越性,它的要求就是简朴,这不能避免。"他以《大海如镜》这一特殊的礼物作为对自己曾经度过的海员生活的美好回忆和赞美,他这样评价这部散文集:"在我的其他小说中主要是研究一个特殊的人,或一个特殊的事件。我唯一的海洋作品,对我曾经度过的生活以特色方式的唯一奉献是《大海如镜》。"如明镜一样的大海映照着作家的人生价值取向和作为一个文化漂泊者的辩证思考。

康拉德的创作无疑与海员生涯密切相关,他的经历通过讲述的故事得以再现。正如高尔斯华绥所说,康拉德"他是个讲故事的高手,已经有二十年的经历可以讲,关于船和风暴,关于波兰革命,关于年轻时走私枪支的冒险,关于马来海域,关于刚果……在开普敦,我在船上的最后一晚,他把我叫到他的舱里,我记得当时我感觉到认识他是我那次航行中最重要的经历"②。康拉德注重"讲述"本身,他写海上水手生活的作品,大多采用讲故事的手法。他的这种写作方法在当时曾受到许多善意或恶意的批评。康拉德曾回应批评《吉姆爷》写作方法的人:"他们的论点是,无法指望任何人老是讲个没完,而别人就一直听着。他们说,这不大可信。"但康拉德"对此还是不大以为然",并要批评他的人像有耐心的听众一样,"必须接受这么一个假设,就是故事的确有趣"。康拉德坚持他的讲故事的叙述方法,而且同一事件同一人物通过不同的叙述者反复讲述评论,让读者和真相之间始终保持一种距离,形成审美张力,他的创作实践对这种夹叙夹议的文类既是一种开拓,又是一种发展,对许多欧美作家如艾略

---

① 〔美〕弗雷德里克·詹姆逊:《政治无意识》,王逢振、陈永国译,北京:中国社会科学出版社1999年版,第199页。

② 〔英〕康拉德:《文学与人生札记》,金筑云等译,北京:中国文学出版社2000年版,第299页。

特、福克纳、格林等产生很大影响。

康拉德足迹踏遍四海和五洲，得天独厚的人生阅历为他提供了源源不断的创作素材，据统计，康拉德共创作中长篇小说16部，短篇小说集8本，还有其他作品如散文、笔记、戏剧等。①

有人根据题材把康拉德的小说分为海洋小说、丛林小说和政治小说三大类，也有人依据创作背景把康拉德的作品分成三类：以海洋为背景的作品有《水仙花号上的黑水手》(1897)、《青春》(1898)、《走投无路》(1902)、《台风》(1903)、《阴影线》(1917)、《秘密分享者》(1910)等；以亚非拉地区为背景的作品有：《阿尔迈耶的愚蠢》(1895)、《海隅逐客》(1896)、《吉姆爷》(1900)、《黑暗深处》(1902)、《诺斯托罗莫》(1904)、《胜利》(1915)、《文明路上的先锋站》(1898)等；以欧洲为背景的作品有：《告密的人》(1905)、《间谍》(1907)、《在西方的注视下》(1911)、《罗曼亲王》(1911)、《金箭》(1919)等。

康拉德的小说大多取材自他17岁至37岁历时20年的航海生涯中的所见所闻所感，这段时间他工作努力但未写作，大海给了康拉德创作动力，在《海隅逐客》中他把海洋称为"上帝之镜"，"昔日的大海，许多年前的大海，所有仆从都是忠心耿耿的奴隶，他们在海上从年轻到年老，或猝然去世，均无须打开生命之页，因为他们可以从那生死予夺的海水中瞥见永恒"②。康拉德在小说《吉姆爷》中也流露出对大海的深情："驱使我们每一个人走向大海的期望中，有如此宏伟的渺茫，有如此光荣的无限，有如此美丽的冒险奢望，所以它们本身就是犒赏，也是唯一的犒赏！"③长期的海外生活使他接触到各国水手、殖民官员、商人、冒险家、非洲土著和王公贵族，荷兰人、中国人、马来人以及阿拉伯人等等。他的素材来源主要有两方面：一，他是那些故事的参与者，或者说是目击者，如《青春》、《阴影线》、《金箭》和《台风》等，其中融入了作者航海和冒险的亲身经历；二，那些故事

---

① 详见附录。

② 〔英〕康拉德：《海隅逐客》，金圣华译，南京：译林出版社2000年版，第10页。

③ 〔英〕康拉德：《吉姆爷 黑暗深处 水仙花号上的黑水手》，熊蕾等译，北京：人民文学出版社1998年版，第109页。

是他听来的或是从新闻报纸上看到的，代表作有《阿尔迈耶的愚蠢》、《吉姆爷》、《黑暗深处》、《海隅逐客》、《秘密分享者》、《间谍》和《诺斯托罗莫》等，他的小说有两个基本层次：康拉德描写讲故事的人，讲故事的人描述人物。

康拉德之所以被称为海洋小说家与他的大海题材有直接的关系，他的生命和写作与大海息息相关，当时欧美文坛也有以海洋为题材的作家比如笛福、麦尔维尔等，但他们不是真正意义上的海员，所以写海难尽其详，而在康拉德笔下大海就像上帝之镜，自然景物之声、色、光、影得到逼真再现，人类本性在这面上帝之镜的映照之下善恶自明。海洋并非一个简单的名称，康拉德非常重视大海的象征意义。“所有伟大的文学创作都是象征的，只有通过象征，才能使读者从中获得感染、奥秘和美感，了解事物的复杂性”，他笔下的海洋、台风、行船、丛林、茅舍乃至某一件生活用品如小雕像等，都可以成为他传达寓意的象征物。大海虽然有时凶猛可怕，但它是纯洁的，它能荡涤人的灵魂，显示人的本性，检验人的勇气、责任、忠诚等道德品质。康拉德笔下的马克惠船长就是一个有着大海般质朴、沉稳、坚毅特点，真正具有海员优秀品性的人，他“航行于海洋的表面，就像有些人轻轻掠过生存的岁月，悄悄沉入一座平静的坟墓，始终没有懂得生活，也从来没有机会看见生活所包含的一切奸狠、狂暴和恐怖”①。他是一个没有受到陆地上肮脏和罪恶污染的人，他像康拉德一样对大海充满了敬意、神往。小说《青春》是一篇“小说化了的自传”②，它依据1881年康拉德在“巴勒斯坦号”当二副远航东方的一次不平凡的经历写成。小说赋予大海的狂涛恶浪和古老帆船的自燃烈焰象征意义，年轻的马洛和船员们最终战胜了大自然的威胁和命运的挑战，歌颂人的勇气、机智和青春的血性与活力。《水仙花号上的黑水手》也是写大海的力作，美国现代派著名作家亨利·詹姆斯称它是“用我们的语言所能表达的程度把大海和海上生活写得最精致最强烈的图画”③。利维斯认为康拉德的成功取

① 薛诗绮编选：《康拉德海洋小说》，上海：百家出版社2004年版，第5页。

② 同上书，第6页。

③ 〔英〕康拉德：《吉姆爷 黑暗深处 水仙花号上的黑水手》，熊蕾等译，北京：人民文学出版社1998年版，第4页。

决于这样一个事实:“即他的天才在于把海员和作家独特而巧妙地结合于一身。假如他本人实际未曾做过英国海员,他便不可能写出商船社的内涵;而他对此内涵所以能有独特意识并予以清晰的表达,靠的又是在法国文化的影响和法国文学的启蒙熏陶,他作为一个世界主义者所具有的超然立场。我们也只是在停下来细察其描写之精湛和手法之细腻美妙时,才会意识到这是一个职业艺术家,是个身兼海员的知识分子。”①正是与大海结缘才使得他笔下的落日余晖、异国海域以及熊熊燃烧的船骸最后沉入大海的段落那样生动和感人,尤其是《台风》、《阴影线》中的一些段落已成为写海的经典,没有做过水手的人是不可能有如此深切的体会的。《台风》中对变幻不定的海洋的逼真描写堪称同类题材的翘楚,康拉德用细致、精湛的笔触描绘了大自然的狂暴力量,但他更关注的“不是恶劣的天气,而是甲板下人为因素造成的极度紧张给船上生活带来的复杂情势”,人与自然的斗争,人与人之间的冲突才是小说的主题,它标志着康拉德写作艺术的成熟。

尽管康拉德被认为是海洋小说家,但他自已不以为然,他说:“事实上,如果按篇页计算我对海洋是写得很少的。它是我努力着笔的场景而很少是目的。在多年来一直把这个秘密加以隐瞒后,现在已经不合时宜。……我的目标是对准像海那样动荡不宁,那样危险,那样多变,甚至更为浩瀚的一个要素——那就是永不平静的人生。”②他主张“我的这些有海洋参与的故事可以从另一个角度去看。在《水仙花号上的黑水手》中我描写的是一群人的心理,表现自然的某些方面。但他们面对的不是海洋的问题,它仅仅是在一艘船上发生的问题,与陆地纠葛完全隔离的状态使它带有特殊的力量和鲜明突出的色调。在我的其他小说中主要研究一个特殊的人,或一个特殊的事件。我唯一的海洋作品,对我曾经度过的生活以特殊方式的唯一奉献是《大海如镜》”③。在这部带有怀旧情绪的回忆录

① 〔英〕F. R. 利维斯:《伟大的传统》,袁伟译,北京:生活 · 读书 · 新知三联书店 2002 年版,第 315 页。

② 〔英〕康拉德:《大海如镜》,倪庆饩译,天津:百花文艺出版社 2000 年版,第 227 页。

③ 同上书,第 205 页。

中,他记录下了可敬的海员和他们所从事的崇高职业,可以看做是一次对船只、海员和大海的谈话,是帆船时代航海生活的缩影。

海洋小说的代表作之一《秘密分享者》的题材来源是英国海轮“短衣号”上的一起真实事件。据贝西尔·勒博克的《“短衣号”航行日志》[①]记载,大副悉尼·史密斯生性傲慢粗鲁,蔑视黑人,对黑人水手约翰·福兰西斯素怀恶意。一次,福兰西斯不听指挥,大副呵斥着朝对方冲去,福兰西斯举起绞盘棒自卫,大副抢过棒子当头一击,水手受重伤死去。大副恳求船长放其逃命,船长悄悄让他登上一艘美国商船“科勒拉多号”,商船船长正好需要得力助手来制服船员,所以接纳了这位肇事凶手,此事引起“短衣号”船员的公愤,事后第四天船长自杀,大副最终也被捕归案,判处七年苦役。康拉德受到启发,创作了《秘密分享者》这部小说,它叙述了首次担任船长的年轻人“我”非同寻常的经历,另一艘商船的大副格莱特在暴风雨的危急关头打死了一个不服从指挥的水手,虽然制止了船上的骚乱使商船免于灭顶之灾,但难逃杀人罪责,他不甘束手待毙,逃到“我”的船上,引起“我”的恻隐之心,发现格莱特就好像是“另一个我”,船长把逃犯藏在自己的小卧舱,又冒着触礁的危险在黑夜中把船驶向海岸,帮助格莱特游向新的自由生活。康拉德在改编故事的过程中突出了逃犯与年轻船长之间的关系,反映船长在私人感情和社会责任、法律意识之间的矛盾,深沉的内心刻画以及“另一个自我”的象征意义引发论者高度兴趣。

在康拉德的异域小说中,最有代表性的是他早期创作的三部小说《阿尔迈耶的愚蠢》、《海隅逐客》和《不安故事集》,它们主要关注的是马来群岛的异国风情,虽然技巧不够成熟,过多的形容词使语言显得堆砌,但就故事背景的新颖独特而言,在小说面世时就赢得了读者的青睐,另外他笔下的非洲丛林以及南美洲国家的现实对欧洲读者来说也是陌生和充满神秘性的。同时代的小说家中只有康拉德和吉卜林到过殖民地,后者更关注殖民者在印度的活动,迎合大英帝国的海外殖民活动,对其大唱赞歌;而康拉德视野更开阔,思考更深邃,他亲临远东、非洲、南美等地区,采用

---

① 〔美〕格拉德:《小说家康拉德》,哈佛大学出版社 1958 年版,第 28 页。

独特艺术视角来反映殖民地生活的真实,真实地记录了殖民帝国的兴衰变迁,唤起人们对被征服国家的历史的记忆,小说附带大量异域文化信息,开阔了欧洲读者的阅读视野,他对殖民地重叠的领土和纠结的历史这一真相的书写震撼了整个西方世界。

1895 年,康拉德出版了第一部小说《阿尔迈耶的愚蠢》,这是以真人真事为原型创作的。尽管康拉德有时间和机会与土著马来人交往,事实上他却很少这样做。但是,在荷属东印度公司的贸易站有一个人——阿尔迈耶(William Charles Olmeijer)却给他留下深刻印象,此人就是主人公阿尔迈耶的原型。关于他的传奇故事,康拉德是从一个殖民地新闻工作者那里听来的,他自己也曾去过阿尔迈耶生活的村庄(the borean village),他还在商船甲板上见到此人奇特的样子,背衬着棕榈树和竹子,身穿有黄色大花瓣的花卉图案的棉睡衣裤,身体胖大结实。阿尔迈耶的事迹在新加坡等港口到处流传,只要提到他的名字,船长们和土著王公们都会发笑,他是一个在荷属东印度群岛(Dutch East Indies)婆罗洲经商的白人,身上有一半荷兰血统,他居留本地多年,贸易也兴隆,但近来在与阿拉伯人的竞争中遭遇失败,他曾与一个马来女子结婚,生下一女,极为宠爱,他虽然经商不利,却幻想在该岛的腹地有一处埋有宝藏,他盖了一所房子在岛上作长久之计,希望有朝一日找到这批宝物,自己成为富翁,与爱女同返欧洲过上等人的生活,这所房子被人称为"阿尔迈耶的愚蠢"。后来他遇见一个出身高贵的马来人——巴利岛土王的儿子,准备一起到内地寻觅宝藏,不料此人却与其爱女恋爱,带着她渡海私奔,阿尔迈耶伤心之极处于半疯癫状态,他长期吸毒狂饮解闷,最后病死他乡。正是阿尔迈耶这个潦倒可悲而具有浪漫色彩的人生悲剧,使康拉德萌发了创作的欲望,他说假如他不那么熟悉阿尔迈耶,也许不会出版一行字,通过阿尔迈耶的经历他讲述了一个白人的迷梦与幻想破灭的故事。小说从 1889 年开始进行写作,经过了六年才得以完成出版,他回忆当时的创作冲动:"那天早上我从早餐桌边站起来,把椅子往后推开,猛烈地摇响铃……这对我来说是不寻常的举动。通常。我慢吞吞地用餐,很少摇铃麻烦人来清理桌子;但是那个早上我没有悠闲地用餐,这一神秘事件后面隐藏着一些原因……我可以肯定的是，我一直在思考写一个故事，我一直在想一个人物——阿尔迈耶。”①

康拉德在阿尔迈耶的故事中反映了西方殖民者在东印度群岛争夺利益的殖民事实。16 世纪荷兰船队到达东印度群岛之后就纷纷组织贸易公司，进行经济扩张，希望在此大发横财。尤其是 1602 年荷兰东印度公司成立，得到国王和政府的大力支持，由于有政府当后盾，且拥有巨大的资本，并依仗着国家赋予的种种特权，加上其强大的海上航运力量，荷属东印度公司便向捷足先登称霸亚洲的葡萄牙东方殖民帝国和 1600 年就建立东印度公司的大英帝国挑战，那时的荷属东印度公司实质上已成为荷兰对外侵略和殖民统治的权力机构。阿尔迈耶就是这股西方经济殖民大潮中的一员，只是悲剧性的情节描写，喜剧性的人物刻画，让这位荷兰殖民者留下了一个令人唏嘘的凄凉结局，康拉德通过这一人物深刻讽喻了殖民主义给人带来的灾难性命运。

据《康拉德的生平与信札》(*Joseph Conrad's Life and Letters*)的编者简·敖勃利(Jean-aubry)考证，《黑暗深处》的故事是康拉德在非洲时从一个叫维克多·哈庐(Victor Harou)的人口中听来的，而库尔茨的原型是乔治·安东尼·克莱恩(Georges Antoine Klein)。1889 年前后，康拉德通过远亲的举荐，在比利时皇帝利奥普二世所设的“国际开化非洲协会”中谋到一份差事，担任一艘刚果内河汽船的船长职务，由于路途艰辛船体破旧，船没到目的地就沉没了，在沉船修缮期间，他跟人搭乘另一艘

乔治·安东尼·克莱恩之墓

① Jeffrey Meyers, *Joseph Conrad: A Biography*, New York: Cooper Square Press, 2001, p. 77.

船去营救公司另一位职员克莱恩。在搜寻克莱恩的过程中,康拉德目睹了欧洲殖民者在非洲大陆掠夺、奴役、杀戮的种种暴行,深感震惊,在大范围搜寻之后,一个传教士为康拉德找到一个黑人老妇,她回忆了多年以前关于克莱恩的事,证实克莱恩被葬在刚果 Tchumbiri 的一个泥地中。

克莱恩被后人记住了,他活在康拉德的小说中,但《文明路上的先锋站》中那两个公司代理人凯亦兹和卡利尔的真实姓名却无从考证。姓迦莱(Carlier)和凯叶(Kayerts)的,另有其人,一个是当船长的,一个是当代理人的。故事围绕非洲一个殖民贸易站里的两个"文明使者"展开,在百无依托、被人遗弃、精神崩溃之际,站长凯亦兹与他的部下和伙伴卡利尔发生争吵,站长在杀死同伴后自杀。这篇小说再现了《黑暗深处》中库尔茨在非洲丛林孤独绝望的窘境,字里行间充满了对殖民主义的犀利讽刺。

20 世纪初的康拉德在英国文坛已有一定的影响,他后期的创作开始把目光转向政治思潮、社会动态、流行新闻等,流露出求稳重求实效的英国化(Englishness)倾向。他从现实中寻找题材,然而与海洋相对的陆地却充满无序和混乱,欧洲现实令人感到失望,他的一些政治小说对无政府主义和革命者所采用的暴力恐怖流血手段对社会的危害行为进行深刻反思,探讨了叛逆与忠诚、革命与人性等道德伦理问题,这与当时英国作家注重家庭、财产、婚姻等题材不同,带给文坛一股新气象,其中小说《诺斯托罗莫》、《告密的人》、《间谍》和《在西方的注视下》具有代表性。

《间谍》的故事来源于 1894 年 2 月 15 日下午发生在英国格林尼治公园的爆炸案。据研究者查证,当时康拉德正在伦敦,他也许读过有关案情的报道。爆炸现场位于靠近格林尼治天文台的斜坡上,一位年轻男子随身携带的炸药意外爆炸。经过调查,死者叫马歇尔·波尔丁,是无政府主义者经常聚会的"自治俱乐部"的成员,他的姐夫萨缪尔斯是一家无政府主义者报刊的编辑,出事的那天中午与死者在一起吃中餐。死者炸毁天文台的目的何在?幕后的策划者是谁?这类问题成了媒体关注的焦点,爆炸案发生三年后,一位叫大卫·尼柯尔的人写了一本小册子,报道了事实真相,他指出警察部门是真正的元凶,那位萨缪尔斯先生是警方安插在无政府主义组织内部的卧底兼煽动者,他利用弱智的小舅子去炸象征着科学和进步的格林尼治天文台，以引起民众对无政府主义者的愤怒，从而对英国政府施加压力迫使其取消欧洲各国无政府主义者和革命党人的避难权。19 世纪末 20 世纪初，无政府主义者制造了一系列暴行，其中尤以伊丽莎白皇后遭到意大利无政府主义者暗杀引起广泛关注。1898 年 11 月，欧洲各国在罗马召开反恐会议，商讨如何镇压无政府主义和激进思潮，但英国以维护个人自由为名继续向革命者提供避难权，在这种背景下，康拉德创作了《间谍》，其中恐怖分子的密谋、外国大使馆的诡计、炸弹暴行、谋杀和自杀等一系列血腥活动，让读者领略小说的政治意图之外，更多的是复杂的道德关怀，小说中爆炸案的幕后策划者俄国政府企图用这件事来敦促英国政府在米兰反恐怖主义会议上采取更为合作的态度。

康拉德常把革命者与无政府主义者联系在一起，揭示他们之间一些相通的地方并加以讽刺嘲弄，他借小说人物之口斥责无政府主义者"迹近疯狂"，他们"利用人类的痛苦和轻信进行欺诈，而人类却总是悲剧性地热衷于自我毁灭"[①]，写于 1907 年的《告密的人》[②]讲述了这样一个故事：我通过巴黎的朋友结识了无政府主义者 X 先生，X 认为"要想使人类改邪归正，非用恐怖和暴力不可"，"他是当今世界上最大的叛逆者。人人都知道他是个革命作家。他以辛辣的讽刺揭露那些最体面的社会机构的腐朽。他无情地剖析每位德高望重的人；对广为接受的看法和公认的准则和政策也评头品足，几乎到了失却理智的地步。有谁能忘记他编写的那些荒诞不经的红色革命小册子？这些小册子曾突然间大批涌现，仿佛是一场红牛蝇瘟疫，压住了欧洲大陆上所有国家的警察的气焰。然而，这位偏激的作家还是位秘密社团的积极倡导者，是策划那些猖狂密谋活动的神秘的、无人知晓的'第一把手'；这些密谋有的被人察觉，有的尚未被察觉，有的业已成熟，而有的已被挫败。对这个事实世人至今还被蒙在鼓里！"[③]而他的女友不仅把房子奉献给了工人革命党，而且"她已掌握坚信革命事业所需有的一切合适的姿态——怜悯的姿态、慷慨的姿态、与她本人所属

---

① 〔英〕康拉德：《间谍》，张健译，北京：外国文学出版社 2002 年版，第 11 页。

② 收入《六个故事集》中。

③ 刘新民译：《告密的人》，转引自《外国文学》1985 年第 1 期，第 13 页。

的社会阶层具有的反人道主义罪行水火不相容的姿态。”这一切姿态使她成为无政府组织的追随者，同时“她可能感到，有必要装成和一个无政府主义者相爱，这样就能使她具有先进思想，使其敢于造反的革命精神的假象更完整，更充实”。她为两份激进的报纸做校对工作，报纸的内容是最最激进的，激进到了连什么理智和正派都通通置之不顾的地步。其中一份报纸宣扬要消灭一切社会和家庭关系。另一份则鼓吹搞有预谋的暗杀。她完全被无政府主义者鼓吹的东西所迷惑。另一位狂热的无政府主义者——霍恩，“必须要当一个野兽的、专制的、毫不手软的、坚定不移的乐观主义者，才能成为一个比方说像霍恩一样的，出色的社会极端叛逆分子”。霍恩是领导这个小组的灵魂，是个崇尚社会革命的狂热分子，他正和一个绰号叫“教授”的人合作策划炸毁大楼，后者是极端无政府主义者的真正化身，“炸药就是他的信仰、他的希冀、他的武器和他的护身符”，他沉醉在研制炸药的天平秤和玻璃试管中，一旦备好材料就实施炸毁一座办公大楼的计划。赛福林的信仰悲剧更是有力地嘲讽了这个主义的实质，他从一个坚定的无政府主义者变节成为警察当局的密探，其实由于年轻时他一种朦胧但又热忱的人类博爱把他推向叛逆和造反的最极端，他是由于不满资本主义社会违反人道和理智的做法才加入无政府行列的，所接触到的人和事让他失望并陷入迷惘和痛苦之中，他出于报复心理以加倍的狂热和仇恨来对付无政府主义，成为警察的鹰犬，X 先生和霍恩为了查出内部“告密的人”策划了一次扮演警察进行搜捕行动，赛福林为了保护女友——另一位年轻幼稚的无政府主义的崇拜者而暴露了身份，他撕掉那张牢牢戴着的假面具，对霍恩直言“我一直在挫败你们，在蒙骗你们，在出卖你们——这出于我的信念”，最后他服毒自杀。康拉德认为无政府主义者具有反人道、反社会的偏执心理，对社会和个人造成极大的危害，但是对赛福林的信念的真正含义和他的动机是什么，却没有深入探讨，“那是我和任何其他人都永远无法对您解释清楚的”。在“我”看来，“任何性质和形式的暴力对于我就像巨人神，食人兽和七头巨蟒那样不可想象；它们在传奇和神话故事中总是扭转乾坤的！”康拉德明确表示“无政府主义者，无论从精神上、道德上、逻辑上、情感上，甚至从生理上，对我来说都是不可思议的”。《告密的人》中“我”通过 X 先生了解到革命社团内部的真相,“我”断言:“很清楚,在极端的无政府主义者中间不可能有等级之分,没有按官大官小先后的规律。而无政府主义者用无政府主义管制自己这个做法也叫人心安理得。它是不可能产生任何效率的。”康拉德在这一短篇小说中把自己对革命的态度表达得如此明确,显示出他的勇气和敏感。

作者还刻画了一位身材矮小,却自视清高的“教授”形象,他是一位具有变态心理的革命分子,他总是随身携带一枚炸弹,毫无顾忌,随时准备引爆而不愿束手就擒,连警察局局长也怕他三分。令人感到不安,也让人觉得厌恶。“黑特探长认为这个十足的无政府主义分子。他让人无法忍受——一条不能招惹的疯狗。”[①]而那位被当成替罪羊的麦克利斯却是与教授对立又相互补充的特例,麦克利斯是一位有前科的假释犯,碰巧也是革命组织里唯一彻底赞成革命的人。

康拉德反对暴力、反对革命的思想由来已久。他在二十多岁时写的书信里,已经对“欧洲贫民窟里酝酿出来”的革命理论抱有强烈的反感,当时浪漫派全是喜欢革命的,革命都应许一些美丽的远景,制造一种正义的幻象,康拉德却带着海员务实、纯朴的性格不爱幻想,不主张用过激的报复行动或无政府主义者所采取的方式来挽救一个国家或一个民族的前途,对法国大革命的看法也持保守态度。康拉德不喜欢革命和暴力,这也许是他离开波兰和排斥法国的因素之一。“在一个假如不在某个方面表现革命性就没有希望吸引很大的注意的时代,我从未在我的作品中表现出革命性来。革命的精神很容易表现在作者毫无顾忌上。它的生硬绝对的乐观论调由于它包含的狂热情绪的威胁和缺乏宽容对我的心灵是不能接受的。”[②]在《金箭》中康拉德也表达了对革命做派的讽刺:“或许你认为我是个保皇主义者?不,如果在天堂上或地狱里有地方让我祈祷,我就要为革命而祈祷,让所有的地方都来次流血的革命。”“我可以什么也不问他

---

① 〔英〕F. R. 利维斯:《伟大的传统》,袁伟译,北京:生活·读书·新知三联书店 2002 年版,第 365 页。

② 〔英〕康拉德:《大海如镜》,倪庆饩译,天津:百花文艺出版社 2000 年版,第 218 页。

们就把他们像鹧鸪一样打死。那就是我所谓的革命。”[①]俄国著名的虚无主义者涅恰也夫在1869年发表于日内瓦的小册子《革命问答》里宣称“革命者蔑视和仇视当今一切形式的、出自任何动机的社会道德，并认为有助于革命胜利的一切都是合乎道德的……革命者必须抛弃交往、友谊、爱情、感恩甚至幽默等所有那些软弱无力的感情，而代之以对革命事业的严肃的热情……革命者们梦寐以求的只有一件事，一个目的——无情的破坏。”[②]而康拉德对将谋杀、爆炸、恐怖活动看做是政治因素感到深恶痛绝，他说“我从不相信政治暗杀可以作为达到目的的一种手段，改朝换代那一套就更不用说了。我无从知晓谋杀如何才能达到一门精湛艺术的完美境界，然而，以理性的冷静眼光来看，它似乎不过是迫切希望或者仓促绝望的一个不成熟的权宜之计。”[③]所以他的道德观是：残暴而荒诞的行为也应该是毫无益处的。

正是在这种认识下，他揭示了《间谍》中无政府主义者的盲目和残忍，他们的行为迹近疯狂，往往“利用人类的痛苦和轻信进行欺诈，而人类却总是悲剧性地热衷于自我毁灭”。他在《诺斯托罗莫》中把一些中美洲的革命分子描写得庸俗不堪，他们肤浅愚昧，满脑子虚幻的理想。小说《在西方的注视下》尖锐地指出了俄国革命分子的过激行为及其革命的危害性：“……在一场真正的革命——不是简单的改朝换代或体制的区区改良——在一场真正的革命中，最优秀的人物并不在前台。一场激烈的革命先是落进狭隘的狂热分子和专横暴虐的伪君子之手。接着登场的是那个时代一切自命不凡而丧失理智的人。这些就是元首和领袖们。你会注意到我把十足的恶棍给排除了。有良心而正直的人，高尚、富有人性而忠诚的人，无私而理智的人——他们可以发动一场运动，但运动却会脱离他们而去。他们不是革命的领导者，他们是革命的受难者：满腔厌恶、幻想破灭——往往悔恨自责的受难者。希望遭荒唐地辜负，理想变味走

① 〔英〕康拉德：《金箭》，张梦井译，太原：北岳文艺出版社2000年版，第200页。

② 〔英〕康拉德：《间谍》，张健译，北京：外国文学出版社2002年版，第13页。

③ 〔英〕康拉德：《文学与人生札记》，金筑云等译，北京：中国文学出版社2000年版，第160页。

形——这就是革命成功的定义。每一场革命中都有被这种成功伤害了的心。”[①]1917年康拉德发表了《屠格涅夫》一文，他感慨这位具有博爱精神的民族作家在俄国受到的不公正待遇，他去世时，那些典型的胆小鬼，即独裁统治者拒不对他表示敬意，却急忙把他的尸体塞入坟墓，“而敏感的革命分子则在他去世后，一度向他的幽灵，向这位真心热爱他每位同胞的人，向这位在世饱受诅咒和讥笑以及折磨的人继续不断地发出咒骂和嘲笑”[②]。这些真知灼见在一定程度上表达了康拉德对革命或以革命投机者的反感。

1848年2月，法国革命的消息传来，当时的欧洲知识分子多持肯定的态度，狄更斯更是欣喜若狂，很快给福斯特写了一封充满激情的信：“我的朋友，我发现自己非常热爱这个共和国，因此我必须放弃我的母语，专门用法兰西共和国的语言写这封信。这是众神和天使的语言，总而言之，是法国的语言。法兰西的光荣万岁！共和国万岁！人民万岁！打倒王室！打倒波旁王朝！打倒基佐！杀死卖国贼！让我们为自由、正义、为人民的事业流血吧！”[③]另一位法国女作家乔治·埃利奥特在1848年2月写给求婚者约翰斯·布里的信中说：“告诉你我和你一样为法国革命感到高兴叫好，我的好朋友……我曾经担心你缺乏革命热忱。可是事实并非如此，你像法国共和党人一样激进、鲁莽，甚合我意。”[④]基于这样的激情，他主张成为自己想要成为的人，创造生机勃勃和充满活力且富有意义的生活。与他们的欢呼和赞美相反，康拉德对此显得冷静和理智，甚至对革命及其革命分子抱有厌恶之情，这引起人们的警醒和深思。他以法国大革命为例，说明“为那场伟大的革命大造舆论”，无政府主义者可以说从主观上给了革命党人活动的支持，18世纪末欧洲是一个既乐观又令人感觉沉闷的

---

① 〔英〕F. R. 利维斯：《伟大的传统》，袁伟译，北京：生活·读书·新知三联书店2002年版，第365—366页。

② 〔英〕康拉德：《文学与人生札记》，金筑云等译，北京：中国文学出版社2000年版，第55页。

③ 〔美〕安尼特·T. 鲁宾斯坦：《英国文学的伟大传统（下）》，陈安全等译，上海：上海译文出版社1998年版，第146页。

④ 同上书，第207页。

平庸时代，在这个时代法国1789年的大革命像一颗炸弹一样炸响，“现在我们几乎没有勇气说，除了其破坏性的力量之外，法国大革命实质上只是一个普通的事件而已。法国革命最基本的观念是自由与公正，这一观念的堕落在其继承者那里得到了体现；他们没有法制观念也没有信仰……”①康拉德从波兰的历史悲剧、欧洲的动荡现实来总结经验教训，指出革命的消极意义，使人们多一些反思少一些盲从。见多识广的康拉德接触到不同文化圈，体验到不同文化所造成的心理震撼和冲击，他站在欧洲的边缘看待这类重大历史事件，从一个作家的良知和理性眼光来分析时势，对法国大革命发出与众不同的声音也就不足为奇了，为此他也成为一个具有博爱思想和世界主义理想的知识分子。

2. 创作风格

有人把康拉德的创作风格归入各种流派，有人把他的创作分为几个阶段，对这类定性定量的分析康拉德本人不以为然。他不愿意被人归入海洋小说家之列，1906年他曾告诉一位记者“他们想把我放逐到大海中去”，多年以后他又对一位朋友说：“也许你不会认为这太过分，在写作生涯二十二年之后，我还会说我一直没有被人很好理解。我被人们称为海洋作家，赤道作家，描写作家，浪漫主义作家——还有，现实主义者。但是，我全部的关注其实都是给予事物、事件和人的‘理想’价值。如此而已。”②他并不在乎别人对他的评价，他在《我的经历》中说：“有人说我是浪漫主义的，只有随他去，也有人说我是现实主义的，这是值得注意的”③，也有人称他为“浪漫的现实主义者”，或者称他为“现实的浪漫主义者”，其实这些并不重要，这只是说明他创作实践中存在诸多的对立因素，而这种矛盾现象又与他的生活实践有着密切关系。对他本人来说海洋生活、异国体验是很现实的东西，在读者眼里却成了浪漫故事，对于西方人来说，他以欧洲为背景的作品现实成分居多，以亚非地区为背景的作品浪

---

① 〔英〕康拉德：《文学与人生札记》，金筑云等译，北京：中国文学出版社2000年版，第102—103页。

② 薛诗绮译：《康拉德海洋小说》，上海：百家出版社2004年版，第2页。

③ 赵启光译：《康拉德小说选》，上海：上海译文出版社1985年版，第10页。

漫风格居多。他一生充满矛盾,接受多种文化熏陶,热爱波兰却归化英国,喜欢冒险又崇尚秩序和克制,既受益于先进的航海技术又推崇原始文化,其性格中忧郁与旷达、怀疑与信仰融为一体,创作中主题多变,视角独特,风格自成一体,欣赏他的文本需要读者的想象力,评析他的创作需要研究者的耐心和智慧。

有的评论家把康拉德的创作分为三个阶段:早期以 1896 年以前马来小说为主的短篇小说创作阶段;中期从 1897 年到 1911 年为主要创作阶段;后期创作批评家分为两个阶段——一是写作过渡阶段从 1911 年到 1917 年,一是创作衰退阶段从 1918 年到 1924 年作家去世。也有人把他的写作时间分为这样三个阶段:从 1895 年的《阿尔迈耶的愚蠢》到 1903 年的《台风》是作者的思想和艺术向纵深迈进的"深渊漫步"时期;从 1904 年的《诺斯托罗莫》到 1915 年的《胜利》是表现人的心理孤独与忧郁的"空虚人"时期;从 1917 年的《阴影线》到 1923 年的《流浪者》是作家"回忆和总结"时期。康拉德对创作分期和创作风格有自己独到的见解。他在 1918 年 5 月写给克拉克(Barrett H. Clark)的信中总结 23 年来的创作和风格,他认为自己有比年龄更年轻的心智,"我并不认为自己是一个老古董,我的写作生涯仍在延续","所有的时间都在发展演变,而一些评论家把我的创作分为三个时期——这个过程仍在进行。一些评论家在我身上发现我的不稳定这样的缺陷。但是他们错了。我一直都是(还是)我自己。我是一个性格定型了的人。某些结论在我脑海里保持停留不变,但我并不是偏见和程式化的奴隶,我永远也不会那样。我对待主题、表达方式、叙事视角以及创作方法的态度,在一定程度上,一直都在变化——并不是由于我的不稳定和无原则,而是因为我是自由的。或者更准确地说,因为我一直在努力寻找自由——尽我所能。"[①]1902 年,康拉德十分气愤地对威廉·布莱克伍德(William Blackwood)宣布:"小说并不是一时冲动的产物。小说中包含有一种智力活动,像所有企业对效益的追求一样,小说要追

① Morton Dauwen Zabel, *The Portable Conrad*, New York: Penguin Books USA Inc. p.749.

求这种智力活动。”康拉德又为自己辩护道:“我长时间的从事写作,那又怎么样呢?萨克雷的胡言乱语中不是充满了分文不值的平庸事件吗?但是他却得到了大家的认可。瓦尔特爵士也不是我所欣赏的写简短轶事的作家。艾略特能够以牺牲诚实、真理甚至艺术基本概念为代价,迅速的达到当前对任何事物都是三分钟热度的大众的要求吗?但是他们却是名人。我并不想与他们攀比。我是现代的,我宁愿回忆音乐家瓦格纳和雕塑家罗丹,他们生前都不得不多多少少忍受一些饥饿和并非善意的批评。他们最终走了过来。他们也曾经因为‘新’而受到别人的攻击。我也想在我的后起之秀中找到自己的立足之地。我只要我的地位。”我们在《人生札记》、《大海如镜》中可以看到康拉德对自己的人生和创作进行反思和总结的丰富材料。

康拉德虽然没有系统的创作理论,但他的文学主张在一些札记、信件和小说序言中得到明确表达。他说“道德上的探索应该是每一个故事的目标”,他的目标是描述像大海一样变幻莫测的人生,他让读者了解到荣誉、忠诚、公正、博爱等观念。“我的作品的读者都知道我的信息,那就是世界,我指的是非永恒的世界,是建立在很少几种单纯的观念上的;它们准是好像自古已然。首先值得注意的是忠诚。”[①]在小说《吉姆爷》中他集中探讨了荣誉、忠诚、公正等观念对人的命运的影响。康拉德提出了他的文学理想“作家首要的美德应该是绝对忠实于他的感情和感觉,即使是在他的创作情绪极度兴奋时,严格坚持写他看到的,感到的,听到的东西;使这些感觉充满感情和诗意;不要随意夸大那种感情或勉强加进那种诗意。”[②]他追求的是简朴、真实的效果。

他推崇简单、平实的艺术技巧,反对创作者因顾虑重重把它搞得晦涩不明,所以在他眼里莫泊桑描写事实的技巧十分高超,就像生活本身再现一样,“朴实无华的艺术技巧达到炉火纯青的地步以至人们无法觉察出来。这是其艺术技巧最大特点之一”,他认为这是一种美德。他深信言论自由是每个人的权利,而真挚的感情是各类文章的创作源泉,他要求艺术

① 〔英〕康拉德:《大海如镜》,倪庆饩译,天津:百花文艺出版社2000年版,第212页。
② 同上书,第220页。

家采取许多表现信念的行动，首先是怀抱永不破灭的希望。他说“在思想活动的其他领域里，小说家比其他工作者优越之处在于他有一种自由的特权，即言论自由以及坦白自己内心深处信仰的自由，这应是他受笔杆子残酷奴役的一种安慰吧！”[①]他认为用艺术来阐释人类的种种关系是一项极其艰辛的工作，文学家们以伟大或渺小、肤浅或深刻的各种形式来表现这种关系，并对这种关系做出评论、解释和演示，通过从现实的各种形态和新奇的感觉中寻找灵感，并克服表达上的困难，发挥想象力，独立创造出环境氛围和人物形象。小说家在危机四伏的地球王国里，记录了人类的种种冒险经历，塑造了各种生动的人物形象，这些应该归入小说家真实记录的计划中去，他把这一切都包含在和谐的构想和严肃的创作中，艺术作品绝不会出自幼稚的毫无意义的心血来潮者之手，所以，每位小说家一开始都必须为自己创造一个他心中所向往的世界，这个世界必须建立在自己头脑中熟悉的形象，它注定会保留其独特的个性并带有几分神秘感，然而必须与他的读者所熟悉的经历、思想和感觉有某些相似之处。为此遐想的自由是小说家最为珍贵的财富，在自身灵感驱使下创作的小说中含有浪漫的、现实主义的或自然主义的思想是正常合理的，如果蓄意寻找一些信条去束缚人的创作，只能说明对自己的才能信心不足，也是一种不明智的做法。康拉德认为“想通过某学派的权威给自己添加光彩，那么，这就是一种思想境界低下，心灵脆弱的表现”。他相信“如果有这么一处地方能保证其艺术达到完美的话，那一定是在正常的生活实践中，而不是在荒谬的创作公式中，因为这些公式试图规定有关技巧或概念的种种具体方法”[②]。康拉德在1904年写了一篇评论法国作家阿纳托尔·法朗士(Anatole France，1844—1924)的文章，“在思考其形象的准确性，其判断的公正性，其幻想的自由度及其目的的明确性时，人们看清了文学口号的无济于事，各小说流派的虚荣浮夸作风”[③]。在康拉德看来法朗士的文章平

---

① 〔英〕康拉德：《文学与人生札记》，金筑云等译，北京：中国文学出版社2000年版，第8页。

② 同上书，第10页。

③ 同上书，第47页。

如秋水，含蓄隽永，韵味深长，如果一个作家要坚持真实地描写生活，他就不可能忠实于任何一种流行一时的技巧和套路。因为“这些套路经久不衰的部分——各自半遮半掩的真实——应当成为他的最宝贵的财产，跟他朝夕相处，但是，在短期相处之后，它们全体：现实主义，浪漫主义，自然主义，甚至非正式的感伤主义，所有这些神，必须抛弃他——甚至就在神庙的大门口”①。从上述引文中我们清晰地看到了作家对形式和流派的态度，在写作中他的思想特立独行，风格不落俗套，不受人们常犯的错误和目前流行的迷信观念所影响，只忠实于自己的感情和激情。

康拉德在《水仙花号上的黑水手》的序中较为集中地阐述了他的创作思想，他主张艺术家的创作是“寻求真理然后发出呼吁”，小说艺术的最高境界是打动人心，要做到这一点作家必须通过声、光、色、影、形的运用来唤起读者的感觉，他对艺术下了这样的定义：“专心致志地揭示隐藏在可见世界的种种外貌下的形式多样而统一的真实，据以对它进行尽善尽美的描绘的尝试。即是从它的形式、色彩、光、影、物资的外貌，以及生活的现实中，寻找它们基本的东西，经久的本质的东西——它们唯一启发人的令人信服的品质——即它的存在的真实。那么，艺术家像思想家或科学家一样，寻求真实并发出呼吁。”要揭示生活的真谛，必须要找到表达他的呼吁的特殊语言，这种语言可以创造声、光、色、影的印象，“我要尽力完成的工作，是靠文字的力量，使你能听到，使你能感受到——最重要的是，使你能看到。”②他通过感观印象进行创作，通过文字形成立体画面感，并赋予笔下的人和事物象征意义，为读者呈现出艺术的复杂性、感染力和美感，他追求艺术形式的创新，注重对语言词句结构的精心锤炼，力求达到雕塑的造型美、绘画的色彩美以及音乐的节奏美，他的作品具有印象主义色彩，通过视觉形象，如白与黑、明与暗的强烈对比激发读者的想象，表达各种象征意义。

在谈到小说和历史的关系时，他指出“小说是历史，描绘的是人类的历史，否则它就毫无价值。但它远不止是历史，它更加根深蒂固，它建立

---

① 〔英〕康拉德：《吉姆爷 黑暗深处 水仙花号上的黑水手》，熊蕾等译，北京：人民文学出版社 1998 年版，第 370 页。

② 同上书，第 369 页。

在各种社会形态的实际情况和对种种社会现象的观察基础之上;而历史则以文件以及阅读印刷或手抄的材料作基础,即建立在间接印象的基础之上。因此,小说更接近真实。历史学家也可能是艺术家。然而,小说家肯定是历史学家,是人类经验的保护者、保存者和演绎者"[①]。在康拉德的其他信件与其他作品的前言中,还有许多有关艺术宗旨的主张,有时候我们的评述会陷入困境,因为很难将其精华与糟粕区分开,但他对艺术的精辟见解为我们理解他的目标与成就提供了很好的参照系,他的见解往往比我们在评论中得出的这些庸常见解更有启发性。作为一个严肃的艺术家,他对生活作了深刻的思考和忠实的反映,保持精神独立、立志道德探索、揭示历史真相、关注人类命运是他所追求的目标,这样的价值取向也成就了他非凡的文学人生。

3．文学影响

康拉德的写作生涯初期艰辛多磨,生活窘迫,书的稿酬很低,销路不畅。1909 年,他给高尔斯华绥写信谈到自己生活的窘况:"原谅这种不协和的笔调吧;不过事实是我刚刚接到我所有的出版商的账目,我看到我的全部不朽的作品(统共十三篇),去年带给我不到五镑稿费。这种事扑灭了应该在作者的心胸像火焰一样燃烧的'生之欢乐'","我有十二个小时是坐在桌旁,睡六小时觉,其余的时间忧心忡忡,面对着亲人而眼看年龄渐渐老大。有两年之久我没看过一幅画,听过一段音乐,在跟人交往时没有一刻自在——真的没有"[②]。更令他发愁的是,普通读者对他没有同情心,他说哈代的悲剧小说,尽管写作水平令人沮丧,却卖得很好,直到现在仍有销路,原因就在自己身上的"foreignness",康拉德对朋友泰德(Ted)说:"靠写作为生是一件愚蠢的事,真的是这样的。"批评家和读者对他的作品反应冷淡,直到 1913 年《机会》以多种形式在英国和美国出版,他的作品才引起广泛的关注。

---

① 〔英〕康拉德:《文学与人生札记》,金筑云等译,北京:中国文学出版社 2000 年版,第 19 页。

② 〔英〕康拉德:《大海如镜》,倪庆饩译,天津:百花文艺出版社 2000 年版,第 201—202 页。

《机会》书影

《机会》成了媒体热点追踪的对象，给他带来了巨大的声誉，越来越多的评论家对此发表文章，这大大地提高了康拉德在英语文坛的影响和地位。甚至有人提议把康拉德的名字排在英国小说家吉卜林（Rudyard Kipling，1865—1936）前面，吉卜林 1907 年获得诺贝尔文学奖，在英国文学界享有尊贵的地位。为此康拉德在 1919 年 2 月写信给出版人品克（J. B. Pinker）谈及诺贝尔文学奖，他谦虚地承认吉卜林是合适的人选："不管我对英国有多深的感情，我却不能宣称英国文学是我的传统，我保持沉默，在这种情况下，我甚至无法安心地暗示给朋友一点秘密的消息，因为我明显的缺点会被误解，不止用一种方式，我对此的顾虑是真的。"康拉德有很浓的诺贝尔文学奖情结，认为获此殊荣是对超越国别、语言、文化界限的伟大写作者的最佳奖赏。"另一件由 R. S. L. [①]提出的建议值得考虑，那就是诺贝尔文学奖。去年就有这种意向，这不仅仅意味着奖金，它是一件有国际影响，很高荣誉的事，我们可以毫不犹豫地接受它，如果它向我们

① The Royal Society of Literature, founded in 1820.

走来的话。”他把自己的想法和策略告诉品克，认为分期刊登的小说《救援》比较合适，他的建议是“终止分期刊登《救援》完全不考虑美国出版物的运作规则，让邓特(Dent)在这里出版《救援》是否可行？要考虑周全明智(诺贝尔奖在7月份评选)，双日(Doubleday)出版公司坚持马上出版《金箭》，那么《救援》就是他们1920年春天的书了，在这儿我的建议是顺序应该倒过来，《救援》应该在今年春天出版，而《金箭》放在明年春天，对我来说，我们同意在一年内出两本书是不明智的做法，尤其是在英国。”① 按照惯例，参评诺贝尔奖的作品必须是在本年度出版的，所以康拉德希望尽快出版《救援》，结果是《金箭》在1919年如期问世，而《救援》还是排在之后的1920年出版。康拉德提到吉卜林摘走了诺贝尔文学奖桂冠的那一年他并没有新作发表。康拉德认为这次是一个很好的机会来证明他和品克的合作是成功的，遗憾的是，康拉德最终与诺贝尔文学奖这份殊荣失之交臂，1919年的诺贝尔文学奖得主是瑞士诗人、小说家卡尔·施皮特勒(Carl Spitteler,1845—1924)，他以《奥林比亚的春天》一书摘走桂冠。尽管康拉德没有登上诺贝尔文学奖的宝座，但足以证明他的创作成就已经达到世界一流作家的水准。2000年大陆出版了《金箭》，其作家简介中提到康拉德是“诺贝尔文学奖获得者”是不准确的。

康拉德结交了一批优秀的作家、评论家，其中包括高尔斯华绥、吉卜林、斯蒂芬·克莱恩(Stephen Crane,1871—1900)、亨利·詹姆斯等，他们对作家的创作是见仁见智。弗吉利亚·伍尔夫认为他海洋小说写得较好，其他没有多少可取之处，说他作为偶像没有多大的影响力；亚瑟·西蒙斯(Arthur Simons,1865—1945)说他是一只“毒蜘蛛”；海明威(Ernest Miller Hemingway,1899—1961)的比喻更是刻薄，说他像苏联的滑稽剧丑角。但另一些文学评论家对康拉德的成就给予充分的肯定。英国评论家F. R. 利维斯认为他的政治小说《诺斯托罗莫》和《间谍》“给英语小说增添了两部无懈可击的一流经典”，为此把他列入英国文学史上最伟大的四个

① *The Collected Letters of Joseph Conrad*, Volume 6, 1917—1919, edited by Laurence Davies, Frederick R. Karl and Owen Knowles, Cambridge University Press, 2002.

作家之一，不同的理论流派也引用康拉德的文本作为阐释的对象，如后殖民主义理论家齐努阿·阿切比、霍米·巴巴（Homi K. Bhabha，1949— ）、东方主义代表萨义德，后现代主义理论家弗雷德里克·詹姆逊，解构主义理论家希利斯·米勒（J. Hillis Miller，1928— ）等对他的作品情有独钟，他被归入不同创作流派却又不为任何流派形式所束缚，他的创作引起同时代和后世作家的高度关注，尤其对欧美现代派作家产生了广泛而持久的影响，诗人 T. S. 艾略特（T. S. Eliot，1888—1965）从《黑暗深处》汲取了灵感，他的《空心人》的卷首引言："库尔茨先生——他死喽。"源于马洛所讲述的故事，马洛说："我想，荒野曾在他耳边低声告诉过他，对他说了些自己尚不知道的有关他的事情，某些直到他听取这片大荒野的意见之前连想也没有想过的事情——看来，那荒野的耳语具有不可抗拒的蛊惑力。它在他的身体内大声回响着，因为他的身子已经是空心的了……"①

康拉德逝世后，理查生非常怀念他："但是他死了。"英国评论家、《泰晤士报》周日版书评作者戴斯蒙德·麦卡锡感慨："文坛人士由于他的去世而失去了一个鼓舞人心的活生生的榜样。"②他的小说给后人留下了不断阐释的可能，英国评论家 C. B. Cox 明确指出："约瑟夫·康拉德在英国文学中的特殊地位取决于这样一个事实，即那种隐隐约约地弥漫于现代文明中的虚无主义由于康拉德而按其本来面目暴露无遗了。"③

第二节 身份认同和流散写作

探讨具有某个民族的文化背景的人在其他民族的土壤中如何维系自己的文化身份，这是跨文化研究语境下的一个重要课题。身份认同（Identity）成为西方文化研究的一个重要概念，尤其受到后现代主义、后殖民主义和女性主义的青睐。它的基本含义是指个人与特定社会文化的认同，

---

① 〔英〕F. R. 利维斯：《伟大的传统》，袁伟译，北京：生活·读书·新知三联书店 2002 年版，第 296 页。

② 〔英〕康拉德：《大海如镜》，倪庆饩译，天津：百花文艺出版社 2000 年版，第 203 页。

③ C. B. Cox：*Joseph Conrad*，Longman，1977，p. 37.

它与出生地、母国等原初联系所导致的根源性问题有关。身份认同往往经历某种裂变,即从一种固定的身份裂变为多种不同的身份,依照当代法国学者雅克·德里达(Jacques Derrida,1930—2004)的观点,身份认同是一个旧身份不断分裂、新身份不断形成的消解中心的过程,它与主体、语言、心理、权力、性别、种族等问题有关。精神分析学家雅克·拉康(Jacques Lacan,1901—1981)的理论中也论及认同机制问题,他认为人是通过认同于某个形象而产生自我的功能,人的一生就是持续不断地认同于某个特性的过程,这个持续的认同过程使人的"自我"得以形成并不断变化,所以身份认同就是对于自我本质的对象化过程,目的是解决"我是谁"的问题;文化认同则是解决"我属于什么民族文化"的问题,文化认同过程就是某一个文化主体在强势和弱势文化之间进行选择的过程,在每一种特定历史文化语境中,个人必然要与世界、他人建立认同关系,必须认同一种文化或一种语言,虽然受到不同文化的影响,他必须将其中一种文化视为自我栖息地,而将其他文化视为他者,在这个过程中,如果面临放弃母语和本土文化,从本民族文化进入另一种文化,尤其放弃本民族弱势文化而认同强势文化时,必然产生强烈的思想震荡和巨大的精神磨难。这种认同危机较为集中地体现在康拉德身上,他的一生中姓名危机、种族危机、语言危机、职业危机和人生危机都非同寻常,其中在语言和文化选择中所经历的焦虑与希冀、痛苦与愉悦的心理远非一般人所能感受得到,他的一生都处在回归波兰或归化英国的困境中。

康拉德在身份认同和文化选择中处于尴尬地位,这与他所处的时代背景和流散写作(Diaspora)有着密切的联系。随着20世纪移民现象的大量涌现,流散写作成为学术界关注的焦点。流散源于希伯来语Galut,原指犹太人在巴比伦之囚后分散流落异邦。这个词不仅有地理意义,更有宗教、哲学、政治含义。历史上涉及流散写作的作家很多,如荷马流浪于小亚细亚一带吟唱特洛伊战争的故事而集成《荷马史诗》;奥维德冒犯罗马皇帝被流放到黑海边上的托弥,老死他乡,为此创作了《哀歌》;但丁在佛罗伦萨的政治斗争失败后惨遭迫害被放逐,度过了长达20年的流亡生活,期间写下了传世精品《神曲》;18世纪的思想家伏尔泰、卢梭等人因倡导启蒙精神而遭流放；19 世纪到 20 世纪诺贝尔文学奖获得者 V. S. 奈保尔（V. S. Naipaul，1932— ）和索尔仁尼琴（Александр Исаевич Солженицын，1918—2008）也被迫过着流亡的生活，他们通过流散写作为人们提供了寓意丰富甚至惊世骇俗的文学作品。

丹麦文学史家格奥尔格·勃兰兑斯（Georg Morris Cohen Brandes，1842—1927），在《19 世纪文学主流·流亡文学》中谈到移民现象和流亡写作，他认为真正意义上的流亡文学始于卢梭，启蒙精神的传播扩大了他的影响，对后世作家如夏多布里昂、斯塔尔夫人、拜伦、海涅、雨果等一大批作家影响深远，在这些作家身上我们可以找到一些共同点，比如：打破了自我中心、我族中心和本位主义思想，颠覆了西方和东方、自我和他者、殖民者和被殖民者以及移民和土著之间人为划定的界限，在他们的写作中体现了世界文化多样性的存在。20 世纪学界对流散写作这种特殊的文化现象的关注度越来越高，由于远离祖国客居他乡，流散写作群体不可避免地因越界而产生身份焦虑感和文化寻根欲，因语言的选择而出现失语、杂语现象，因命运多难而把个人记忆、家族记忆和民族记忆绑在一起，作家的双重性、外位性和边缘人的文化心态较为明显。

虽然西方学者对康拉德的流散写作有所关注，但国内研究却寥寥，乏善可陈，即或论及也是简单带过。笔者认为，在流散文学研究中康拉德及其作品就是一个极富特色、颇有价值的研究个案。

康拉德承受着国破家亡的惨痛，17 岁时不得不离开母国波兰投奔西方国家，他不承认与自己与斯拉夫民族有精神上的联系，远离波兰民族解放斗争，他也放弃了用波兰母语写作，希望在法国和英国中间寻求一块文化栖息地，他竭尽灵魂一切力量去寻求居住国的认同，他把写作视为个人的一种幻想，为了实现这一雄心壮志，他不得不选择了英语语言这一欧洲主要的语言进行创作，不得不选择了底蕴深厚、话语强势的英国文化作为自己归属，希望成为“他们当中的一个”，但作家归化英国的强烈愿望生前没有真正实现，却为自己越界带来的失重感付出了代价，因为他从来没有为自己的语言和文化的选择感到轻松过。颇有意味的是，1914 年，在阔别了 21 年回到波兰的时候，康拉德已经是具有国际影响的作家了，他却依然有些坐立不安,他担忧的就是自己的祖国会冷淡自己。在英格兰,他也被主流边缘化,时常感到别扭和陌生,找不到心灵的归属,这也许就是他拒绝牛津大学、剑桥大学和其他大学授予他荣誉学位的原因。当然,这并不意味着,康拉德对世俗之中的荣誉毫不在乎。恰恰相反,他心存高远,渴望得到世界文坛的最高荣誉——诺贝尔文学奖。前文提到康拉德对这个大奖心向往之,想必是如果有了诺贝尔奖,他就可以弥补他在英国和波兰之间认同感的那种断裂了,他不仅代表母国也可以代表移居国,同时也可以证明自己对语言的驾驭能力和文学创作的成就,但令人遗憾的是,诺贝尔文学奖的金箭没有射中他,理想很丰满很诱人,现实却很骨感很残酷,康拉德其实完全没有意识到,他的双重性和外位性已经决定了他没有国家可以代表了。

晚年的康拉德拒绝了英国政府授予的爵士荣誉,也许他的内心拒绝被英国彻底同化,也许他意识到流亡、臣属的边缘位置是永远无法被英国主流所接纳的。对康拉德来说,俄国属地克拉科夫是他的家乡,波兰是他的母国,法国是他的事业起点,而英国仅仅是身体居住的地方和生活所必需的地理空间,而他的精神、他的灵魂一直被波兰所占据。他从内陆到海洋又回到了陆地,这种漂泊的人生旅程和异质文化的多样性构成了他的人生困境。由于长期漂泊异乡,疏远了波兰的现实生活,康拉德不断受到人们误解。有一段故事值得一提,1899 年 4 月,波兰出版的《家园》杂志刊登了一篇严厉谴责康拉德的文章,作者为伊莉莎·奥泽斯科娃(Eliza Orzeszkowa)。她的观点主要有三个方面:第一,康拉德的移民是对自己祖国的遗弃;第二,用英语写作是一种背叛行为,因为依传统而言,使用波兰语写作就是一种爱国行为;第三,用一种主要的和强势的外国语言写作挣钱,就是把自己降低到了小商小贩的水平,这反过来就使得这个作家的作品对他的祖国的人民来说变得无足轻重了。这种偏激的观点受到对流散作家颇有研究的哈·金的纠正,他极力为康拉德申辩,认为"究其实质,这里的指责无疑是一种集体的声音,它要求作家无条件的忠诚与牺牲,但却对其能否在异国土地上生存不管不问。这种声音根本就无视个人的特殊环境"。我们都知道,作家总是沉溺于语言之中,甚至会被语言所迷惑。

然而,使用异国语言进行创作,却给作家带来了尴尬的地位。对于作家而言,不再使用母语进行创作而选择另外一种语言进行创作,无疑是一种“背叛行为”。就创作而言,康拉德之所以选择用英语写作主要还是“为了生存”,这里的“生存”实际上包含三层意思:一是物质层面的生存;二是“要过一种有意义的生活”;第三层意思则是“要充分利用自己的生活/生命,去追逐自己的幻想”。康拉德就是这样一位把写作视为个人的一种幻想的作家。其实,对寄居他国在流散状态下写作的康拉德来说,语言的背叛并不重要,重要的是,他必须且只能忠实于他的艺术。还有的波兰文人指责康拉德的双重国籍,批评他放弃母语用英语写作,认为这是对波兰的“叛逆、不忠诚和逃避”①。可想而知,这样武断的评论和排斥的态度对康拉德的打击有多大。后来在康拉德的创作中背叛就成了他的一个主题。针对这些批评,康拉德多年后写文章申诉:我没有否定我的国籍,谁都清楚我是一个波兰人,以“康拉德(Conrad)”为笔名发表作品只是为了让外国人更容易接受而已,因为“克尔泽尼奥夫斯基”这个名字很难被英国人认同,这并不意味着我对祖国的不忠诚。之后康拉德逐渐被波兰所了解,1897 年小说《海隅逐客》第一次在《华沙》(*Warsaw*)杂志上被翻译成波兰语,并受到当时一位波兰作家的好评,康拉德很快回信:“尊敬的先生,当我读了您——最伟大的文学家的评论时——它来自我的祖国,我承认,我无法用语言来表达内心深处的感激之情”,在此我们能感受到一个文化漂泊者寻求文化认同,希望与祖国保持精神联系的赤子情怀。根据康拉德妻子杰西的回忆,作家晚年流露出强烈的思乡之情,1914 年他冒着战火的危险,携带妻儿回到被奥地利占领的家乡克拉科夫,《重返波兰》(1915)打开了康拉德尘封多年的情感,他一心想让儿子了解波兰故乡,在这个城市“我体验了属于那个年龄的友谊、崇拜、思想和愤怒。正是在这历史古城中,我开始明白事理、产生感情、积蓄了丰富的记忆和感觉,后来我投入到与这一切毫不相干的另一种生活当中,以便同它们彻底

① Adam Gillon, *Cosmopolitanism in Conrad's Work*, Proceedings of the IVth Congress of the International Comparative Literature Association. Paris: Mouton &Co. Publishers 1966, p. 95.

决裂”[①]。康拉德恍惚在经历着另一个世界,他觉得自己像一个失落的幽灵在重游夜间世界,找不到重返家园的路。作为一个背井离乡的文化漂泊者,最好的解救方法就是依附强势文化,也许从此能找到心灵的归属,然而“陌生人”康拉德并没有皈依英国的宗教,也没有完全接受英国的价值观念,甚至放弃了政府给他的加封晋爵,这很好地说明了他内心与英国社会所保持的距离,他始终处于接受与拒绝、肯定和怀疑的矛盾中。但是,对康拉德来说回归波兰只是一种精神上的安慰而已,事实上他一生都在努力寻求英国社会对他的认同,“它对我很重要,不是作为一种可继承的财产,而是一种获得,也是征服”。然而,“在英国他从来没有被当成一个纯正的‘民族作家’”[②]。他始终给接触和观察他的英国人以“外国人”的印象,作家高尔斯华绥回忆 1893 年在帆船“托伦斯号”初遇康拉德时的情形:“他和我说话时带有很重的外国口音。在一艘英国船上他显得有点怪。……他是个讲故事的高手,已经有二十年的经历可以讲。”[③]尽管康拉德写出了许多优秀的英语小说,却没能进入当时的英国文学中心,英国批评家在他身上总能找到一些“不可思议的、难以理解的和无法捉摸的东西”[④]。1907 年《间谍》发表后也招致了令人不快的批评,读者仍把他看作非英国人(un-English),尤其是《每日新闻》上有人称康拉德是“一个没有祖国和自己母语的人”让他感到失望和气愤。他写信给好友加奈特抱怨说:“我一直被当作异类,一个该死的用英语写作的十足的外国人,我的所言也因此而遭到公众的抨击。”[⑤]康拉德与文化栖息地英国的关系一度紧张,文人对他尖刻的攻击,读者坦言不喜欢他的作品,主流社会忽视他的

---

① 〔英〕康拉德:《文学与人生札记》,金筑云等译,北京:中国文学出版社 2000 年版,第 165 页。

② Adam Gillon, *Cosmopolitanism in Conrad's Work*, Proceedings of the IVth Congress of the International Comparative Literature Association. Paris: Mouton &Co. Publishers 1966, p. 96.

③ 〔英〕康拉德:《文学与人生札记》,金筑云等译,北京:中国文学出版社 2000 年版,第 298 页。

④ W. T. Zyla and W. M. Aycock, *Joseph Conrad: theory and world fiction*, U. S. A: The Texas Tech Press, 1974, p. 55.

⑤ Ibid., p. 43.

言论，特别令他失望的是英国当局对他存有戒心甚至抱有敌意，康拉德在1912年5月号《英国评论》上发表了一篇文章《有感于“泰坦尼克号”的沉没》，指责史密斯议员在调查“泰坦尼克号”沉船事件中的失职和当时新闻报道的失真，“我因此受到言辞激烈的责备”，他意识到作为一个外国人“虽然我有自己的看法，但此时此地还不适合表达我的看法”，他为自己不被真正接受而倍感委屈，作为一位有良知的波兰贵族后裔，他对英国文明社会存在的弊端及造成的人类悲剧不吐不快，这件事情更加深了康拉德对英国的失望和遗憾，他甚至流露出内心的反感，接着又在《英国评论》上发表《关于“泰坦尼克号”沉船事件令人钦佩的调查的几个方面》，指出自己批评主要是针对调查的形式和效率，也表示不会撤回自己的批评，因为事故调查委员会根本就没有以知识和经验作为指导，他尖锐地批评调查者们愚蠢的傲慢，抨击他们摆出的一副副优越性的无礼姿态以及他们掩藏自己负罪感的企图，在官员们的心中，庞大而时尚的“泰坦尼克号”成为西方技术进步的象征，康拉德认为正是对机械技术神话的崇拜而忽视了航船设计的合理性才导致了海难悲剧的发生，“这就是事实。是撕下媒体包裹在这场最不该发生的灾难外面的浪漫的外衣之后的实事求是的事实”。我们也许可以从《吉姆爷》中了解到康拉德对英国的不满情绪，他通过“我这位爱国的弗兰茨或斯德丁的澳大利亚人”之口一吐心中块垒：“你们英国人都是混蛋……你们英国人一向拿那种事他妈的大惊小怪——任何一点小事都大做文章，因为我不是生在你们那个该死的国家。把我的证书拿去好了。拿去。我才不要这证书呢。像我这样的人用不着你们那没用的证书。我啐它。”[①]这种文化身份的不确定像无形的羁绊缠绕着康拉德，他像边缘人一样游离于波兰和英国之间，找不到自己的确切位置，毫无疑问，这种漂泊流散写作者的身份使康拉德在英国追求理想的文学事业颇费周折，他在英国并没有找到文化的归属感。

他在《胜利》(1915)中进一步强化了这种感觉“我们存在于这个时

① 〔英〕康拉德：《吉姆爷 黑暗深处 水仙花号上的黑水手》，熊蕾等译，北京：人民文学出版社1998年版，第38页。

代，就像住在一间华丽却不安静的旅店中的困惑的旅行者”。他的一生都在扮演“外国人”的敏感角色。“我身上最好的标志就是陌生人。是一个在这些人中存在的，活动着的，享受着或者忍受着他们莫名其妙的感情的精神世界中完全陌生的人。与其说我是一个陌生人，不如说是个被抛弃在黑暗的土族茅舍中绝望的绊脚石。自己发现他们掌握着精神世界的，种族偏见的，以及一个未知国家的问题——而自己过去甚至没有清楚地看过一眼。”①与他交往甚密的合伙人和赞助商 F. M. 福特也发现“康拉德非常怪异，我感觉他永远无法成为一个真正的英国绅士”②。康拉德无法摆脱边缘人的心态，无法真正进入英国文化圈，从文化学角度来说，他处于无明确认同方向的状态，法国作家安德烈·纪德(A. Gide，1869—1951)把康拉德这种文化困境和心理状态称为“失根”。虽然对他来说“回家”、“回国”指的都是回英国而不是波兰，“家”这个字意味着盛情好客的大不列颠海岸，但是在确定自己的身份时他宣称：“我是波兰人……”流露出对波兰民族强烈的身份认同的心理需要。《罗曼亲王》也反映了作者对波兰挥之不去的故乡情结。尽管他大半辈子生活在英国，并且自觉融入英国社会，可是他发现自己“永远是陌生人、外来者”，是一个找不到民族归属感的精神流浪者。在英国主流文化圈，康拉德始终是个外来者，是个用英语创作的波兰人而已，即使他加入了英国国籍也只是英国的居留者，在英国的道义和大度之下这位外来者显得如此无奈和弱小，这种强势文化对外来个体的否定自然形成了一种离心力，促使文化流浪者怀疑英国文化的宽容性，甚至疏离这种文化。虽然康拉德曾经对维多利亚女王极为赞赏，他不愿意得罪英国人，他的小说大多是写英国以外的故事，可是后期创作中康拉德针对英国的时弊进行揭露，把英国文明背后的暗影，英国殖民势力所受到的抵触和挑战以及英国殖民者在殖民地的遭遇等等真实地呈现在我们面前。

康拉德的困境引起了斯洛文尼亚理论界斯拉沃热·齐泽克(Slavoj

---

① 〔英〕康拉德：《金箭》，张梦井译，太原：北岳文艺出版社2000年版，第46页。

② Jeffrey Meyers, *Joseph Conrad: A Biography*, New York: Cooper Square Press, 2001, p. 180.

Zizek)的关注:“他者居无定所。这事实上是因为他从来都不是完整的,永远无法在某个确定的语境中生根,总是有一定程度的‘开放’和‘漂移’。”①伊斯兰知识分子阿里·沙里亚蒂(Ali Shari ati, 1933—1977)对此也有精辟的分析:“人,这个辩证的现象——被迫永远地移动。因此,人永远无法获得一个停歇之地,在上帝那里驻足……那些固定的标准是多么不名誉啊。谁能制定出标准?人是一个‘选择’,一种抗争,一种不断的成长。他是永远的移民,内心中的移民,从一抷黄土到上帝,他是一个自己灵魂中的移民。”②康拉德正是这种意义上的移民,永远处于精神的漂泊之中,虽然他把大英帝国海外活动的魅力与浪漫带给了岛上的英国读者,但由于他的身份模糊、性格乖僻、写作风格的讽刺性,再加上语言的模棱两可的技巧很难得到英国人的善待,他们并未将康拉德归入正宗的英国文学的轨道上来,更不用说与同时代的狄更斯和哈代相提并论了。抱怨之余康拉德退回书斋靠写作走出文化困境,释放自己因身份的混杂带来的焦虑情绪,流散写作者的精神之痛和文化之伤所造成的复杂心态在康拉德身上得到真实具象的呈现。

康拉德是西方作家中最早发出非西方人声音的作家之一。因为自己没有国家故土,使得他对国籍、种族问题更为敏感,对血缘混杂的人物特别感兴趣,他最早的小说《阿尔迈耶的愚蠢》的主人公阿尔迈耶是荷兰殖民者,《诺斯托罗莫》中的银矿投资商霍尔罗伊德“他的父母的血统是日耳曼、苏格兰和英格兰,远祖中还有丹麦与法兰西血缘,这赋予他一个清教徒的性情与永无止境的征服欲”。诺斯托罗莫是拥有意大利血统的南美洲移民,拉佐莫夫是俄国人,黑斯特是瑞典人的后代,所有欧洲人对库尔茨的形成作出了贡献,他的母亲是半个英国人,父亲是半个法国人,他的信徒是俄国人,他的子民是非洲土著,找寻库尔茨的马洛的种族血统也没有给读者交代。在《吉姆爷》中“帕特纳号”归一个中国人所有,包租给

---

① Terry Eagleton, *The Idea of Culture* [M]. Oxford: Blackwell Publishers Ins., 2000, p. 95.

② 〔美〕爱德华·W. 萨义德:《文化与帝国主义》,李琨译,北京:生活·读书·新知三联书店 2003 年版,第 474 页。

了一个阿拉伯人，指挥这艘船的则是个叛逃到新南威尔士去的德国人，船上有英国人、俄国人、芬兰人、斯堪的纳维亚人等等。《福克》中的同名主人公“或是丹麦人，或是挪威人，我不确定，半人半兽的混生生物”。总之，康拉德小说中经常涉及种族、血统问题，且剪不断理还乱，他在创作理念上往往打破了国家、民族的界限，人物具有混血和国籍模糊的特点，小说背景也往往置于一个种族、文化混杂的异质世界，这种价值取向在一定程度上体现了作家在身份认同和文化认同过程中的困惑和思考，也正因为他本人具有类似的世界公民的身份，使得他的创作具有开放和包容的心态，为读者构建了一个民族交融、文化杂糅、互为依存的复杂的文学世界。

英国文化思想家斯图亚特·霍尔(Stuart Hall,1932—　)对文化身份作了这样的界定，他说：“文化身份既是‘自在’的，也是‘自为’的，它属于过去，也属于将来。它并非是个超越地点、时间、历史和文化的已经存在着的东西。文化认同来自某处，有其历史，但它同任何历史性的事物一样，经历着不断的变革。文化身份远非被永久地固定在一个本质化的过去，而是受制于历史、文化和权力的持续‘作用力’。”①这段话很好地解释了康拉德的身份漂移状态，由于太多因素的共同作用导致了康拉德在身份认同和文化归属问题上的两难处境，文化归属感之所以重要是因为它提供了一种令自己的声音被人听见、在新的多层世界里保证拥有一片安全避难所的方式，康拉德远离多难的祖国，希望在异国他乡找到心灵的寄托，而波兰的民族精神和文化根基又难以消除，他很难与宗主国的文化和社会习俗真正融合起来，这种深藏于心的痛苦记忆常常游离在字里行间，他的文本为流散写作、为研究文化主体的身份认同和文化混杂现象提供了特殊范本。

第三节　多元的语言世界

在漂泊动荡的生活和复杂多变的语言环境中，康拉德面临着生活语

① 卫景宜：《西方语境的中国故事》，杭州：中国美术学院出版社2002年版，第49—50页。

言和创作语言的选择，对他来说，选择一种语言，也就意味着选择了一种表达方式，选择了一种身份，选择了一种文化。

世界各民族语言的复杂多变来源于《圣经·旧约》中巴比塔的故事。原初世界本来只有一种语言，人们彼此可以自由地交流，他们便联合起来，在巴比伦古城建造一座可以通到天上的塔以便窥视天上的世界，"那时，人类的口音和语言都是一样的"。上帝来查看人所造的城和塔，担心人的力量无所不能："看！他们同族、同语言，现在做起这样的事来，这只是同类事件的开始，以后他们所谋划的，没有不成功的了。"于是，上帝就想到去变乱他们的语言，说："来，我们去变乱他们的口音，使他们语言不通！"从此，人们拥有各自的语言，由于语言不通、心意不通，彼此不能很好地交流，导致大家隔膜、猜忌、纷争不断，建造巴比塔的宏愿最终以一场混乱的争斗而结束。从此，世界上便有了多种的语言。巴比塔的故事对人类语言的混乱问题提供了一种神话性的解答，语言困境与语言选择成为一个困扰人类的关键问题。一方面语言是"存在的家园"，是思、言、诗之所在，人和世界的存在只有通过语言才得以呈现其意义，进而语言被视为人和世界存在的理由，通向理想世界的阶梯；另一方面，我们对于语言的把握从来就疑虑重重，其所指和能指、向心和离心之间的张力让我们的阐释变得不确定。法国哲学家和历史学家米歇尔·福柯(Michel Foucault, 1926—1984)认为语言永远不会有固定的意义，词语的意义并不与外在的世界一一对应。尽管如此，人们必须借助语言建构自己的身份。因为语言作为一个社会系统，它先于个体存在，个人对于自我的表达，必须立足于特定的语言系统，个人的表达为他人所理解，也是在特定的语言系统中进行的，同时，语言是文化的载体，文化需要通过语言来传播和发展，所以语言世界的复杂性是全球化语境中一个值得研究的现象。

对于流离失所的文人来说，选择一种语言也意味着选择了一种文化。康拉德的文化身份的模糊与他的语言世界的多元有着密切的关系。他生活在波兰特定的历史阶段，被瓜分的国土上并存着几种语言：波兰语、俄语、法语、德语、拉丁语等。康拉德主要生活在四种语言之中，在波兰语和写作用语英语之间，还有两种间歇使用的法语、俄语穿插其中。康拉德终生说着带着波兰口音的英语这是不足为怪的，因为波兰语是他的母语，提到母语往往会引发很多感情的因素，对母语的接受能力是人的一种天生的自然倾向的东西，如何运用母语来传达自己的声音，不仅是沟通的问题，也是自我认同的问题，是自我理解的问题，有没有自由度的问题，波兰语的使用表明作家与祖国这一文化母体精神上的联系，然而在选择创作语言时他最终放弃波兰语。

康拉德生活中多用第一外语——法语进行交流。沙皇专制统治下的波兰人不允许说波兰话，而法语成了合法、公开的交际语言，父母为康拉德雇请了一个法国籍女家庭教师，让他从童年时代起就学习法语和接受法国文化的熏陶。5 岁时康拉德随父母离家前往流放地，临出发前，那位教师流着泪叮嘱他："宝贝，别忘了你的法语。"康拉德的父亲也是一个酷爱法国文学的翻译家，翻译了雨果等人的小说。康拉德在《重返波兰》中回忆了与父亲在一起生活的最后几年的情形，他受到父亲很大影响，对法国文学情有独钟，看了大量的法国文学名著，尤其对巴尔扎克、莫泊桑、福楼拜等人非常推崇，他们的名字和他们笔下的人物常出现在康拉德的作品中。1874 年 16 岁的康拉德做出了一个艰难的选择，决定离开波兰，远离俄国的残暴和专制的氛围，他拿到俄国当局颁发的护照到了法国马赛，开始了他富有传奇色彩的冒险生涯，他熟练地运用法语结交朋友，他与航海业联系更密切了，不久他就成了海港领航员，大家对他很信任，期间他与三位朋友购买了"特列莫林诺号"船，以贩运水果和运输软木为名进行危险的走私活动，甚至为试图恢复西班牙王位的卡洛斯偷运军火。① 期间，年轻的康拉德陷入一场由恋爱纠纷导致决斗的闹剧中，这些经历过的人和事为他的小说提供了生动的素材，虽然作家对这段不光彩的经历讳莫如深，我们仍可以在《金箭》中找到详细的描述，在《大海如镜》中也可以找到一些记录。

他在刚果时曾身处逆境，三种语言在同时使用，在离开非洲之前他开

① 19 世纪拿破仑战争后西班牙国内政局混乱，分为保王派和共和派两大阵营，保王派内部再分裂为支持查尔斯第四(1789—1808 年在位)的次子唐·卡洛斯继承王位的正统派和支持伊萨伯拉二世(1833—1868 年在位)及其继承者的非正统派。

始了《阿尔迈耶的愚蠢》的写作，在完成开头的几章后他遇到了障碍。在这段时间他认识了法国知名女作家玛格丽特·波拉多斯卡，康拉德与已婚的波拉多斯卡陷入情网，彼此的感情纠葛成了文坛人所共知的事实，她对康拉德到刚果任职有推荐之功，康拉德给她写了许多深情表白的信，用的是法文。在启程去非洲前的几个月，康拉德第一次回到阔别 15 年的波兰，这次波兰寻根之旅唤起他深藏内心的复杂情感，尽管对波兰有着爱恨交织的双重心理，但对波兰语的使用却更加熟练。他从波兰直接赶去刚果就职，在那里他讲法语，这是他掌握得最熟练的语言，到达非洲后，他继续给波拉多斯卡写热情洋溢的情书，而且一直用法文。刚果的经历是康拉德一生中语言最错综复杂的时期，他到底用哪种语言进行思考呢？这种断裂也许可以在《黑暗深处》找到答案，叙述者马洛经常在对话中发生语言与事情失去联系的现象。

康拉德的生活和文本就是一个语言的试验场，经历了创作中的失语、杂语过程，在母语波兰语和创作语言英语之间有第三种语言法语插入其中，如果说英语的使用与未来的事业和婚姻有关，那么法语更多是与情欲和暴力有关，康拉德与波拉多斯卡的纠葛和法语书信联在一起，法语的运用也与康拉德青年时代马赛的冒险有关，与走私军火、为女子拔枪决斗的鲁莽行为有关，法语的使用也与英属刚果有关，那里是暴力和掠夺之地。这几种语言相互干扰又彼此融合，刚果让康拉德在语言、欲望和文化联系上陷入了复杂矛盾的境况中。康拉德对法语的钟爱有其时代背景，当时法语就像今天的英语一样颇受欢迎，自罗马帝国倾覆后，拉丁文没有能够成为统一的语言，各地土语因而产生，当时比较流行的语言是北方法文，沙理曼创立神圣罗马帝国后建都在北方，法兰克民族取得了西欧的霸权，法文逐渐取代古拉丁文，在欧洲西部各国盛行法文，在宫廷内法语就等于官话，在上流社会法语等于通行证。到了 18 世纪，欧洲受过教育的阶级以法语为通用语言，成了上流社会的交际语言，学者为方便宣传普及自己的思想，著书立说也多用法文，加上当时波兰与法国两国交好，波兰贵族以讲法语和接受法国文学为荣，加上家庭环境对康拉德的影响，所以他对法语的青睐也就不足为奇了。F. R. 利维斯在评论《诺斯托罗莫》时指出：

"《诺斯托罗莫》里的康拉德是堂堂正正的职业艺术家,他自觉地意识到法语的启蒙熏陶,意识到在技艺上与福楼拜的同道关系。纵观其写作生涯,我们会在他的遣词造句里非常明显而奇怪地看到法语的成分(他是先学的法语,再学的英语),这种成分在这里便显示了它的全部意义,因为与它相连的是对于小说艺术的一个非常严肃又朴实无华的构想。"①有趣的是,尽管康拉德以福楼拜和莫泊桑为文学榜样,其法文写作却不尽如人意。

英语的使用与康拉德的婚姻、家庭及创作事业关系密切。16 岁时他只会几个英文单词,到 1924 年 66 岁去世时,康拉德的英语还是说得结结巴巴,甚至连朋友都不知其所云。但他从少年时代就主动放弃了波兰母语和非常熟悉的法语,去与一种陌生的语言奋斗。从 1878 年康拉德离开法国到英国船上当高级职员开始,长时间航行,然后在岸上短暂休息,接着又扬帆而去,成了他的生活的循环圈,对于海员来说,英语是一种最通用的社交语言,他从阅读莎士比亚和拜伦来了解英国文学,从当地的渔民和海员那里学习英语会话,他在海上尝试用英语写信或写日志,同时他也尝试用各种方法挣钱,与他父亲对钱的厌恶相反,康拉德总是努力寻找各种挣钱的机会,所以常常为钱所累。1896 年他与英国女子杰西结婚,杰西回忆自己不同寻常的婚姻和蜜月生活时,她感觉"几乎不知道被呵护的滋味,也没有家庭生活的体验"。与固执的波兰人结婚是"共同的冒险"(joint adventure),在贝里坦尼(Brittany)度蜜月很快把康拉德带入了最有刺激的语言环境和新的国家及社会生活中,当时英语是他与杰西私下分享的与家庭生活有关的东西,因为杰西不会讲法语和波兰语,需要丈夫为她翻译一切。新婚丈夫康拉德病了,这使得杰西因语言不通而感到双倍的不适应,她在《我所了解的康拉德》中回忆:"持续一长周发烧不退,大多数时间康拉德处于神智错乱的状态。看着他躺在挂着白色蚊帐的床上,阴暗的脸,微微发光的牙齿和闪闪发亮的眼睛,我非常惊慌,再听他用一种奇怪的语言在自言自语(他肯定在说波兰话),却无法穿过进入他云

---

① 〔英〕F. R. 利维斯:《伟大的传统》,袁伟译,北京:生活·读书·新知三联书店 2002 年版,第 318 页。

雾般的思想或抓住一个可理解的词,这对于一个没有经验的女孩来说确实令人不愉快和难堪的。”[①]在《艾米·福斯特》中康拉德也描述了类似的体验,东欧青年扬柯乘船到“遍地黄金”的美国去寻找幸福,中途沉船,他漂流到东海岸的英国乡村,由于语言隔阂、风俗习惯和宗教信仰的不同,造成了他与英国妻子艾米之间的感情危机,“他翻来覆去呻吟,不时抱怨。她隔着桌子,坐在他睡椅对面,观察他每一个动作,每一个声响,渐渐产生对于那个她不了解的人的恐惧感,莫名的恐惧感”[②]。最后艾米抱着孩子逃离了扬柯,让他无助地孤独地死在他乡。康拉德本人来自东欧,东欧少年到英国乡村受到不友善的对待,与妻子之间由于语言不通和文化差异而造成的误解,其实就是作家本人的体验,这也印证了杰西的感受,成了她和康拉德的一种共同体验:丈夫的艺术创作与病中的写作事业之间有着持久的联系。更重要的是,英国读者发现杰西对于“冒险生活”的描述与《阿尔迈耶的愚蠢》中所揭示的婚姻冲突的真正含义有着内在的联系。

美国评论家杰弗里·迈耶新近在克里勃纳书店出版了一本《约瑟夫·康拉德传》,认为康拉德个人生活中最大的讽刺便是他的婚姻,每个认识他的人都对此加以讥笑。他的妻子杰西·乔治比他年轻16岁,打字员出身,粗陋不文,没有受过多少教育,缺乏感情,她的温柔只施予她的儿子鲍里斯,杰西的个人主义超过了她的丈夫,在生活中她是越吃越胖,越胖越吃。英国现实主义作家H. G. 威尔斯(H. G. Wells,1866—1946)称她为“泥屋里的弗兰德猪”,弗吉尼亚·伍尔夫称她为康拉德的“胖墩老婆”,康拉德则称她为“庞大的”,作家在塑造《间谍》中威尼的母亲时就是以杰西为模特儿,“一个肥胖的,呼哧呼哧的女人,有张棕色的大脸”,她“肿胀的双腿使她行动困难……” 康拉德夫人也许并不知晓她丈夫在书中以她为范本,但她在康拉德死后出版的《我所知道的约瑟夫·康拉德》及《约瑟夫·康拉德的朋友们》这两本书中报了仇,以致爱德华·吉尼特称后一本书是妻子所写关于丈夫的书中“简直是最为可恶的”,但是维奥

① J. H. Stape, *The Cambridge Companion to Joseph Conrad*, Shanghai: Shanghai Foreign Language Education Press2000, p. 2.

② 《现当代英国短篇小说集》,上海:上海译文出版社1984年版,第35页。

莱特·亨特却说杰西的肥胖"是作家最理想的妻子"。

康拉德接触英语要晚得多,虽然他对法语更亲切熟悉,对法国文学了解得更多,但他却自信对英语的把握能力和悟性,"事实是我在英语方面的写作才能,跟我也许在其他方面的能力都是同样自然的。我有一种奇怪的难以抑制的感觉,那是我自己先天的部分能力。我觉得英语既不是我的一种选择,也不是后天收养过来的儿子。然而我受到英语的天才作家的收养,我马上走出结结巴巴的阶段,它使我完全成为它自己的亲子,我真诚相信它的习惯用语对我的气质产生直接的作用,造成我依旧具有可塑性的成就。"①"很明显,我并没有别的方式拥有英语,但没有理由怀疑我说英语占有甚至养成了我的思想时的真诚。从语言地道和习惯上看我从来没有错,毫无疑问,如果我不用英语写作的话,我也许一个字也写不出来。"②康拉德放弃了第一外语——法语,决定用英语写作,其实也是很好理解的,因为他的小说题材和趣味需要英语的具体性和生动惊人的力量来表达,他选择英语,是因为看中了它的鲜明特色,也因为它与道德传统相关联,就像康拉德选择英国商船队一样出于同一种原因。虽然他自信对英语有很好的领悟力,然而在掌握和运用语言的过程中,他付出了常人难以想象的努力,他早期的英文文字下掩盖着波兰语和法语的暗流,其中文字混杂,略显晦涩。一位评论者指出"他的故事隐藏在语句的迷雾之中,并未完全讲出来"。康拉德自己也承认:"当我写《阿尔迈耶的愚蠢》的第一个词之前,我已经用英语思考了很多年。"他把自己比喻成在没有亮光的黑洞中采集矿石的煤炭工人,"正如我在最近给朋友的信中提到,我在黑夜采集有价值的英语矿石,就像煤矿工人在坑里工作一样,14年来我一直生活在没有回音的洞坑里"③。令他失望的是,他付出的努力和得到的回报不相称:"这些年来,我没有时间把头移开桌子,一日复一日

---

① 〔英〕康拉德:《大海如镜》,倪庆饩译,天津:百花文艺出版社2000年版,第198页。

② W. T. Zyla and W. M. Aycock *Joseph Conrad: theory and world fiction*. Lubbock, Texas Tech University, 1974, p. 60.

③ Morton Dauwen Zabel, *The Portable Conrad*, New York: Penguin Books USA Inc., 1975, p. 746.

我不知道太阳是否升起，毕竟这些书摆在那了！我有一种难以描述的疲惫感。”在《阿尔迈耶的愚蠢》、《海隅逐客》出版后，很少有批评家意识到这位文坛新秀的独创性和写作天赋，所以他对朋友抱怨说以写小说谋生是一件愚蠢的事，但是“不管快乐与否，我的任务是致力于人类的博爱精神”。令人欣慰的是，H. G. 威尔士在《星期六评论》(*Saturday Review*)上所发表的文章给了他极大的鼓励。

康拉德和威尔士(左)

他回信表示感谢：“读着这些文章，我感到 14 年的心血没有白费。”经过多年的辛勤工作，他的文学成就终于得到肯定，亚瑟·西蒙斯、克利福德、格雷汉姆、加奈特等人充分肯定了康拉德的创作成就。

康拉德拒绝承认俄语，从心里排斥俄语，不仅否定自己懂俄语，也否认自己是俄国臣民。在《文学与人生札记》中，他否认波兰与俄国在语言和文化上的联系，反感别人说他身上有斯拉夫民族气质。1922 年 12 月，他给乔治·凯亭(George T. Keating)的信中明确地表示：“从种族上看，我首先属于从意大利，然后从法国起源获得的文化体系，带有南部的气质；它处于有着罗马传统的西方文明的边缘区，一边是凶悍的斯拉夫——拜占庭野蛮民族，另一边是德意志人，它拼命地抵制来自双边的影响，至今仍保持着自身的存在，我 17 岁前离家走进了法国和英国，在这两个国家我一点都没感觉自己是个陌生人，无论是从观念情感上还是文化习俗上。

如果他(Mencken)认为我受到所谓的斯拉夫文学的影响,那他就完全错了,我想他指的是俄国文学吧,事实上,我从来不了解俄国,我读过的几本俄国小说也是翻译过来的,他们的心态和情感一直令我厌恶,离开波兰后我的青年时代是在法国文学和英国文学的熏陶下度过的。”①康拉德对俄国文学及语言的排斥心理非常明显,可见在他的生活中俄语是一种干扰语言,事实上俄语的影响也是挥之不去的,他并不掩饰对屠格涅夫的敬意,也不掩饰对陀思妥耶夫斯基和托尔斯泰的反感和厌恶,俄国人形象也时常出现在他的笔下,如对库尔茨佩服得五体投地的小丑式的俄国青年人,他在《驾船技术探索》书页边用密码式的俄语写下的笔记让马洛困惑,他的言行和流露出来的幼稚天真让马洛感到滑稽可笑;在《间谍》中指派维尔洛克去制造恐怖活动的外国大使馆秘书符拉迪米尔,就是一位俄国人,他希望炸毁象征英国进步和科学的格林尼治天文台,然后嫁祸于别国的无政府主义者,以促使英国政府驱逐那些寻求庇护的无政府主义者。符拉迪米尔口才极好,他精通多种语言,引用拉丁文典故和说俏皮话恰到好处,当盛气凌人的他嘲笑维尔洛克不懂拉丁文时,维尔洛克巧妙地回了一句:“我也不懂中文。”(Nor Chinese),在欧洲“中文”、“亚细亚”常带有轻蔑的意味,他暗示对方的“亚细亚”背景,表明你的拉丁文没什么了不起,你的母语也不过像中文一样无足轻重,康拉德描写符拉迪米尔的语言有一种“带喉音的中亚细亚腔调”,听起来“不像欧洲任何语言”,他看问题“只是从欧洲的另一端来看欧洲”,作者暗示了符拉迪米尔的俄国人身份,所以德国作家托马斯·曼(Thomas Mann,1875—1955)认为《间谍》是一个亲英派构写的“反俄故事”。康拉德《在西方的注视下》也流露出对沙俄政府的反感,康拉德最痛恨的是俄国瓜分波兰的罪恶以及对波兰语言、文化的压制,尽管如此,俄国终究是与波兰关系最密切的国家,他对俄国的感情同样是复杂而微妙的。

除了上述四种语言的影响之外,康拉德文本中还有拉丁语和德语、荷

① Morton Dauwen Zabel, *The Portable Conrad*, New York: Penguin Books USA Inc., 1975, p. 752.

兰语、挪威语、马来语等夹杂其间，作者清醒地意识到在语言、文化的取舍过程中所面临的矛盾和困境。他说："至于作家，在他的词语宝库中，也许只有万分之一的词语可能击中远距离且难以捉摸的艺术靶子。"[①]在《文明路上的先锋站》中，作家描绘了一个孔武有力、神情坚毅的黑人头领："他的语调里，他说的长句子的声音里，有些什么使这两个白人感到吃惊。那好像叫人想起一种不完全熟悉、然而近似有文化的人的言谈。它听来好像一种我们有时候在梦中听到的不可能有的语言。""讲什么外国话呀？"殖民者卡利尔惊讶地对同伴凯亦兹说："一开头我只当这家伙在说法国话了。不管怎么样，和我们听到过的不同，这是另外一种莫名其妙的话。"在《艾米·福斯特》中，东欧少年扬柯被骗离开家乡到"遍地是黄金"的美国谋生活，遭遇海难，只身一人漂到陌生的英国乡村，故事讲述者"我"第一次见到落魄的扬柯时试图与他沟通，"当然，他不一定听得懂西班牙语；我只懂几个西班牙字，试了一试，又试试他是不是说法语。我凑过耳朵去，听他轻轻发出的声音，根本不知所云。那天下午，从教区长那儿来的年轻女士们前来拜访史威弗小姐，站在门口同他说德语和意大利语。他从草垛上转过身来，朝她们说了一通很动感情的话，她们稍微有点害怕，转身走了。"他没法同别人交谈，也不指望能听懂别人的话，后来遇见了艾米·福斯特，她像一位"周身发出光环的天使"，她有一颗"黄金色的心，见了别人的痛苦就软化"，但两人的结合、孩子的降生并没有带来完美的结局，因为他"盼望孩子长大，他可以同一个男人用我们听起来这么使人不安、这么热烈、这么奇怪的语言说话"，他的外国腔带有一种特殊的、抹不掉的印记，语言的困惑让他像一只"落在网里的野兽，陷阱里的鸟儿"，他听不懂，不能表达，不能言语。语言不再发生作用，他失去了作为人存在的基础，他不知身在何地，也无人理解他的行为，语言、文化的隔阂导致他和艾米的情感破裂，艾米对他产生了无法解释的恐惧感，带着孩子从他身边逃走了，扬柯在肺病的折磨下孤独悲惨地死去。《海隅逐客》中

① 〔英〕康拉德：《文学与人生札记》，金筑云等译，北京：中国文学出版社2000年版，第10页。

的白人威廉斯情急之下用英语、阿拉伯语、荷兰语、马来语骂人，试图挣脱抓住他的那些人，渴望见到被马来人藏匿起来的情人爱伊莎，而白人“海大王”林格在与当地政客巴巴拉凿就森巴镇局势交流看法时，讨价还价中也夹杂马来语等。《诺斯托罗莫》中希斯克的悲剧也是由于他语言的错乱，“希斯克的陈述彻底颠覆了他的希望，因此绝不能接受。而且希斯克的故事的确前言不搭后语，显示出极度精神错乱的样子，令人难以置信。他的话，正如俗语所称，让人丈二和尚摸不着头脑。……同时，他的西班牙语又和德语搅和到一起，以致他陈述当中较能说明问题的部分也变得莫名其妙。当他被严厉警告，不许说废话时，他再次用德语重复自己的哀求，及清白无辜的申诉，因为他不知道自己正在说的是哪国语。”①虽然他的艾斯马拉达居民的身份准确无误，但这一点并没有使事态变得清晰和好转，最后由于语言的混乱造成误解他被叛军吊死。《救援》中康拉德借人物之口说：“我能说英语，我能说荷兰语，我能说这些岛屿上每一种咒语……可是我却忘了自己国家的语言。”从这些小说中读者不难理解康拉德对语言运用的困惑：“生活不了解我们，我们也不了解生活。——我们甚至不知道自己的想法思想。我们所用的词语中有一半没有什么意义，另一半则通过每个人的愚蠢和自负以自己的方式来理解。宗教是一种迷信，信念的转变就像海岸飘浮不定的薄雾：思想消失了；语言，曾经很明确的、确定的语言，枯竭了；昨天的记忆就如明天的希望一样晦暗不清——似乎只有我的陈词滥调还不绝于耳。正如我们的农民说的‘我祈求，兄弟，看在上帝仁爱的份上原谅我吧。’我们既不知道原谅什么，爱是什么，也不知道上帝在什么地方。……”②康拉德在异质环境中进行创作，经历了失语、杂语的过程，流散写作中所呈现的文化交融、语言混杂是一个无法避免的现象，康拉德的语言选择就是一个最好的注释。

纵观康拉德一生，作为移民文化人，他总是处于主流边缘、家边缘、国边缘和语言边缘。波兰是他的母国他的灵魂，却臣属俄国，他的生活方

---

① 〔英〕康拉德：《诺斯托罗莫》，刘珠还译，南京：译林出版社 2001 年版，第 251 页。

② Robert Hampson, *Cross-Cultural Encounters in Joseph Conrad's Malay Fiction*, London: Antony Rowe Ltd, Chippenham, Wiltshire, 2000, p. 181.

式、感情表达和神态举止都是波兰式的；他深受法国文学的影响，法国是培养他敏感性和鉴赏力的地方；英国为他提供了栖身之地和创作所需的语言，康拉德不仅为移居地语言增添异彩，而且把盎格鲁—撒克逊民族的理想表现得更好，成为英吉利民族魂中最好东西的阐释者，甚至比英国本土作家表达得更准确。相对于法语的贵族化，英语具有更多的平民色彩，它容易被世界范围内的读者接受和流传，尤其是19世纪的英国已成为世界的中心，成为支配世界的力量，在种族、民族、文化上都无须质疑地被高度认同，英语被认为是一种全球性的、容易理解的，并且具有很大社会权威的语言，任何一个与英国对话或谈论英国的人都可以理解，英语的权威性又大大提升了英国的影响力量，所以“康拉德用英语对所有国家的读者说话，今天传遍了世界各地，达到了波兰语创作的杰作从没有达到的高度”①。时间证明康拉德的选择是明智的。

康拉德用自己的一生为我们诠释了一种现代意识：文化交融和语言混杂的观念。后殖民主义者萨义德为此得出结论：“所有文化都彼此卷入；没有一个是唯一的或纯粹的，所有的都是混合物。”②不同文化彼此交融互动，“互换的过程就是在殖民表征的中心开辟另一个政治和文化冲突的场所。在这里，对本土符号的积极肯定使对神圣权威的表述混杂有其他成分。正是在压制过程中主子的语言变成了交杂混合语言——非此非彼”③。康拉德在其作品中很好地揭示了殖民地语言混杂和文化杂糅的现象，殖民者本身的语言变得含混不清，加上对土著语言的接受吸纳，实际上语言的混同和运用构成了对欧洲话语权威表述的威胁，从而使异质的语言从边缘进入欧洲中心，他者权力得以重视。康拉德的语言世界如此复杂与他精神世界的丰富性有着密切的关系，他对多种语言的接受和选择，对不同语言在情感上的爱憎亲疏，无疑包含了作家的文化认同和价值取向。

---

① W. T. Zyla and W. M. Aycock, *Joseph Conrad: theory and world fiction*. Lubbock, Texas Tech University, 1974, p. 61.

② 乐黛云：《文化传递与文学形象》，北京：北京大学出版社2000年版，第54页。

③ Homi K. Bhabha, *The Location of Culture*[M]. London: Routledge, 1994. p. 33.

总之,康拉德面临着归化英国和重返波兰的两难困境,一方面,波兰的民族精神和波兰的文化基因深深根植在他的灵魂深处,他无法完全归化英国,始终保持着波兰贵族的气质和道德意识;另一方面,他不得不背离祖国,寻求大英帝国的保护和认同,却无法被主流社会所接纳,他带着“非英国人”的尴尬身份游走在欧洲文化的边缘。同时,他与波兰母语、俄语、法语、英语之间的亲疏关系也决定了他在语言选择和语言转换过程中所面临的主体分裂和文化震撼。他无法用单一思维和某一种纯净的语言创作,文本中多种语言交叉出现,他运用语言的表现力确实比语言文字表面所含的意义要深刻得多,每一种语言或声音都代表一种文化诱惑,他受太多语言和文化模式的影响,这种语言的多元性和康拉德所处的复杂的文化背景有关,也造就了他与众不同的写作世界,置身于多元的语言和文化世界中,写作成了康拉德自我定位和自我拯救的方式。

第二章　文化人类学读本

人类学(Anthropology)是研究人类的体制和社会文化的学科,这个英语单词源于希腊文 Anthropos(人)和 Logia(研究),即是研究人类自身的学科,人类学关注整个人类文化的起源、成长和进化的过程,并研究比较各民族、各部落、不同国家、地区的文化异同,从而发现文化的普遍性和特殊的文化模式,它对人类社会、文化整体进行理论反思,以加强不同文化间的理解和沟通。每一种文化都是独特的、不可重复的,一种文化对待另一种文化的正确态度应该是理解和沟通,而达成这种理解的关键是理解者对被理解者客体文化的赏识。人类学家在描述客体文化的特性方面做了大量有价值的工作。人类学的产生与欧洲人的探险活动有关。随着海上大交通的产生,欧洲人发现了一个个"新世界",尤其从 18 世纪中叶起,欧洲强国相继到亚、非、美洲建立殖民地,欧洲人与非西方文化尤其是各地土著人的原始文化相碰撞,开始产生了对其他人种、习俗差异的兴趣,为此航海家、地理学家、传教士和商旅人士记下了大量关于处在"自然状态"下生存的人们的相关资料,他们的书信体旅行札记广为流传,引起欧洲人对"遥远民族"、"异域他乡"的想象,人类学正是在这种背景下产生的。人类学的核心使命之一,就是解释世界上存在的多民族、多文化的现象,在广泛实地调查的基础上论述社会人的各种制度、仪式、风俗、观念、思维模式和行为模式,揭示社会发展和文化变迁的规律和动力,进而寻求对不同地域和族群的人们的世界观、人生观和价值观的理解,寻求对异质的、多样性文化的理解。

文化人类学(cultural anthropology)是人类学的重要分支,它的主旨是研究与人的生物特性相区别的人类社会及其文化,侧重于描述、分析、解释人们的思想与行为方式以及社会和文化的异同,包括不同文化在习俗、仪式、家庭、宗教、制度等方面存在的共性与差异。

康拉德生活在人类学引起广泛兴趣的时代。1859 年法国人类学会成立,1863 年英国伦敦也成立了人类学会,1879 年美国华盛顿成立了人类学协会。被誉为人类学之父的英国人泰勒（Edward Burnett Tylor,1832—1917）在 1871 年发表了《原始文化》(*Primitive culture*),收集了大量的制度、仪式、习俗、神话资料,并从理论和方法上为文化人类学的发展奠定了基础并提供了指导;弗雷泽(Sir James George Frazer,1854—1941)出版了巨著《金枝:巫术和宗教研究》(*The Golden Bough*: *Witchcraft and Religious Studies*）,该书被称为人类学百科全书;卢梭是文化人类学的开创者,他把相对于西方的“文化他者”乌托邦化,其笔下的“高贵的野蛮人”成为人类学家津津乐道的话题。相对而言,康拉德没有太多关于人类学的理论著述,但他得天独厚的航海经历弥补了某些方面的不足。英国社会人类学家马林诺夫斯基(Bronislaw Kaspar Malinowski,1884—1942)在《西太平洋的航海者》(*Argonauts of the Western Pacific*)中指出:“一位人类学家进行研究,仅仅局限在文献资料,或宗教,或技术,或社会组织方面,而省略掉人工的田野访问,那么他的工作将会有严重的缺陷。”①他提出田野工作的三原则:必须树立真正的科学目标,了解各种评价和当代民族志的标准;必须生活在本地人当中,以创造良好的工作条件;必须运用各种收集资料、利用资料和关注物证的特殊方法。康拉德尽管没有明确的人类学研究目标,但他很幸运,二十多年的海外生活为他提供了人类学家所必需的田野工作场所和收集资料与物证的便利条件。

康拉德在八九岁时就流露出对陌生世界的向往:“我会一连几个小时地查看南美、非洲或澳洲,并且迷失在探险的所有光荣梦想之中。那时,地球上还有许多空白地区,当我在地图上看到一个特别吸引我的地方时

① Bronislaw Kaspar Malinowski, *Argonauts of the Western Pacific*, London: George Routledge, 1922, p. 11.

(它们似乎全都如此),我会用手指着它说,我长大后一定要去这里。”①这种内心的冲动几年之后就变成了现实,康拉德凭借海员的职业便利,到过世界上最遥远的角落,非洲、美洲、澳大利亚、马来群岛、菲律宾、新加坡、爪哇等地都留下了他的足迹,他接触过不同的文化区域,收集了大量当地居民的资料,他笔下有关于原始的宗教信仰、神秘的巫术仪式、独特的土著舞蹈、怪异的马来习俗和民间交往的礼仪等等记录,在殖民地“重叠的领土”和“纠结的历史”中,康拉德凭借非凡经历和灵动妙笔,寓丰富历史文化信息于小说之中,他不仅成为那个时代世界政治的投入者和观察家,其文本所特有的文化人类学的意蕴也随时间流逝日益突显。本章主要从康拉德有关非洲大陆和马来群岛土著人的描述中来探讨其作品中的文化人类学价值。

第一节 非洲原始文化

1890年,比利时当局任命康拉德为一艘开往非洲刚果的汽船船长,顺便把一位滞留在那里的白人布莱恩解救回来,由于热带疾病缠身,康拉德提前回到英国,他在《青春及其他两篇故事》的附言中说:“大家都知道,好奇心重的人,探头探脑,海角天涯,无处不去,其实他们到那些地方去并没有什么正事,还带着种种藏品远游归来。这篇故事(指《黑暗深处》)和另一篇不收入此集的故事(指《文明路上先锋站》),是我从非洲中心带来的全部藏品。”②这些藏品饱含着他对土著文化的热情和思考,小说为我们提供了大量的人类学资料,刚果之行不仅使康拉德对欧洲殖民者在非洲的际遇有真切的体会,也对非洲土著居民的社会生活和非洲本土文化的价值有着更深刻的了解。

---

① 〔英〕康拉德:《吉姆爷 黑暗深处 水仙花号上的黑水手》,熊蕾等译,北京:人民文学出版社1998年版,第479页。

② 〔英〕康拉德:《不安的故事》,关琪桐译,上海:商务印书馆1936年版,第197页。

1. 入伙仪式

在《黑暗深处》这部小说中，康拉德以自己的经历和想象描述了一个带有原始宗教色彩的库尔茨的入会仪式。马洛从俄国人口中知道，库尔茨“在这块土地上的魔鬼当中占有一把位置很高的交椅，他去主持过某些半夜举行的舞会，这些舞会结束时都要举行一些无法形容的仪式”[①]。这些仪式是奉献给库尔茨本人的，他在土人心中的地位是西方人无法想象的，他犹如带着雷火和闪电的朱庇特，有力量迷惑或者恐吓住那些初民社会的人，使他们在更为荒谬的巫术仪式和舞蹈中痴狂。“他们的帐篷围绕着他的住处，他们的首领每天都要去给他请安。他们甚至趴在地上……我完全不知道，他们接近库尔茨先生的时候，都采用一些什么样的仪式。”[②]库尔茨在贸易站屋子外的篱笆柱子上吊着一颗颗黑人头颅，这已不是什么装饰品了，而是作为征服和强权的象征性标记。午夜刚过，在库尔茨那些崇拜者的营帐地燃起了一堆篝火，“一面大鼓发出的单调的隆隆声，使夜空中充满了被压抑着的巨响和经久不息的震撼。从那漆黑的、望去平如墙壁的森林那边，传来许多人各自念诵某种奇怪咒语的嗡嗡声”[③]。最后一阵突然爆发的叫喊声，一种长期被压抑着的神秘而愤怒的声音突然爆发，又马上停止。在篝火旁，“一个黑色的影子站起来，迈开两条黑色的长腿，摆动着他的黑色长胳膊在一排火光前面走动。他头上有两只角——我想是羚羊角。他是个术士或者巫师，这毫无疑问。可看来真像魔鬼”[④]。马洛冒险潜入仪式现场，想劝说库尔茨放弃那种入伙的邪恶想法，极力打破那巫术态度和巫术行为(magical attitude or magical behavior)加在库尔茨身上沉重的符咒。马洛最终以失败告终，那符咒和魔力通过巫术仪式唤醒了库尔茨已被遗忘的兽性本能，让他重新记起他过去那种能够得到满足的魔鬼般的热情，“正是这种符咒驱使他走出房间，

① 〔英〕康拉德:《吉姆爷 黑暗深处 水仙花号上的黑水手》，熊蕾等译，北京:人民文学出版社1998年版，第589页。

② 同上书，第603页。

③ 朱炯强编选:《康拉德精选集》，济南:山东文艺出版社1999年版，第611页。

④ 同上书，第614页。

爬向这森林的边缘，爬向这丛林，这闪闪的火光，这隆隆的鼓声和这念着离奇咒语的嗡嗡声。正是那符咒引诱着他的无法无天的灵魂，使它越出了人的灵感所能容许的限度”①。这种神秘的入伙仪式使库尔茨从一个传播光明的使者变成了崇拜邪神的异教徒，他还假借鬼神魔力掌控着领地内生杀予夺的大权，库尔茨通过仪式不仅与内在社会环境相融合，成为土著人膜拜的神明，而且同外部的自然环境相协调，幽幽的篝火，闪光的河道，激越的鼓声，阴暗的丛林、黑的太阳等，这是入会仪式中常见的因素，它们构成了仪式的有机部分，它们不仅仅被看成单纯的自然物体，而且被视为预兆、符咒、仪式用品等。作家把库尔茨放在非洲荒蛮的自然背景下，无疑加强了人物与自然环境之间的关系，“这里的荒野曾经摸过他的头，你们瞧，光光的像只象牙球……荒野曾经占有他，钟爱他，拥抱他，钻进他的血液里去，消融了他的肌肉，通过不可思议的入伙仪式已让他明确属它所有了”②。这种入伙仪式具有转变人的现状和地位的功能，它的目的在于使个人离开一种确定的位置而转入另一种同样确定的位置，它给了库尔茨一种机会，一种职责，让他从一个高尚文明的殖民者角色中退出，转入在非洲丛林中扮演参与者和统治者的角色，他的仪式包含某种明显的暴力和征服的因素，通过这种氛围恐怖的仪式造就了一个暴君、一个新的土著神明。

一个“进步与文明的使者”为何完全堕落成“黑暗之子”？康拉德认为“更重要的是我们得知道，他自己是属于谁的，有多少种黑暗的势力在争夺对他的所有权，对这个问题的思考会让文明人不寒而栗”，库尔茨长期处于极端孤独的异质文化中，原始丛林的黑暗势力在争夺对他的控制权，加上白人殖民者对他的敌意和排斥，如公司经理害怕库尔茨的出色表现得到上级的赏识会威胁到自己的地位，所以设置种种障碍来阻止和拖延营救库尔茨的工作，经理凿穿汽船，又连续数月不给马洛修船的铆钉，也不为库尔茨提供药品和食品，且暗中指使人在贸易站放火，图谋让自己

① 朱炯强编选：《康拉德精选集》，济南：山东文艺出版社 1999 年版，第 614 页。

② 同上书，第 587 页。

的侄儿来接替库尔茨的职位。殖民者之间的利益争夺是库尔茨逃离文明世界的原因之一。作为一个白人，一旦意识到自己为之献身的事业目的模糊、动机邪恶时，原有的信仰、理想随之破灭，他个人的勇气和理性消耗殆尽，伦理道德的基准也随之混乱，他的堕落也就不难理解了。库尔茨所举行的夜半巫术仪式显示了人心最原始最可怕的魔性，他临死前像动物一样爬行，完全被魔鬼的仪式所蛊惑，人性中蛰伏的兽行本我得以释放和宣泄。康拉德揭示了潜藏在仪式背后的文明人自身的危机，这种对文明世界困惑甚至失望的心理在 19 世纪末 20 世纪初的文学作品中还有不少例子，他们把目光转向非西方文化，特别是在相对落后的原始文化地带去寻求精神寄托。英国作家毛姆（William Somerset Maugham，1874—1965）的《月亮与六便士》借印象派画家高更到南太平洋塔西提岛与土著人身心交融的经历来表现对原始文化和土著居民的敬意。英国小说家 D. H. 劳伦斯在《骑马出走的女人》中，讲述了一个欧罗巴白种女人毅然抛弃富有的丈夫，来到蛮荒的野外山林，自愿将自己的身体奉献给印第安部落土著人的太阳神。他们与康拉德一样，也朦胧地意识到西方文明自身的危机难以从内部克服，所以把人物的精神出路放在非西方世界里。康拉德意识到“那荒野的沉重而无声和魔法——它似乎在唤醒他已被遗忘的兽性的本能，让他记起他那得到过满足的怪异的激情，从而把他拉回到荒野自己无情的怀抱中去”。“我想，这片荒野曾经对他悄悄诉说过那些关于他本人的、他从前并不知道的事情，那些直到他听取这片伟大荒漠的忠言之前，不曾有过具体概念的东西。”文明人自身有一个本能，它朝向更高的或者人们所称的精神生活，而另一个本能，它却朝向原始的、野蛮的生活，我想后者也许就是库尔茨主动献身非洲巫术仪式的内在动机，康拉德通过入伙仪式象征性地表达了文明人从一种极端状态向其对立面的转化，它可以多方位地用来表达诸如从无知到有知、从文明回归原始、从生到死再到永恒的超越过程，具有极为深远的意义。

由于康拉德关注的是欧洲殖民者与土著人遭遇后的命运以及白人精神世界的堕落，所以他的重点不是仪式后通常出现的欢乐景象，通过仪式库尔茨没有得到再生，而是意味着他与邪神合体，被彻底地逐出了文明世界,最终走向死亡,西塞罗(Marcus Tullius Cicero,BC. 106-BC. 43)曾这样写道:“在雅典娜女神赐予人类生活的大量高尚而神圣的教诲中,在我看来,没有一条能胜过秘密仪式。因为通过这一方式,能使我们脱离蒙昧、野蛮的生活方式,进入文明状态,由于这类仪式叫做‘入会’,所以千真万确,我们从中学会了如何开始生活,我们不仅掌握了如何幸福生活的力量,也掌握了怀着更美好愿望死去的力量。”①如果从西塞罗关于仪式的目的来看,康拉德对库尔茨仪式的描述显然具有反讽意味。仪式仿佛成了文明人自身的讽刺性影像:殖民者信念的破灭,反而从文明进入野蛮状态,转向异教邪神的世界,试图重新找到控制未来的权利,而这种努力往往显得愚蠢:“在这里没有任何人的生命能得到符咒的保护。”实际上,库尔茨把自己作为牺牲奉献在土著人的祭坛上,替白人的罪恶行径赎了罪,在马洛(康拉德)看来,他死前发出“太可怕了! 太可怕了!”的绝望呼声“表明了一种肯定的态度,一种道义上的胜利,这胜利是以无数的失败、莫名的恐惧和可厌的得意心情作为代价的。可它仍然是一个胜利!”②库尔茨在非洲的遭遇折射出康拉德对殖民者生命价值的反思和对帝国殖民意识戕害人性扭曲心灵的反省。

2. 泛灵论

非洲是一块巫术盛行的大陆,土著人多保持原始习俗,注重宗教礼仪,其中“泛灵论”(Animism)观念深入人心,象牙海岸已故的首任总统乌弗埃—博瓦伊就说过:“从非洲大主教到最平凡的天主教徒,从大巫医到最平凡的穆斯林,从本堂牧师到最平凡的新教徒,我们人人都有一段信奉泛灵论的过去。”非洲大陆的人们极端迷信,他们通过各种心灵法术来与魂灵世界沟通,“在内心最深处崇拜着一些恶神”,例如,孟波·蒋波(Mumbo Jumbo)就是他们所崇拜敬畏的一个凶神。在非洲人眼里这个世界中到处都是死者的鬼魂、幽灵、凡眼看不见的神祇,从现代野蛮民族的

---

① 〔美〕约翰·维克雷编:《神话与文学》,潘国庆等译,上海文艺出版社 1995 年版,第 372 页。

② 〔英〕康拉德:《吉姆爷 黑暗深处 水仙花号上的黑水手》,熊蕾等译,北京:人民文学出版社 1998 年版,第 622 页。

研究中我们可以知道,信奉“泛灵论”的人心理上有这样一些特点:相信万物皆有生命,思想、情绪与人类一般,迷信,认为人可以变成禽兽,兽类也可以变成凡人,风雨雷电可用魔法招致,相信人死后灵魂离开躯壳仍有知觉,或附在他人身上,或存在另一个世界,衣食作息与生前没有什么区别。

康拉德在《文明路上先锋站》中反映了土著人的泛灵论思想。高必拉酋长面对新来到贸易站的白人凯亦兹和卡利尔,感到既困惑又平静:“在他眼中,他们都很年轻,酷为相似(除了身架以外)。他还以为他们都是兄弟,长生不老的兄弟。艺术家是和他关系亲密的第一位白人,他的死并没有动摇高必拉的信念,因为他坚信这位异乡白人必是为了自己某种隐秘的目的才装死入殓的,至于目的是什么就不必徒然深究了。说不定那是人家返回故乡的一种办法呢。不管怎么说吧,现在他兄弟来了,他便把满腔莫名的亲热移注到他们身上。他俩也回报了他。卡利尔拍拍他的背,然后大手大脚地胡乱擦火柴以博他开心。凯亦兹则总是很乐意让他闻闻阿摩尼亚药瓶。总之,他俩所作所为与那位已藏身‘地洞’的白人当年做的别无二样。高必拉聚精会神地打量他们,也许他们就是当年那个人变的吧——或者其中一个是,他无法判断——无法解释这个谜团,不过他一直亲切友好。”①在凯亦兹开枪打死卡利尔后,贸易站的管理者土著人马可拉却平静如常一点都不惊讶,而正是这种泛灵论思想使得土著人具有独特的生死观:他不轻视生存,也不害怕死亡,相信轮回观念,在他看来,生与死只不过是一种转换,死是生的继续,或说是生的另一种形式,在这种观念支配下,对人与鬼之间的隐秘关系并不陌生,也不害怕,而好像是亲戚朋友之间的往返,是另一个兄弟回来了。在长篇小说《诺斯托罗莫》中那些半野蛮的意大利矿工就像原始部落的百姓一样,他们把人的灵魂赋予每一件自然物体,所以他们能区别普通人类和超人,这种万物有灵论成了他们宗教生活的一部分,所以“他们把这个银矿看做是保佑他们、坚不可摧的神明,仿佛它是他们双手建起的崇拜偶像”。康拉德笔下的热带丛林也具有灵性,像会施加魔咒的精灵一样,“山川的精灵似乎捉住了他

① 朱炯强编选:《康拉德精选集》,济南:山东文艺出版社1999年版,第11页。

们,把他们像草似的腐在那里”,面对陌生而潜藏危机的异质环境,康拉德笔下的白人殖民者往往被这充满神秘色彩的原始丛林所震慑、所吞噬,带着魔法性质的丛林成了吞噬白人库尔茨、凯亦兹的帮凶。

3. 原始舞蹈

原始舞蹈是非洲文化独具特色的内容之一,它不仅具有消遣娱乐的功能,还具有与战争、宗教仪式相关的社会功能,在日常生活如丧葬婚宴、驱邪除病、节日庆贺等方面发挥着重要作用,舞蹈成了构成社会整体所必需的一种集体性活动。在非洲,人们常说:“男人不会跳舞不能成为英雄;女人不会跳舞不能算个好女人;年轻人不会跳舞,就只能独身一辈子。”可见舞蹈在非洲人生活中有着举足轻重的作用,他们通过佩戴面具、着装、身体涂色、手持道具来模仿农事、狩猎、放牧和战争等活动,在舞蹈过程中善于以夸张的形体动作来抒发自己的喜怒哀乐。19 世纪 70 年代,著名的英国探险家亨利・斯坦利(Henry Stanley,1841—1904)多次赴非洲探险,他曾在非洲营救另一位英国探险家、传教士戴维・利文斯通(David Livingstone,1813—1873)。斯坦利在穿越非洲腹地刚果时,亲眼目睹了村民们狂跳战士舞的场面:他们“同时跳起来,同时匍匐在地上……显示昂扬的气魄,然后头同时低垂下去,发出凄切的哼叫声……我们仿佛经历了战败的惨状,遭受了劫掠和杀害;我们仿佛听到了伤员的呻吟,看到了孤儿寡母在遭到摧毁的茅舍和荒芜的田野上哭泣”[①]。斯坦利的冒险旅行在欧洲媒体多有报道,康拉德也受其伟大壮举影响完成了非洲之行的夙愿,他在非洲荒野同样感受到了土著文化的神奇魅力,而“所有这一切是那么伟大,充满希望,寂静无声”,在《黑暗深处》中作家具体描写了非洲原始部落充满迷狂色彩的舞蹈:“正当我们十分艰难地绕过一个河湾的时候,眼前却突然出现一大片芦苇墙,茅草尖屋顶,一阵突然爆发的狂喊,在一片浓密、低垂、一动不动的枝条下,许多只黑色的手臂在挥动,许多双手在鼓掌,许多只脚在跺地,你可以看到无数摇晃着的身躯和转动的眼睛。汽艇沿着这一片黑色的不可理解的狂乱情景慢慢前进。这些史前人是在诅

---

① 艾周昌、沐涛:《走进黑非洲》,上海:上海文艺出版社 2001 年版,第 172—173 页。

咒我们，是在向我们祈祷，还是在欢迎我们——谁知道呢?”[①]他看到“丛林里掩映着晃动的四肢，亮闪闪的”，康拉德笔下非洲土著人的舞蹈充满了原始的激情，那些弯弓搭箭、赤身裸体的猎手手持粗糙武器，跺脚扭腰，摇摆蹦跳，举手投足间表现出强烈的节奏感和律动性，展示他们勇猛的气魄。在作家眼里，土著居民身上那股狂野的活力像海岸边的浪头一样，自然而真实，他们待在那里并不需要得到任何人的许可。看着他们，使人感到莫大的安慰，“可是真正让你激动的，正是这种 认为他们也——和你我一样——具有人性的想法，他们这种狂野和热情的吼叫使你想到了自己的远祖”[②]。这一切再现了非洲舞蹈作为独特的艺术形式所具有的原始粗犷的美感，所谓“手之舞之，足之蹈之”是全人类舞蹈艺术的共性，同时也暗示了非洲文明与人类其他文明，尤其是西方文明精神上的密切联系。

为了增强舞蹈的节奏感和气势，他们常用鼓伴奏，特殊的鼓点声能传达出如死亡、火灾、打猎以及战争警报等许多信息，鼓也是权力和威严的象征，“远处传来一阵阵颤动的鼓声，低一阵，高一阵，巨大的颤动声，微弱的颤动声；这难以理解的声响，有所呼吁，也有所暗示，带着狂野的气息——也许和一个基督教国家的钟声具有同样深刻的意义”，这“夜间树木的帷幔后面隆隆的鼓声有时沿河而上，微弱地延长不绝，好像是在我们头上空中高高翱翔似的，直到天初破晓，方才停止。鼓声的意义是战争，是和平，还是祈祷，我们却说不出来”。《文明路上先锋站》中描述了这样的场景：“整个晚上，村子里多次隆隆的鼓声将他俩惊扰。先是附近一阵轰隆密集的鼓点，然后远处又一阵与其遥遥相接——再下来一片死寂。不久短促的呼声此起彼伏，然后汇合在一起，壮大，壮大，逐渐恒久有力。这呼声响彻森林，冲破夜空，或近或远，连绵不断。整个大地好比是一面巨鼓，它向着苍穹擂出持久的呐喊。”[③]法国哲学家、人类学者列维·布留尔(Lucien Lévy-Bruhl，1857—1939)曾对非洲的狩猎舞蹈过程进行了描

① 〔英〕康拉德：《吉姆爷 黑暗深处 水仙花号上的黑水手》，熊蕾等译，北京：人民文学出版社1998年版，第568页。

② 同上。

③ 朱炯强编选：《康拉德精选集》，济南：山东文艺出版社1999年版，第13页。

述：狩猎前以舞蹈、斋戒和咒语来招引猎物，直到它们出现为止；猎人也对自己施行巫术，包括对武器施加影响、对猎人的体力和意志进行考验等，在那种如痴如醉的舞蹈中进入与神明同在的迷狂状态，希望凭借神力附体与猎物发生交互感应的作用，以迷惑猎物达到捕获的目的，我们在他的《原始思维》(*The Primitive Thinking*)中可以找到相关例证。康拉德笔下的非洲战士舞蹈也传达出借神力附体以鼓舞士气、吓退敌人和击败对手的意味，在与殖民者冲突的过程中，这种原始舞蹈可以说强烈表现了被殖民者主体的本质力量，表现了非洲人的原始激情和本真的生命形态。

从大量的人类学资料来看，以情感的自由表现为特征的非洲土著舞蹈，客观地成为土著人特有的一种生命状态与存在方式，广泛渗透在土著人生活的不同方面，舞蹈成了土著人生活中不可分割的一部分，是土著野蛮人宣泄感情获得精神力量的一个重要途径，其中的意义也是人类学家研究的对象，西方的爵士乐、摇滚乐和霹雳舞深受非洲原始文化的影响并从中汲取了丰富的营养。

4. 非洲人的怪异风俗。

A. 非洲黑人的磨牙习俗和服饰佩戴：《文明路上先锋站》中欧洲殖民者凯亦兹和卡利尔发现来到贸易站的黑人："他们却属于一个崇尚勇武的部族，有着锉刀般的利齿，所以个个勇气超人，能在病痛与苦难的煎熬中糊涂地偷生。"①在《黑暗深处》第二章中，那个担任司炉的非洲土人"牙齿也是用挫子挫过的，这个可怜的家伙，羊毛似的头发剪成非常奇怪的式样，两边的脸颊上还各有三个作为装饰的伤疤"②。"磨尖"原文是 filed，将牙齿用锉刀(file)磨尖是一种野蛮人的习俗。英国的博物学家和进化论者达尔文(Charles Darwin，1809—1882)在《人类的由来》(*The Descent of Man*)中也提到"在非洲和马来群岛的一些不同的地方，土著居民在门牙

① 朱炯强编选：《康拉德精选集》，济南：山东文艺出版社 1999 年版，第 15 页。

② 〔英〕康拉德：《吉姆爷 黑暗深处 水仙花号上的黑水手》，熊蕾等译，北京：人民文学出版社 1998 年版，第 570 页。

上挫出若干尖头,像锯子的锯齿,或者钻个窟窿,镶上扣子"[①]。人类学家发现在非洲的一些地区,男子划破皮肤,在伤口上撒上盐,然后形成隆起的疙瘩,而这一类疤痕在土著居民心目中是"个人容貌上大为漂亮的东西",如男子额上雕一个星星和脸上刻一个点点,这在被追求的女子们眼中有着无法抗拒的美和威力,所以文面或文身是一个年轻男子的雄心和向往,"一则可以使自己博得姑娘们的欢心,再则使自己在战场上争得头角峥嵘"[②]。在有的地方"如果做母亲的忽略了用人工的方法把小孩腿上的那块肉弄成当地人所要求的那个式样,她就是犯了对下一代漠不关心的罪过,要受到指责"。没有给儿子身上留下这种用作装饰的疤痕,就是一种失职行为。另外土著人对头发的处理也特别细致,他们把头发的样式看作自己的骄傲和光荣,在北非洲"一个男子需要花费八年到十年的功夫来完成他的发式"。关于非洲人的发式,贝克尔(Baker)爵士在《阿尔伯特湖》(*Lake Albert*)第一卷有详细的介绍,土著居民文身、美发、穿鼻、挫牙这些特殊打扮方式引起西方人的好奇,康拉德对库尔茨的黑人情妇的装饰描写非常细致:"她迈开稳重的步子向前走着,身上穿着带条纹和花边的衣服,她骄傲地踏着岸边的泥土前进,满身佩戴着的野蛮人的装饰品闪闪发光,叮当作响。她把头扬得很高,头上的发式很像一顶钢盔;她小腿上直到膝盖边都缠着铜裹腿,手上直到肘边戴着一副铜丝手套,深褐色的脸上有一个大红点,脖子上戴着无数根玻璃球的项链;她浑身挂满了许多不可思议的物件,有符咒,有巫师送的礼物等等。"[③]《文明路上先锋站》中也描写了黑人奇异的装束和他们体质的强悍威猛,在白人设立的贸易站附近"偶有轻舟驶过,然后手持长矛的男人会突然聚集在贸易站的大院里。他们四肢健美,赤裸的身体乌黑黝滑,并饰以雪白的贝壳、耀眼的铜丝。说话时发出混沌粗野之声,行动时英武威严,圆睁睁的眼睛活泛地射

---

① 〔英〕达尔文:《人类的由来》(下),潘光旦、胡寿文译,北京:商务印书馆1997年版,第869页。

② 同上书,第868页。

③ 〔英〕康拉德:《吉姆爷 黑暗深处 水仙花号上的黑水手》,熊蕾等译,北京:人民文学出版社1998年版,第606页。

出迅疾而剽悍的目光。"[①]按照非洲人的风俗，披挂贝壳串珠，以铜丝缠身表示富有，而女性脖子上的项链越多，表示地位越高，财富越多。在康拉德眼里，土著人的服饰在自然朴实中显出高贵和威严，他借用土著人的装饰作比喻，说"要理解战争作为人类天然机能的真实面貌、力量和道德性，你需要在头发上插一根羽毛，鼻子上挂一个金属环，或许最好是把牙齿磨尖(filed to a point)，在胸部刺花"[②]。但回到这样简单的装饰时代已经不可能了，作家用土著人自然本真的状态来讽刺现代战争的性质已经被政客们的花言巧语以及各种冠冕堂皇的仪式掩盖起来了，而在野蛮民族中则没有这些虚伪的花招。

B. 头骨的功能：人骨尤其是头骨在某些非洲部落中有其特定功能和社会意义，他们把死者的骨头洗净，挂在颈脖、腰或围在头上作装饰，或者挂在屋里用来治病防病，这些人骨的作用在于保护人们免遭不测、治病辟邪。库尔茨把黑人的头骨挂在院子里的柱子上，"那些圆球状的东西并不是什么装饰品，而是象征性的标记；它们的含义十分明白却又令人不解——是引人思索的素材"。马洛在困惑中"特意回头再去看那第一个人头——他仍旧挂在那里——深黑、干枯、眼睛紧闭着——仿佛倚在木桩顶上已经睡着了，那已经干缩的嘴唇露出一线白色的牙齿，正在微笑，对着那永恒睡眠中的一些没有尽头的可笑的梦境不停地微笑"[③]。库尔茨的崇拜者解释说"这些人头都是些叛乱分子的头"，马洛觉得荒唐："我突然一阵大笑简直把他给吓呆了。叛乱分子！再往下我还可能听到什么样的新名词呢？有人把他们叫做敌人，叫做罪犯，叫做壮丁——现在又成了叛乱分子。这些叛乱分子的头挂在木桩上我看着可都够老实的。"总之，对库尔茨而言，"在整个世界上就没有任何东西能够阻止他杀死一个他高兴杀死的人"，康拉德揭露了恶魔般的白人荼毒生灵的罪行和他们本性的凶残，非洲习俗中用来装饰的头骨在康拉德笔下被赋予了新的含义，它成了

---

① 朱炯强编选：《康拉德精选集》，济南：山东文艺出版社1999年版，第8页。

② 〔英〕康拉德：《大海如镜》，倪庆饩译，天津：百花文艺出版社2000年版，第156页。

③ 〔英〕康拉德：《吉姆爷 黑暗深处 水仙花号上的黑水手》，熊蕾等译，北京：人民文学出版社1998年版，第601页。

殖民者杀戮的见证，成了殖民者权威的象征。另外，人类学家经常通过测量头骨来判断不同人种在体质上的优劣，康拉德创造性地运用了体质人类学和考古学中测量头骨的方法，马洛赴刚果前接受身体检查，那位老大夫带着某种急切的神情问马洛愿不愿意让他测量一下头骨。“我尽管不免有点吃惊，但仍然说可以，于是他就拿出一个像卡尺一样的东西，前前后后，左左右右量出我的头骨的尺寸，并详细做了记录。”大夫说：“为了促进科学的发展，我常常请求决定到那边去的人让我量一量他们的头骨。”[①]医生从专业的角度认为人的变化是发生在头骨的里面，他自信能够通过测量那些到非洲去的人的头骨的变化来观察其人的思想变化，而且认定这对于推进科学的发展一定是有好处的，遗憾的是老医生从来没有再见到过他们，作家借此表明白人去非洲后不仅身体受伤害，而且会有生命危险，暗示了殖民地的凶险和白人命运的不测。

第二节 马来习俗

1881 年到 1889 年间康拉德随商船队航行在远东一带，这段经历给他留下深刻印象，为他提供了许多创作素材，而且也为他提供了与马来人亲密接触的机会，他对马来人的分类、种族特性、神灵世界和交往礼仪有着浓厚的兴趣。

1. 马来人的分类

康拉德在小说《迦湾：一个回忆》中描述了不同种类的马来人。马来半岛的居民主要分为两大类：马来人和帕普安人（Papuans），这两种人中以马来人为最重要，因为马来人比较文明，与欧洲人接触较多，而且只有马来人在历史上占有重要位置。马来人又可分为四族：正式马来人、爪哇人、菲律宾群岛的塔嘎剌人和博奇人。除了这四种人外，还有若干半开化及野蛮种族。“漫游的博奇人”是康拉德所感兴趣的，他们性格聪明勇敢，

---

① 〔英〕康拉德：《吉姆爷 黑暗深处 水仙花号上的黑水手》，熊蕾等译，北京：人民文学出版社 1998 年版，第 530 页。

敢作敢为,喜爱漫游,多以经商为生,他们曾是马来群岛贸易的佼佼者。小说主人公迦湾的母亲曾经统治过一个博奇小国,迦湾本人是博奇国的富家子弟,为了帮助朋友马塔腊洗刷妹妹与外族荷兰人私奔的耻辱,迦湾立志追踪并杀死他们,他成了一个海上的冒险者,一个流浪人,后来他领导一群漫游的博奇人来征服这个海湾,他那沉静的态度和威严的声音在族群里享有很高的荣誉,他给予子民智慧、教训、奖赏、刑罚,定夺他们的生或死,成了一个伟大的统治者。迦湾的母亲在前夫死后嫁给了一个"哥林奇人"(Korinchi),哥林奇人来自苏门答腊腹地,言语习惯与普通马来人相同,但自命为较纯粹的回教徒,不喜欢同普通的马来人往来,他们常穿白衣,性情较为勤奋,生活也比较优裕。迦湾和马塔腊在复仇的过程中到处漫游,还见过"没有国家的巴珠人",巴珠原文是 Bajow,又称"海上游荡人",他们属于马来人种却居无定所,以打鱼为生,在马来群岛各处皆可遇见。他俩也为高銮人(Goram)做工以挣钱,高銮人主要以贸易为生。《吉姆爷》中康拉德描述马来群岛上吉布斯人的生活习俗,《海隅逐客》中也有大量关于马来人生活习俗的记录。

2. 马来人的服饰与交往礼仪

与大多数土著人一样,马来人也注重服饰佩戴,首领迦湾"遍体是白的,头上裹着布,所带的武器只有一把安着水牛角柄的素朴的短刀,而且他很有礼貌,老是未曾进门就先把那柄短刀藏在围裙的一个褶子里面"①。按住刀柄说话或者把日常佩戴的短刀藏在围裙的褶子里,或者很留心地把他的武器放在一种和平的位置,这些都是为了表示会客时的恭敬亲睦。"在他来临之前侍者把他的刀带到一个村庄中",领袖在后,由侍者携刀做先驱使者,这也是马来人交往中的礼仪风俗,另外,五颜六色的花格围裙,红包头,绣着花的白短衣,弯刀,镂花的带着黄金箍的象牙刀鞘,金环,辟邪物,武器上镶着珠宝的柄子,安着水牛角的短刀,锋利的武器等成了马来人生活中必不可少的装饰物件。马来人也很看重自己的尊严,尽管白人是迦湾的好朋友,彼此可以自由谈话,却"不能用手拍他的背

① 〔英〕康拉德:《不安的故事》,关琪桐译,台湾:商务印书馆发行1936年版,第8页。

脊；因为在某种范围外，我们是不能同一个马来人过于随便的”，如果有人对他做出无礼的举动，往往引起他的愤怒，导致不幸的后果。据记载，从前有个欧洲官员在路上遇见一个马来农夫，农夫不向官吏行礼，官吏生气地质问他为何如此无礼，农夫坦言不认识官吏，于是官吏就猛然用手放在他的肩膀上面，农夫认为这是一种特别侮辱，于是就用短刀刺向这个官吏，所幸刀刃脱落没有造成致命的后果。据说一个马来仆人要叫醒另一个仆人是很不容易的事，因为他只肯大声喊叫，却不肯用手去推，以免冒犯他人。

3. 马来人心中的精灵和幽魂世界

据人类学家研究，马来人是非常迷信的，他们相信世界上有种种幽灵：有在树林中啼叫的精灵；有在坟地上作祟的魔鬼；有能够豢养的幽灵，如果喂以主人的血，就可以利用他们报仇；有打猎的魔鬼，还带着猎犬；有夜间离开躯壳去喝人血的巫婆；还有狂风暴雨的幽灵等等，人们普遍认为所有死去的人最后都化为或善良或邪恶的精灵。《迦湾：一个回忆》中主人公迦湾在协助好友马塔腊追杀荷兰人的过程中却神使鬼差地开枪打死了马塔腊，他自责悔恨孤独地住在森林里，他后来讲述被死者幽灵所纠缠的经历：“有天晚上吃完了饭我就坐在我的火堆旁边，两眼注视着地上，开始回忆起我的漫游生涯。我抬起我的头来。我并没听见什么声音，什么簌簌声，什么脚步声——但是我举起我的头来。一个人正经过那片小开拓地，向我走来。我等待着。他来了，并不问候一声，就蹲在火光之中，于是他向我转过脸来。原来是马塔腊。他以两只大而深陷的眼睛凶猛的注视着我。那一夜是很冷的；火中的热度忽然消逝了，他眼睛瞪着我。我站了起来，离开那地方，把他留在那个无热的火旁。”①从此以后马塔腊的幽灵如影随形地附在迦湾身上，他听见马塔腊在丛林各处喃喃低语“你是我的朋友，瞄准了放枪把他（指拐跑妹妹的荷兰人）打死”，虽然眼睛看不见，迦湾却感觉到马塔腊跟着自己走，跟着自己跑，不过听不到他的脚步声，他只是低语或直视自己，迦湾无论逃到什么地方，都无法摆脱奇异的

① 〔英〕康拉德：《不安的故事》，关琪桐译，台湾：商务印书馆发行1936年版，第35页。

恐怖心理,直到他遇见了一位老人——他的魔法师,他的仆役,老人给了迦湾一种护身镇物,挡开了死者的幽灵,使迦湾重新获得了和平与安全,迦湾深信老人指挥着一个比骚扰死者更为有力的精灵。老人死了,符咒的力量也随之消失了,迦湾又成了死者幽灵的奴隶,生活又变得危机四伏,“我所在的任何地方都有危险。他在路上等我,在树下等我,在我睡觉的地方等我——在此地以外的任何地方”①。因为他相信死去的人的幽魂无处不在,最后他不得不投奔白人,希望加入到白人不信鬼神的世界中来寻求保护,“你们要保护我——不然把你们的力量给我”,白人那种不信鬼神的心理就是一个护身符,迦湾需要“一个护身符……一个武器!”来抵御那个幻觉,白人何黎斯在情急之下找到一个从家乡带来的盒子,并尽量摆出庄严的样子,对马来人迦湾说“这是伟大女王的影像,是白人们所知道的最有力量的东西”,“她比能驱使精灵的智者苏利曼法力还大,你知道,我把它送给你罢”。在马来人心目中“能驱使精灵的智者苏利曼”具有至高无上的地位。苏利曼(Suleiman)即所罗门(Sulomon),他是古代以色列王大卫(David)的儿子,他14岁登基,成为以色列最贤明的君主,所罗门死后名声更大,逐渐成了智慧与伟大的代名词,他的事迹多见于《圣经》,其中箴言(Proverbs)的一部分就是他所写,犹太人由于误解《圣经》的文字,便传说所罗门能驱使精灵,并通鸟兽的语言,这种观念在穆罕默德(Mohammed)以前就传到了阿拉伯人中间,并且记载于《可兰经》(*Koran*),使得智者所罗门(苏利曼)的名声永远流传在信仰回教的东方各地,尤其是马来群岛一带。为了使迦湾从幽灵缠身的痛苦中解脱出来,白人利用了迦湾对苏利曼的敬畏心理,告诉他说银币中的女王威力比苏利曼还大,“她也驱使着一个精灵——她的国家的精灵;那是一个有权威,有良心,无畏惧,难克服的恶魔……它做不少好事——有些时候……偶然的……会做不少好事——就是天下第一幽灵”②。迦湾虔诚地接过印有维多利亚女王头像的银币,好像得到符咒的保护一样,从此恢复了心灵的平

① 〔英〕康拉德:《不安的故事》,关琪桐译,台湾:商务印书馆发行1936年版,第22页。

② 同上书,第44页。

静,继续统治着他的子民和国土。

4．“发疯”的种族特性

迦湾被死者的幽灵逼得疯狂,他性情暴烈、情绪失控,“凭着饮血的精灵,凭着夜间啼叫的精灵,凭着一切司暴怒,不幸,和死亡的精灵,我可以发誓说——有一天我要刀刺我所遇见到的任何人的心……”正如何黎斯说的:“再这样下去,总有一天他要发疯,见人就杀,不等他那些忠实的百姓擅敢不忠不义,一拳往他头上打去,他就要把许多百姓们都给打发到姥姥家去了。”①作品中“发疯”的原文是 run amuck,指迦湾“他那种族所特有的那种疯症”,马来人平时温文有礼,但一旦被激怒,即不顾生死,凶暴异常。发疯在马来人中是极常见的事,它成了一种国俗,或称为种族特性,发疯的人手持短刀,向前奔跑,逢人就刺,不分亲仇,同时旁人也受了他的传染发起疯来,在他前面的人大声呼喊,左右奔逃,在他后面的,手执兵刃,拼命追逐,结果疯人杀了一些人后,自己也寡不敌众,最终丧了性命。这种情形被称之为 amok,因为疯人奔跑时,发出 amok! amok ! 的喊声,amok 一词的原义就是“癫狂地战斗”,马来人这种疯症闻名全世界,所以英国人也采用“run amuck”来形容任何不顾死生的行径,这种疯症,既有生理上的病态,有时也受意志驱使,马来人常以此作为复仇或自杀的手段。在小说《浅湖》中马来青年亚尔沙为了美貌女子第梅兰,和哥哥冒着生命危险去“抢婚”,结果哥哥为了掩护他和第梅兰逃走,惨死在发了疯的追捕者的乱刀砍杀之下,第梅兰也被病魔夺走了生命,亚尔沙痛悔之余发誓为哥哥报仇,他要回到原来的世界去砍杀去复仇。马来人这种疯狂的举动在战争期间,则表现为许多人一致“发疯”,奋勇杀敌。康拉德把迦湾的发疯、亚尔沙的复仇心理归结在马来人的种族特性中,为我们了解马来种族特性提供了实例。

5．影像崇拜

迦湾回忆和马塔腊一起漫游复仇的经历:“我们曾经迷失在田野中,丛林中;有一天晚上,我们在一个密集的树林内走到一个地方,看见颓败

---

① 〔英〕康拉德:《不安的故事》,关琪桐译,台湾:商务印书馆发行 1936 年版,第 39 页。

的古墙倒在丛树之间,还有些奇怪的石头偶像,——雕刻的魔鬼像,有许多胳膊和腿,身上有许多条蛇缠绕着,并且有二十个头,拿着一百口刀——在我们夜幕的火光下,好像活动起来,在那里恫吓我们。”[①]因为爪哇人自古信仰婆罗门教,直到1478年开始改奉伊斯兰教,所以在爪哇境内,常有庙宇的遗址、佛像之类,康拉德描述的多臂佛像在爪哇是很常见的,这种偶像崇拜、图腾崇拜是土著原始文化中很重要的内容。另一方面,康拉德作品也涉及宗教史中的“影像崇拜”(image worship)和“偶像破坏”(iconoclasm)内容,早期基督教徒是反对用影像来表达虔敬之心的,“雕刻的影像”为十诫所禁止,《新约》中特别反对崇拜帝王的影像,基督教徒当时的敌人常指责他们不供奉任何神的影像。公元306年的爱利伯里会议(Council of Eliberis)甚至决定教堂中不准悬挂图画;4世纪末教堂中开始悬挂神圣与殉教者的画像,自此影像崇拜逐渐盛行;到8世纪时有了偶像破坏运动;17世纪的英国清教徒(Puritans)也反对影像及种种腐败的宗教仪式。白人何黎斯为了帮迦湾走出幻觉世界,替他找到护身法宝,不惜弄虚作假,他拿出一枚六便士钱币对同伴说是“为我们朋友预备的一个护身法宝。这东西本身就是有伟大力量的——你们知道,这是钱。——他的想象已经打动了。真是一个忠心的漂泊者;只要他不因为他的清教主义见了一个影像就要愕然……”[②]康拉德在小说中一方面借用清教主义对影像的抵制来比喻迦湾所谓的“严格的信仰”,马来人信奉伊斯兰教,伊斯兰教因当初受犹太教的影响,也是反对影像崇拜的;另一方面康拉德说明钱在白人心中的地位:“白人的护身物!驱魔的符咒,辟邪的宝贝!那种灵符使他们正直,使他们邪曲,能使青年叹息,能使老人含笑。这种有力的东西使人得到欢愉的幻觉,使人发生怅惘的思想;它们能使坚硬的心肠软化,又能使柔软的心肠变硬。上天的礼物——尘世的东西……”[③]对金钱作了莎士比亚式的描述,进一步说明殖民者的财富占有欲和贪婪心理,康拉德笔下的白人把印有女王头像的硬币当成土著人

① 〔英〕康拉德:《不安的故事》,关琪桐译,台湾:商务印书馆发行1936年版,第27页。
② 同上书,第209页。
③ 同上书,第43页。

心中的神明具有讽刺性的意义。

上述分析表明,康拉德把自己置身于波兰和欧洲之外的那个异域世界,担当起人类学家的角色,对非洲土著和马来民族的文化习俗怀有深刻而持久的兴趣,他的小说中包含大量文化人类学信息,反映了马来人和非洲人的生存状态、生活方式和行为方式及其背后所蕴涵的宗教意识和文化意味。

第三节　文学文本的人类学价值

19 世纪维多利亚时代的人类学家主要是收集奇闻趣事,对异质文化的模式进行识别,对民族学的材料进行归纳,他们同时成了殖民统治的帮凶,为宗主国制定政策出谋划策,他们往往兼具人类学家和殖民官员的双重身份。康拉德与同时代其他人类学家不同,他的旨趣不仅仅是追求异国情调和对土著居民独特文化习俗的猎奇和客观描述,更重要的是他关注非洲和马来民族在西方殖民主义入侵过程中延续保存下来的文化独特性及其存在的价值,他把自己对欧洲中心主义和白人文化至上观念的反省融入到小说创作中,如劳恩 · 列维斯(Loan Lewis)在《社会人类学导论》(*Introduction of Social Anthropology*)中所说"置身于世界的所有文明中,让那些我们不易了解也不熟悉的信仰与风俗冲淡民族中心主义的限制,从而进行所有社会的比较研究"①,所以他把非洲黑人、马来土著这类弱势族群和荒蛮部落作为自己的观察对象,从中挖掘他们的风俗、信仰、艺术等与西方世界相异的特质,如非洲舞蹈对今天西方舞蹈艺术的影响,给不同文化的沟通创造了原初的可能性,康拉德小说中黑人的舞蹈和呐喊让殖民者联想到自己的远祖,强调了白人文化和黑人文化之间的互动,他用文本提醒我们,在客观差异性之外还要承认文化的一致性,尤其在殖民地复杂的历史背景中,文化混杂和并存现象是一个不能回避的事实,不

---

① 〔英〕劳恩 · 列维斯:《社会人类学导论》,黄宣卫、刘容贵译,台北:台湾五南出版公司 1985 年版,第 1 页。

能用简单的二元对立的眼光看待种种异质文化，他从非洲和东方文化中去体验非西方世界的文化价值，纠正欧洲对有色人种的种族偏见，他的目的是站在全人类的高度对殖民历史和西方文明进行反思，对欧洲流行的观念提出反思性见解。

虽然康拉德也被大英帝国的扩张浪潮卷入到海外的殖民地，但作为一个受强权侵略而国破家亡的波兰贵族后裔，他的思考超越了时代的局限和狭隘的民族主义立场。日本人类学家石川荣吉写道："自从所谓大航海时代以来，在欧亚大陆西部始终过着比较闭塞生活的欧洲人开始向世界各地扩散。他们把在非洲、新大陆、大洋洲、东南亚等地区遇到的人视为'野蛮人'，并把他们所见到的与他们自身社会极不相同的社会称作'野蛮社会'。"①他认为所谓"野蛮社会"和"野蛮人"的概念是西方强加在其他民族头上的帽子，事实上非西方世界的多样性打开了生活闭塞的西方人的视野，但他们在表述过程中却形成了一系列扭曲贬低其他民族的套话。随着历史上的航海家、探险家和传教士们关于人类学的报告和记录的增多，大大地刺激了文人想象力的发挥，描述奇风异俗、表现异国情调成了时髦的写作，与康拉德同时代的吉卜林、毛姆、福斯特等作家的创作中就明显的带有强烈的白人优越意识。吉卜林带着殖民者的骄傲为帝国政策摇旗呐喊，肯定白人文明教化的功能。这与西方民族主义价值观密切相关，因为19世纪流行的欧洲中心主义正是建立在白人优越论的种族偏见基础上的，白种人代表文明和理性，有色人种由于带有与生俱来的种族缺陷理应受到白人的统治和教化，他们的蒙昧野蛮在文学中不断被描述并延续下去。康拉德的小说文本对欧洲人担负的所谓"文明教化"给予辛辣的讽刺，他清醒地看到殖民地文化传统被践踏在欧洲人脚下，土地被掠夺，种族被屠杀，语言被抹杀，宗教被妖魔化，灿烂的艺术被摧毁，风俗制度被釜底抽薪，弱势民族各种各样存在的可能性被抹杀，为此他高度关注非西方社会和部落，在客观的描述中纠正了殖民意识和种族偏见

① 〔日〕石川荣吉：《现代文化人类学》，周星等译，北京：中国国际广播出版社1988年版，第199页。

中的错误观念，正是由于土著居民忠诚地恪守着本民族的传统，才能形成区别于欧洲人的种族特性，才使得古老的文化得以传承，他的文本为我们揭示了人类文化的多元性和差异性，也同时呈现出欧洲殖民者本身在对待土著文化中的多元价值取向。

在世界各地的所见所闻激发了康拉德的人类学想象，但他的人类学与一般科学意义上的人类学不同，他的人类学是文学的人类学，是文学与人类学整合互动的结果，在他笔下，有原始舞蹈，有神秘的巫术仪式，有精灵鬼魂世界，有种族特性，有民间的交往礼仪和服饰习俗……这些构成他文本丰富的材料，他把自然真实和自己的理念以及文学创作结合起来，从文学的角度进行人类学研究，用文学手段表达人类学思想，用文学形式来丰富人类学的表达方式，他的文本是一个复合体，丰富多样的人类学史料，为他的小说注入了新的活力，他在人类学自然、真实的描述中融入自己的文化理念，所以他的人类学带有文学审美的价值。他的文本是文学与人类学的完美结合，超越了单纯的人类学视角，把人类学内容文学化，通过文学叙述把人类文化的多样性呈现出来，作家以超越时空的远视目光，关注帝国统治下的殖民地本土文化的延续性，对弱势民族的存在给予人道关怀，对非洲、东南亚“土著”文化给予同情与尊重，理性反思殖民者所倡导的“文明”“教化”的霸权意识，在其文本中表达了文化混杂、合理并存的思想，这对遏制全球化情势下西方霸权主义的扩张、强化弱势民族的自信与抗争有显著的现实意义。

第三章　神话原型研究

康拉德的特殊人生经历使他有得天独厚的条件成为东西方文化的感受者和评论者。从地域空间看,除了波兰文化背景,他还对俄国、法国、英国文化精神,有自己的理解,也把非洲、美洲及亚洲纳入自己的文化视野中;从文化发展史看,他的文化观触及圣经文化和古希腊罗马神话故事,采用了很多原型故事和文学母题来构筑他的文学世界。比如放逐该隐、替罪羊、尤利西斯漂流冒险等,康拉德对圣经故事和神话传说框架的反讽性借用,极大地丰富了小说的文化意蕴,成为神话原型研究的最佳范本之一。

第一节　“离家与放逐”原型

19 世纪科学技术对古老的民俗方式形成威胁,导致现代神话的复兴,神话主题再度激发了艺术家的想象,从马塞尔・普鲁斯特(Marcel Proust,1871—1922)、詹姆斯・乔伊斯(1882—1941)到卡夫卡(Franz Kafka 1883—1924)的文本中我们可以看到神话主题的建构。传统神话的普遍模式是:人违背了神的权威意志,打破了人与神、人与自然、人与社会的原始和谐及亲密关系,打破了被社会群体认可的神圣秩序,尼采认为是人“犯下了罪”,犯罪通常表现为某种行为:偷吃圣果、盗窃天火、弑父弑兄或弑君,还有乱伦婚配等,从而导致了英雄的离家或放逐,被放逐的、失去家园的英雄开始了他的探求旅程。“旅行是所有伟大神话的核心经验”,其表现形式或是降入地狱,或是卷入海上航行的风暴,或是象征性地进入“灵魂的黑夜”,如阿戈耳英雄、耶稣、但丁等。在文艺复兴以前的神话中,旅行有一个既定的目标,而且我们也知道——即使英雄本身不知道——漫游最终会以归家为结束,返回家园是可以保证的,因为英雄在他的反叛中已暗示了他将为王的迹象,我们可以从摩西的故事、尤利西斯的游历故事中得到证明。而在现代神话中,个人更为激进地要求从群体中解脱出来,旅行成了目标不确定的漫游,返回家园的希望是渺茫的,如堂吉诃德、浮士德、卡夫卡式的人物那样。

笔者把文学作品中的放逐者形象大致归纳为三种类型:一是被恶意放逐。由于信仰冲突、政见相左、经济利益相争或被诬陷而造成误解等原因,被政府或权势人物驱逐或指派,不得不流落异地他乡,这类放逐往往由惩罚导致,放逐者被迫与自己熟悉的环境分离,如《圣经》中因犯了原罪被上帝逐出伊甸园的亚当和夏娃;杀害自己亲兄弟亚伯、不得不带着额头上的烙印在大地上漫游的该隐;还有被上帝集体放逐的诺亚方舟上的人类。另外莎士比亚悲剧中的李尔王,传奇剧《暴风雨》中被放逐荒岛的普洛斯彼罗等也属于这一类型,他们在政治和军事力量的冲突中处于弱势,被强权驱赶,导致悲惨命运;二是非本意、非人为的放逐。如在遭遇台风、沉船海难事故中的幸存者,他们随波逐流漂到某个岛屿,比如奥德修斯在海中的历险故事,鲁滨孙在荒岛的经历,这类放逐并非由于他人或自己的原因,而是偶然因素或不可预知的外力所导致的;三是自我放逐。由于个人的疏忽、失职等原因造成了严重的后果,为了赎罪或弥补过错,或者对现实不满出于愤懑而主动离开自己熟悉的人和物,或为了逃避迫害而主动进入到一个异质环境中去经受磨难和挑战,带有自我惩罚和自我保护的意味,在逃离中求得安全感和心灵安慰,如古希腊的俄狄浦斯,雅典的泰门等。总之,关于放逐者的形象再现了人与人、人与自然、人与社会以及人与命运的冲突。

康拉德对放逐者命运的关注与他个人的生活背景有关。如果说康拉德的父亲是一个被放逐者,那么康拉德自己在某种意义上选择了自我放逐的道路,与被迫流放不同,他本质上是主动地离开,虽然这种选择是一种无奈,因为一个爱国者的后代在波兰是没有前途的,他是一个失去语言和文化根基的精神上的流亡者,成为一个在文化分裂状态寻求身份认同的研究个案，正是因为他的主动放逐自己，被认为是一种“背叛”祖国的行为，人们对他的指责多于理解和同情，他疏远了与波兰的精神联系，永远不可能真正回到故乡。他具有双重的放逐身份，从波兰放逐到西方世界，从陆地放逐到海洋，最后他把英国作为“预许的乐乡”。也许这种放逐者和边缘知识分子的特殊体验，使他更注重对放逐者在多元文化背景下的生存状态的剖析，对放逐者的文化意义给予充分的肯定。康拉德熟悉圣经题材中的“放逐者”原型，他所塑造的一系列放逐者形象给读者留下深刻印象。

《归来》中的亚尔文·海威本来是社会中有地位、有前途的一员，他怎么也没想到妻子跟一位蠢驴似的新闻记者跑了，他心怀悲哀，“单独站着，赤裸裸的，恐惧着，就仿佛最初的人在最初的罪恶之日似的。人生本来有些事件，接触和瞥见的景象似乎无情的把过去一切都结束了。人生中有一种震动和撞击，仿佛一个人走出一个大门以后，命运之神用奸险的手在他背后把大门用力关上了一样。愚人或圣人要去寻找一个乐园罢。经过一刹那哑默的沮丧之后，漫游就又得重新开始”[①]。小说中描绘了“下一代盲目的漫游者”的故事，借用了《圣经》中以色列的子孙漫游38年回到迦南之事，读者也能联想到人类始祖亚当的故事，他犯了原罪受到上帝惩罚，赤身裸体的他开始了漫游，他辛辛苦苦滴着额上的汗珠耕耘大地，好维持生命，把它传给下一代盲目的漫游者。作者通过人类始祖亚当因受了诱惑被逐出伊甸园这个完整迷人的故事来揭示现代人亚尔文的命运，康拉德消极地认为现代人的悲哀在于，人一旦被命运之神抛弃，他就永远无法到达处处流蜜、花香四溢的“预许的乐乡”。就像《吉姆爷》第三十六章所描述的吉姆作为一个远离中心的“漫游者”，他漫游的日子已经过去了，再也没有海阔天空，没有宁静的森林黄昏，再也不奢望那“永不能发现的国土”，吉姆因为犯了一个我们每个人都可能犯下的错误而成了替罪羊，他被逐出乐园就无法回归了。康拉德借用圣经原型，通过一个人在危急关头所面临的懦弱和勇敢的选择来探讨人类受苦、赎罪、失败与精神复

① 〔英〕康拉德：《不安的故事》，关琪桐译，台湾：商务印书馆发行1936年版，第123—124页。

活的原问题。

《秘密分享者》也表现了“赎罪与放逐”的主题。小说叙述者“我”第一次担任船长,查夜时发现了躲在船底寻求躲避的莱格特,他是“赛弗拉号”船上的大副,在恶劣的天气为挽救船免于灭顶之灾与一位无赖式的船员发生冲突,在巨浪波涛中扭打无意间杀死了那位船员,年轻的船长“我”与莱格特心有灵犀,彼此之间建立了一种神奇的默契,像一个人和他的影子分享着这一秘密,莱格特仿佛就是“另一个我”,船长把这位从海里爬上来的赤身裸体的凶手藏在自己的睡房。出事船上的人希望把莱格特交给法庭,不管用什么方式把他撵出船就行,格莱特对“我”说:“‘该隐的烙印’这类的事,你一定了解。好吧,我做好了充分的准备,在地上漂泊流浪——为杀死那样的亚伯而付出这样的代价已经够惨重的了。”①在《圣经》中该隐由于杀死兄弟亚伯犯了罪,上帝说:“你该受诅咒,你必须在地上漂泊流浪。”上帝在该隐的额头上打了烙印,怕人们杀死他,因为放逐是比处死更残酷的惩罚。莱格特主动提出要求:

> “船一驶到柬埔寨海岸外的岛屿中,你一定得把我放逐到孤岛上去。”
>
> “放逐!我们可不是生活在儿童历险故事里。”我表示抗议。他用一种轻蔑的口吻打断了我。
>
> “我们确实不是。这里面没有一丁点儿童历险的味儿,可有什么办法呢?我受够了。你别以为我害怕受惩罚——坐牢、上绞架,或者随他们高兴。我只是不愿回国去,向那些年老的法官和尊敬的陪审团解释这种事情。你说呢?我是不是有罪,或者在哪一点上有罪,他们又怎能了解呢?这是我的事。《圣经》上怎么说来着?‘逐出地面。’好吧,我现在要离开地面。我是在夜里来的,也在夜里走……我并不像末日审判时的灵魂那样赤裸裸地面对上帝……最后审判日还没到。”②

---

① 朱炯强编选:《康拉德精选集》,济南:山东文艺出版社 1999 年版,第 180 页。

② 同上书,第 200 页。

莱格特认为遭遇海上紧急情况时有必要采取必要行动,却不料在船斜雨急的混乱中杀死了没有责任心、恐惧怯懦、也不让别人干活的那个家伙——一个从天国堕落的魔鬼,事实上莱格特拯救了整条船,他不愿以这种罪名站在法官和陪审团前面。通过放逐与自我放逐,“我”从一个彻头彻尾的陌生人,完成了一个航海者同他第一次指挥的船之间完美的沟通,我与“另一个我”在无言的理解和亲密的感情中,共同跨越了艾勒伯斯之门(希腊神话中阳世与阴间之间的黑暗区域)的黑暗。故事结尾,莱格特悄悄离开大船,永远地离开,四处漂泊流浪去了,“我”与他成为思想的秘密分享者——仿佛他是“我”的第二个自我。那顶漂浮在水面上的白色的帽子预示着新的希望新的生命,格莱特“入海去领受他的惩罚:一个自由的人,一个骄傲的游泳者,向着新的命运,劈波斩浪,奋力挥臂”①。莱格特那健全的额头上没有了“该隐的烙印”,他用不着赎罪,也用不着这免于一死的记号,因为他内心太骄傲了,没有人有资格来审判他。

康拉德对这类流亡者、放逐者的命运感同身受,他自己也是带着负罪心理在欧洲边缘游走的波兰人。萨义德曾发现流亡的乐趣和优势,并赋予流亡一种形而上的意义,他说过:流亡是过着习以为常似的秩序之外的生活。它是游牧的、远离中心的、对位的(contrapuntal),但每当习惯了这种生活,它撼动的力量就再度爆发出来。“一个被放逐的人的不幸的身份也有他的好处。”②康拉德的创作灵感很大程度上也取决于自己的漂泊经历,作为流亡者他能自由出入不同的文化之中,体验到东西文化差异所形成的多元价值观,所以创作中采用比较的眼光和辩证的思维来进行文本叙述。正如《海隅逐客》中阿都拉对威廉斯所说:“人离开了家可以体验生活,你到处游历,游历就是胜利。你回去时一定增长了不少见闻。”③而威廉斯这位被自己同胞放逐的人,意识到:“我永远不回去了,我已经六亲断绝了。我是个无亲无故的人。没有公道,忠诚也就没有了。”吉姆爷这位自我放逐到帕图森的白人让珠儿无法看透,这位土著女人带着怜悯的

① 朱炯强编选:《康拉德精选集》,济南:山东文艺出版社1999年版,第210页。

② 〔英〕康拉德:《金箭》,张梦井译,太原:北岳文艺出版社2000年版,第126页。

③ 〔英〕康拉德:《海隅逐客》,金圣华译,南京:译林出版社2000年版,第100页。

声调问马洛："他这样年轻，却离乡背井，流浪到这么远的地方来，经过这么多的危险，这究竟是为什么？他在故国难道没有家，没有自己的亲人了么？他难道没有年迈的母亲，会永远记得他的面容？……"马洛含糊其辞，无法回答造成吉姆命运的原委。

与以往文学史上所描写的放逐者不同的是，康拉德笔下的放逐者还带有殖民者的双重身份，放逐往往与白人世界的阴暗和排挤联系在一起，他们仅仅因为一些过失遭受惩罚，给人弱者的感觉，引起读者同情和怜悯，这些远离故乡和主流社会的放逐者身上往往带有很强的回归意识，而回归的希望越小，其灵魂所经受的煎熬越重，尤其在殖民地，这些被放逐者和放逐者无法凭个人努力摆脱困境，所以在特定的历史文化语境中，最终成为牺牲品，康拉德往往把主人公从熟悉而安全的白人世界和安逸的环境中拉出来，抛置在某个殖民地陌生而隔绝的地方，或小岛丛林或海洋深处，让人物处于极度困境中，在相异的文化环境中经历个体心理磨难，如作者笔下的阿尔迈耶、威廉斯、吉姆、凯亦兹、库尔茨、林格等，他们中间有的梦想回到欧洲，寻求有警察的安全社会的保护而不得，有的对殖民信念彻底失望以自杀和自相残杀了却生命，他们这些殖民先锋曾经是土著人心中的神，被尊称为"爷"或是"海大王"，土著人也曾希望殖民者中的正义者为他们带来福音终因失望而拒绝了他们，结果这些殖民者始终游离在殖民者和土著人之间而无所归依，他们最终成为殖民政策的牺牲品，作者意在突出放逐者悲剧的历史根源。令人深思的是为什么这些放逐者对文明世界厌恶逃离，他们自动放弃回归白人世界的梦想自甘堕落的缘由何在。法国作家米歇尔·图尼埃(Michel Toumier)用他的小说《礼拜五或太平洋上的虚无缥缈之境》来颠覆文明与野蛮的关系，消解笛福和吉卜林的帝国叙事，这篇小说描写鲁滨孙乘坐的"弗吉尼亚号"在太平洋的风暴中触礁沉没，他作为唯一的幸存者漂流到一个荒岛。他把这个岛命名为希望岛，与他救下的野人礼拜五一起建设这个新的家园。第28天，终于来了一艘英国帆船，然而此时鲁滨孙已经洞悉了文明社会的种种弊端，他把从船上逃出来的、饱受虐待的小孩命名礼拜天，决定留在希望岛，回归原始生活。

第二节 “替罪羊”原型

英国人类学家詹·乔·弗雷泽在《金枝》第57章《公众的替罪羊》和第58章《古罗马、希腊的替罪人》中详细总结了世界各民族中那种转嫁灾祸、驱除邪魔的习俗。欧洲文明中也深藏着一种“替罪人”意识，即把一切瘟疫邪恶都附在一个人身上，然后将其驱逐以辟邪，或把他(她)用石头砸死，或用火焚烧，或用刀砍杀，或把他(她)从海岛上的一个悬崖上扔到海里去，作为替罪羊，他(她)把人们的罪恶和不幸带走，用自己的血洗清民众的罪孽。替罪羊有时是一个具有神性的人物，这种把神的代表当做替罪羊的仪式，几乎遍布整个欧洲。在古罗马，每年的3月14日都要驱赶一个披着兽皮的人在街上游行，人们称他为战神“老玛尔斯”，用白色的长棍打他，把他逐出城外，这种驱除老玛尔斯的风俗与斯拉夫民族“送走死神”的仪式极其相似。

在康拉德的文学世界里，白人为洗清自己的殖民罪恶也需要替罪羊，一类是黑人、土著，一类是白人同类，这两类替罪羊形象在康拉德小说中有不少例证。库尔茨是白人殖民政策的替罪羊，他曾经是文明世界的模范，到了殖民地非洲后，被那里的象牙所诱惑，被土著居民顶礼膜拜，被那里的原始仪式所吞噬，人性恶本能在远离文明世界失去控制后得以呈现，最终蜕变成一个杀人恶魔，他的死与殖民政策有着内在联系，康拉德想要说明的是帝国的辉煌被个体的非理性所蒙羞，个体殖民者被卷入殖民洪流中成为帝国祭坛上的替罪羊。在《吉姆爷》中，作家通过一个人在危急关头的懦弱和勇敢表现来写过失与责任、放逐与赎罪、失败与精神上复活的问题，吉姆是一个自我放逐以赎罪的人。他充满年轻人浪漫冒险的理想，曾经想成为航海英雄显示自己的勇气，然而在他担任大副期间船出了事故眼看要沉没了，他出于本我的恐惧，被一种无形的力量往下一推，就像替罪羊被人们从悬崖上推入大海一样，他“本能地一跳”从高高的船舷跌入了无边的黑暗深渊，他与另外几个官员丢下800名朝圣的香客，弃船逃生，在法庭审讯前，其他几个人都想办法溜走了，而他带着补过的心理主动接受令人反感的审讯,“我不能逃走”。吉姆与其他人不同:“船长跑了——对他来说那挺好。我不能跑,也不想跑。他们想方设法都脱了身,但在我就行不通。”①马洛对吉姆的处境深表同情:“为了真相的缘故,可能也是为了他自己的缘故,他想继续说下去;虽然他说得从容不迫,但他的思绪却老是萦绕着一圈圈的事实打转转,那事实从四周向他涌来,吞没了他,把他同别人分开:就像一只被人用高高的木桩圈起来的动物,四处冲撞,在黑夜中烦躁不安,试图找到一个薄弱环节,一个裂缝,一个可以攀缘之处,一个它可以挤出去逃掉的出口。”②康拉德形象地描述了吉姆的窘境,他像一只待宰的羔羊,被牵到了法庭受审,结果他成了船长等人玩忽职守罪的替罪羊,在不了解真相的人们看来,“帕特纳号”弃船逃生的航海丑闻似乎是吉姆一手造成的,他被取消航海资格,也被逐出了白人所谓崇尚荣誉的社会。吉姆从此受到良心的谴责,无法面对喜爱他的老父亲——一个善良的乡村牧师和亲朋好友,吉姆为了危急关头的“一念之差”,自我放逐到一个陌生的岛国,在为当地土著居民谋福利的过程中找回了白人失去的尊严和荣誉感,可以说,吉姆的自我放逐取决于英雄对自己偏差行为探询的结果,自我探询导致主人公面貌的改观,他意识到自己已失去所属社会群体的认同和对他的排斥,也清醒地认识到社会秩序的弊端所在,为此他主动离开,成了具有叛逆色彩的文化英雄,他到过孟买、加尔各答、仰光、槟榔屿、巴达维亚等地拉生意,最后为避开白人,他走进了马来人的丛林村庄,学会了为他人而行动,成为社会拯救的工具,他被视为马来人的保护神,被尊称为“爷”,在一次冲突中他与白人强盗布朗谈判达成和解协议,不料布朗趁人不备开枪打死了马来头人多拉明的儿子,吉姆为了承担因为相信白人导致丹·瓦利斯死亡的责任,主动回来从容赴死,他再次成了白人背信弃义罪恶的替罪羊,为了履行自己的承诺,他选择勇敢地面对头人多拉明的枪口,白人的荣誉感和责任感使他的牺牲具有神性的色彩。马洛船长对吉姆充满同情和理解,“他跟他们不是一

---

① 〔英〕康拉德:《吉姆爷 黑暗深处 水仙花号上的黑水手》,熊蕾等译,北京:人民文学出版社 1998 年版,第 67 页。

② 同上书,第 28 页。

类，他完全是另外一种人”，他是“我们中的一个”，其实每个人人性中都有软弱、逃避、求生的本能，我们可能犯的错误被吉姆所取代了，对他的过失的惩罚释放了我们的焦虑心理，他用自己的血为我们赎了罪，他也获得了精神上的复活，就像基督一样。吉姆那娇小带有女巫气质的妻子珠儿问“我”：“他这样年轻，却离乡背井，流浪到这么远的地方来。经过这么多的危险，这究竟是为什么？他在故国难道没有家，没有自己的亲人了么？他难道没有年迈的母亲，会永远记得他的面容……”①她无法理解吉姆的选择，吉姆爷注定要成为白人罪恶的替罪羊，小说是解决个人与社会、本我与超我、善与恶之间永恒冲突的最佳典范，这正是《吉姆爷》生命力所在。白人世界确实需要“替罪羊”来为他们的人性弱点开脱，殖民的罪恶通过“替罪羊”可以得到洗刷，似乎通过审判吉姆逃避责任以求生的卑劣行为，可以开脱其他船员因恐惧、怯懦等人性弱点所导致的渎职罪责。

同样，《海隅逐客》也探讨了白人转嫁过失和罪恶于他人的心理，林格把威廉斯当做替罪羊放在森巴镇激烈的政治、经济和商业利益冲突的祭坛上，为自己的过失开脱。威廉斯是一个是从荷兰船上逃到马来群岛的美国人，被英国船长“海大王”林格收养，并开始了自己令人羡慕的事业，然而由于他“一个判断上的失误”，在森巴镇那个不同种族、不同殖民势力、不同文化混杂所导致的冲突中，他和妻子乔伊娜、情人爱伊莎被阴谋家利用，成了争权夺利的工具，他把阿拉伯人的船领进了林格独享商业利益的那条河流，使林格在权威、名誉、经济上受到重创，他无法容忍威廉斯的这种“叛逆行为”，为此把威廉斯软禁在一个小岛上，为白人世界所彻底遗弃。威廉斯对爱伊莎说：“我是白人，但是我是给自己族人逐出来的。”林格把所有在群岛上遇到的灾难和挫折，把他声誉所受到的损害全部转嫁到威廉斯头上，似乎只要惩罚了威廉斯自己的所有失误就可以得到弥补，自己仍然可以在各种势力、各部落头领中间继续行使他的特权，继续

① 〔英〕康拉德：《吉姆爷 黑暗深处 水仙花号上的黑水手》，熊蕾等译，北京：人民文学出版社1998年版，第236页。

享有“海大王”的美誉。康拉德在马来小说三部曲中刻画了林格这位神性人物，“他一向是个成功的商家，历经百战，福星高照，精于航海，是诸海之上公认的头号人物”①。整个世界都发出敬重他的声音，林格就像上帝的化身，不仅为阿尔迈耶建立了贸易据点，让他在那儿称王称霸，娶妻生子，而且也具有悲天悯人的天性，用繁忙的手抚恤那些天涯沦落人，如收养了威廉斯，为他提供了体面赚钱的职业。林格还用铁腕维护当地各派势力之间的和平共处，与海盗战斗屡战屡胜，这样的殖民者确实给殖民地带来了一定程度的利益，人们敬畏他，尊称他为“海大王”，他爱当地的一切，有生命的或无生命的，甚至连河畔的泥巴以及鳄鱼都爱，然而当他的权威受到挑战，人们开始怀疑他时，他想到的最好办法就是找到一个替罪羊，他把利益受到的损失，把阿拉伯人进入他的河道，把商业上的失利归咎于养子威廉斯，认为只要赶走他，让他在孤岛上自生自灭，就不会再有人提到林格的过失，他仍然可以心安理得地行使殖民者的特权，维护他自身的利益，为此威廉斯就成了他的过河卒子，被他奉献在殖民势力之争祭坛上的牺牲。“林格很像一个牧羊人，眼看着他那群驯服的羊群，其中突然有一头出乎意外地对他发狂反抗起来。他看来很窘，不屑地又好气又好笑，还感到自尊心有些受创，像是有人恶作剧地要损伤他似的。”②他需要有人代他受过，威廉斯成为牺牲品。而在威廉斯看来，自己的过错都是土著姑娘爱伊莎造成的，她被政客们所利用，引诱情人威廉斯为阿拉伯人阿都拉领航进入林格的河流，在威廉斯眼里她从天使变成了毒蛇，她也成了无辜的替罪的羔羊，不仅失去自我拯救和被拯救的机会，也失去了威廉斯的信任和爱情，这也体现了白人把过错转嫁给他者，借此为自己的过失开脱的心理。

无论是吉姆还是威廉斯，他们就像原始仪式中的替罪羊一样，被永远关闭在他所熟悉的白人世界的大门之外，他们被迫“毫无目的地东游西逛”，“不再拥有真正的家”，自吉姆被一种自己也说不清的力量所左右，

① 〔英〕康拉德：《海隅逐客》，金圣华译，南京：译林出版社 2000 年版，第 150 页。
② 同上书，第 124 页。

"从船上的峭壁上跳下小艇",就像在远古的仪式中替罪羊也往往被人从峭壁上推下致死,自此他的赎罪就开始了。康拉德对替罪羊原型的运用,折射出殖民者转嫁灾祸、逃避罪孽的深层文化心理。

第三节 "蛇"之意象

蛇在文学作品中从《圣经》(*Bible*)开始就是一个负面形象,它引诱人类的始祖亚当、夏娃偷吃了智慧之果,使他们犯下了违背上帝意愿的原罪,上帝把他们逐出伊甸园,打发他们去披荆斩棘耕种土地。蛇也为此受到惩罚,上帝对蛇的行为勃然大怒,对它喊道:"你这引诱女人堕落的坏蛋,要永远受到诅咒! 你必须用肚子走路,终身吃土。我又叫你和女人世代为仇,女人伤你的头,你伤女人的脚后跟。"于是蛇便失去了翅膀,只得在地上用肚子爬行了,并且变成可恶可憎的样子。《圣经》中有很多关于蛇的故事,比如耶和华派出毒蛇咬死了许多在旷野中流浪、口吐怨言的以色列人;上帝用刚硬锐利的剑惩罚戾龙,也就是那条扭曲善变的古蛇:"天上又出现了另一个神秘的景象。有一条红色的大戾龙,长着七个头,十个角,每一个头上都戴着王冠。……后来,天上发生了战争。米迦勒和他的天使对戾龙作战,后来戾龙和它的使者也起来应战。但是戾龙被击败了,那条大戾龙被摔下来,它就是那条古蛇,名叫魔鬼或撒旦,它是迷惑全人类的。"①从此蛇的形象就与邪恶、诱惑、魔力、反叛、淫欲、死亡等意象联系在一起,后世文学家和艺术家从"蛇原型"中获得了感悟和创作激情,比如撒旦的故事就是他们偏爱的例子。

康拉德在描述帝国殖民历史的过程中,经常用蛇这一意象来表达自己的思想。从传统的文学观点来看,马洛的非洲之行,映现了但丁游历地狱的景象,马洛像一个理想追寻者,库尔茨则类似从天使堕落为魔鬼撒旦这样的角色,马洛眼中蜿蜒伸展的刚果大河,则犹如伊甸园中诱惑人的蛇

① 〔法〕古斯塔夫·多雷:《圣经故事多雷版画插图集》,张延风编译,桂林:广西师范大学出版社2003年版,第456页。

蝎，吸引马洛前行。地图上那块最大的空白地"已经不再是一个令人神往的神秘的空白点了——已经不再是一个可以让孩子做各种美梦的空白了。它已经变成一个黑暗地区。可是那里有一条河很特别，一条非常大的河流，你在地图上可以看到，像一条尚未伸展开的大蛇，头放在海里，身子曲曲折折安静地躺在一大片土地上，尾巴却消失在大陆深处"①。作者暗示那个地区充满邪恶和罪孽，它有着致人死命的潜在危险，然而它又是那么神奇迷人和充满诱惑，吸引殖民者带着理想去那里探险建立帝国伟业，马洛在一家店铺窗口的地图上一看见它，就被它迷住了，像蛇迷住了小鸟——一只愚蠢的小鸟。《黑暗深处》中编织黑绒线的女人把我领进会客室，"房子中间是一张松木桌子，靠着四周的墙壁摆满了粗笨的椅子，房子的一头是一幅巨大的闪闪发亮的地图，上面涂满了彩虹所具有的各种颜色。红颜色面积最大——这种颜色无论什么时候谁都看得很清楚，因为我们知道，这表明在那些地方工作已经真正在进行了，蓝颜色的地区也不少，一小块绿色，很少几点橘黄色，在东海岸还有一小片紫色，表明那里正是那些呱呱叫的进步的开路先锋在喝着呱呱叫的浓啤酒的地方。但是，我要去的并不是这些地方。我要进入一片黄色地区。它位于正中心上。那条河就在那里——像一条蛇一样——迷人——凶恶。"②正是这迷惑人的蛇魔吸引马洛和其他白人殖民者来到非洲，造成了库尔茨的悲剧，也促成了被康拉德本人喻为胡闹的"非洲之行"。

在《间谍》中我们可以发现类似的意象，伦敦有点像古典作品中的迷宫，它那肮脏的砖墙，挤满了招牌，是"一大片油污的泥沼"，"黏乎乎的水族馆"，"黏乎乎的湿地"，它既像是地狱入口或魔鬼的肚肠，又像是群蛇出没的区域。间谍维尔洛克不仅为外国使馆提供情报，还实施恐怖爆炸活动，他利用弱智的妻弟斯迪威去炸毁"象征科学与进步"的格林尼治天文台导致了后者的死亡，维尔洛克的妻子温妮一贯逆来顺受，却无法原谅丈夫的卑劣行为，她一气之下杀死了丈夫，准备跟随无政府主义者奥西朋

---

① 〔英〕康拉德：《吉姆爷 黑暗深处 水仙花号上的黑水手》，熊蕾等译，北京：人民文学出版社 1998 年版，第 524 页。

② 同上书，第 528 页。

逃亡欧洲。在这位身强力壮而虚情假意的情人奥西朋眼里，温妮本人就像一位蛇女神，阴恻恻、冷冰冰就像块石头，她脸上罩着面纱，周身上下一身黑，像一个神秘的影子，像死人一样阴沉黑暗，奥西朋感觉到女人的两只眼睛盯着他，这一双干燥、无神的黑眼珠在闪亮的白眼珠里仿佛两个烧焦了的黑洞，那冰冷冷的嘴唇又悄悄挨着了他的耳朵，“他对这个狂暴的女人也感到害怕，是她把他带进了这座房子，兴许她要嫁祸于他，诬陷他是同谋犯，如果他不小心，那是可能的。他想到这样快就卷入了危险的漩涡——掉进了陷阱，也感到害怕”①。他“看着她感到非常害怕——她是退化的典型，不过她是杀人犯那一类的……要不就是属于撒谎型的”。“他觉得她紧紧地抱住他的腿。这时他恐怖到了极点，变得神志不清，产生幻觉，出现震颤谵妄的症状。他神经错乱了，他看见群蛇在面前乱舞。他看到那女人像蛇一样缠着他，使他脱身不得。她不会置人于死，而她本身就是死亡。死就是生的伴侣呀。”②作者告诫我们被恶魔缠身，误入那隐秘的、黑洞洞的、吞噬一切的迷津，是危险和令人厌恶的。作家用滑稽模仿太阳神的手法来刻画徒有其表的激进分子奥西朋，“他受到英伦三岛出身微贱的各种女人的宠爱，他一头蓬松的头发映着阳光，真像阿波罗神呀”③。他凭着身强力壮的外表和甜言蜜语的花招在社交圈中深得女人欢心，这些女人已经把自己的一切托付给一个有着阿波罗神一样头面的年轻人。温妮所钟爱的白痴弟弟斯迪威也具有神话色彩，他被维尔洛克当成工具去炸毁格林尼治天文台，不幸被格林尼治公园的树根绊倒，结果引爆了自身携带的炸药被炸死，他是一个天真无邪的幻想家和牺牲品，在他身上打上了生父母和养父母的双重印记，其诞生被描述为是在维尔洛克那条“懒洋洋的生命之河”上漂泊着的一条宽敞的“三桅帆船”上，类似摩西的降生，他经受了传统替罪羊的痛苦，并被炸弹炸成碎片，但那警察局局长没有像在仪式上那样吃被杀的神祇，而是看到斯迪威的尸体这“人肉筵席的原料”后大失胃口，几乎连早餐也没吃。好色谋财的奥西朋被喻

① 〔英〕康拉德：《间谍》，张健译，北京：外国文学出版社2002年版，第260页。

② 同上书，第261页。

③ 同上书，第278页。

为太阳神，为弟报仇的温妮被当成毒蛇似的危险人物，这些内容虽不像神话那样引起我们的共鸣，却给人一种怪诞和滑稽模仿的感觉。

康拉德的《诺斯托罗莫》也蕴涵了一个神话原型结构，故事发生在作者虚构的南美洲的柯斯塔瓜纳共和国境内，在该国西部沿海的萨拉科省正在演绎"经济殖民地"这段经典历史，尽管这段历史是康拉德凭想象力虚构出来的，但读者在这个虚构小国凌乱碎散的编年史中，寻找到超越时空的具有普遍意义的东西，读者可以发现一个比现实世界更真实的世界。小说围绕着"一个以压迫、无能、愚蠢、背信弃义以及野蛮暴力而著称于世的国家"的政权更替展开，小说中的柯国局势动荡，群雄纷争，各大政治权力集团争权夺利，军队从中渔利不断造就、维持和推翻政府，六年中就颠覆了四个政府。在这样的背景下，英国人查尔斯·高尔德在美国财阀的支持下，来到萨拉科开发桑·托梅银矿，靠大量贿赂周旋于各派之间。康拉德揭示了与动乱、贪欲和暴力纠缠在一起的虚幻的理想主义，揭示了被物质利益所腐蚀的伪英雄主义，人性的弱点之一是容易腐败，桑·托梅银矿就成为某种抽象正义、永恒力量的象征。银子和银矿向读者提供了一个母题，用来描绘银子以及将银子与自然世界联系起来的种种形象，比如探宝、保护人、孤岛等曾存在于民间故事、童话、神话和传奇故事中的元素。《诺斯托罗莫》故事框架中也包含了这些元素。

康拉德还描绘一个魔鬼的天堂，它戏拟了《创世纪》中的天堂形象，在那里唯一的变化是白昼与黑夜的交替节奏，在萨拉科，"蛇的天堂"是对未来的预示，是对宇宙屡遭腐败威胁的预示，是对帝国政治事务中邪恶的传统影响的预示，是对人心被腐蚀的预示。这个"伊甸园"变成了"蛇天堂"，它运用蛇的原型意象来表达完美世界与堕落世界的概念。从神话原型角度看，与银矿相关的人和物也就具有了神性，比如出资重建银矿的美国人霍洛伊德先生便是一个上帝模样的人，他身上带有神性，因为他把上帝视为"那种具有影响力的合股人"，他企图依靠"一种更纯洁的基督教梦想"来实现他的物质美梦和权力野心，像他这样一个百万富翁会战胜时间，永远年轻，手头有无限的手段和时间，他可以裁断芸芸众生，主宰银矿的去留，可以左右萨拉科的局势，事实上这个貌似威力无边的神也只是一个自欺欺人的理想主义者而已。银矿的拥有者古尔德夫妇就像受到诱惑的亚当、夏娃，他们代表了物质利益主宰世界之前的人类历史，理想和纯净笼罩着这对有道德的夫妻，和亚当不同的是，查尔斯·高尔德最终把失去乐园后的新人类带进了魔鬼的伊甸园，也成为一个伪英雄和虚幻的理想主义者。银矿世界的保护人是仁慈的古尔德太太，她就像"一位仙子，婀娜多姿地施展魔力，捧出一件件的银器和瓷器。当她最后出现在读者面前时，她独自坐在世界剧院里"，显得又娇小又柔美，仿佛从她身上射出一道光芒，她就像童话里善良的仙女，为行善而精疲力竭，但行善的劳而无功，魔法无力使她深为伤心，她的善举和处理银矿事务都在她的闺房中进行，那屋子的主色调是白和蓝，契合天主教堂礼拜仪式中所常见的两种颜色，纯洁的白色和宁静的蓝色往往用在"善良仙女"——圣母玛利亚身上。高尔德太太在家中的神龛里供着这位圣母的神像，无形中强化了她的美德与基督圣母的善举之间的共性。

桑·托梅银矿原先的地貌是一片郁郁葱葱，它的橘园与世隔绝，使人联想到天国乐园，这里有"小瀑布的涓涓细流"，"它们透过蕨类植物的深绿色叶片闪烁着明亮的、玻璃般的光芒"，然而它与我们关于天堂的概念有很大不同，它是堕落世界的一部分，虽然那里大多数人很原始，可是一小撮腐败的西班牙贵族的存在却提醒我们，在这里伊甸园的和谐、平等概念已荡然无存，成了堕落世界的缩影，在这自然疆界内有各种各样的邪恶。通往萨拉科的那处森林长得如此遮天蔽日，就连"上帝的眼睛"也无法探究那里隐藏着什么人为的把戏。虽然"繁茂美丽的橘林证明了萨拉科的古风"，虽然它曾是一块"远离贸易世界的圣地"，如今西方殖民者和他们的洋流航运公司的船舶源源不断地进入了萨拉科，从此打破了这里天堂般的状态。康拉德把从山上采下的银子形容为蛇形的"一条银色的溪流"，这种感官世界充满了神话意蕴，银矿成了诱惑人的"蛇的天堂"。当高尔德太太思索着银矿修复后所产生的影响时，她说"我们惊动了那个天堂里好多好多的蛇"，高尔德答道："我们肯定惊动了许许多多的蛇。但不要忘记，亲爱的，现在它不再是你写生时的那个样子了。不再是蛇的天堂了。我们已经把人类送了进去，我们绝不可以弃他们于不顾。自己走开，到别的地方去另谋生路。”①实际上，高尔德也无法控制银矿的未来，他的初衷是通过银子来实现“崇高的理想”，但实现这个目标必须采取卑鄙的手段，用贿赂来铺平道路，美好愿望中掺杂了堕落和道德沦丧的成分，也逐渐蜕变成物质利益的奴隶。作者暗示高尔德所代表的东西总有一天也会变成当地人的重负。银矿主人高尔德先生也被银子这条魔蛇缠身，在它的诱惑下成了银子的狂热追逐者，他疏远了圣洁的妻子，导致婚姻不幸、理想破灭。银子成了道德死亡的媒介，它带来的不是进步，而是堕落。

康拉德用常见的神话形象揭示了人们是如何被物质利益所控制摆布、腐蚀堕落的，小说中那位富有人格魅力、受人景仰的意大利水手长诺斯托罗莫拥有“不可腐蚀的人”、“完美的帮手”、“自然之子”的美誉，身上具有传奇色彩，魁梧高大，豪放不羁，骑着大灰马，常常出现在关键时刻，彰显他超自然的神力，如在最危急的关头，把利比拉总统从暴民手中拯救出来；他及时赶到把旅馆老板维欧拉从愤怒的群众的枪口中救下；他孤身一人承担其转移运送银子的重任，完成前往凯塔的艰难航程。但这位不可腐蚀的英雄也抵挡不了银子的诱惑，最终在护送银锭的过程中制造沉船假象，然后将埋藏的银锭据为己有，桑·托梅的银子又得到了一个忠实的奴隶，“他渴望以毫无疑义的手段攫取、拥抱、吞噬、驾驭这笔财富，这笔财富犹如专制暴君无时不刻在蹂躏着他的思想、行动和睡眠”，为此莫尼汉姆医生一针见血地指出：“在物质利益发展过程中不会有和平和安宁。物质利益有自己的法则，自己的公理。但却是建立在权宜之上，是非人性的；没有是非曲直，没有持续性，也没有仅在道德范畴内存在的效力。”②银子就像伊甸园中的恶魔蛇，紧紧缠绕着进入“蛇天堂”的每一位人，引发人性的贪欲，玷污英雄的理想，造成人类的不幸。银矿不仅死死攫住了高尔德全部的身心，对银子的占有欲也偷偷摸摸钻进了诺斯托罗莫的躯体中。

---

① 〔英〕康拉德：《诺斯托罗莫》，刘还珠译，南京：译林出版社 2001 年版，第 159 页。

② 同上书，第 388 页。

生活不是按美丽的神话和传统道德所塑造的罗曼史，理性主义在残酷的现实面前拜倒在物质利益脚下，这是必须面对的真实。康拉德为读者揭示殖民者理想的破灭和英雄主义的虚妄，同时也揭示了桑·托梅的变化过程以及造成这些变化的原因。原来天堂般的桑·托梅银矿"有一道深壑，一线瀑布穿过蕨类交织成的沉重、苍翠的植株体从高处落下，像玻璃似的，发出晶莹的闪光"①。被唐·皮普视为"蛇类真正的天堂"，象征繁殖和生命力的瀑布如今却由于人们对银矿的开发活动变得面目全非："瀑布不复存在。在干涸的水塘周围，原先得益于喷雾而生成繁茂的蕨类植株都已枯死，深壑成为一道大坝，一半被挖出来的垃圾和藤蔓填满。激流由于上游被大坝拦住，而沿着设置在栈架上的由挖空树干做成的敞开式槽道冲刷下去，推动下面高原——巨大方山（桑·托梅山）上的捣矿机涡轮。瀑布连同它令人惊羡的蕨类植株群——犹如悬挂在峡谷崖壁上方的大花园——只在高尔德太太的水彩速写里留下了存照。"②这种描绘隐含了一种价值判断：由于高尔德取得了对银矿的特许权，人类对物质财富的索取导致了环境的恶化，机械化对原始状态的侵入是显而易见的。银矿本来是荣誉、繁荣与和平的源泉，同时也是罪恶的渊薮。"萨拉科是未来的锦绣之乡，物质文明的首选之地，柯斯塔瓜纳共和国内唯一吸引欧洲资本家的省份。"③具有讽刺意味的是，"这些家伙以引进铁路、采矿业、殖民为手段，以及使用其他诸如此类浅薄的借口，达到掠夺穷人土地的目的，并且在这些野蛮人和麻痹者的帮助下，贵族将把穷人沦为终日劳作、食不果腹、衣不蔽体的奴隶"④。康拉德尖锐地批判了欧洲人对南美大陆的入侵，他们的野心昭然若揭，那就是"从合恩角直到史密斯桑德，或更远，只要一有值得占有的东西出现，哪怕远在北极，我们都会在一切领域内发号施令的：工业、商业、法律、新闻、艺术、政治、宗教。那时我们将从从容容地将地球上偏远的岛屿和大陆全都控制起来。我们将打理全

---

① 〔英〕康拉德：《诺斯托罗莫》，刘还珠译，南京：译林出版社2001年版，第79页。

② 同上书，第80页。

③ 同上书，第249页。

④ 同上书，第298页。

世界的事务,不论世界愿意与否。它别无选择,而我们也别无选择”①。所以欧洲人到了这块土地,必须将一切单纯的感情、欲望、成就统统加以理想化,如果不将自己的动机化为神话的一部分,他便不能在这里行动或者生存,然而共和国的现实与早先接受的欧洲文明观念相互抵触,这就是帝国殖民的悲哀,也是“经济殖民”带给殖民地的悲哀。

康拉德为《诺斯托罗莫》这部史诗般的小说耗尽了心血,他曾感慨“那本要命的《诺斯托落莫》快把我折磨死了。”②我们从中可以发现很多神话母题,虽然它的人物、情节和神话角色、神话模式之间并不存在严格意义上的平行关系,然而,两者之间确实存在着强烈而惊人的对应关系,如远洋轮船航运公司的“船只的名称覆盖整部希腊神话,早已成为这个海岸家喻户晓的字眼,而这个海岸可是从未受制于奥林比亚众神的”③。“朱诺号”的船长就是农神,也许康拉德有意识地将圣经母题和神话原型作为其创作的基础,或许他本人毫无察觉,这些神话原型模式或集体无意识的残片一直蛰伏在作家心里,对此我们却可以从他的创作中窥见一二。

第四节　英雄“游历和探险”模式

在世界文学中,经常出现所谓探险或航行的主题,尤其是希腊罗马神话中的英雄游历故事更是流传广泛,后世作家从中找到创作灵感,他们意识到“神话的根本‘魅力’,不在其内容的‘原始’,而在其形式的模糊。不在其代表了童年的动人‘幻想’,而在这些幻想借以传播的形式具有简约、模糊、象征意味等特点。从而酝酿着丰富的神秘感,激起了潜在共鸣力”④。在康拉德讲述的故事中,常以大海、河流、岛屿为背景,借用远古神话中的航海游历主题来表达现代人的精神探索。

---

① 〔英〕康拉德:《诺斯托罗莫》,刘还珠译,南京:译林出版社2001年版,第58页。

② Norman Page, *A Conrad Companion*, New York: St. Martin's Press, 1896, p.94

③ 〔英〕康拉德:《诺斯托罗莫》,刘还珠译,南京:译林出版社2001年版,第7页。

④ 谢选骏:《神话与民族精神》,济南:山东文艺出版社1986年版,第392页。

康拉德在《大海如镜》中把航海生涯与希腊罗马神话中的冒险精神联系起来："像尤利西斯那样进行过航海冒险的人是幸福的；古代再没有比地中海更适合进行海上冒险的内海了，古人把它看成是这么苍莽寥廓，这么充满奇迹的海域。的确，它是可怕而奇妙的；只有我们，在我们无畏的精神和兴奋的感情驱动下，一个时候是世界上一切奇迹和传奇的唯一创造者。在白沫飞溅的黑色岩石间美发的女妖为地中海的水手歌唱，在滚滚的浪花之上黑暗中有神秘的声音说话——威胁性的，诱人的，或预言吉凶的，如同在基督教兴起时期在锡尔塔湾一艘非洲船上的船长听到的声音，在这个地方安静的夜晚充满奇异的低语声和飞速过去的影子。声音呼唤他的名字，要他去告诉所有的人伟大的潘神死了。但是地中海的美妙的传说，由相传的歌曲和严肃的历史构成的传说却流传下来，在我们心中引人入胜，万古长青。"①地中海不仅是人类文明的发祥地，也是孕育神话这种人类童年时期的文学的摇篮，大海给英雄、贤哲、使徒、勇士、海盗提供了舞台，冒险是他们的职业灵魂。在《地理和探险者》中，康拉德赞赏英国在北极的探险；在《干得好》中，康拉德把这种冒险精神称作英国人的第二本性。虽然他认为纯粹的冒险家是天底下最愚蠢的人，认为冒险本身不过是一个幻象，一个没有感情的、含糊不清的幻象，可是大不列颠民族的冒险活动却没有类似追求纯感情的无聊的印记。康拉德本人也具备冒险家那种浪漫的气质："要知道在我还是个小不点儿的时候，我就对地图十分感兴趣。我常常会一连几小时看着南美，或者非洲，或者澳大利亚的地图，痴痴呆呆地想象着宏伟的探险计划。"②当马洛承认他总是急切地要去填补地图上的空白时，从他身上我们自然会联想到帝国叙事中的一个重要事实，一个具有本质性的问题，那就是欧洲人的海外探险和殖民地历史，我们也自然联想到一些真正的帝国主义者，如库克船长、斯坦利等。马洛（康拉德）生活在一个探险辉煌的时代，他们本身就是海外冒险的亲历者，康拉德还拥有从事海外贸易的证书，所以才有那么多的故事可

---

① 〔英〕康拉德：《大海如镜》，倪庆饩译，天津：百花出版社2000年版，第158页。

② 〔英〕康拉德：《吉姆爷 黑暗深处 水仙花号上的黑水手》，熊蕾等译，北京：人民文学出版社1998年版，第524页。

讲。在人类发展史上,欧洲探险队的历史值得大写一笔,因为他们与殖民历史密切相关。地球上曾经有许多地区和文明隔绝,直到勇敢的探险队冒着生命危险进入这些地带,事实上几个世纪以来,“勇敢地航向无人曾经到达的地方”作为《星际迷航记》(*Star Trek*)里“企业号”(Enterprise)的誓言,曾激励了一些无畏死亡的航海旅行者和冒险猎奇的探索者,他们开启了东西交通往来的历史,那些封闭的地区一个一个被打开,加入了世界成员的行列,让地球成了名副其实的“地球村”(global villiage)。探险家的功过是非,有时候很难说得清楚,尤其是他们的冒险活动与帝国殖民联系在一起时,情况变得更为复杂,康拉德借助小说的功用对欧洲探险队和海外殖民的历史进行反思和重构。

康拉德在《黑暗深处》中关于刚果航行的叙述就有神话色彩,我们不难看出英雄游历航行的固定模式。马洛驾驶开往非洲腹地的汽船,就像《圣经》中的诺亚方舟,是冒险和拯救的工具,它是救助库尔茨和辅助马洛完成任务的工具,也是马洛的精神寄托,马洛称“那条破破烂烂、歪七扭八的,一堆废铁似的、破罐头盒一般的汽船,对我倒是一个巨大的安慰”。它的沉没和重新打捞,象征着白人精神世界的堕落和重建,马洛说“我似乎觉得,只有这样干,我才能紧紧抓牢一些现实生活中能给人补偿的东西”,“我喜欢工作中所含有的一种东西——既发现你自己的机会,你自己的真实”。有的评论家指出,马洛的工作抵制了人向兽性的堕落,抵制了荒野的诱惑,但这条现代的诺亚方舟并不能把库尔茨从荒蛮的非洲丛林带回到文明世界,马洛的英雄冒险和努力是徒劳的,拯救行动最终以失败结束。

《黑暗深处》通过马洛的非洲经历,对欧洲探险队的历史进行深入思考,这部小说是“对帝国主义的抨击,是建构伦理价值的寓言,是一个返回原初大地的神话,是一次进入无意识自我的长夜旅行,是一次驶向超验知识的精神航行”①。《黑暗深处》前两页回顾英国探险家的辉煌历史,对于一个曾经带着崇敬和热爱的心情“追逐着海洋”的马洛(康拉德)来说,没

---

① Benita Parry, *Conrad & Imperialism: Ideological Boundaries &Visionary Frontiers*, London: Macmillan, 1983, p. 20.

有任何东西比泰晤士河更容易让他想起过去时代的宏伟探险精神,它造就了像弗朗西斯·德雷克爵士和约翰·富兰克林这样的海上游侠骑士[①]这些追逐财富和追求荣誉的人从泰晤士河出发到大海上去冒险,“有什么样伟大的东西不曾随着这河水的退潮一直漂到某个未知国土的神秘境地中去!……人类的梦想、共和政体的种子、帝国的胚胎”[②]。康拉德把罗马帝国和大英帝国进行比较,他认为前者仅仅是掠夺和获利,而大英帝国是一个秩序与法律占上风的强有力体系,也正是这种认识导致康拉德反感荷兰、比利时的殖民统治,他认为英国人在海外的口碑要好得多,虽然有殖民方式和殖民效果上的不同,但“他们是些征服者,要干他们那一行,你只需要有残暴的力量就行”。他们把到手的一切全搜刮过来,依靠暴力、大规模的屠杀,“所谓对土地的征服,其意义在大多数情况下不过是把一片土地从一些肤色和我们不同或者鼻子比我们稍平一些的人们手中抢夺过来,这决不是什么漂亮事,你只要深入调查一下就会知道。唯一能使你安心的是一种观念。是这种征服背后的那个观念;不是感情上的托辞,而是一种观念;对这种观念的一种无私的信仰——这东西你可以随意建立起来,对着它磕头,并向它提供牺牲……”[③]欧洲探险队正是这样一群被征服观念左右头脑的人,在《黑暗深处》作者描写了埃尔多拉多探险队,他们的愚蠢行径总让人想起海盗们在分赃,他们的谈话全是些卑鄙下流的海盗语言:莽撞而毫不坚强,贪婪而缺乏胆略,残暴而毫无勇气;在整个他们这一帮人中,丝毫看不到明智的远见或严肃的目的,而他们似乎也根本不知道,要在这个世界上干好任何一件事,这两样东西是必不可少的。“从大地的胸怀里强挖出一切财富,是他们唯一宏愿,而在他们这种行为

① 弗朗西斯·德雷克爵士是英国16世纪著名的航海家,他曾绕地球航行一周,并于1587年指挥“金鹿号”打败了西班牙的无敌舰队;约翰·富兰克林爵士是英国19世纪著名的探险家。

② 〔英〕康拉德:《吉姆爷 黑暗深处 水仙花号上的黑水手》,熊蕾等译,北京:人民文学出版社1998年版,第519页。

③ 同上书,第523页。

背后绝没有任何高尚的宗旨，一如夜半撬开保险柜的小偷一样。"[①]最悲惨和哀伤的是，他们由于缺乏药品和必要的保障，加上陌生环境、恶劣的气候、原住民对他们的抵抗报复，死亡随时萦绕在他们周围，或葬身大海汹涌的波涛，或葬身荒蛮的原始丛林，落得一个"出师未捷身先卒"的可悲下场。

在希腊神话中，出海探险寻找财富的英雄，比如寻找金羊毛的阿戈耳船上的英雄是精心挑选、孔武英勇的人，他们历经艰险，载誉而归。在康拉德笔下那些欧洲冒险家显得滑稽可笑，"那美丽小岛上的财富！他们组成了一对奇特的寻找金羊毛的人"，作家所描述的寻宝者彻斯特"悠闲地走着步，态度从容，身躯肥胖，不可一世；另一位则细细长长，憔悴不堪，佝偻着，挂着他的胳膊，不顾一切地急速挪着两条干枯的细腿走着"[②]。正是这个病态的彻斯特在某个澳大利亚港口把他那条早已不适合航海的两桅方帆汽船修补了一番之后，就带着总共 22 个水手驶入了太平洋，跟他的神秘命运有些关系的唯一消息是，他们可能葬身于一场飓风："这班探险家再没有一丝痕迹冒出来过；那鸟粪堆上没有传出一个声响。完了！在充满活力、性情急躁的海洋中，太平洋是最理智的了：冰冷的南极也能保守秘密，但是更像以坟墓的方式在保守。"[③]他们作为变革、征服、贸易、屠杀和福音的先驱，像库尔茨一样在献身某种意义模糊的事业，他们梦想着从某个无名的地方满载而归时，会得到人们永无止境的赞赏和恭维，康拉德用殖民帝国的现实告诉我们，他们所追求的东西是虚无缥缈的。

《诺斯托罗莫》再一次印证了殖民者理想的破灭，它套用了一个神话英雄探险的原型模式。开篇就以隐喻的手法讲述了西方殖民者探险寻宝的传奇故事，为全书铺垫了与财富和贪欲有关的基调。"传说过去许多冒险家都在探宝中命丧黄泉。有一则故事说，人们还记得两个流浪水手——大概是美国人，反正是洋鬼子，说服一个赌棍、二流子印第安人加

---

① 〔英〕康拉德：《吉姆爷 黑暗深处 水仙花号上的黑水手》，熊蕾等译，北京：人民文学出版社 1998 年版，第 559 页。

② 同上书，第 144 页。

③ 同上书，第 151 页。

盟。三个人合伙偷了一匹驴子，用来驮柴火、皮水囊，还有足以维持几天的给养。有了这些本钱，再加上各人腰间的左轮枪，这两个外国佬就开始用大砍刀从半岛脖子的荆棘丛中劈出一条通道……”当地人看见在阿瑞厄拉山脊深处冒出了一股炊烟，之后便没有了任何动静，这三个不敬神的冒险之徒再也没有走出山谷，大家一致认为这三个孤魂野鬼一定是“给他们探宝的成功死死地镇住了。他们的魂灵怎么也挣脱不出苦守着财宝的肉体”①。

康拉德重复了文学传统中英雄航行和海上历险的神话模式和关于宝物的母题，当代英国评论家克莱厄·罗森费尔德曾对《诺斯托罗莫》进行过原型分析，他的精辟见解对本节的写作有很大的帮助。小说主人公诺斯托罗莫早年的生活经历暗合了神话英雄的种种特征，读者不知道他的父母是谁，他的童年也模糊不清，只知道他的叔叔骗走了这个孤儿的遗产。神话故事中，往往有这样的情节：一位被神选中的婴儿在不寻常的状况下降生，被一位不是父亲也必然带有父亲权威的男子所控制和摆布。幸运的是，小说让诺斯托罗莫在14岁那年逃离了这位不仁的叔叔。然后他像神话中的英雄一样，孤身漂洋过海，在一个暗夜来到陌生的国度苏拉科，他得到善良的养父母的关爱，也经历了奇特的冒险。当他和马丁·德考得担当转移银锭重任坐在装满银子的驳船上随波逐流时，就意味着他们孤独地退出了人类社会，这是英雄进入未知世界的第一步，这次黑暗中的航程也象征着英雄进入了精神的内在世界。这段真实的护银航行和属灵的航行促使了诺斯托罗莫的成长和蜕变，也成全了德考得死亡—再生的神话。当他们面对黑暗的大海时，种种关于睡眠、梦境、死亡和虚幻世界的形象与隐喻越来越多。大海深沉的寂静与死亡之冥府颇为相似，“他们就是这样活生生地、轻快地漂浮在这种预示死亡的永恒宁静之中，这一切好比是世俗世界的非世俗梦境，当死亡使灵魂脱离了充满悔恨与希望的朦胧境界时，这些梦境便会萦绕着灵魂”，这艘不知是动是静无法掌握

① 〔英〕约瑟夫·康拉德：《诺斯托罗莫》，刘珠还译，南京：译林出版社2001年版，第4页。

方向的“醉醺醺的扁舟”,象征了整个人类在漠然的大自然中对生命的体验,重现了神话中冥府历险再回归人间这一死亡与再生的模式。

在希腊神话和《圣经》原型中英雄冒险的标准道路是分离—发现奥秘—归来探求:英雄(救星、救助者)踏上征途,完成不可能完成的任务。往往分为三个阶段:出走、转变、归来。这样英雄就完成了从无知到涉世成人的入门仪式的全过程。正如美国比较神话学家约瑟夫·坎贝尔(Joseph Campbell,1904—1987)在《千面英雄》(*The Hero with a Thousand*)中所揭示的那样:“英雄从日常生活的世界出发,冒种种危险,进入一个超自然的神奇领域;在那神奇的领域中,和各种难以置信的有威力的超自然体相遭遇,并且取得决定性的胜利;于是英雄完成那神秘的冒险,带着能够为他的同类造福的力量归来。”神话原型中的英雄必须进入一次黑夜一次大海的航程,要么进入地狱,要么落入大海的波涛中,要么流落荒野,这是象征性的死亡,奥德修斯、埃涅阿斯、摩西的故事就是绝好的例证,他们从顺境走入逆境,在航行探险过程中将遇到各种妖魔的邪恶力量遭遇无穷灾难和考验,但他们必须经过九死考验获得再生,这样才能把得到的真理获得的神力带到那个堕落的世界中去,才能完成拯救人类的使命,从而获得荣誉和永生。这种仪式性的求索过程具有隐喻和象征意义。黑暗的海面上,小驳船与来劫夺银子的军舰相撞,人们以为银锭和诺斯托罗莫及德考得已葬身海底,事实上诺斯托罗莫和同伴经历了千难万险来到一个孤岛上,在埋好银锭后德考得留在原地守护这些财宝,诺斯托罗莫驾船暂时离开。

人们以为马丁·德考得死于沉船意外事故中,但事实是这位才华横溢、为理想而奋斗的年轻人是死于孤独,死于缺乏对自己对他人对人类的信心。诺斯托罗莫与他分手驾船离开后,他独自留在岛上守护埋葬好的装满银锭的箱子,连续数天,他连一只鸟都看不到,更不要说人脸了,“一股强烈的忧郁感明显地降临到他的身上。他决定不向萨拉科的那些人屈服,他们犹如胡言乱语、猥亵可恶的鬼魂,虚无但可怖,将他团团围住了,他看到自己无力地在他们中间挣扎”①。他模糊地感觉到自己的屈从与冲动虚度了年华,回忆此生只留下苦涩的味道,这是他成年后的第一个道德感,他拥有知识和美德,也将激情升华为责任,被这种无信念等待的巨大而绝对的孤独感很快吞噬了他的全部意志力,他坚信一切努力都是无济于事的,最后他像一个海上梦游者在举行某种仪式一样,下蹲、跪着、耐心而勤奋地掘土,取出箱子中的四块银锭绑在身上,走出溪谷,投身大海。德考得的悲哀是一个无信念心灵的悲哀,是人生虚无思想的牺牲品。

诺斯托罗莫虽从大海游回了陆地,但要塞和城市再也不会任他逍遥地骑马穿行与大街小巷,不再受宠,风光已逝,声誉不再,他如同进入另一场梦境中,没有人等他、思念他,或祝愿他平安回来,“被出卖了!”感觉压迫着他,所有的迹象都表明他是一个失败者,而此时宝物银子的存在使他焦虑不安,好像魂灵被它勾走了似的,他痛苦地对自己说:“我是唯一适合干这种肮脏勾当的人。”他以为投身这一冒险事业足够壮烈,到头来发现被利用了被欺骗了,他利用黑夜的掩护用小艇把银锭转移到伊莎贝尔岛上,这个无人知晓的秘密激发了他的贪欲邪念,他无法抵御发财致富的诱惑,一次次铤而走险上岛窃取银锭,最后被护岛的老人射杀身亡,诺斯托罗莫的命运很明显与小说开头两个幽灵水手的传说联系在一起,就像财宝对水手的毒咒一样,具有同样魔力的银子咒住了他的灵魂,幽灵水手借他还魂,彼此合为一体,诺斯托罗莫再次扮演了财富神话中的牺牲品。为了银子,灵魂沦落了,生命消失了。

数天以后诺斯托罗莫从落日中走来,他为遗失的四块银锭困惑、失眠、静坐一夜,然后驾着一条小艇无声无息地永远地离开了,事实是诺斯托罗莫搬走了银锭,隐藏在伊莎贝尔岛,然后亲手凿沉了船,制造船沉银毁的证据,桑·托梅的银子又得到一个忠实的奴隶了。诺斯托罗莫在一个四周满是残垣碎瓦的古老炮台边睡着了,他躺着像死去一样,像尸体一般安静,他丧失了线性的时间意识,也处于含义模糊的空间地点之中,这

① 〔英〕约瑟夫·康拉德:《诺斯托罗莫》,刘珠还译,南京:译林出版社 2001 年版,第 379 页。

黑暗象征了海湾边的现实世界，也象征了人的内心世界，诺斯托罗莫在象征死亡的宁静中获得了再生，康拉德用新生婴儿或小兽的形象来隐喻诺斯托罗莫退回到个人生活的原始状态或"前人类"状态，他"从长达十四小时的酣睡中醒来，从他隐身其中的草底下爬出。他挺直身子站在齐膝深，起伏不停，窸窣作响的青草中，神色茫然，好像刚出世似的。英俊、健壮、柔韧，他将头向后一仰，张开双臂，缓缓扭动腰肢，从容不迫地张大满口白牙的嘴巴，打个大哈欠，伸个大懒腰，在这苏醒的刹那间，他一派天真无邪，仿佛是头优美、不省人事的野兽"①。

康拉德笔下的拉丁美洲成了西方殖民者为追求物质利益进行经济殖民的博弈场。具有英国血统和受过英国教育的查尔斯·高尔德明白自己是身居柯斯塔瓜纳的一名冒险者，应募加入一个外国军团的冒险者的后代，这个军团由因革命战争发财致富的人，策划革命的人，以及信仰革命的人构成。虽然他品性刚直，但在他身上却存在着类似冒险者的那种粗疏的道德标准，以对行动的伦理评判计算个人风险，甚至还带有某种海盗精神。西方所谓的理性主义者和英雄主义精神在康拉德笔下受到嘲讽，希腊神话中的宝物和金羊毛替换成了桑·托梅银矿，诺斯托罗莫从一个正直诚实"不被腐蚀的人"蜕变成一个为了银子放弃荣誉和理想的伪英雄。高尔德先生也一改初衷，希望通过银子来实现理想的他变成了一个为银子而不择手段的冷血人物。殖民者眼中只有利益，对物质的贪欲毁灭了殖民地人民的生活，也终结了殖民者的光荣梦想。

可见这部小说中的动乱与革命其实是与人类贪欲紧密相连的，而其中神话—原型结构和经济殖民的事实却没有得到论者足够的重视。

相对于政治主题而言，康拉德在这部小说中更多关注的是西方经济掠夺对殖民地历史进程的影响，所谓通过发展经济来推动殖民地民主和平进程的理想不过是自欺欺人的幻象，清醒地反思了殖民者"开发异域，拯救异族"的虚伪性，深刻揭示了在经济扩张过程中"物质利益"原则对

---

① 〔英〕约瑟夫·康拉德：《诺斯托罗莫》，刘珠还译，南京：译林出版社 2001 年版，第 312 页。

人性的腐蚀和对人类信念的挑战。

15世纪西班牙、葡萄牙把扩张的触角伸向世界各个角落，拉开了殖民的序幕，到18世纪后期英国成为殖民舞台的主角，征服世界的意识在不断膨胀，他们打着为世界“文明与进步”事业做贡献的旗号，对殖民地进行政治、宗教、军事、文化各个领域的渗透和征服，其最终目的在于掠夺经济资源和追求物质利益，在此基础上西方构筑了一个个建功立业、发财致富的殖民神话。

《诺斯托罗莫》通过这段虚构的历史，这个隐喻的故事，一系列白人精英形象的塑造，完成了对所谓欧洲文明人的自我审判。小说弥漫着康拉德式的悲观情绪：在物质利益与道德理想的较量中，最后的赢者总是“物质利益”，在欧洲各国争夺领地和财富的过程中，世界绝无和平的可能，“至于民主，那只是在至高无上的物质需求得以满足情况下的宗教选择而已”①。

康拉德对白人精英形象似乎有着强烈的兴趣，因为他们所体现的复杂人性“真正符合表现人类道德状况的普遍公式”。在作家笔下，有一系列具有所谓冒险精神和开拓勇气的殖民者，包括《黑暗深处》中的库尔茨，《文明路上先锋站》中的两个贸易先驱凯亦兹和卡利尔，《海隅逐客》中的“海大王”林格船长、威廉斯以及阿尔迈耶，《走投无路》中那位开辟了几条海上新航线的惠利船长，他们被欧洲人推崇神化、被当地人顶礼膜拜，但作者却用反省的态度来揭示殖民地白人的尴尬处境和失败的命运，他们为占有象牙、获取公司的效益、保住贸易霸主地位而不择手段，在追逐财富的过程中，背离良知，道德沦丧，最终迷失本性，这个至高无上的法则左右了社会生活各个层面，控制着小说中的所有人物命运，它的能量之大非脆弱的人性所能抵御，就是具有传奇色彩的人物最终也堕落成一个个物质利益的奴隶而导致失败或毁灭，康拉德通过这种冷峻的叙述讥讽了欧洲殖民者对经济利益执著而徒劳的追求。物质利益不仅蹂躏人性，践

① 〔英〕约瑟夫·康拉德：《生活笔记》，傅松雪译，南京：江苏教育出版社2007年版，第205页。

踏人类道德和理想，它也决定战争与和平，对物质利益的追求所引发的频繁暴乱和政权更替严重影响了殖民地的经济发展和社会稳定，不仅给殖民地人民带来了深重灾难，同时也打破了欧洲殖民者的财富神话，在这种被高尔德太太喻为“可怕的物质主义”中好像有一种原则在起作用，任何美德信念都无济于事，希望之光永远不可能照在萨拉科这块受诅咒的土地上，因为“在物质利益发展过程中不会有和平与安宁。物质利益有自己的法则，自己的公理。但却是建立在权宜之上，是非人性的；没有是非曲直，没有连续性，也没有仅在道德范畴内存在的效力。”①柯斯塔瓜纳的天然宝藏对于文明的欧洲太重要了，物质利益主宰着整个宇宙，殖民者在这里为攫取财富付出了理想、灵魂甚至生命的代价，但“我们在骨子里挨过毒咒，凡事皆徒劳无益”，小说结尾呼应开篇的财宝传奇，幽灵仍然在守护着那些宝藏，海湾仍然平静，康拉德有意借助文本的循环叙事模式，传递玄妙的启示。

康拉德本人也是大英帝国和比利时商业贸易的雇员，当时种类繁多、数量可观的勘察和征服文献影响了康拉德的职业选择，前文提到直接刺激康拉德去非洲探险的应该是戴维·利文斯顿的探险和斯坦利的传奇经历，关于他们在非洲的报道激发了康拉德探秘刚果的好奇心：“真实的情况必然是，尽管我对那个诡计多端的希腊人（尤利西斯）……神的欺骗者，爱奇异的女子和唤起残忍好杀的幽灵的人……的花招毫不谙熟，我还是渴望开始我自己朦胧的航海冒险生活，通过这种漫游让我见识见识赫拉克勒斯之墩以远的种种奇迹和可怖的景象，这对一个现代人来说是恰如其分的。”②1841 年苏格兰传教士、医生利文斯顿来到非洲，在赞比西河上进行探险考察，他立志去寻找尼罗河的发源地，同时在非洲传播福音，但基于“非洲部落主义及其传统”的观念，他认为要让非洲人“接受白种人的神”，除非把英国的商业灌注到非洲，才能将他们的“野蛮洗刷殆尽”，这个想法促使他去发现一条“连接非洲内陆和大西洋，或印度洋的水道”，

① 〔英〕约瑟夫·康拉德：《诺斯托罗莫》，刘珠还译，南京：译林出版社 2001 年版，第 388 页。

② 〔英〕康拉德：《大海如镜》，倪庆饩译，天津：百花文艺出版社 2000 年版，第 160 页。

好让英国的贸易可以毫无阻碍地深入非洲。他成为横跨非洲的第一个欧洲人。1855 年，当地人把利文斯顿带到了气势磅礴的赞比西瀑布，他为大自然之壮美惊叹折服，作为大英帝国的忠实臣民，利文斯顿以当时英国女王的名字将瀑布命名为维多利亚瀑布。利文斯顿死前不久完成了他多年的夙愿，他发现了梦寐以求的尼罗河发源地，在《改变我们世界的伟大探险》(*Great Adventures That Changed Our World*)一书中报道了他去世的消息："他的手稿堆里，有一篇最令人伤感的文件之一是：尼罗河源头已经发现，只是缺了经纬度的记载。"

当时比利时国王利奥波德二世(King Leopold II)设立了"国际开化非洲协会"，制定了所谓"将会被尝试的最高尚、最具有自我牺牲精神的非洲发展纲领"，吸引了大批欧洲人前往非洲大陆。1869 年为这一组织服务的著名探险家亨利·斯坦利奉命去寻找利文斯顿。斯坦利领导了"由东往西沿着刚果前进的第一支探险队"，成为刚果自由州的发现者，1871 年斯坦利找到利文斯顿，当时见面第一句话就是："你就是利文斯顿博士吧？"在随后的工作中，斯坦利为利文斯顿的传教信仰所感动，他不仅变成了一名探险家，而且也变成了虔诚的基督徒，像斯坦利这样在非洲建立贸易站，为殖民帝国尽忠服务的人被当时的英国人认为对进步事业作出了持久的贡献而受到敬重，斯坦利基本完成利文斯顿所留下来的工作，他们的探险为世人揭开了非洲内陆神秘的面纱，开启了进入非洲的大门。康拉德无疑读过有关利文斯顿和斯坦利的报道，尤其是 1889 年夏天，关于斯坦利在非洲的消息源源不断，成为当时的媒体追逐的焦点和人们的饭后谈资，言说想象异域和走向非洲成为时代的价值取向，从小就有到陌生地方探险梦想的康拉德对此给予了极大的关注，先行者的事迹激起了他的欲望，后来他通过远亲的引荐，果然在比利时"国际开化非洲协会"中谋到一个职位，由阿尔伯特(Captain Albert Thys)船长雇用康拉德为一条刚果内河汽船船长，原来的船长因与当地人发生冲突被打死了。

探险家亨利·斯坦利
(Henry Stanley,1841—1904)

阿尔伯特船长
(Captain Albert Thys, 1892—1958)

康拉德在其小说、回忆录和札记中对18世纪与19世纪欧洲远征探险队的历史进行了形象的描述,他一方面肯定探险队的冒险和勇气,另一方面又揭示他们的盲目和愚昧,他们已经失去了古人和前人的光荣和神圣。早期西方航海家们富有冒险精神和浪漫气质,往往以贸易经商、传播文明、发展教徒为目的,带有很浓的政治、经济和宗教意识,到19世纪欧洲探险队以殖民者的身份和观念侵入非洲、亚洲和南美洲等地,只为了殖民者骨子里的贪婪和攫取欲望,他们打着地理考察、贸易经商、传播宗教等旗号,干着掠夺财富和残杀土著的罪恶勾当。康拉德对欧洲人所追求的占有、支配、冒险等价值观进行了深刻的反思,站在他者的立场否定了西方的霸道和强权,他认为西方殖民者就像撬开保险柜窃取他人财宝的小偷一样,这种行为的背后绝没有任何高尚的宗旨可言。相对于神话中的探险家,现代人的道德水准日趋下降:"精细的尤利西斯漫游过的黑暗而令人骇异的暴怒的大海,在奥林匹亚山上神明的怒火鼓动下,在它的海岛上把奇异的狂暴的海怪和怪诞诡诈的女妖都加以收罗;它是英雄,贤哲、使徒、勇士、海盗的通衢;迦太基的商人常年经商的海域,罗马皇帝的游乐湖，得到所有海员的尊敬，他们把它看成公然对抗地球上海洋的叛逆精神的历史发源地，这种精神是他们的职业的灵魂。”[①]而现代人迷乱不安的心灵忙于海外的殖民争斗，他们的漫游和探险最终导致了精神世界的堕落，帝国的光环也因此失去了那神圣的色彩。

① 〔英〕康拉德：《大海如镜》，倪庆饩译，天津：百花文艺出版社 2000 年版，第 158 页。

第四章　他者想象与形象学研究

他者问题在当今的文化批评中受到广泛的关注。作为一个社会关系中的人，自我必须仰仗着与他者的关联，来界定自身存在的意义，在西方殖民话语体系和文化视野中，他者形象尤其是殖民地他者形象如非洲黑人、远东民族、拉美国家常被置于被观看、被定义、被书写、被符号化的位置，在漫长的殖民历史中，西方殖民者自诩为非洲、亚洲和拉丁美洲的代言人，正如卡尔·马克思在《路易·波拿巴的雾月十八日》一文中所说："他们无法表述自己；他们必须被别人表述。"历史的变化使双方常常处于宗教、政治、经济的竞争之中，彼此为争夺土地资源、话语权力和灵魂进行过殊死的搏斗，冲突来源于差异，谁来言说？怎么表述？如何解决？这一切很大程度上取决于谁掌握和如何运用话语权力，那么，西方对他者的叙述到底有多少可信度呢？这是一个值得不断反思的问题。菲利普·科汀(Philip Curtin)的《非洲的形象》(*Image of Africa*: *British Ideas and Action*. Madison: University of Winscousin Press, 1964)和布莱恩·斯特利特(Brian Street)的重要著作《文学中的野蛮人》(*The Savage in Literature*: *Representations of Primitive Society in English Fiction, 1858—1921*, London: Routledge & Kegan Paul, 1975)是很有价值的分析文本，我们可以从中了解到西方人如何言说异域以及如何建构非洲形象的，了解学术和大众文学是如何表明其观点的。

康拉德拥有"世界主义者"的称号①，他在一定程度上代表了西方的

① Adam Gillon, *Cosmopolitanism in Conrad's Work*, Proceedings of the IVth Congress of the International Comparative Literature Association, Paris: Mouton&Co. Publishers, The Hague, The Netherlands, 1966.

文化良知和人类道德的警醒。康拉德生活的晚年正是西方殖民主义正在缓慢退却的20世纪20年代和30年代，在他的文本中，我们看到一个作家对文化他者的表述欲望，这一方面源于西方对异质文化的兴趣，源于对自身文化求证的普遍心理，另一方面源于康拉德本身对非洲经历的反思，通过康拉德文本我们可以管中窥豹，对西方殖民话语中表露的文化心态进行剖析。

康拉德接触到四大不同的文化体系，对人类文化的互动关系以及不同文化的混杂现象有深刻的了解，他在如何看待文化他者问题上发出了自己的声音，为我们揭示了殖民地文化的多元性，同时也揭示了澳洲人类学家托马斯(Nicholas Thomas)意义上的"殖民者的多元性"[①]。康拉德对他者的观察和描述带有记忆和反省的双重成分。正如萨义德所说："一个人离自己的文化家园越远，越容易对他者做出判断；整个世界同样如此，要想对世界获得真正的了解，从精神上对其加以疏远以及以宽容之心坦然接受一切是必要的条件。同样，一个人只有在疏远与亲近二者之间达到同样的均衡时，才能对自己以及异质文化做出合理的判断。"[②]人们往往倾向于把外国文化表现为易于掌握或以某种方式加以控制，用自己的模式去衡量和评判他者文化，但并非一切文化都能很好地理解和表现异质文化，只有睿智豁达者可接近事实真相，与此相似的观点在中世纪神秘主义开创者圣维克多·雨果(Hugo of Saint-Victor,1096—1141)的《世俗百科》中早已提到："发现世上只有家乡好的人只是一个未曾长大的雏儿；发现所有地方都像自己的家乡一样好的人已经长大；但只有当认识到整个世界都不属于自己时一个人才最终走向成熟。"康拉德是西方对第三世界认识的先见者，他和格雷厄姆·格林、V. S. 奈保尔、吉卜林以及毛姆等人

---

① 澳洲人类学家托马斯(Nicholas Thomas)重新检视殖民主义，他认为一般人习惯于忽视殖民者的异质性与彼此的矛盾，总视之为同质性的整体，而且太过强调殖民者的力量，其实殖民力量常受到挑战，很不稳定，忽略了殖民历史中土著的抵抗与配合也占了重要的部分。他认为，殖民意识形态要比一般所公认的要"多样、复杂、暧昧"多了。但是，如果后殖民学者一再强调被殖民者的异质性，那么为什么不能研究一下殖民者的异质性？

② 〔美〕爱德华·W. 萨义德：《东方学》，王宇根译，北京：生活·读书·新知三联书店1999年版，第331页。

一起为读者提供了一个个分析和判断非欧洲世界的文本,以满足西方人对异域文化的猎奇心理。本章意在通过康拉德对文化他者的立场和视角,探讨他对非洲种族的理性思考和对东方文化的矛盾态度。

第一节 《黑暗深处》的种族观

作为20世纪文学大师,康拉德在英语国家的影响是不容置疑的,他的独特经历丰富了他的思想和创作题材,他的小说世界就像五光十色的大舞台,背景在欧洲、亚洲、美洲、大洋洲和非洲等地转换,不同种族的人物纷纷登台亮相,有欧洲殖民者,如英国人、德国人、荷兰人、比利时人,有小丑似的俄国人,也有罗曼亲王这样的波兰人,小说还刻画了以群像形式出现的中国苦力、非洲土著人、印度人和马来水手等等,多元文化的浸润使他具有一种世界公民般的包容心态,尤其是1890年的刚果之行,圆了他9岁时指着非洲地图的神秘空白处立志"当我长大时一定要到那儿去"①的梦,更加深了他对殖民真相的了解,尽管疾病缠身不得不回到了英国,可这段经历促使他走出了欧洲这一温室,用冷静的眼光去审视导致人类社会黑暗的深层原因和不同种族的历史命运。

谈到康拉德的种族观,我们无需袒护他,他有他的种族偏见,他痛恨俄国人和普鲁士、奥匈帝国一起瓜分波兰,他不喜欢德国人,而热爱英国人,尽管知道英国人在进行海外扩张,但觉得比荷兰、比利时、葡萄牙的统治要文明,相对于比利时在刚果的恶行,英国统治者显得文明多了。他是白人,白人的偏见是难免的,看见白人管理亚洲人也觉得合理,他爱的是秩序,只要把事情切实做好,有清洁的城市,有畅通的贸易,殖民地不一定是坏事。他小说中的白人永远是主角,虽然他也关注异域、关注他者,但胜利和光荣是属于欧洲人的,即使挫折、失败、痛苦和悲剧,也是他们的特权。

我们也可以从齐阿努·阿切比对康拉德的批评中了解其种族意识。

---

① Joseph Conrad, *A Personal Record*, New York: Marlboro Press, 1988, p.20.

阿切比在《非洲的一种形象:论康拉德〈黑暗深处〉中的种族主义》[①]一文中指出:康拉德通过马洛眼中对非洲和黑人的描述,客观上对种族主义起了推波助澜的作用,并质问:“一部宣扬这种非人化,把人类的一个种族非人格化的小说能被称作伟大的艺术作品吗?”这只不过是“一本用极其庸俗的方式写成的宣扬偏见和诬蔑的书”[②]。笔者认为这种观点在很大程度上曲解了康拉德的本意,他不仅仅代表库尔茨及马洛等殖民者讲话,也替非洲土著人申述,文本中的殖民话语处于不断建构和解构之中,既模仿帝国叙述,又通过叙述的含混颠覆了帝国话语,正如詹姆斯·克利福特指出,康拉德在“他的著作中建立了一种关于文化和语言模式性质的构思,一种他故意地,近乎荒谬地信奉的严肃的假说”,康拉德这一名字也就成了“深刻、复杂和明敏的象征”[③]。笔者认为阿切比的偏颇在于:其一,马洛与作者之间没有必然的对应关系,而且马洛对非洲、库尔茨的态度也在多种叙述声音中不断转换,库尔茨既是拯救之神又是杀人恶魔,他在殖民地的辉煌和他的失败一样重要,要在康拉德文本中寻找确切的立场,就如同企图在凡·高的绘画中找出确切含义一样是徒劳的,阿切比似乎故意忽略了文本中的积极因素;其二,康拉德时代也不存在阿切比意义上的“种族主义”,皮特·费尔肖(Peter Edgerly Firchow)指出:康拉德自称是“种族主义者”,只是“因为他对国家和种族之间的关系感兴趣”而已[④],小说《海隅逐客》中的威廉斯就“为自己没有种族歧视,没有肤色偏见而感到自豪”;其三,《黑暗深处》的价值在其美学意义和技巧革新上,而不在提供真实的历史或者社会学的资料,就好像莎士比亚的《奥赛罗》并没有为我们提供准确客观的关于摩尔人的描写,却并不因此失去其悲剧价值

① 〔英〕巴特·穆尔—吉尔伯特等编撰:《后殖民批评》,杨乃桥等译,北京:北京大学出版社2001年版,第180—194页。

② Robert Kimbrough, *In Heart of Darkness, An Authoritative Text, background and Sources Criticism.* (London: W. W Norton and Co. 1988), pp. 251—261.

③ 张京媛主编:《后殖民理论与文化批评》,北京:北京大学出版社1999年版,第259页。

④ Bender, Todd K, *Imagological consideration in Conrad's vision of Africa*, from CLIO: a journal of literature, history, and the philosophy of history, summer 2002, pp. 441—444.

一样。瓦纳·扬(Warner Young)也认为把具体人物的描写"看成是康拉德种族沙文主义的表现是错误的"①。所以,给康拉德戴上"一个彻头彻尾的种族主义者"(a thoroughgoing racist)的帽子有失公允,它有意无意流露出了阿切比作为一个第三世界学者的敌视和偏激态度。细读康拉德,我们发现他对白人是否真正了解黑人,白人是否有能力为黑人代言心存疑惑,《金箭》中谈及南美洲那个纯粹的黑人共和国,美国人"布兰特船长又滔滔不绝地谈论起黑人来了。他谈到黑人时,知识丰富,充满了理智,还带有一种轻蔑感。他对黑人作了概况的详细的描述,还讲了黑人的许多轶事。我对此很感兴趣,既有点怀疑,又感到吃惊。这么一个看起来很像流放在城镇中的花花公子,具有城市中上层社会沙龙风度的人怎么能了解黑人的情况呢?"

虽然康拉德无法完全消除白人的偏见,但文本中反种族歧视的主调还是很清晰的。他痛感沙俄对波兰的统治,对一个弱小种族失去语言、失去文化、丧失尊严有着切身之痛,对他来说"意识的痛苦是由于缺乏无种族界限的感觉",这种"无种族界限"的宽容心态使他与欧洲主流意识形态和殖民话语保持着"反语距离"(an ironic distance),这主要表现在:

第一,消解种族优越论的神话,反思殖民扩张的罪恶。

康拉德生活在一个"文明使命论"、"白人负担论"、"种族优等论"等殖民谬论甚嚣尘上的时代。从中世纪晚期开始,世界就被看成"伟大存在之链",它呈等级状,一级文明,一级野蛮,到了18世纪启蒙历史学家普遍认为,文明史是人类从野蛮迈向理性的历史,白人优越于其他种族,欧洲文明是文明之巅。德国哲学家伊曼努尔·康德(Immanuel Kant,1724—1804)在《自然地理》中强调地理环境对种族的影响,他说:"人类最完美的典范是白种人。黄种人、印第安人智商较低。黑人智商更低。部分美洲部落位于最底层。"②尤其是德国哲学家黑格尔(Georg Wilhelm Friedrich Hegel,1770—1831)提出非洲黑人没有历史,没有文明,而是"处在野蛮

① R. W. 斯托尔曼:《约瑟夫·康拉德的艺术》,密执安州立大学1960年版,第128页。

② David Farrell Krell, *The Bodies of Black Folk: From Kant and Hegel to Du Bois and Baldwin*, Boundary 227:3, 2000 (Duhram: Duke University Press) pp. 109.

的、未开化的状态之中”这一论点后，非洲大陆似乎真正是世界上最黑暗的地方了。在英国，早有詹姆斯·哈林顿（James Hamington，1611—1677）在《大洋共和国》中写道：“似乎英国人是上帝派到地上来的使者，以便使整个世界都能得到正确治理。”①罗得斯（Cecil John Rhodes，1853—1902）更是明确倡导：“扩张就是一切……若有可能，我愿吞并所有星辰。”②他们制造盎格鲁—撒克逊的种族优越论神话，为英国实施向外扩张的殖民政策大造舆论，正是在“开发异域，拯救外族”流行观念的支配下，欧洲殖民者把触角伸向了世界各地“那扎根在欧洲中部的种族，它在衰弱的亚洲人和野蛮的黑人中间，凭着荒唐的自负，采取了欧洲人的态度；并且，带着一种优越意识将双手从所有的道义约束中解放出来，迫不及待地肩负起‘完美人的重任’（请允许我这么说）”③。应该说殖民意识的产生和膨胀不仅仅是政治、宗教、人种与文化上的冲突，更直接包含有经济上的意味。康拉德在长篇小说《诺斯托罗莫》中通过银矿投资商霍尔罗伊德的话，充分暴露殖民野心所在：“只要一有值得占有的东西出现，哪怕远在北极，我们都会在一切领域内发号施令：工业、商业、法律、新闻、艺术、政治、宗教。那时我们将从从容容地将地球上偏远的岛屿和大陆全都控制起来，我们将打理全世界的事物，不论世界愿意与否。”④他们为利益驱动，既渴望得到稀有的黄金、钻石，贵重的象牙等本土无法生产的商品，也希望通过海外市场销售本国产品，他们打着贸易的旗帜为殖民掠夺的“正当性”找到各种堂皇的借口，并通过欧洲人与亚洲、美洲、非洲等殖民地土著的对比，确定白人人种的高贵纯正，进而相信自己有教化、支配、指导土著蛮族的天命，有能力担负起“完善人的使命”，《黑暗深处》中的殖民者库尔茨就代表了这种心态，他在递交“肃清野蛮习俗国际社”的报告中提出一种理

① 王章辉：《英国文化与现代化》，沈阳：辽海出版社2000年版，第95页。

② 罗得斯（Cecil John Rhodes，1853—1902），英国人，1870年到南非，以开采钻石矿而致富，1880年，创设“德比尔钻石采矿公司”，策动和协助英国政府从开普敦向北扩张，掠夺北至，用他的姓氏命名这一地区为“罗得西亚”。1890—1896年，任开普敦殖民地总理。

③ 〔英〕康拉德：《文学与人生札记》，金筑云等译，北京：中国文学出版社2000年版，第167页。

④ 〔英〕康拉德：《诺斯托罗莫》，刘珠还译，北京：译林出版社2001年版，第58页。

论,认为从我们白人现在已经达到的发展水平来看,我们白人“在他们(野人)的眼中必然显得像是一些超自然的生物——我们是带着神的力量去接近他们的”,“我们只要简简单单运用一下我们的意志力,就可以发挥出一种实际上没有止境的有益的力量”①,字里行间不仅充满了所谓高贵人种盲目的自信,还有闪烁其中的慈悲心和拯救情结,然而他标榜的崇高动机却被骨子里的种族歧视的心声“消灭所有这些畜生”(Exterminate all the brutes)所消解了。

康拉德如实记录了19世纪英法两国派遣远征军去轰炸土著的残酷事实:“看起来,法国人正在那里进行着战争……她(一只法国军舰)在那空旷、广袤的土地上,天空和水上,不可思议地向陆地射杀。嘭!一座六英寸大炮不时地轰鸣着。”他的这种叙述本身就有一种冷峻的力量,他们打着所谓“文明的使命”的幌子,为物质利益而残杀土著,在这里西方的道德、原则、军事入侵受到谴责。

康拉德认为欧洲优等种族与土著接触之后并没有使土著居民更进步,《走投无路》中的范怀克也表示,“这条河两岸的人并没有从进步中得到多大好处,他们是老老实实地按他们的生活方式过日子,没有一点儿歪门邪道嘛”②。他们像荒野、河流一样自在自为,反而是殖民者的介入使他们陷入了绝望的境地,白人用铁链把黑人拴在一起干活,让他们在精疲力竭之后爬到一边等死,用来复枪射杀土著居民,把死人的头骨挂在柱子上作装饰物,“在整个世界上就没有任何东西能够阻止他(库尔茨)杀死一个他高兴杀死的人”,“在那边那个丛林里,我们肯定已对他们(土著人)进行了一次无比光荣的大屠杀”。死亡随时隐藏在空气中、水中和丛林中,黑人在这里像苍蝇一样一堆堆死去,康拉德揭示了西方人掠夺财富、荼毒生灵的罪恶行径:“上天作证!这些拿人——我说的是人——当牲畜使唤的魔鬼,可真是些强大的、贪婪之极的红了眼的魔鬼。”③面对白人魔鬼般的戕害,原先沉默不语的土著居民开始反抗:“我们称作进攻的

① 〔英〕康拉德:《黑暗的心》,黄雨石译,北京:人民文学出版社2002年版,第149页。
② 〔英〕赵启光等译:《康拉德小说选》,上海:上海译文出版社1985年版,第433页。
③ 〔英〕康拉德:《黑暗的心》,黄雨石译,北京:人民文学出版社2002年版,第43页。

那次行动,实际不过是企图把我们轰走。那行动远不是进攻性的—— 甚至也不是一般所说的防御性的:那只是在完全无可奈何的情况下采取的行动,本质上纯粹是为了自卫。"①可见,黑人的残暴并非出于天性,而是对白人的杀戮做出的一种必然和本能的反应。可见,殖民主义政权的暴力与土著的反暴力是相互制衡的,并且在循环往复中相互回应,殖民者的介入导致土著的生存和自由受到威胁,土著的反抗就是不惜一切代价打败殖民者,殖民主义政权的暴力与土著的反暴力是相互制衡的,殖民者的任务是剥夺土著的财产和生命权,使土著的自由梦想无法实现,对于殖民地人民或土著来说,他们的目标就是用一切可能的方法打败和赶走殖民者,这恰恰使土著有了积极的、创造性的活力。西方人所看到的"土著的绝对罪恶"其实是由"绝对的殖民者的罪恶"所造成的。殖民者在非洲所看到和感受"黑暗"、"恐惧"和"野蛮"恰好说明了土著反抗帝国主义的力量和决心。为此康拉德认识到非洲的黑暗是可以被控制、被照亮的,西方人如库尔茨、哨所前线的凯亦兹和《海隅逐客》中的威廉斯,他们是带着"文明的使命"来到殖民地的,有着强大意志和信仰的力量,但最后却沦为殖民政策的牺牲品。如果殖民者不制造黑暗,土著也会平静地生活在他们的土地上,殖民地的暴力和黑暗的恶性循环需要殖民政权进行道德上的自责和反省。

康拉德代表殖民者说出了冲突的缘由并深感忧虑:"我不能明白,这面对我们的一片寥廓所表现的沉静,意思是对我们有所呼吁,还是要进行威胁。我们这些胡乱窜到这里来的,到底都是些什么人呢? 我们能控制住这无声的荒野吗? 还是它将控制我们? 我能感觉到那个不能言语的、也许甚至完全聋哑的东西是何等巨大,巨大得令人难以捉摸。"②看似平静的表面下,白人能感觉到一股危险的暗流在荒野深处涌动,如果说土著居民对殖民者的反抗、报复性袭击及威胁性行动是一种黑暗势力,那么殖民者的掠夺杀戮更是制造黑暗王国的肇事者。在库尔茨统治的象牙王国

① 〔英〕康拉德:《黑暗的心》,黄雨石译,北京:人民文学出版社 2002 年版,第 129 页。

② 同上书,第 75 页。

里，马洛感慨道："我感到从来也没有发现这片土地、这条河流、这丛林、这光彩夺目的圆形天空，竟会是那样令人绝望，那样一片阴森，那样让人感到不可思议，那样对人的弱点完全失去了同情之心。"①

康拉德意识到帝国主义统治的不合理性，通过库尔茨和马洛的形象来表达白人欧洲人对黑色非洲人及其象牙的掠夺，表达文明对原始黑色大陆的残暴统治，马洛不仅对帝国思想产生怀疑，而且对现实本身也产生怀疑，库尔茨也在理想和现实的冲突中精神崩溃。康拉德艺术地再现了殖民意识形态与非洲黑暗现实间的差别，揭示了一个创造与毁灭并存的世界。康拉德严厉地批评了奴役非洲的西方殖民主义，但他却不能给殖民地人民以光明自由的未来。

《黑暗深处》的结尾告诉读者，笼罩伦敦和非洲的是同样一种黑暗，看来稳定不变的、安全的事情，比如伦敦街角的警察，他们只是比非洲丛林里的白人稍微安全一些。而且，这稳定与安全和在丛林中一样，要求对于无所不在的黑暗取得不断的（但不稳定的）胜利才行。正如瓦尔特·本雅明所说："没有一部文明史不同时也是一部野蛮史。"从这种黑暗的关联中可以发现19世纪欧洲殖民和文化的结合点，这种结合在康拉德的小说中得以呈现，事实是殖民地的黑暗历史是由白人和原住民共同创造的。基于这样的认识，康拉德的文本中没有多少振奋欧洲殖民者人心的描述，更多的是流露出对殖民后果的焦虑，他十分清楚："谁要是跳进无休止的帝国扩张漩涡，他会消灭自己的存在，服从这个扩张过程的规律，认同那些他应该为之效劳从而保持整个过程顺利推进的无法辨认的势力，他会将自己仅仅看做一种作用，最终把这种作用，这种强大潮流的体现，当做自己可能获得的最高成就。"②白人的可悲之处就在于沉醉于种族优越的神话，被殖民观念所左右，凭借着盲目的信仰，主动献身于"帝国伟业"，去追求一个分明无法实现却必须为之奋斗的目标，康拉德本人也陷入这一漩涡中，尽管他的良知让他保持距离。

① 〔英〕康拉德：《黑暗的心》，黄雨石译，北京：人民文学出版社2002年版，第167页。

② Stephen Regan, *The nineteenth-century Novel, a Critical Reader*, 2001, p.513.

第二,反对把落后民族恶魔化,肯定多元文化并存的合理性。

康拉德虽然对亚非拉民族带有轻视心理,却也不时流露出对弱势种族的关怀,从他的日记中可以看到,他对东方民族心存感念,对非洲黑人和美洲土著的态度也有所转变,怜悯和宽容取代完全负面的描述,主要表现在:

首先,肯定了非洲人的理性与正义感,消解了白人关于"食人生番"的假想。在欧洲文学史上,英国小说家丹尼尔·笛福(Daniel Defoe,1660—1731)率先建构了土著"妖魔化"的文化代码,他塑造了一个超人似的殖民者鲁滨孙的形象,同时凭空虚构了美洲土著以人为食的神话,英国学者马丁·格林(Martin Green)在《冒险的梦想,帝国的需求》一文中指出:"在《鲁滨孙漂流记》诞生后的两百多年里,作为消遣来阅读的有关英国人的冒险故事,实际上激发了英帝国主义的神话。从总体上来说,这些故事都是英国讲述自身的故事。它们以梦想形式赋予英国力量、意志,以便使英国人走出国门,探寻世界、征服世界和统治世界。"①毫无疑问,鲁滨孙的形象体现了英国人强烈的民族自恋情节,而这种心态又是以歪曲丑化他者得以显现的,"食人妖魔"这一假想就成了欧洲人的共识,他们认为不仅美洲未开化,19 世纪的非洲也一样处于滋生野蛮主义、恐怖主义的原始初民社会,土著人就是食人生番。康拉德对欧洲的流行观念保持警醒,他在《黑暗深处》中以亲历非洲的见闻来消除白人的偏见;"不,绝不能说他们是无人性的",那 30 个黑人经受了撕裂心肝的饥饿的魔鬼的折磨,并没有把包括马洛在内的汽船上仅有的 5 个白人吃掉,"我看这里是某种起抑制作用的东西,某种能阻止某些可能行为的人性的奥秘在发生作用",作家认为黑人具有忍耐的品性,他们是有人性、有理智的,以此来纠正把非洲民族恶魔化的传统,还非洲土著以做人的尊严。此外,康拉德在《台风及其他三个短篇》中讲述了白人福克为生存吃人的经历,福克和"我"都在追求赫曼的侄女,"福克的样子令我想起希腊神话中半人半马的怪兽",他为了生存谋杀了其他船员,还承认"我是吃过人肉的",赫曼

① Martin Greene, *Dreams of Adventure*, *Needs of Empire*, London: Loutless Press, 1980, p. 3.

却认为“做人的责任,是宁饿死也不吃人。福克因此是一只野兽、一个畜生”,但是真正让赫曼难以接受的倒不是福克吃人这一事实,而是福克“为什么要说出来?”“谁要他说?”“他(赫曼)宁可不知道这样一个不洁的人有爱抚他儿女的习惯。不过,他希望我在岸上绝口不提这件事,他不喜欢各处的人都知道他曾经结交一个食人的人—— 一个不足道的食人生番。”[①]康拉德揭示了文明人邪恶的本性及其虚伪的心态,颠覆了传统的天使和魔鬼的关系,在他笔下白人被不断地“妖魔化”,比如库尔茨、福克,还有《弗蕾娅》(1912)中那位禀性歹毒、心理畸形变态的荷兰军官希姆斯克等等。

其次,对白人和土著关系重新定位。在冲突不断的殖民地,白人的优越感显而易见,在欧洲人眼里一个野蛮的黑人的价值顶多抵得上撒哈拉沙漠中的一粒沙子。康拉德则揭示了殖民者与被殖民者的互动作用,充分肯定了白人与黑人的伙伴关系,黑人不仅仅是工具,也是一个助手,甚至是兄弟关系,马洛意识到“我们之间形成了一根微妙的纽带,可我只是在纽带忽然断裂时才感觉到它的存在。他(黑人舵手)在受伤时投向我的饱含深情的信赖的眼神至今还留在我的记忆之中—— 那仿佛是在一个无比崇高的时刻,忽然肯定了我们之间的遥远的血缘关系”[②]。吉姆因弃船逃生被文明世界所唾弃,却在马来西亚帕图森岛上恢复了做人的尊严,土著人给予他的信任、名声、友谊和爱情,他宁愿与马来人为伴,拒绝回到文明的世界中来,尽管“他是我们中的一个”,吉姆“以主人翁的眼光看待那夜的太平,看待那河流,那房屋,那森林永存的生命,那古老人类的生活,那片国土的秘密,他自己内心的骄傲:但是正是这一切又占有了他,使他在思想的最深处,在血液最轻微的跳动中,在生命的最后一息,都是他们的”[③]。这一切使吉姆成了主人,也给他的自由之身套上了枷锁——他

① 〔英〕康拉德:《台风及其他三个短篇》,孙述宇等译,台北:联经出版事业公司1979年版,第244页。

② 〔英〕康拉德:《黑暗的心》,黄雨石译,北京:人民文学出版社2002年版,第153页。

③ 〔英〕康拉德:《吉姆爷 黑暗深处 水仙花号上的黑水手》,熊蕾等译,北京:人民文学出版社1998年版,第214页。

成了俘虏，就像库尔茨既是黑人土著膜拜的神，又是被某种入伙仪式占有其灵魂的仆人。尤其是吉姆与酋长多拉明的儿子情同手足、生死与共的友谊感人至深，丹·瓦利斯不仅具有野性的力量，而且有欧洲人的头脑，他第一个相信了吉姆，“他们之间的友情，是棕色人种和白种人之间那种奇特、深刻而罕见的友情，在这里，种族的差异似乎由于某种神秘的同情心使两个人更亲近了”①。这位土著头人的接班人天性安静，目光坚定，举止从容，身上的“这种气质令往往只注重表面的西方人开了眼，使他们看到罩在无记载的时代的神秘中的那些种族和国土所隐藏的种种可能性”②。毫无疑问，康拉德要比同时代人对这种“可能性”了解得多些，在《迦湾：一个回忆》中，康拉德更是直言：“有些人说，一个土人不会同一个白人谈心。这话是错的。没有人会向他的主人谈心；但是如果你是一个漫游者，是一个朋友，如果你不是来教训他或管理他的，如果你无所求于他，却能尽情接受他的一切，那么他就会在营帐的火旁，在共享的海的寂静中，在河边的村落中，在森林围绕的栖息处，不问种族，不管肤色，同你诉起衷肠。一颗心讲着，一颗心听着。”③作者正是通过这种新的纽带关系为读者展示了一个跨越种族界线、人类和平相处的可能世界。我们知道，无论有多少种族、多少国家、多少物种，地球只有一个。

基于上述分析，康拉德对欧洲殖民主义和带有种族歧视色彩的主流意识形态保持一种反语距离，以超越时空的远视目光，对敏感的种族问题持有谨慎的态度，并进行理性的思考，他认为在种族问题上应持多元价值观：“地球对我们来说是一块生活的地方，在这里，我们对各种景象、声音，还有气味，我的上帝！都必须忍耐。”“世界上的各国对我来说意味着什么呢？凡轮船所能及的地方，我们与之的关系总是一成不变的——它比语言所能表达的更亲密。”在他眼里我们的国家也只有一个——那就是大海，所以，作者竭尽真诚地描述那些特殊的人群，并且尽可能地不带偏见，

---

① 〔英〕康拉德：《吉姆爷 黑暗深处 水仙花号上的黑水手》，熊蕾等译，北京：人民文学出版社1998年版，第225页。

② 同上书，第226页。

③ 〔英〕康拉德：《不安的故事》，关琪桐译，上海：商务印书馆发行1936年版，第22页。

他主张任何民族传统和民族精神都应受到尊重。在《干得好》(1918)一文中指出:“有谁知道一种传统是如何产生的呢?我们都是地球的子女。很可能最高贵的传统也不过是物质条件的产物,是人们那不稳定生活中处处存在的艰难需求的结果。不过,一旦它产生了,它就成为一种精神,而且再没有什么能够消灭它的力量。”①所有种族都是地球的子民,康拉德暗示我们,文明欧洲人与其他土著之间,其实潜藏着被忽略的“对话平台”,在他看来“距离又算得了什么呢?全世界的美德都是一回事,而且只有一个信仰,一种可以想见的生活准则,一种死亡方式”②。所以生活在各民族混杂的星球上的人们应有宽容之心,他坚信“人类通过博爱的力量总能达到自己最高的目标。这种博爱精神能为人类构筑最伟大的使命”③。康拉德在一百多年前就已经意识到地球是一颗冲突之星,彼此宽容是可以和平共存的,他启示我们在多元文化并存的今天,彼此尊重,学会容忍,积极对话才是解决民族和宗教纷争以及种族冲突的根本途径,毕竟“我们都是地球的子女”。

第二节　远东的记忆

自13世纪意大利人马可·波罗(Marco Polo,1254—1324)航海旅行到达东方,拉开了东西文化交流的历史帷幕,东方就不再单纯是一个陌生遥远的地理概念,它成了西方世界不断言说的文化他者(Others),尤其是法国企业家雷赛布(Lesseps,1805—1894)1858年到1869年开凿苏伊士运河的计划得以完成,这条联系东西方的世界桥梁的建成强化了西方人对东方的兴趣,“新的人、新的船、新的贸易方式洪水般地涌向东方,改变了

① 〔英〕康拉德:《文学与人生札记》,金筑云等译,北京:中国文学出版社2000年版,第208页。

② 〔英〕康拉德:《吉姆爷 黑暗深处 水仙花号上的黑水手》,熊蕾等译,北京:人民文学出版社1998年版,第295页。

③ 〔英〕康拉德:《文学与人生札记》,金筑云等译,北京:中国文学出版社2000年版,第39页。

东方海洋的面貌和海洋生活的灵魂”①,也成就了康拉德的海员生涯和东方之行。他以“巨大的吐纳经验的能力和显著的道德力度”②,把亲历东方的感受演绎成一个个故事,确立了自己审视他者的独特视角,他对东方文化的亲和力和差异性有着独特的认识,作者不仅揭示了西方在表述东方时或褒或贬的心理因素,而且用理性的眼光重新审视东西方彼此依附的关系,从而踏上了一条超越民族与文化的理想征途。

康拉德笔下的远东(Far East)主要指印度、马来西亚、泰国、新加坡、南中国海等地区,他受聘于轮船代理公司,先后完成了四次远东之行。康拉德对远东的熟悉,仅限于他在东方港口所停留的短暂时期,然而不管他意识到远东之行的意义与否,东方古老深邃的文化确实为他提供了很多故事题材和写作灵感,他选择东方为创作背景,一方面迎合了对异域着魔的西方阅读群体,向他们展示自己身临其境的真实东方,同时也避免了因描写英国而带来的批评界的非议,他远离欧洲,自由感受东方,通过他的异域小说为读者揭示了一种文化现象:东方形象的明与暗、西方态度的褒与贬其实是人们对新异的东西既轻蔑又神往,有时夹杂着恐惧的心理状态的折射。康拉德一方面通过移情的方式,找到自身和东方文化之间的亲和力;另一方面强化其差异性,通过对“他者”价值的否定,达到对自身完美优越的认证,消除西方对未知世界的潜在恐惧感;更重要的是作家最终放弃自身文化偏见,坚持人类道德立场,对东西方文化之间的关系进行理性的思考。

康拉德亲历东方的故事通过马洛的回忆得以再现:“这就是古代航海家的东方啊,那么古老,那么神秘,那么灿烂而又阴郁,那么富有生机而又停滞不前,那么危险四伏而又充满希望。”③作家自己称《青春》为“记忆

---

① 朱炯强编选:《康拉德精选集》,济南:山东文艺出版社 1999 年版,第 325 页。

② 〔英〕F. R. 利维斯:《伟大的传统》,袁伟译,北京:生活·读书·新知三联书店 2002 年版,第 15 页。

③ 朱炯强编选:《康拉德精选集》,济南:山东文艺出版社 1999 年版,第 163 页。

的非凡再现和经验的实录”①。他把第一次去东方的航程，看成是“特意用实例解说人生”(the illustration of life)，是“生存的某种象征”(a symbol of existence)，那艘老破船“圣地号”为了赚取利润满载着黑煤环绕世界乱跑，在马洛眼里却象征着人生的考验、人生的磨难，旧船上刻着的“不成功毋宁死”的座右铭“对我有极大的吸引力，它蕴涵着一种浪漫的神韵，使我对这艘老船恋恋不舍……使我找到了自己的青春感觉！”异域的召唤和年轻人对未知世界的探究使他走进了一个充满幻象的国度：“我一心巴望着去曼谷。曼谷！迷人的地名，令人向往的海港，美索不达米亚根本比不上它。东方在等待着我。”②他心存喜悦，满怀柔情，恰如拉马丁在1833年所感悟到的“东方之行乃我内心生活的伟大篇章”③。视东方为自己梦寐以求的东西一样，东方成了西方人心中的“想象之父”。

康拉德在陌生的东方，在异域海岸利用大海给予的机会尽情感受青春的浪漫和激情。尽管在航行中遭受了种种磨难，“我决不想在东方的大门口掉头返航”，“东方大地在我的面前，整个人生在我的面前”，那陌生的海岸和陌生的居民给人留下深刻印象：“从此我知道了东方的魅力，看到了它神秘的海岸、平静的海水和棕色民族居住的地方，在那儿，复仇女神悄悄地埋伏着，伺机追击许许多多自以为有智慧、知识和力量的征服者。但是，对我来说，东方的一切都包含在我当时的青春一瞥之中，包含在我睁开年轻的眼睛看见它的那一瞬间。我是在同大海搏斗后见到它的，当时我还年轻，我看见它在注视我。这就是我留在记忆中的一切！仅仅那么一瞬间，那一瞬间所表现的青春的力量、浪漫的魅力！”④青春的力量增添了耐心和勇气，“我驾着小艇向爪哇前进，爪哇，你们知道，又一个像曼谷一样神圣的名字”。马洛乘救生筏率先登上这块神秘的土地，在它

---

① Norman Sherry, *Conrad's Eastern World*, Cambridge at the University Press, London 1971, p. 16.

② 朱炯强编选：《康拉德精选集》，济南：山东文艺出版社1999年版，第141页。

③ 〔美〕爱德华·W. 萨义德：《东方学》，王宇根译，北京：生活·读书·新知三联书店1999年版，第229页。

④ 朱炯强编选：《康拉德精选集》，济南：山东文艺出版社1999年版，第164页。

眼里征服东方也就意味着对大海、大地和生命局限的超越，这种移情的兴趣很大程度上取决于对新异、陌生、遥远东西渴求神往的文化心理，同时西方人习惯将东方视为可以任意虚构的客体，他们居高临下地审视着东方，与其保持着距离，而在康拉德笔下，东方在“被看”的同时也在“凝视”西方，东方在被定义的同时也定义了那些流落到此的西方人，他们彼此互为他者，成为对方表述的对象，“我发现东方正在注视着我”，“东方不动声色地注视着他们”——这些在夜间漂洋过海、历尽沧桑的西方来客。通过马洛的叙述，作者其实是在言说自己的感受，他把声音和态度直接注入小说，东方他者成为投射自身感情的文化构想物，在这里“东方不仅是一种‘谋生之道’，他想说的是，年轻聪明的西方人会发现，东方将会引发一种可以废寝忘食的激情。东方曾经有—— 现在仍然有—— 许多不同的文化和民族，他们的生活、历史和习俗比西方任何可说的东西都更为久远”。英国前首相兼作家本杰明·迪斯累里(Benjamin Disraeli, 1804—1881)在其小说《坦克雷德》[1](*Tancred*)中说“东方是一种‘谋生之道’(career)”，东方文化的亲和力和优于西方的历史传统使康拉德对远东题材情有独钟，永存记忆中的东方成了他航海事业和创作生涯中一道迷人的风景。

面对陌生的东方，面对异质文化，触动康拉德的不仅仅是神秘感和浪漫情调，与东方的亲密接触并不能完全消除康拉德作为一个欧洲人的偏见，在他眼里亚洲人好像是另外一种生物，他们好像也有些长处，他们气力不缺，又没有欧洲文明人的缺点，但他们不是头脑简单，缺乏智慧，比动物好不到多少，或者就是神秘诡谲，不可思议的。东方也是一个沉默的他者，“苏法拉号的船主仍然静悄悄地站在两个不同种族、不同宗教信仰和不同肤色的海员身后：欧洲人年纪大而精力充沛，小个子马来人也上了年纪，却瘦小，干瘪，像一张枯萎的棕色叶子碰巧被一阵风吹到欧洲人的巨大阴影下”。“船长在船桥上显得那么魁伟，水手长守在旁边活像只小虾……他们守在一起，从不分开，凑成一对；他想起一条小舟鲥伺候一条老

① 坦克雷德(Tancred)，十字军首领之一，曾率部攻占耶路撒冷。

鲸鱼。”[①]文化的差异和语言的障碍使康拉德很少与当地人交往，他时常处于孤独和焦虑的困境中，对东方文化表现出的矛盾心理是不足为怪的，他既心仪远东，又流露出排斥甚至是厌恶心理，由衷的赞美被消极的描述所取代，曾经“香若鲜花”的“神秘的东方正面对着我，静若死地，暗若坟墓”，在他眼里，东方是一个“沉默的”、“衰弱的”、“无力的”的他者，亚洲人常以未开化、愚昧无知、偷摸行为等负面群像出现，“衰弱的亚洲人”(effete Asiatic)和“野蛮的黑人”(barbarous niggers)是康拉德喜欢用的词语。在《走投无路》中，欧洲文明人和“愚蠢的土人”形成鲜明的对比，瘦小干瘪的马来水手在惠利船长身边就像一只猴子伴着“骄傲的泰坦巨神”，两者的关系使人联想到“一条小舟鲥侍候一条老鲸鱼”，而船上那些廉价好用的印度水手和中国司炉工被当成“工具”，他们只是机器不可缺少的一部分而已，在白人注视下他们沉默寡言、驯服听命，永远处于边缘状态，甚至用“侏儒”、“巨人”来强化亚洲和欧洲的差异性。

康拉德对东方的描述有褒有贬，尤其下一节将要探讨的对中国的鄙夷态度，其实与英国的“两种中国文化观”[②]不无关系，如美国评论家 Adam Gillon 所言：“他对东方的赞美恰如一个浪漫主义者，带着天真的眼光，把土著人理想化，然后对种族偏见问题仍是陈腐老套观点。”[③]但笔者认为，康拉德并未停留在简单认同与否定的层面，而是用远视的眼光对东方与西方的关系进行辩证的思考，他说：“在我们和遥远异域的人们之间有一种纽带……我相信彼此都有一颗凡人的同情心，不管他们身居何处，他们的心和我们的心是相通的。”[④]人类相互之间有着深远的关系，人心是相通的，共同的命运像一条纽带把人类联系在一起。他指出欧洲人的优越意识所带来的负面作用，他们坚信自己的文明与生活方式优于任何其

① 朱炯强编选：《康拉德精选集》，济南：山东文艺出版社 1999 年版，第 385 页。

② 参见葛桂录：《雾外远音——英国作家与中国文化》中“菱花双面镜，映物各妍媸”一章，银川：宁夏人民出版社 2002 年版，第 57—135 页。

③ W. T. Zyla and W. M. Aycock, *Joseph Conrad: theory and world fiction*, The Texas Tech Press, Lubbock, 1974 p. 41.

④ Morton Dauwen Zabel, *Joseph Conrad: Tales of the East and West*, Hanover House, Garden City, New York, 1958, p. 6.

他民族，所以对东方及其他落后民族所能做的最慈善的事，莫过于通过教化使之走出愚昧状态。其实这是西方的一种错觉。康拉德用真实的故事来诠释自己的思想：白人阿尔迈耶在“未开化的”马来亚不仅没有教化好土著妻子，甚至也无法让爱女妮娜摆脱野蛮状态、回到文明世界，他的同而化之的理想成了泡影，反而被妻女抛弃，变成了一个半疯癫人。西方人在殖民地的遭遇和尴尬处境激起了康拉德的写作欲望和深入思考，他用这部带有寓意的小说，传达了一种文化强加于“他者”的后果及其隐喻，土著人用自己的方式消解了西方异己力量的干预，欧洲“完美人”的自负和种族优越感受到了极大的嘲讽。他认为不同文化的共存需要人类的宽容才能得以实现，西方在文化上的自负需要人们清醒地反思，在《独裁和战争》一文中，他总结了文化差异和民族偏见导致战争的教训：“西方终于匆匆忙忙地把一只脚踏在了东方的颈项上，却轻易地忘记了那些认为生活的价值在于行动的力量而不在思考的能力的人正是从东方学到了耐心和智慧这两个法宝。”①肯定了西方与东方在精神上的联系，东方他者成了西方反观自身文化的一面镜子。法国当代著名比较文学学者亨利·巴柔教授指出：“‘我’注视他者，而他者形象也传递了‘我’这个注视者、言说者、书写者的某种形象。在个人（一个作家）、集体（一个社会、国家、民族）、半集体（一种思想流派、意见、文学）的层面上，他者形象都无可避免地表现为对他者的否定，对‘我’及其空间的补充和延长。这个‘我’想说他者（最常见到的是出于诸多迫切、复杂的原因），但在言说他者的同时，这个‘我’却趋向于否定他者，从而言说了自我。”②所以说，“自我”在言说“他者”的同时，也言说了“自我”，只有承认了自我与他者的差异和力量对比的存在，彼此才能在辩证的关系中融合，康拉德通过对他者的思考，揭示了西方对非西方世界既向往又恐惧的文化心理。

正是这种理性的认识使康拉德走在了时代前面，他用人类的道德尺

---

① 〔英〕康拉德：《文学与人生札记》，金筑云等译，北京：中国文学出版社2000年版，第105页。

② 〔法〕达尼埃尔—亨利·巴柔著：《形象》，转引自孟华主编：《比较文学形象学》，北京：北京大学出版社2001年版，第157页。

度来丈量西方文明的弊端，超越了欧洲中心的狭隘视线，将目光自觉转向东方他者，到另一种文化中去认识和求证自我，因为“他者向我们揭示的也许正是我们自身的未知身份，是我们自身的相异性。他者吸引我们走出自我，也有可能帮助我们回归自我，发现另一个自我”①。康拉德对东方的认识经历了从好奇兴奋到摈弃否定，再到理性的认识的过程，他揭示了欧洲人在感受文化他者的过程中所产生的心理变化，康拉德对不同文化所持的异中求同的辩证态度，为解决当今世界的文化冲突提供了可能，那就是“全面理解就是彻底的宽容”(Tout comprendre c'est tout pardoner)②。

第三节 中国形象的重构

康拉德时代对中国形象的表述不再是一个新的话题，西方人对中国的了解经历了一个漫长的过程。15 世纪欧洲探险家的地理大发现和航海事业的繁荣，打破了中西方地域上的屏障，富饶的“支那”和“中央帝国”引起了西方人对中国这块神秘而遥远的国度的神往。丝绸、陶瓷、漆器、雕刻等贵重物品的输入，使欧洲人对中国的关注、欣赏和好奇与日俱增，这种文化趣味在当时的文学作品中多有反映。随着殖民运动的扩张，中西方的商业贸易往来更为频繁，两种文化的碰撞成为必然趋势。18 世纪中国和西方的接触走向深入，西方人从猎奇欣赏发展到对“中国风尚”的追捧，形成被大众阶层认同的“中国热潮”，中国被尊崇为“理想化的礼仪之邦”。德国思想家莱布尼茨(Gottfried Wilhelm Leibniz，1646—1716)是认识中国的先行者之一，在他笔下可以找到“理想中国”的形象：“……中国这一文明古国与欧洲相比，面积相当，但人口数量则已超过。在许多方面，他们与我们不分轩轾，在几乎‘对等的较量’中，我们时而超过他们，时而为他们所超过。……我们双方各自都具备通过相互交流使对方受益的技能，谁人过去曾经想到，地球上还存在着这么一个民族，它比我们这

① 钱林森：《20 世纪法国作家与中国》，南京：南京大学出版社 2001 年版，第 43 页。

② 〔英〕康拉德：《文学与人生札记》，金筑云等译，北京：中国文学出版社 2000 年版，第 29 页。

个自以为在所有方面都教养有素的民族更加具有道德修养？自从我们认识中国人之后，便在他们身上发现了这点。”19 世纪之后，西方对中国形象高度认同的心理有了微妙的变化，“黄祸论”和“中国威胁论”的出笼，印证了西方人在言说中国时钦羡与恐惧并存的双重心理。

康拉德对中国既熟悉又陌生，在这样的背景下进行中国人和中国题材的写作无疑会受到西方思维模式的影响。如果说康拉德对马来、印度、新加坡等远东地区有亲密接触的话，那么他对中国及中国人的描述则带有更多想象的色彩。他虽然到过南中国海一带，但从来没有踏上中国内陆。在阅读康拉德传记的过程中我们知道他是通过直接和间接的媒介来感知中国的，比如前人记述、道听途说、新闻报道，再加上自己在新加坡等港口与中国人的直接接触等等渠道了解中国。他虽然没有专门以中国为题材的作品，没有以中国人为主人公的小说，但中国总是出其不意地交织在康拉德的生命和记忆之中，对中国的想象贯穿其整个创作生涯，康拉德二十多部小说中有 18 篇涉及中国和中国人，可见他对中国的兴趣非同一般。由于历史传统、文化语境和社会心理的影响，康拉德笔下想象之中国和所刻画的中国人不可避免地染上作家的好奇、偏见、轻视和排斥的心理色彩，他对中国的表述实质上被政治化和固有的思维方式所限制。本节结合文本细读和文学史料，旨在探讨以下几个问题：首先，作家在何种背景下取得相关材料的；其次，作家以何种方式将中国纳入自己的创作视野；再次，华人形象或中国题材以怎样的角色出现在作品中；最后，探究作家对中国的态度及其隐藏的时代因素和文化心理。

如前所述，随着航海业的发展和地理大发现，东西方拉开了交流和碰撞的序幕。从马可·波罗远游中国到 1577 年耶稣会士利马窦传教远东开始，他们通过自己的亲身经历，把中国介绍给了西方读者，尤其是《中华帝国志》的有关记载为西方打开了了解中国的窗口，随后西方人或传教、或旅游、或经商，带着不同的目的，以各种方式和身份来到中国，不管有意无意，属实与否，他们总要把中国纳入自己的想象视野，每个人都在演绎自己与中国及中国人的故事。三个世纪以来，中国形象作为文化的“他者”，在西方人笔下忽明忽暗，时褒时贬，否定与肯定的声音交织，处于一个不断建构、填充、纠正的过程。孟华在《文学形象学研究》中翻译了法国米丽耶·德特利的论文《19世纪西方文学中的中国形象》，其中提到这样一个事实："中国是这样一种奇怪的启示者，似乎想接近他而不触及自身是不可能的，鲜有作家能在处理中国题材时不流露出内心的幻觉；在这个意义上，谈论中国的人其实是在讲述自己。"[①]可见，对中国这个文化他者的关注还具有探寻深层自我的双重意义。

回顾历史，从16世纪开始，欧洲人对中国作为世界上最强大、最富饶的国家的倾慕、神往、浪漫化想象，到19世纪鸦片战争前后对一个衰落的中央帝国的嗟叹、惋惜、轻视，反映了他们在不同阶段看待、发现、理解中国的心路历程，欧洲人面对中国这一异质文化时所持的态度往往是时褒时贬，描述时也往往是真实与幻象并存。时至今日，意在树立强大而文明的国家形象的"中国梦"仍引起了西方高度关注，他们再次感受到来自中国的强大压力和自身危机感，被观看被俯视的中国再次站在了与西方大国对话的平台。

康拉德曾涉足远东地区，对中国有所了解，他的中国情结和资料来源主要取决于以下几方面：一是儿童时期的大量阅读，文学作品对中国的描述和他对未知事物的好奇刺激了他的胃口，他通过父亲的文学翻译接触了法国文学，也接触到福楼拜和雨果这些对中国文化的狂热赞美者，他们作品中关于中国的描述影响了包括康拉德在内的西方读者。另外，康拉德的海员生涯为他提供了与中国人私下接触的机会。在《走投无路》中，康拉德描述了新加坡华人苦力的生活环境："与刚才经过的宽阔而空荡荡的大街相比，这条街狭窄得如同胡同，但却熙熙攘攘，极其热闹。房屋的墙壁是蓝色的；一家家中国人的店铺如同一个个阴沉的兽穴；晴朗的天空上，落日的火一般的霞光把整条街的街心映得通红。霞光照在鲜艳的旗帜和赤脚人群黝黑的脸上，照在推推搡搡、身体半裸的苦力的淡黄色的脊背上。"[②]

---

① 《失火的森林》，巴黎：赫尔曼出版社1983年版，第44页。

② 朱炯强编选：《康拉德精选集》，济南：山东文艺出版社1999年版，第335页。

(*Above*) street scene in Singapore, *c.* 1890. 'The fiery serenity of sunset . . . fell on the bright colours and the dark faces of the bare-footed crowd, on the pallid yellow backs of the half-naked jostling coolies.' (*The End of the Tether*)

有趣的是，康拉德本人还卷入了泰国媒体报道的中国人因偷窃被抓事件："一个中国'仆人'，受雇于三桅帆船'欧塔果号'，有一天他从船上的一个海员那里偷了15个金币，然后潜逃了。然而船长和大副几小时后在克拉克先生的院子里遇见了这个青少年模样的小偷，并抓住了他。当他被带到 Bang Rak 警察局时，他设法逃离了，从此再也没有人见到过他。但是，克拉克先生的厨子，名字叫 Kam Kow 的人说，如果事情不再追究下去，他愿意马上提供钱款，再加上联系到他被发现藏有15个金币财产，他因此受到怀疑，所以 Kam Kow 目前被逮捕入狱，他好像是'仆人'的一个朋友，因此有可能知道小偷现在的下落……"（*Bangkok Times*, I February 1888）当时康拉德在"欧塔果号"上担任船长职务，这起中国人偷窃事件给康拉德留下深刻而负面的印象，他多次与朋友提到此事，在小说中也反复描述过这一经历。

二是康拉德处在欧洲对中国兴趣不减的时代，"中国热潮"的中心从法国转移到英国，他无疑是了解欧洲人的猎奇心理和对中国的热情的。众所周知，西方对“中国形象”的表述有一套话语，从17世纪的“中国文化热”逐渐过渡到对中国文化的摈弃，直至“黄祸说”的泛滥构成了西方表述中国的心理定势，当他们意识到异己的强大对西方中心构成潜在威胁时，他们就会使用话语权力来抹杀他者的力量以凸显自身的优越。文化隔阂是一种精神枷锁，限制着人们的思维方式和表述方式，本来东方（中国）这一异域文化在西方人眼里充满神奇和奥秘，是令人向往的，但异域文化侵入西方本土文化，威胁到西方文化的纯正，就会受到西方文化的抵制和攻击，就被妖魔化了。

中华帝国作为一种异己和强大的力量，它的存在时刻令西方世界警醒。身陷囹圄的拿破仑在1816年在科西嘉岛上接见一位曾派驻中国的英国使者，在谈到中国时，他颇有感触地说：“中国一旦觉醒，世界将会震动。”拿破仑对中国了解不多，但他的这句名言却对19世纪和20世纪之交的西方和中国有广泛的影响。中国因此获得“东方醒狮”的称号，义和团运动更使西方看到被失败惊醒的中国，也使列强察觉到中国存在的潜在威胁，于是“黄祸论”在帝国主义瓜分中国的背景下正式出笼了。

马克·吐温（Mark Twain，1835—1910）通过寓言小品《黄祸的寓言》（1904—1905）更强化了西方人对中国的焦虑情绪和恐惧心理。在这则寓言中，蝴蝶帝国象征西方列强，“他们将全部时间都用来传播他们的鲜蜜和文明，他们的最大野心就是不断为他们的商品拓展市场，由此变得越来越富有”。蝴蝶们唯一没能征服的是象征中国的蜜蜂王国。“这个国家的臣民生性淳朴，喜好和平，生活贫困但勤俭诚实，它们不稀罕什么鲜蜜和文明”，“蜜蜂们一次次将蝴蝶们拒之门外”，然而，蝴蝶们已经没有耐心了，它们将这群“漠视文明、甘于平静、安于现状”的蜜蜂们视为“黄祸”，并派传教士们强行侵入这个王国，终于让鲜蜜和文明进入了蜜蜂王国的市场。直到有一天，“一只聪明的蜜蜂部落学会了自己酿蜜和制造文明”，于是，正当“蝴蝶们因自己的文明给蜜蜂的生活带来变化而沾沾自喜”时，蜜蜂们反过来用身上的触角打败了骄傲的蝴蝶。而具有讽刺意味的是，在蝴蝶们没有侵入蜜蜂王国之前，蜜蜂们并不知道其触角的杀伤力，正是蝴蝶的“教育”使它们了解了这些工具的侵略功能，也正是所谓的“文明”导致了蝴蝶们自身的灭亡。马克·吐温笔下的蝴蝶骄傲、愚蠢、自以为是，而小品文中真正的智者，一只严肃的蚱蜢则为它们分析了“黄祸”真正潜在的威胁：蜜蜂王国“浩浩荡荡百万之众将团结起来，用学来的文明侵占整个世界市场。即使现在它们远未达到训练有素、高度文明的程度，它们终将有可能冲破欧亚防线，攫取欧洲的土地，以其人之道还治其人之身。你们这些曾叱咤风云的蝴蝶们只能坐以待毙”①。马克·吐温小品文中的“黄祸论”与“中国威胁论”，再清楚不过地揭示了当时西方人普遍存在的一种对异域文化的排斥和对中华民族崛起的恐惧心理。

19 世纪前后，西方文坛涌现出大量与中国题材有关的作品，形成了一系列的套话，苦力、鸦片、清朝的长辫子、长城、中国雕像，成了一些符号代码。中国始终被居高临下优越感极强的西方人视为异类和他者，根据萨义德关于东方主义、关于文化与帝国主义理论，这种认识模式实际上是一种西上东下的思维模式，旨在对东方重新建构和行使权力，并建立一套关于东方的话语体系，东方主义者通过这种话语权力形成二元对立的思维，西方意味着文明、先进、理智，而东方和东方人成为野蛮、邪恶、落后、非理性的代名词，这种套话形成了西方作家的心理积淀和文化偏见，中国形象也被简单化为一种消极类型，中国文化上的优越性被忽视和消解了。德国思想家赫尔德曾讽喻中华帝国实际上是“一个裹以丝绸、画以象形文字和涂以香料的木乃伊”②。这种排斥否定中国的观点逐渐成了西方认识中国的主流。康拉德受到欧洲意识形态的影响，把想象中国、言说中国纳入其创作视野，作品渗透着殖民帝国文化的优越心态，对中国的误读也就不足为奇了。

第三，另一个重要原因就是康拉德身为英国商船队成员，他对英国的帝国主义政策和与亚洲贸易关系的增长，特别是对 19 世纪的中国较为关注。在此之前西方关于中国意象的创造者们从 17 世纪中期到 18

---

① 译自 John S. Tuckey, ed., *Mark Twain's Fables of Man*, Berkeley: University of California Press, 1972, p.425, pp.426—429.

② 忻剑飞：《世界的中国观》，上海：学林出版社 1991 年版，第 185 页。

世纪后期掀起了一股“中国热”，在接下来的几十年，英格兰岛似乎比法国更热衷于中国事务，英国商人开始占据了在广东的外国贸易的主要位置，同时英国新教徒传教士开始在中国从事他们的活动，领事外交任务的开放更加强了与中国的联系。19世纪以后，中英两国开始了血与火的较量，如1839年到1842年的鸦片战争，1851年到1866年太平天国起义，1844年中法战争，1894年的中日战争等，一方面是大英帝国和法日列强日益强盛，一方面是大清帝国因腐败无能导致的无可挽回的衰落，这场较量注定了弱者要遭到肆意的践踏和扭曲，西方各国不再感觉到东方文化的强烈吸引力了，对中国文化的热度在不断降温，中西冲突直接引起了欧洲人对这些事件背景的关注，中国国门被强行打开，探险家和旅游者可以进入中国一些当时不为西方人所知的地区，因这些联系和事件所引起的报告和出版物层出不穷，中国的一些通商口岸如香港、广州、福州等地名为西方人所熟悉，西方古典主义者和启蒙思想家所刮起的“中国热”温度在下降，罩在“中央帝国”头上的光环渐已消逝，西方人开始用冷峻、批判的眼光来审视中国，加上信息的大量涌入使得中国被观看、被言说的概率更高。

纵观康拉德作品，他笔下的中国形象明显地受到白人殖民话语的影响，文化偏见和流行套话显而易见。他所“看见”的华工“冷淡和沉默，又有那么一点像幽灵似的”，正如《干得好》中所描述的那样：“正是在同一条船上我仅此一次看见了华人司炉工。‘看见’是个很准确的词。谁都不和他们说话，只看见他们在甲板上走来走去，这些与众不同的人盘着长辫，下班的时候全都脏兮兮的，上班时却又面貌清洁。他们从不看别人，因此别人也从未有机会直接对他们讲话。白天，他们的出现非常有规律，然而由于他们的冷淡和沉默，又有那么一点像幽灵似的。”①这些以群体形象出现的中国苦力，或是卑贱的装卸工，或是遇事慌张无主的中国锅炉工，或是互相呵斥的留长辫的侍役等等，他们在思想、行动、讲话和同情心

① 〔英〕康拉德：《文学与人生札记》，金筑云等译，北京：中国文学出版社2000年版，第206页。

方面显得平庸低劣，甚至麻木不仁，这些人常被忽视，几乎没有多少价值可言。“正在主舱口忙碌的这帮黄种搬运工比梦幻中的东西更虚无缥缈，因为有谁会梦见这些中国人？”在西方人眼里他们默默无闻，无足轻重，是一堆社会渣滓，连马来人也“一有机会就挥动拳头，用蹩脚的马来语臭骂那个可怜的木工——那个胆怯、病态、鸦片抽得迷迷糊糊的中国人。这个中国人不管上身穿什么，下身总是一条宽大的蓝衬裤，并且一见那个‘鬼子’发火，总是浑身发抖，总是扔下工具，拖着辫子往下面船舱奔逃”，连老虎也会“大摇大摆地跑到街心叼一个中国店主当晚餐”。在康拉德眼里，马来土人还会去做海盗，而中国人却只干高利贷与卖鸦片的营生，或是在账房里从早到晚数着钱币。

在小说《台风》里中国人的民族劣根性被康拉德进一步夸大。小说讲述“南山号”运载中国苦力返乡的故事，不料船在台湾海峡附近的中国海域发生险情，苦力们为了在那场可怕的台风中散失的钱款开始互相斗殴，要不是马克惠船长的务实态度和处理险情的超人能力，暴风雨和船上的一场叛乱可能会造成船毁人亡的后果。在白人眼里这些黄种人简直就是贪财、好斗的群氓。“南山号”从南洋驶往福州商埠，下层船舱装了些货物，搭客有200个中国苦力，他们在热带各殖民地工作了七年之后，准备回他们福建省内地乡村的老家。作家细致地描述了苦力们的形象：“前甲板上给中国人挤满了，尽是些暗黑的衣裳，苍黄的脸，和猪尾似的发辫，另外点缀了了许多光赤的肩膀，因为风息全无，闷热得慌。苦力们东倒西歪，谈天，抽烟，或者从舷栏上面向外凝望；有些人打舷边汲了些水互相泼洒；有几个睡在舱口盖板上，同时还有好些六人一组的小团体，蹲在那儿，围绕着许多装满饭碗和小茶杯的大铁盘；这些天朝人民，每位随身带了他全部的家私——一只木箱，跟一把环形锁，犄角上包着铜皮，里面是他辛勤的积蓄：几件长袍大褂，几炷线香，也许还有几分鸦片，习俗认为贵重的不知名的零星什物，一小堆银圆——在驳煤船上卖力，走赌博场或者做小生意碰运气，从地底下挖掘，下矿窑，沿铁路线，深入瘟疫充溢的丛林，压着沉重的负担，汗流如雨地挣来的——耐心积聚，留心看守，贪狠地爱护，这才存下这么一小堆银圆。”[①]读者不得不佩服作家的观察力，他说明了中国人在海外谋生的艰辛，也为后面发生骚乱争抢银圆做了铺垫。当箱子在船的摇摆振荡中松动打开之后，“那些呆笨的中国人一股脑儿爬起身来抢护他们的财产。随后，随着船身的震荡，那跳踏叫啸的一群人给东扔西摔，从这边滚到那边，同撞碎的木片，拉破的衣裳，滚动的银元，乱七八糟地混作一团。斗争一旦开始，连他们自己都没法停止。现在除了用全力对付，什么也禁止不了他们。这是一场灾难。……他们里面有几个准打死了，他相信。其余的还要继续殴斗”[②]。这些失去理智为银元而斗殴的中国人甚至失去语言能力：“蓦然地，一个苦力说起话来了。灯光来回地照在他消瘦紧张的脸；他猛然抬起头来，活像个吠叫的猎犬。煤舱里传来敲击声和银元抛滚声；他伸出一条胳膊，嘴张成个黑洞洞的窟窿，发出不可理解的叫嚷着的喉音，似乎说的是不属于人类的语言，这使朱可士产生了一种奇怪的感情，仿佛那是一个野兽想要高谈阔论呢。”[③]

康拉德这种文化态度与毛姆把中国的苦力（the Coolie）称为“负重的兽”（The Beast of Burden）有相似之处。在毛姆和多数西方人眼里，中国苦力是令人怜悯和同情的，那不堪重负的中国苦力构成了一副非常有趣的画面：“当你第一次看见苦力挑着担子在路上走，触到你的眼帘是逗人爱的目的物。……你看那一个跟着一个一溜上路的苦力，每人肩上一条扁担，两头各挂着一大捆东西，他们造成一种令人惬意的图景。看着在稻田水面里反射的他们匆匆忙忙的倒影，是非常有趣的。”面对这些牲畜一样的苦力，毛姆除了怜悯外还感到压抑，进而联想到所有的中国人，他们“由于为颠连困苦的人生所烦扰，同时人生如白驹过隙，一个人不可能掌握自己的命运，这难道不是可怜的事实？无休止的劳动，然后没有日子去享受果实。精疲力竭，突然饮恨而亡，一切茫然不知所措，这不恰好就是

① 〔英〕康拉德：《文学与人生札记》，金筑云等译，北京：中国文学出版社2000年版，第206页。

② 薛诗绮编选：《康拉德海洋小说》，上海：百家出版社，第119—120页。

③ 同上书，第127页。

悲哀的所在吗?"①毛姆揭示了中国人"终身役役,莫知所归"的人生境遇,体现他的见识,同样也对中国文化流露出傲慢与偏见。

康拉德对中国语言的态度更是坦率否定,嘲讽中国人说的洋话,中国需要西方人代言,他们无法表述自己,没有发达语言的民族是落后的、野蛮的,从而印证了欧洲人的观点。虽然康拉德对中国人的群氓本性不屑,把他们视同野兽,描述中带有蔑视的口气,但也一定程度上同情他们的处境,作家总是在是非褒贬之间写出历史的真实和感情的复杂性。

《台风》对中国官吏也有精彩描述:"我们随后再连人带钱全交给他们的官吏或者道台,或者不管他们叫什么的,这帮家伙就是你们常看见戴着有边有色大眼镜,坐在轿子里抬来抬去,走过那些恶臭弥漫的街道的。""假使我们是一条英国船,或者要把这批中国人卸下英国码头,例如香港,那我们准免不了无穷的查问和麻烦,要求赔偿损失,以及其他的事了。可是这些中国人对于他们的官吏比我们知道得更清楚哩。"麦克惠尔船长不相信中国官吏,也不相信苦力们能诚实报上他们的银圆数:"你无从分辨哪些银圆是这个人的或者是那个人的,他说,假使你问每人上船带多少钱,他怕他们撒谎,他也赔不起这么许多。我想他的话很对。如果等他到了福州找个中国官吏把钱交给他,他说还不如马上全部装进他自己的腰包呢,这于他们倒是顶便宜不过的。我猜他们大概也有同样的感想吧。"②最后船长考虑到这班苦力都是在同样的地方工作了同样长的时间,所以最好做最公正的办法就的把所有收集到的银圆完全平均分配,他采用了苦力们认可的方式,船长终于解决了大自然和人性中的棘手问题,顺利完成了航行任务。

康拉德对中国人的偷摸、欺诈劣迹的印象源于他在泰国的经历。他首次担任船长职务就面临几个严峻的问题,由于受到热带瘟疫的影响,船员们发烧、痢疾和霍乱;由于航行许可证迟迟没有签发,不得不滞留在港口 16 天。当地旅馆老板给他推荐了一个新的服务员,是一个看不出年龄

① 钱林森主编:《雾外的远音》,银川:宁夏人民出版社 2002 年版,第 332 页。

② 薛诗绮编选:《康拉德海洋小说》,上海:百家出版社,第 151 页。

的“面部表情麻木的中国人……3 天时间就暴露自己是一个上瘾的鸦片鬼，赌棍，最无耻的小偷，和全速奔跑的能手”。小偷携带着康拉德的所有积蓄共 32 英镑金币溜走了，这次盗窃案和那位神秘的服务员给康拉德留下了深刻的印象。在谈到曼谷东南部的小镇时，康拉德对刚从东方回来的罗塞尔（Bertrand Russell）说：“我对中国人总是很友好，即使他们想杀死呆在私人房子的院子里的我和一些其他的人，即使在曼谷被那家伙一夜之间偷走了我所有的钱，但是在他消失在暹罗（泰国旧称）之前，他把我早上要穿的衣服刷洗干净并叠得整整齐齐。”那个看上去木讷、麻木、呆板的中国人，却工于心计，老实的外表把白人给骗了，最后偷了康拉德的钱逍遥而去，这对处于困境中的康拉德无疑是雪上加霜，所以康拉德对此难以释怀，后来不时与人谈及中国人偷钱一事，他曾把儿子那条貌似忠诚却带有欺骗性的狗比作“偷了我所有钱的中国人，对你满脸笑容，却在你的背后攫取所有东西”。康拉德在《阴影线》、《福克》、《秘密分享者》中对这一偷窃事件也有叙述，在《干得好》中再次提到“我甚至还遇到过一个直截了当的小偷。……他偷了 11 块一英镑的金币，还有一个纯金的袖珍天文钟和金链。我实在拿不准这一罪行是否该归类为渎圣行为而不是偷窃。那些东西可是属于船长的！肯定有点亵渎圣所的性质，并且还属于特别放肆的那一类，因为他是趁船长在房舱里熟睡之时将赃物从房中弄出来的”①。这个说谎大王、骗子、小偷毫无疑问在很大程度上影响了康拉德对中国人的看法。

在康拉德笔下，忘恩负义更是中国人的恶劣品性之一。“海大王”汤姆·林格对威廉斯的特殊照顾危及阿尔迈耶的财产继承权，阿尔迈耶借中国人的忘恩负义来影射林格宠爱威廉斯而处事欠明智：

> “那是你干的好事——还有一次，你千辛万苦，冒着牺牲自己船只的危险，在台湾海峡救一艘漏水舢板上的一些中国人，那是一桩聪明的好事，不是吗？那些该死的中国人不到两天就起来造反了。他

---

① 〔英〕康拉德：《文学与人生札记》，金筑云等译，北京：中国文学出版社 2000 年版，第 211 页。

们是亡命徒啊！说什么可怜的渔民！你下决心在烈风中从下风岸跑下去救他们时，已经知道是亡命徒了。疯狂的怪癖！他们要不是恶棍，无可救药的恶棍，你就不会为他们让自己的船冒风险了，我知道的。……我娶那女人是为了你答应过让我发财。你明知自己答应了的，然后过了三个月，你就走了，去干起那疯狂的勾当来了——为的还是一大群中国人。中国人！你没有道德观念。说起来，那些杀人凶徒把你那许多心爱的手下宰了之后，还是不得不给赶到水里去。我大有可能给他们害垮的。”①

白人争宠夺利在殖民地并不鲜见，康拉德一方面揭示中国人忘恩负义的行为，一方面也揭示了达不到目的的白人迁怒于中国人心理。小说里还有那些跪坐在地上，脸上表情麻木、眼神茫然的中国出纳员，双手则在地上一堆堆闪闪发光的荷兰盾上游移着；在桌球室里，丝毫不动容的中国人继续用死板的声音报分，就像一个会说话的大玩偶；威廉斯挪用公司款项的事情败露，也是由于对手文克买通了来历不明的中国人，慢慢在那些醉醺醺的船长那里套出了真话，然后向胡迪报告，使威廉斯身败名裂，失去林格和其他白人的信任，变成一个被族人遗弃的人。

从以上分析不难看出，康拉德笔下的中国人主要以负面形象出现，流露出作家对中国人既鄙视又恐惧的心理。大副朱可士把中国人视为亡命之徒，他对船长说：“我希望，先生，在我们没有准备好对付他们以前，你可别放他们到甲板上来。”“请您注意，假使这些可怜虫打算挑衅的话，我并不怎么相信我们能够制裁他们。跟一舱中国人找麻烦可不是闹着玩的。”②他接着建议船长：“你还是让我们把这些银圆完全扔给他们，由他们自己去争夺吧，同时我们乐得休息一会儿。”白人也意识到中国人潜在的力量，拿破仑曾说过，中国这个东方的睡狮一旦醒来就会让世界震惊，这也是西方人对中国这个他者既感兴趣又恐惧的深层文化根源，，他们通过歪曲贬低他者来释放自己的焦虑心理，从而强化自己的优越和自信心。

① ［英］康拉德：《海隅逐客》，金圣华译，南京：译林出版社2000年版，第123—124页。
② 薛诗绮编选：《康拉德海洋小说》，百家出版社，第148页。

1907年,康拉德发表评论《剧本审查员》,他把对艺术一无所知、扼杀创作精神的文化官员看作"中国似的怪物",因为"这个人身上有一种来自远东的味道,像是清朝官人后院中那种怪味以及中世纪的霉味",剧本审查就像"一个东方的大瓷花瓶,一个姿态怪异的中国小雕像,它由一种幼稚而又俗气的想象力设计而成,显得古板而且虚弱"①。作者以此说明英国剧本审查制度的荒唐可笑,也流露出对中国人和中国器物的鄙夷之态。

曾几何时,欧洲人酷爱用中国工艺品来装饰华丽的家,置之于显眼处以示自己的高雅入流,而奇异的东方花瓶,怪异的中国小雕像曾被视为珍品雅玩,所用礼俗也深受远东及中国文化的影响,形成一股"中国风"文化潮流,贵族家庭热衷于在海外寻求表现自身突出社会地位的象征物品和装饰风格,花瓶、雕像、丝绸等奢侈物品集中体现了"东方化"情调、观念和风格,这些奢侈品不仅仅是历史上不同地区之间的贸易交换品,同时它们也是表达特定权力关系的意识形态和文化风格的载体。康拉德的中国雕像和毛姆的中国画屏就像济慈看到的古瓷上的希腊一样,充满了想象的色彩。然而在康拉德笔下这些东西不仅没有装饰及审美的价值,还带有清朝官人后院中那种怪味以及中世纪的霉味,康拉德相信它们"只不过是我们祖宗精神迷乱的纪念品"②,所以他主张用扫帚把这些"进口的怪物"和"过去时代的遗物"从黑暗的架子上清除并扫进垃圾堆。作者对中国器物的嘲讽消解了西方人的崇拜心理,消解了所谓异国情调罩在"中国热"上的光环。英国作家笛福也曾通过鲁滨孙之口嘲讽中国人的偶像崇拜:"我承认,他们的无知,他们对一个模样狰狞丑陋的木雕的愚昧崇拜,使我受到巨大的震动……眼看人沉沦和堕落到这个地步,竟然愚蠢得拜倒在一个外形可怕的无聊东西跟前,而这东西只是他们自己凭想象制作出来,只是用一些破布烂羊皮打扮出来,而且他们还自己吓自己地把这东西弄得形象可怖——而所有这些,竟然只是无知造成的,是魔鬼嫉妒上帝创造

---

① 〔英〕康拉德:《文学与人生札记》,金筑云等译,北京:中国文学出版社2000年版,第91页。

② 〔英〕同上书,第94页。

的人对造物主的崇敬与忠诚,利用人们的无知,迷惑他们,使他们有这样一个可憎的崇拜对象,把不伦不类的东西奉若神明。”[1]西方对中国文化的藐视由来已久,基督教反对偶像崇拜的传统决定了西方人对其他民族文化和宗教信仰的认识,康拉德受此影响并通过自己的殖民地叙事起到了推波助澜的作用。

中国独特的文化习俗被当做异类遭到排斥是不足为奇的,美国传教士明恩浦说过:“对我们来说,或多或少地,中国人是,而且也必将是一个谜,我们不会对他们有任何了解,直至最后在我们的心目中就会认定,与我们比较起来,他们天生就是‘缺乏神经’。”[2]这种认识无疑是从典型的西方中心主义出发的,中国始终被居高临下的俯视观察者视为“异类”,以他者负面形象出现,西方被认为文明、善良、先进、理智,而东方被边缘化降低到一种劣等地位,成为野蛮、邪恶、落后和非理性的化身和代言人。这种定型化的观念往往使在特定背景下写作的西方作家难以摆脱文化及心理定势的局限,把中国人的形象简单化地固定在一些消极的、类型化的角色中。我们从康拉德小说中可以找到很多西方关于中国的套话:提及的职业为贸易、商业、饮食文化,作为各种劳动力的“苦力”、“仆佣”如何挣钱,“中国人”留着长辫子,有着“杏仁色”眼睛和黄皮肤,说着混杂不纯的英语,有的抽鸦片。康拉德用得最多的词是“沉默”,经常出现的修饰语是“不可思议的、谜一般的”,“谨慎的、用心深远的”,“沉默的”,“冷漠的”,“神秘的”,“隐秘的”,“深不可测的”,“无声的、寡言的”,“朦胧的”,“幽灵似的、影子似的”,“自我着魔、自我疯狂、自我镇静的”,长城在康拉德笔下只是“像一堵中国墙壁”,中国人的长相也很丑陋:“一双瞥视的眼睛一高一低,像雕刻在褐色的旧橡木上似的,呆呆地长在苍老的小脸上。”这一系列的“套话”既沿袭了欧洲人的思维定势,受到白人偏见的影响,又为这些“套话”增添了新的内容。1922 年,美国学者瓦尔特·利普曼(Walter Lippmann)首先将“套话”应用于社会科学领域,把它描述为“我

① 葛桂录:《雾外的远音——英国作家与中国文化》,银川:宁夏人民出版社 2002 年版,第 108 页。

② 〔美〕明恩浦:《中国人的素质》,上海:学林出版社 2002 年版,第 83 页。

们头脑中已有的先入之见”[①]。康拉德通过套话将中国这一异族形象固定在相对恒定的模式中，透过他的文本表象，我们可以看到西方人对待他者的文化心态。

面对异质文化的渗透，大多数欧洲人持排斥和拒绝的态度，当本土主体文化受到外来客体文化的冲击时，这种扭曲、贬抑的态度是难免的，外来文化要经过本土文化的主观选择才可能被接受，被吸收，中西文化各有千秋，由于文化背景、价值观念、宗教信仰、审美情趣和生活方式各具特色，而中国文化毕竟是一个历史悠久、积淀深厚的文化系统，因此，当中国文化形成一股强劲的风刮到西方，一些西方人心理上拒绝是可以理解的，对中国的恐惧心理，对东方文化的排斥和拒绝，不仅源于对外来文化的敌视，也是历史上形成的民族文化心理的一种延续，西方人总以强者自居，种族优越自豪，认为文明的中心在欧洲，随着东学西渐，特别是鸦片战争之后，情况就不同了，外来的东方文化对于欧洲人来说，是性质完全不同的他者，既新鲜又陌生，充满神秘感，其所引起的心理震荡是不可避免的。

种族主义者鼓吹白人是天生的世界主宰，而有色人种则命中注定只能接受白人的统治。美国“人类学家”斯陶特就公开宣称“高加索人种被赋予了超越其他人种的最高尚的心灵和最美丽的身体，因而他高居其余一切种族之上，观测着生命的原野，受造物主的指派去支配全人类的命运”；吉卜林就在《人生路险》(*Life's Handicap*)中宣称，一过“苏伊士运河以东”，那就是“圣恩不及”而“兽性”大发的帝国；毛姆《苏伊士之东》(*East of Suez*)以殖民地为题材，将具有高尚道德原则的白种人与残酷、狡猾、虚伪、容易犯罪的亚洲人相对立，这些观点带有明显的“白人优越感”倾向，流露出对其他民族文化的傲慢和偏见情绪。

康拉德将中国及中国人纳入自己他者想象的视野，采用道听途说的素材来表述中国，就如济慈在古瓷上看到的希腊以及毛姆《在中国画屏上》(*In Chinese Painting*) 所表现的中国文化观一样，都是隔着历史的面纱来言说他者，他们都难免有先入为主或夸大误读的地方，中国成了贬值

---

① 闫克文等译：《公众舆论》，上海：上海人民出版社2002年版，第73页。

的、负面的东方形象。虽然康拉德小说《海隅逐客》中也出现过“一流的中国人”形象——金荣，森巴镇的实权人物白人“海大王”林格对他印象非常深刻，这个中国人不肯向殖民者所竖立的国旗脱帽致敬遭到五十多人追捕，被打得遍体鳞伤，但“他并不太害怕，不过非常生气愤怒”，为此林格“对这民族有无比的喜爱与钦慕”，因为这个民族不仅有金荣这样有骨气的人，也因为中国人能发明中国牌游戏，林格认为这是中国天才的精彩杰作。但这种对中国人的正面描写在康拉德的整个创作中是极少见的。西方殖民话语体系所建构的关于中国的某些固定观念左右着康拉德的创作思维，比如苦力、小偷、长辫子、瓷器、长城、鸦片等成了代码、套话和符号，充满浓厚东方主义色彩的华人形象的表述，构成了康拉德在某种意识形态或文化支配下的特定文本。康拉德在叙述中也不自觉地落入既定的俗套，试图通过削弱他者的文化价值来释放东方威胁论带给西方的焦虑情绪，在一定程度上迎合了维多利亚时代“深入人心”的贬抑东方文化的倾向。尤其是对中国小雕像的讥讽，与西方基督教反对偶像崇拜的文化心理有关，尽管他并不信奉基督教。康拉德虽然到过南中国海一带，却没有踏上中国内陆，几乎没有与在海外谋生的中国人打交道的经历，所以他并不能比较全面客观地认识中国及中国人，他的描写必然受到西方媒体的宣传报道、自身的历史文化语境和社会心理需求的制约，康拉德将中国人看作同黑人一样无助可怜、值得同情的弱势族群，将中国这一异质文化看成威胁西方安全的潜在祸害，中国形象虽然已经失去了往日的风光，但中国题材却得到越来越多作家的青睐。康拉德并没有对中国抱有任何特殊意义的情感，也较少像其前辈那样对中国文化表现出仰慕和钦佩，他只是用中国人做写作的辅助配料，为寻求好奇的西方人在文学的餐桌上添些异国的口味而已，既满足了自己对中国的想象，又迎合西方人阅读兴趣和心理需求。

19 世纪末 20 世纪初是一个殖民意识高度膨胀的时代，欧洲人对异域文化（东方文化）的接纳，对他者的建构是有选择的，把东方的神奇和奥秘置于殖民话语体系之中来叙述言说，他们隔着历史的面纱看中国，其傲慢和偏见是不言而喻的，康拉德如此，稍晚的吉卜林、毛姆等作家也不例外。

而异质文化之间的冲撞、替代、误读、补充是一种客观事实，世界各国文化是在相互渗透和交融中不断发展起来的，文化隔阂的消除在于彼此相互尊重，彼此了解，要真正做到不存偏见，必须克服殖民历史给作家造成的心理距离，消除殖民者的特殊话语权，这样才能摘掉有色眼镜，客观认识中国人和中国文化，在言说中国时摘掉有色眼镜。

总之，康拉德在表述他者时与欧洲中心主义保持着“反语距离”，认为真正的危险在欧洲，欧洲文明的腐败不是从头开始的，而是从其心脏开始的，非洲的黑暗与伦敦的黑暗一样笼罩着殖民者自身，他在一定程度上消除西方人对非洲黑人土著的种族歧视，他让我们看到殖民主义是如何将殖民者野蛮化的，使其不折不扣地具有了兽性，是如何唤醒了深藏在殖民者内心的贪婪本性以及他们崇尚暴力、身怀种族仇恨、信奉道德相对主义的，殖民地土著人又是如何在殖民者的枪炮和屠杀中学会了以其人之道还治其人之身的，文本讽刺性地告诉我们土著人的野蛮是欧洲殖民者“教化”的结果。作家对远东文化所持有的亲近态度，也纠正了欧洲人对东方民族的想象变形，为土著女性弱势群体提供了一个存在的空间和话语权力，揭示了殖民者和被殖民者之间互动共生的关系。同时，我们也看到康拉德对中国这一“异质文化”既好奇又排斥的态度，这表明作家在通过他者求证自我的过程中所流露出的欧洲人心理阴暗的一面，康拉德文本为我们了解弱势民族的历史处境提供了珍贵的视角，他对多元文化共存的辩证思考为今天愈演愈烈的人类冲突提供了有益的启示，为不同民族的文化自觉提供了参照。

第四节　异族女性的身体想象和话语建构

有人认为，康拉德的小说多关注海洋、丛林和社会政治生活，探讨冒险、荣誉、责任、物欲、恐惧等相关主题，最适宜男性阅读，满足了男性心理和接受期待，较少浪漫爱情描写，尤其不擅长写女性。笔者认为这种认识有失偏颇，对女性的关注，特别是对殖民地异族女性的身体想象和话语建构是康拉德小说中颇有意味的篇章，值得我们进一步辨析。

在阅读康拉德传记过程中我们发现影响他对女性的态度主要有如下因素。

首先,生活中的女性影响了他的创作,尤其是母亲的离世对他的打击很大,他对母亲的印象其实很淡薄,在8岁时母亲由于流放的困苦而死,印象中的母亲是一位郁郁寡欢之人,终日穿着黑色衣裙,为牺牲的亲人为破碎的波兰服丧。在《黑暗深处》中我们可以听到一个没有讽刺意义的心声:“围绕着某个亲人的死的可怕的神秘在向你靠近。不言而喻的最后一句话——某些需要理解的东西被埋葬了,我的余生已经有一半陷入了黑暗之中。”母亲的离世对他的打击不言而喻。

其次,他善于把女性与海、女性与暴力、女性与爱欲联系在一起。

“昔日的大海,像一个美艳而无所不为的女人;微笑时风姿嫣然,嗔怒时难以抗拒;喜怒无常,而令人心动;毫无理性,又不负责任。叫人又爱又怕。它既施展魅力,又赐予欢乐,轻易诱人寄予无限信任,然后却迅如闪电,无缘无故地狂怒起来,将人杀害。但是它的残忍无道却因为它的神秘莫测,因为它给予人的无穷希望,又因为它可以赐予恩宠的无上魅力,而得到补偿。”①迷恋大海的他年轻时也有过爱情冒险,曾在“圣安东尼号”与人合伙干些军火走私的事,也为觊觎西班牙王位的卡洛斯运输武器,期间他结识并恋上一个叫丽旦的神秘女子,丽旦从一个法国富翁处继承了一笔遗产,生活放荡,年轻的康拉德冲动地为她拔枪与一个美国人决斗,结果受伤住院,被舅父痛骂一顿。这段年少轻狂的经历在小说《金箭》中有生动的描述。

此外,康拉德一生还与几个女子有密切关系:波兰少女、法国女作家、美国女记者、英国妻子。人们对康拉德与美丽的美国女记者简·安德森的浪漫情缘知之甚少,她平生喜欢冒险和注重事业,过去写康拉德传记的作者故意删去了这一段。“康拉德爱上了她,与她时时幽会,而且发生了肉体关系,还写了许多充满激情的书信。一九一六年夏天她成了康拉德的情妇,而且除了杰西以外,是他与之缱绻的唯一女人。”可见,康拉德一

① 〔英〕康拉德:《海隅逐客》,金圣华译,南京:译林出版社2000年版,第10页。

生浪漫成性，婚姻生活又不满意，这个情妇对他有无比的吸引力。

康拉德曾在回忆马赛冒险经历时感慨道："那时女人和大海都充分地展现在我面前了：两者都是非常有价值的主人。一个大得无边，一个深不可测。亘古以来，这两者对人类一直有无穷的魅力，现在这种魅力到了我心上了：这是个微不足道的人，他对于大海无形的伟力和那个女人巨大的魅力有不可磨灭的记忆。与其说这两种力量在冲击着人的血液流动，不如说在冲击着神的脉搏跳动。"①

可以说，康拉德从青年时代就开始关注大海和女人这两个文学创作永恒的母题。而人们经常带着偏见去看待其人其作，正如他自己说的："我的朋友经常告诉我说大海是我热爱的唯一的东西。他们总在与我打趣，因为他们看不出或者猜不出在我生活中曾经公开或秘密地爱过任何一个女人……"②无论是生活还是创作，女性一直是他生命中的重要部分。"她的确非常漂亮。好像她是被人从穆罕默德的天堂上盗来的。对于丹娜·里塔来说这么形容最恰当不过了。可是以同样的心理倾向性谈到她时，我总觉得她看起来好像是阿里格从——山中的——某一座庙的周围拐来的。""我深信不疑，在这个世界上没有什么东西能比她身上的魅力更可爱，没有什么东西能如同她那样给人以更多的生命力、给人以鼓舞、照亮人生的道路。"③这样一个充满异域情调、充满诗的幻想的女子让人遐想入迷。

在19世纪的西方文学叙事中，女性的生活往往经过了男权文化世代延续的侵凌和过滤，无论是身体、话语权，还是她们的存在价值和历史影响力受到忽视，她们是一群缄默的人，常处于一种被言说的"他者"处境，女性话语权利被剥夺，永远处于被贬值被妖魔化的状态，被排除在男人与社会之外。女性到底以何种方式存在，她们如何表述自身，如何突破传统限制，保持女性的想象自由，如何把女性对生活的特殊体验写进历史，如何真实表现女性的生命状态，这一切需要人们再度思考。异族女性作为

① 〔英〕康拉德：《金箭》，张梦井译，太原：北岳文艺出版社2000年版，第60页。
② 同上书，第86页。
③ 同上书，第20页。

西方文化和男权文化的“他者”，尤其是殖民地土著女性和伊斯兰女性一直处于被忽视和被低估的边缘位置，还原她们在殖民历史中的作用，聆听她们微弱的声音，了解她们的诉求，可以让我们接近历史真实，为此殖民地女性的身体想象和话语建构成为形象学一个颇有意味的课题，这也是康拉德在殖民地叙事中不可忽视的内容，下文以《海隅逐客》为例探讨康拉德在叙事中是如何进行殖民地女性的身体想象和话语重构的。

1. 殖民地女性的话语重构

康拉德笔下与殖民地叙事相关的女性主要有三类：一是宗主国白人女性，她们或随丈夫、或跟父亲来到殖民地，如《诺斯托罗莫》中的高尔德太太，《芙丽亚》中的女主角，或在欧洲的某个城市盼望丈夫的归来，等待丈夫的消息和信件，如库尔茨的未婚妻，“欧塔果号”船长的妻子以及《台风》中麦克惠船长的妻子等等；二是殖民地土著女性，如库尔茨的非洲情人和吉姆爷的马来情人，威廉斯的土著妻子，阿尔迈耶的混血女人等；三是伊斯兰女性，如《海隅逐客》中的爱伊莎。其中对土著女性和伊斯兰妇女的叙写独具特色，虽然她们与男性共存在殖民地这块领土这段时空，却往往处于被言说、甚至被妖魔化的地位，女性经验的多样性和复杂性被强势的男性殖民者话语所遮蔽。康拉德的小说《黑暗深处》、《吉姆爷》、《芙丽亚》、《阿尔迈耶的愚蠢》等为我们提供了研究文本，尤其是《海隅逐客》刻画了两位性格鲜明的异族女性形象，充分展示了殖民地历史中性别、种族、宗教和文化冲突的状况。

威廉·林格船长

《海隅逐客》这个故事取材于威廉·林格船长的真实经历，他长期来往于马来半岛一带，他被马来人尊称为“海大王”，他成了《阿尔迈耶的愚蠢》、《海隅逐客》、《救援》中林格船长的人物原型,构成了"林格三部曲"。

在《海隅逐客》中康拉德把现实中的人物置换为汤姆·林格,他"是大海的主人、爱人和仆人。他很年轻就走出海去。大海磨炼他的身心,给予他威猛的仪容,洪亮的声音,无畏的目光,诚实无诈得近乎愚骇的心胸。大海又慷慨赐予他可笑的自信心,以及对造物的普遍热爱;更使他仁厚宽容,傲然凛冽,凡事动机明确了当,目的坦然无欺。大海既已把他造就成人,就像个女人般温顺地伺候他,使他在她那喜怒无常的恩宠中安享阳光,不受损伤。汤姆·林格在海上凭借着海发达了,他用爱人的热情爱海,凭十足的把握轻海,也以勇士的睿智来畏海"①。

《海隅逐客》揭示了殖民地白人与土著人的势力争夺,也反映了白人殖民者之间的利益冲突,但比起康拉德的其他小说来,笔者认为故事中异族女性形象的刻画尤为鲜活。在《海隅逐客》第一部开篇,作者为我们展示了白人威廉斯与土著混血妻子乔安娜的关系和冲突。首先,康拉德在西方传统模式中对白人的优越感和土著的野蛮性加以叙述,威廉斯是一个诚实、目光坚定、机警、得意洋洋的美国人,他 17 岁独自从美国加州流浪到这里,被"海大王"林格先生收养,他因为没有肤色歧视,没有种族仇视而洋洋自得,成人后威廉斯听从林格的安排娶了一个当地女子乔安娜,他是他们的衣食父母,是他们的主宰。他需要这些卑微者对他歌功颂德,需要他们的畏惧、敬爱和崇拜,一个人能成为人家的主宰这种感觉很好,这正是殖民者心态的显现。而妻子及其家人在威廉斯眼里是一群"杂种懒骨头":"他们这邋邋遢遢的一大群,住在锡江城郊破旧的竹棚子里,四周都是荒芜失修的院子。他跟他们保持相当的距离,也许是因为很明白他们一钱不值的缘故。""他把他们看得清清楚楚——一群衣衫褴褛,骨瘦如柴,肮脏污垢,发育不良,年岁不等的人,曳着拖鞋毫无目的地游荡。"②这些土著人畏缩肮脏,无劳动能力,用的是"未开化的野蛮人的语言",他们居住在废物堆里,发出垃圾的气味,经常听到他们尖声相骂,而威廉斯

① 〔英〕康拉德:《海隅逐客》,金圣华译,南京:译林出版社 2000 年版,第 11 页。

② 同上书,第 3 页。

自我感觉不可一世,“这一家人对他的仰慕,是他生活中的一大乐事,也不断地确保他自知毫无疑问的高人一等,因而生活得更圆满无缺。他们在这成功的白人的庙堂前,献上粗劣的香火,使他闻起来十分受用。他娶了他们家的女儿、姐妹、表亲,使他们光耀门楣”。他深信“只要自己一旦撒手不理,所有这些敬爱他的人就会活活饿死,这使他感到最大的满足。他的慷慨施予与使他们甘于堕落,这是易如反掌的事。自从他纡尊降贵娶了乔安娜之后,他们便连迫于生活所需,要外出工作的那一点点谋生技能都丧失殆尽了。他们现在的生活全仰仗他的施舍,这是权力,威廉斯乐此不疲”①。在帝国统治区域,殖民话语的权力很容易使白人产生一种仁慈救世主的幻觉。森巴镇的白人都带着这种感觉,威廉斯如此,林格先生更是有过之而无不及,他被称为“海大王”,自认为是老大,代表着自由和秩序,注定是森巴镇的领导者。西方人将判定谁是好土著,谁是坏的,因为土著只有经过他们的承认才存在。他们创造了土著,他们教给土著说话和思想,带给了土著福音和恩惠。

无论是美国人林格,还是威廉斯,或是荷兰人奥迈耶,他们都是殖民帝国的代言人,这套话语决定了他们的思维定势,恰如威廉斯身上所呈现出俯视一切的典型的欧洲殖民者的意识形态,它深深根植于后殖民主义理论所揭示的帝国话语的“中心/边缘”、“主体/他者”、“男权/女性”的关系之中,西方的文化传统既具有男权中心的特点,又以二元对立的思维模式为根基。在小说里,具体可表述为:

白人/土著	男性/女性(威廉斯/乔伊娜)
进步/落后	文明/野蛮
理性/迷信	人/动物
坦诚/狡诈	主人/仆人
自制/放纵	支配/服从
感恩/报复	机敏/愚笨
……	……

① 〔英〕康拉德:《海隅逐客》,金圣华译,南京:译林出版社2000年版,第4页。

在这种对立中，土著女性的话语权往往被忽视、被弱化甚至被抹去，然而她们在寻找机会发出自己的声音，表达内心的愤怒。威廉斯因为挪用公款，被胡迪公司的会计文克先生算计了，文克先生对威廉斯知之甚详，相信他很能干，很精明——精明能干得讨人嫌，文克决意要消除胡迪老板对这位合伙人的信任，以铲除竞争对手为快事。白人圈内人也因为威廉斯的贪污垮台而幸灾乐祸，妻子对他的态度更令他难堪，他本来是准备让乔安娜跟他离开这里暂避风头的，没想到这位平时“受惊害怕，毫无作为”，“阴郁沉默”的土著女人却一反常态，语言咄咄逼人，她终于有了说话的权利：

“喔！你这个了不起的人！”她慢吞吞地重复，左望右看，好像在预想突围逃遁的途径。“你还以为我会跟你去挨饿。你现在垮了。你以为我妈跟伦纳德会让我走？而且跟你走！跟你！”她藐视地重复着说，提高了嗓子，把孩子吵醒了，低低呜咽起来。

“乔安娜！”威廉斯喝道。

“别开口，我已经听到许多年来等着要听的事了。你呀！简直垃圾不如，你一向把我踩在脚下。我已经等了好多年了，我现在没有什么可以怕你的了，我不要你，别走近来，啊……！”他伸手做出恳求的表情时，她高声尖叫起来，“啊！走开，走开，走开！”她身向后退，眼睛又怒又惊地瞪着他，威廉斯一动也不动地望着，意外得愣住了，不知她脑袋里的愤怒与反叛从何而来。①

康拉德却通过乔安娜重构了弱势群体的话语权力，她不再沉默，不再逆来顺受，终于找到机会表示内心的压抑和仇恨，对话中她占据着绝对的优势：“你老是吹牛，我却受苦受罪的一口气也不吭。……到别处去吹牛，去饿死吧！好了，哈！我现在可以透口气了，这房子是我的了。”妻子口气生硬，态度坚决，她意识到即使没有威廉斯施恩，她的一家人也不会饿死，最令人不可思议的是，白人威廉斯居然被赶出了家门。文明世界的排斥，

① 〔英〕康拉德：《海隅逐客》，金圣华译，南京：译林出版社2000年版，第21页。

胡迪的失望，妻子的驱赶，这些“仇恨”在他身边潜伏了多年，他却浑然不知，这让他怵然心惊。他从一个蛮族人的“救世主”堕落成一个被世界抛弃的人，一个没有过去，没有将来，只有痛苦、耻辱和愤怒的人。他带着孤芳自赏的味道、难以掩饰的胜利者情绪和对拯救土著妻子一家的庄严承诺生活在自己虚构的生活中，没想到一个小小的失误就让他落入白人世界的陷阱和被土著妻子所遗弃的困境。

康拉德借用精明的马来人巴巴拉蚩的话一针见血地指出了殖民者男性的欲望和陷阱的无处不在，他对头人拉坎巴说：“老爷，我了解这些白人，我在许多地方遇见过他们。他们时常做了欲望的奴隶，老是为了女人就丢开自己的力量和理智。信徒的命运是唯一真神决定的，可是信仰多神的人却命运未卜，什么女人都可以把他们毁掉。就让白人自己鬼打鬼吧！真神的意志要他们愚不可及。他们跟敌人讲信用，可是彼此之间却尔虞我诈，嗨！我见得多了！”①白人为了在殖民地争夺势力范围和经济利益而互相排斥，同时为了满足情感需求和爱欲享受而身陷泥淖现实，白人威廉斯为了与爱伊莎见面，答应了土著首领的要求，把他们的船引入“海大王”林格的地盘，林格激怒之下决定用“公义”来惩罚养子威廉斯，这个可悲的替罪羊成了殖民者和土著人两大利益集团争斗的牺牲品。

小说表现了种族冲突和肤色歧视，正如威廉斯所声称：“我是白人，她，一个野蛮人。”殖民者总是一开始就设置一种生理上、语言上、宗教文化上以及心理上的暴力情境，为的是把土著塑造成一群兽性的形象，一旦这种非人化妖魔化得以实现，种族主义优越性得以实现，把土著看成野兽就是一种逻辑的必然结果。在殖民者心中，“白种人”作为“一种理念，一种性格类型，一种存在方式”。他们似乎曾经使许多身在国外的欧洲人受益。他们皮肤的颜色使人们一眼就可以将其与当地人确凿无疑地分辨开来，但对那些周旋于亚洲人、非洲人或阿拉伯人之中的欧洲人来说，同时还存在着某种自己归属其中并且可以从其经验与精神宝库中吸取营养的

① 〔英〕康拉德：《海隅逐客》，金圣华译，南京：译林出版社2000年版，第46页。

知识,存在着对有色人种承担行政责任的这一长久传统。这种根深蒂固的优越意识同样也表现在荷兰殖民者阿尔迈耶的身上,他试图改变马来土著妻子,培养混血女儿妮娜强烈的“白人意识”,“我不是小女人,我是一个白小孩,Anak Putih(马来语,白种小孩之意),一个白小孩,白人是我的兄弟,爸爸说的”。她想把女儿带回欧洲成为世界上最富有的人,但结果却美梦破灭,自己也成为半疯癫的人。“白种人”为他们在殖民地所开创的道路而欢呼,但他们所获得的荣光和面临的艰难并存:

啊,这就是“白种人”所开采的道路
当他们开疆拓土之时——
脚踩乱石,头顶荆棘
双手无傍无依。
我们已经踏上这条道路——暗湿且布满风霜的道路——
指引方向的是我们所选择的星辰。
噢,当“白种人”开采出一条接一条的大道时
他们心中怀想的是整个世界!①

这种开疆拓土的使命需要“白种人”的共同努力和合作,而在康拉德的殖民地小说中,“白人”不再合作,他们之间为了各自的利益互相敌视,他们分化成不同的利益集团,如《黑暗深处》中暴露欧洲白人利用到非洲探险和开发蛮荒、把文明与进步带到黑暗大陆为借口来拓展殖民版图。库尔茨这个理想主义者,后来迷恋象牙带来的财富而堕落为杀人恶魔,他残忍剥削和统治土人,又被土著奉为神明受到膜拜,为了独霸象牙,他也与白人为敌,最后拒绝被救,死在原始丛林,白人对他的敌意和排斥是显而易见的。比利时是当时殖民主义的大本营,驱使白人到世界各地干杀人越货的勾当,布鲁塞尔是“一座白色坟墓的城市”,马洛到那里签订了与雇主的合同,等于出卖了自己的肉体和灵魂,成了殖民工具,小说结束时“我发现自己回到了那座阴森的坟墓似的城市”。再如《芙丽亚》中的荷

① 〔美〕爱德华·W.萨义德:《东方学》,王宇根译,北京:生活·读书·新知三联书店1999年版,第287—288页。

兰、比利时、西班牙、英国几个殖民当局争夺资源为利而争,显示出殖民者自身的矛盾和多元性。

因此,在康拉德的殖民地叙事中,白人既是一种观念,又是一种现实。它涉及一种对白人世界和非白人世界所采取的立场,它意味着白人在殖民地以某种特定的思维和说话方式,根据一套特定的规则和符号编码行事,甚至有选择地感受到某些特定的事物。它意味着特定的判断、评价、姿态。它是一种权威形式,在它面前,非白人失去说话权力,在殖民政府、领事机构和商贸组织,“白人”成了非个人化的普遍信念,身为“白种人”或使自己成为“白种人”是一种非常具体的存在方式,一种把握现实、语言和思想的途径,在“白人”与“非白人”的二元对立中,前者总是侵蚀着后者,在小说中,土著往往是被驯服的对象,甚至沦为白人的工具。康拉德跳出这个二元对立的思维框架,他提醒人们不要忘记殖民地纠结历史中的复杂性,海外殖民贸易和从事贸易赚来的钱为欧洲白人提供了舒适的生活保障,也为殖民者带来成功的荣耀,就像水能载舟也能覆舟一样,白人在殖民地安全与危险同在,稍有疏忽就要在冲突中付出巨大的代价,甚至生命。

小说也表现了宗教冲突。威廉斯是一个基督徒,在他眼里,神秘的伊斯兰教的女子爱伊莎充满了诱惑力,他离开妻子之后与爱伊莎邂逅而两情相悦,甚至产生拯救爱伊莎的想法,把她从她父亲和族人身边带走,然而他的一厢情愿得不到爱伊莎的理解,爱伊莎有自己的主见,有自己的独立意识,她要把威廉斯留在自己族里,留在自己身边,要在威廉斯与白人之间竖起一道墙,这样她就可以永远拥有心爱的男人了。她在“海大王”林格面前为威廉斯辩解,为自己的幸福争取机会,林格对这个头人奥马的女儿——异教的女性也是满怀兴趣:“你这女人,我想,心胸大得足以匹敌男人:可是你始终还是女人,我,海大王,对你是没有什么要说的。”在林格的观念中,这个异族女子是没有资格与他对话的,她的声音是可以忽略的,她的欲求也无关紧要,这是一个男人的世界,尤其是一个白人男性掌控的世界。

然而就是这位异族女子爱伊莎打破了男性话语模式,她的抗争建构了殖民地女性话语。她是一个颇有故事的女孩,她与父亲和族人在枪林弹雨中并肩作战而赢得了族人的尊敬,当白人“海大王”林格用严厉的声音对她说“别挡我的路,你是奥马的女儿,你应该明白男人在白天会见时,女人该静静地听天由命”时,他低估了爱伊莎,她不是一般的土著弱女子。她强捺着激烈的情绪反驳道:“女人!不错,我是个女人!你的眼睛看得到这一点,海大王啊!可是你能看得见我的生活吗?我也曾听见过炮火的声音;我也感受过枪林弹雨中,嫩枝树叶在我头上纷纷落下的滋味……”“海大王”也折服于爱伊莎的心胸像男子,对这个狂野却也温柔,强壮而又纤弱,胆怯而又坚毅的爱伊莎不得不刮目相看。

爱伊莎被族人利用,导致了威廉斯失信与林格,于是迁怒于爱伊莎,她感觉困惑和无辜,对威廉斯说:“我们这种不是白人的人,反正就是倒霉!”她“犹记得那些在溪畔的日子,她曾经听过别种话语,别种思想,以及为别的事所作的允诺与请求,都来自这个人的嘴唇……除了怕失去她难道还有其他的恐惧?怎么可能呢?她感到痛心疾首又惊奇意外,更因料想不到的羞辱而气氛。她的眼睛紧紧地、庄严地、一动也不动地盯着这个人,这个生在暴力罪恶之邦的人,那儿给这些非白种人带来的,除了不幸之外,便一无所有。他不去想她的爱抚,不在她的拥抱中忘掉全世界,竟然还在想着他的同胞,想着那些掠夺世界各地,主宰五湖四海,不知仁慈真理为何物,除了强权外一无所知的人!啊!徒有强力没有真心的人!跟他去一个遥远的地方,迷失在冷眼假心的人群中,在那儿失去他!怎么也不!他疯了——吓疯了!但他不该离她而去!她要把他留在这儿当奴隶也当主人,在此地孑然一身跟她在一起,在此他必须为她而生,或为她而死”①。她所做的一切都是为了威廉斯,她应该拥有对威廉斯爱的权力,她必须在他与其他白人之间筑起一道仇恨的墙,这样她和他的爱情就安全了。在这里爱伊莎彻底否定了威廉斯的世界,那是一个罪恶之邦,那里的人们冷眼假心,那个世界的白种女人凶巴巴的长着白牙。

---

① 〔英〕康拉德:《海隅逐客》,金圣华译,南京:译林出版社2000年版,第117页。

我们从《黑暗深处》也可以看到非洲土著女性对欧洲白人的极强影响力。库尔茨来非洲的主要目的是想教化野蛮土著者，将文明传播给蒙昧的民族，但他对人的野蛮性却采取了迎合和屈从的态度，他反而被这些土著者的野蛮性征服。他成为当地土著居民的崇拜偶像，领导他的部落对邻近村庄进行野蛮的袭击，愚弄、欺骗、奴役和杀戮非洲居民。虽然库尔茨确实指挥着他的听众，并从中获取了权力，但他首先却是顺应和迎合他们，这已成为他行动的前提。这一特点是通过库尔茨那位非洲丛林女人体现出来的。这位丛林女人常听库尔茨给她背诵诗歌，高谈博爱。作为土著人，她却主动影响甚至操纵库尔茨。贸易点的俄国人告诉马洛说："她像泼妇一样给库尔茨谈了一个小时，并不时地指点着我……"俄国人不知道她生气的原因，以为是他用了贮藏室的一点布条而激怒了她。而事实是，这非洲女人感到这位俄国人对库尔茨亲近而对她是个威胁，如果照顾病重的库尔茨被他所取代，就意味着她会失去除了爱之外更为重要的威信和财富。这丛林女人同时也深知，库尔茨对她是顺从的，他曾按她的意图威胁俄国人移交象牙，并"滚出这个国度"，否则就会杀了他。从林女人一直希望库尔茨能将俄国人赶走。幸好她动怒的时候库尔茨病得很厉害，否则厄运就真的会降临到俄国人身上了。马洛描述过这位丛林女人的富有，并隐隐指出这财富来源于"她身上一定有好些象牙的价值"。疯狂积攒象牙是库尔茨的生命，这位非洲女人对库尔茨的控制力就可想而知了。

康拉德有意识地为殖民地土著女性留有一席位置，她们通过言和行影响了周围的世界，言说了白人的世界，言说了自我，言说自己对欧洲男人和女人的感受、对这个世界的体验。作家为英国文化圈和欧洲人提供了一份异国营养品，他打破了殖民者的种族优越感和欧洲白人意识，为殖民地女性重塑形象，重构话语，以此颠覆殖民话语体系中对女性的遮蔽和扭曲。在《海隅逐客》中，如果威廉斯与乔伊娜的关系还固定在传统叙述模式中，那么爱伊莎的出现使得白人与土著、男性与女性的关系有了彻底的改观，殖民者与被殖民者之间彼此已互换角色，爱伊莎有着绝对的操控权：

男性/女性(威廉斯/爱伊莎)
放逐者/女神
恐惧/勇敢
仆人/主人
沉迷/理性
被征服/征服者
绝望/希望
死亡/生存

通过殖民地女性形象的塑造和话语的构建,康拉德提醒人们,女性的价值和影响力不容忽视,她们构成殖民地历史中极为重要的部分,参与到与欧洲殖民者的抗争中,不仅通过话语的权力来彰显自身的力量,表明自己的在场,同时也通过身体的诱惑或反抗来实现自身的诉求和对男性世界的控制。

2. 对异族女性的身体想象

在萨义德的《文化与帝国主义》中我们可以读到他关于伊斯兰、阿拉伯、中东、伊斯兰世界的妇女和性别的论述,书中对妇女的身体、妇女的世界有相当的研究。里尔·艾哈迈德(Leila Ahmed)曾在《伊斯兰世界的妇女和性别》和费德娃·玛尔蒂—道格拉斯(Fedwa Malti-Douglas)的《妇女的身体,妇女的世界》中涉及伊斯兰、阿拉伯和中东的女性历史。① 在欧洲文化体系中强势的男性话语围绕女人和性制造出各种对立的概念:男/女、阳/阴、主动/被动、在场/缺场、理智/情感、文明/野蛮、基督教/异教徒等等,从语言、文化、宗教上建构起对阳性和男权的崇尚,这种现象背后所隐藏的文化深意引起了后殖民批评家和东方主义研究者的高度关注。康拉德的小说也纳入他们的研究视野,人们可以在康拉德的殖民地叙事中得到启迪并找到答案。

《海隅逐客》在土著女性话语建构的同时也充满了对女性身体的想

① 相关论述详见〔美〕爱德华·W.萨义德:《文化与帝国主义》,李琨译,北京:生活·读书·新知三联书店2003年版。

象。女性的身体，进而包括女人的性，都是现有语言难以表现的，性别意识引起女性主义和后殖民研究者的关注："男性中心主义和性别歧视导致对非西方文化中女性的地位和角色的误解和歪曲。然而，如果是误解和歪曲了女性的地位和角色，那么不可避免地也会误解和歪曲男性的地位和角色。由于女性和男性的关联是连锁的，那么歪曲男性与女性的作用就会导致对整个社会系统的歪曲。"[①]这也是康拉德对殖民地女性进行叙写为我们提供的思考和意义。

对于殖民地的欧洲白人男子来说，性是有待解决的问题，也是充满诱惑和冒险的游戏，他们生活在荒蛮丛林、海隅天涯，时时处在危险和崩溃的边缘，特别容易被传统化的异国女子所迷惑，无论是肉欲粗俗的或是媚人脱俗的。身处欧洲的库尔茨的未婚妻尽管高尚和执著，她只是与理想化的爱情与婚姻有关，而非洲黑皮肤的情人却满足了库尔茨的本能欲望和对异域的想象。被放逐的威廉斯也是被异族女子所俘获了的人，他有幸却又很不幸地遇上一个信奉伊斯兰教的女子——爱伊莎，她是一个勇敢刚毅出入火海与父辈和其他族里男人一样见过世面的奇女子。威廉斯在河边初遇爱伊莎，她那纯美的身躯，那半开半闭的双眸投射过来的一瞥立刻摄住了他的神智和心灵，"威廉斯也盯着她瞧，为了一种魔力而着迷，这种魔力带来无可弥补的失落感。这感觉，开始时像轻轻爱抚，结束时像重重一击。突然受创于崭新的情感，这情感渗入人心深处，使沉睡中的感觉突遭惊醒，知觉到新希望、新恐惧、新欲念，也知觉到旧日的自我远飏了"。他像一个神志恍惚的人被一种无形的力量——惊异、好奇、欲望交集的力量诱惑着、牵扯着，再也无法摆脱。"有一丝风从树隙吹下，但是在威廉斯的幻觉中，这丝风好像是由她移动的身躯带来的，它卷成炽热的浪，围绕着他的身体，火烫的一触，灼焦了他的脸。他深深地吸了一口气——这是一个战士冲锋陷阵之前，一个男人把心爱的女人拥入怀抱之前，最后深深吸入的一口气；这口气给予人勇气去面临死亡、面临狂风骤

① 〔英〕菲奥纳·鲍伊：《宗教人类学导论》，金泽、何其敏译，北京：中国人民大学出版社2004年版，第112页。

雨般激情的威胁。”①在威廉斯眼中，爱伊莎犹如女神，“脸上云鬓掩映，看来像一尊金色的塑像，长了一双活溜溜的眼睛。沉重的眼帘略向下垂，从长长的睫毛中，她斜斜地睨着，目光坚定，精明而专注，就像钢铁般锐利。她的双唇镇静地闭着，线条弯曲得很优雅”②。爱伊莎与威廉斯厮守相伴，完全占据了他的身心：“在这赋闲的男人心中，除了她的一颦一笑，世界上就什么都没有了。过去是空白的，将来也是空白的，而目前，只有她的存在这一焕发辉耀的事实。”土著阿拉伯头领及其下属巴巴拉蚩在与林格为代表的白人集团进行利益领地博弈时，利用了威廉斯对爱伊莎的强烈欲望，并施计骗走和软禁了爱伊莎，这让心急如焚的威廉斯终于明白了这样一个事实，他的自我已让一个女人用手从内心攫走了，他的才智和自傲、对成功的信念、对失败的愤怒、再次发达的希望都无关紧要了，构成白人男子汉的品质都失去了。“他自我反省，想着心都沉下去了，知道自己的确是，不知怎么的，没有了她便活不下去。这事实既可怕又甜蜜。他记得最初的日子，她的外貌，她的脸，她的笑，她的眼睛，她的话语。一个蛮族女子！”他只想带走她，远离她那贱种般的族人，她的眼神她的爱抚令他沉醉，可以征服他的骄傲，他的生命，他从爱伊莎身上得到那种充满激情、肉欲和令人神魂颠倒的生活，对她的迷恋成了威廉斯生活中的慰藉。

这种又爱又恨的感觉让威廉斯欲罢不能，爱伊莎这个可爱调皮充满异域情调的女孩让他的生命充盈，在她身边，他变得像孩子般柔软，像吸了鸦片一样迷醉：“我不能被你抓住。可是我会过来的，我自己来因为我喜欢来，别动，孩子啊，别用你的大手碰我。她说着就再上前一步，又一步，威廉斯一动也不动，她靠着他，踮起脚尖直望进他的眼里去。她自己的眼睛好像更大了，亮晶晶温柔的眼，既吸引人又抚慰人。就这样望着，她把这男人的灵魂从他那木然不动的眸子里摄走了。在她的凝视下，威廉斯脸上理智的火花熄灭了，代之而起的，是肉体上的安宁，感官上的狂喜已经充斥了他僵硬的全身。这狂喜使他追悔、踌躇与疑虑一扫而空；也

① 〔英〕康拉德：《海隅逐客》，金圣华译，南京：译林出版社2000年版，第53页。

② 同上书，第54页。

使他享受痴迷的至福,愚骇、呆滞得像白痴一样。他四肢一动不动,屏着呼吸,僵挺挺地站着,从每一个毛孔里吸取与她紧紧依偎的乐趣。"[①]威廉斯已身陷情欲地狱,堕落的头脑不愿想及它的终结,对于这种快乐的牺牲者来说,快乐的尽头,就是磨难的开端。"她捧着他的头放在膝上。他感到她的手触摸着自己的脸,她的指尖抚弄着自己的头发,就表现出让人占有了的模样,体会到一种安谧、休憩、快乐和欣慰的感觉。他的双手向上摸索着她的颈项,把她拉下来脸附在自己的脸上,然后窃窃低语道:'要能这样死掉就好了——现在就死!'"但爱伊莎无法理解这个男人的内心世界,她用严肃的大眼睛望着他,眼里并没有附和的神色。他的想法跟她的了解距离很远,因此她漫不经心地让这些话溜过,就像吹过的一丝风,飘过的一抹云。虽然身为女人,但由于单纯,她无法理解这句话中极大的奉承,这是极乐的倾许,出于至诚,发自肺腑,抒自胸臆。凡是腐败堕落都如此,这是疯狂的声音,如痴的平安,这种快乐是伤风败德、畏缩怯懦,却美不可言的。

在对异族女性的身体想象中,康拉德运用了象征性的手法,爱伊莎的面纱成为身体的符号和隐喻。作者在 1918 年写给 Barrett H. Clark 的信中说:"So I will only call your attention to the fact that the symbolic conception of a triple appeal covering the whole field of life. All the great creations of literature have been symbolic, and in the way have gained in complexity, in power, in depth and in beauty."[②]康拉德认为,所有伟大的文学创作都是象征的,只有通过象征,才能让读者从中获得感染、奥秘和美感,了解事物的复杂性。正如在后殖民理论中,东方伊斯兰女子的面纱有很深的文化符码和宗教意蕴,是一种象征符号,它为我们揭示了西方男性霸权与东方女性在婚姻、爱情、家庭、文化、习俗、宗教信仰等方面的矛盾纠葛,展现了一个多元化的世界。

按照伊斯兰相关教条、律令,女子必须戴面纱,不得穿高跟鞋;女子不

---

① 〔英〕康拉德:《海隅逐客》,金圣华译,南京:译林出版社 2000 年版,第 107 页。

② Morton Dauwen Zabel. *The Portable Conrad*. London:Penguin Books,1975. p. 749.

得参加工作,女子学校和公共浴室一律关闭;男女之间的接触有严格限制,男医生不得给非亲属女子看病等,这些禁令的目的是置伊斯兰女性于社会生活的边缘,西方白人眼中的伊斯兰女子被双倍地边缘化了。她们怪异的装扮、那面纱所体现的异国情调产生了一种神奇的魅力,使白人有种奇怪的感觉:

> 她先前一定是近在咫尺,因为她立时现身在火光中,上半身裹在厚厚一层层的头巾里,头巾从前额垂下,尾端从一个肩头掠到另一肩头,把脸孔的下半部遮蔽起来,只看得见她的眼睛——黑黝黝闪着光,宛如星空。
>
> 威廉斯望着这个奇怪的、包裹起来的身影,感到愤怒、惊讶而无能为力。富商胡迪的这位旧亲信,胸中对于什么是体面的行为,自有一套成见。他从阴郁郁的红树,黑沉沉的丛林以及成为他主人的异教蛮子的灵魂中,避难在自己这一套所谓正当得体的观念里。她看起来像是一捆活生生的廉价棉织品,这使他怒不可遏。她把自己掩藏起来,只为了有个族里的男人在一旁。他告诉过她别这样做,但她不听他的。他的想法会否改变得与她对于什么事得体合仪、什么事值得尊重的看法一致?他真怕假以时日,会变成这样。这一点,在他看来,真是可怕得很。她永不会改变!她认为合乎礼仪的这种表现更显示出他们两人之间无可救药的分歧,对他来说就好像又向下沦落了一步。她跟他太不一样了。他是这么文明!他突然省悟他们之间毫无相同之处——一丝想法,一点感觉也不相同!他无法将他每一步行动最简单的动机向她解释清楚……但他没有了她又活不下去![①]

面纱使得威廉斯和爱伊莎两人的关系特别紧张。在阿拉伯人到来时,她按照当地习俗回避,威廉斯恨不得把面纱扯下扔在地上,如果连这点也不听他的,他感到无法理解和容忍。"她违反他的意思把自己的脸掩藏起来,这样小小的一件事,对他来说,就像是揭发出什么惨重的灾祸似

① 〔英〕康拉德:《海隅逐客》,金圣华译,南京:译林出版社 2000 年版,第 98 页。

的，使他更不屑自己居然成为感情的奴隶，这种感情他向来就瞧不起；也不屑自己无法坚持自己的意志，这意志，以及他所有的感受，他的人格，这一切的一切好像都在可鄙的欲念中丧失了，在那女人无价的允诺中丧失了。他站着望她，也望自己，气得自顶至肿，浑身发抖，像是给人掴了一巴掌似的。”爱伊莎处于族人和白人之间，成为双方争夺的对象，族人意在利用她，而威廉斯一心想独占她，包括身体包括她的思想，甚至无法容忍她的异教身份。“那阿拉伯人直到现在一点也没注意到爱伊莎；她站在火边，威廉斯表陈之后，静默片刻，她开口说话了。她用裹着面纱减弱不少的声音向阿都拉说了几句寒暄的话，称他为同胞。阿都拉很快瞟了她一眼，然后合乎礼仪地把眼睛盯在地上。她向他伸出手，用面纱一角覆盖着；他拿起了手，握了两次，放下来，转向威廉斯。她探索地望着两个男人，然后退下，好像突然间没入夜色之中了。”小说接着描写了威廉斯的举动“等阿都拉跟他的同伴一离开了院子，爱伊莎就走近威廉斯，站在他身旁。他没注意她若有所待的神情，直到她轻轻碰他，才愤怒地转身向她，撕开她的面纱，把它踩在脚下，当它是死敌似的。她微微含笑望着他，带着容忍的好奇心，就像在看一架复杂的机器开动似的：因困惑不解而兴致盎然。”①她的面纱是她身份的象征，也是曾经吸引威廉斯的因素，爱伊莎无法理解威廉斯为何对面纱如此恼怒并怪罪于她“都是你干的好事！你……” 与异族女子单独相处的焦虑和恐惧，文化差异、宗教冲突、语言隔阂像一堵墙横亘在爱伊莎与威廉斯之间，使他们无法逾越而身陷困境。他们从互相吸引到产生误解，最后心生仇恨，威廉斯产生逃离的欲望，爱伊莎在发现威廉斯有妻有子之后感受到被骗的痛苦，在慌乱中把枪对准了威廉斯，这对异国鸳鸯最后生死相隔。“憎恨充斥在世上，充斥在他们俩之间——种族之恨，无望的分歧之恨，血之恨，恨这男人生于罪恶谎言之乡，那地方带给非白种人的只是不幸，别无他物了。”这出悲剧对于白人和土著人是平等的，他们都是殖民政策的牺牲品。

爱伊莎的面纱有着深刻的文化隐喻，面纱不仅是一种穿着习俗、一种

---

① 〔英〕康拉德：《海隅逐客》，金圣华译，南京：译林出版社 2000 年版，第 107 页。

符号，也是宗教、文化、性别冲突的象征，带着面纱的爱伊莎形象也是基督教与伊斯兰教冲突的一个象征性表达。萨义德在《东方学》中指出："伊斯兰在许多方面都向欧洲提出了真正的挑战。无论是在地域上还是文化上，伊斯兰都令人不安地与基督教相毗邻。它从犹太—希腊的传统中汲取了营养，它创造性地借鉴了基督教，它可以夸耀自己在军事和政治上所取得的无与伦比的成功。"①伊斯兰统治的中心总是紧挨着欧洲，实力曾超过罗马，这些历史在欧洲人心中留下难以抹平的创伤。《海隅逐客》中通过信奉伊斯兰教的阿拉伯人奥马、阿都拉、巴巴拉蚩与美国人林格、威廉等人的势力抗衡做出了形象的阐释。小说以林格的离去，阿尔迈耶的发疯、威廉斯的死亡再次证明了阿拉伯人的精明狡猾，他们利用欧洲白人之间的矛盾和人性弱点，达到了瓦解和离间他们的目的，终于从自己的领土上赶走了一个又一个的欧洲殖民者。

爱伊莎的面纱作为一种"形象"和"意念"，作为一种具有"普遍迷惑力"的东方的象征，她那包裹起来的身子代表着新奇与陌生，魅力与诱惑，代表着异类的存在，是一种既怪异又奇特的东西。人们穿着的衣物或佩戴的饰物是表现其身份的一种方式，外在的衣物是可见的，它承载着很多文化的信息，爱伊莎的面纱与"东方的"、"阿拉伯的"、"伊斯兰的"这类观念联系在一起。所以她裹着面纱的身体就不仅仅是私人的、个体的，而是作为普遍的、代表伊斯兰世界的某种东西，白人对这陌生的异质的东西充满好奇渴望，一旦被俘虏后又极力摆脱抵制，这种冲突表现在爱伊莎和威廉斯彼此吸引又互相排斥的复杂感情纠葛中。

伊斯兰教通过服装，通过女性的面纱作为区别伊斯兰教徒与非伊斯兰教徒的标志，与男性相比，女性更容易被用作社会的标志，因为她们天生就以某种方式将其身体（不仅仅是性的方面）用作标志。伊斯兰这一观念在西方人眼里永远是异端邪说的根源，在某种程度上，伊斯兰文明过去是现在仍然是基督教的对立面，形成对西方文明的威胁。在 18 世纪，伊

---

① 〔美〕爱德华·W. 萨义德：《东方学》，王宇根译，北京：生活·读书·新知三联书店 1999 年版，第 95 页。

斯兰教内的女人在一生中不能与自家之外任何男人接触的传统隔离还是被非常严格地执行着,她们被限定在私人领域内,假如她们要出现在公共场合,就必须戴上面纱,即使是苏丹某个最心爱的妻子病得快死的时候,伊斯兰民俗准则允许一个西方医生为这个珍贵的皇室病人所做的最大限度,也仅仅是为一只从厚重的帘子后面伸出来的羞怯的手诊脉,这种女性深藏不露的伊斯兰传统惯例,就是在统治者的爱妻生死攸关的问题上也不能改变。伊斯兰女性的面纱隔断了她们与本族男性的接触,更何况与西方的男性之间还存在宗教的差异。所以爱伊莎受到父亲奥马的诅咒,受到族人的讥笑和嫌弃,阿都拉拒绝为爱伊莎和威廉斯提供庇护所,他认为一个教内的女子和异教的狗纠缠在一起是无法容忍和耻辱的,但信奉基督教的威廉斯与"异教徒"——信奉伊斯兰教的爱伊莎会面,彼此都为对方所迷惑,他把爱伊莎比喻成鲜花,而他总是以陌生人的身份出现,作者暗示他夺走了未婚女子爱伊莎的童贞,虽然这一仪式没有在故事中出现。在这对"异教"情人之间,作者把符咒加在他们身上,这类符咒通常在一位男子与一位女子之间,他们彼此意识到对方的吸引力,但又相互不了解,因此视对方为危险人物,恰如威廉斯与爱伊莎。

被林格囚禁在孤岛中的威廉斯神情恍惚,骨瘦如柴,一脸狂野,活像一具干瘪瘪的僵尸,当爱伊莎找到他回到他身边时,他已不再需要任何人,只求有一只船能带他离开这个坟墓般的地方,他在绝望中自言自语,大量的独白像面纱一样形成一道道屏障,把他与爱伊莎隔在两个世界,彼此无法理解,她听不懂他在说什么,也不知道他在想什么,为什么他不再对她说话,甚至不看她当她不存在,爱伊莎这一异族女子不再光环笼罩,此时此刻在威廉斯眼中,她也是没有人性的,"我是白人,她,一个野蛮人"。所以威廉斯不再与爱伊莎说话而只是独白,这种独白的意义恰如巴赫金所理解的"它实质上是群体语言系统中对有差异的个体声音的压制",威廉斯对爱伊莎的视而不见充耳不闻也意味着两人的关系彻底地破裂,小说以威廉斯之死证明了种族的不同、文化的差异、宗教的冲突就像一堵无法逾越的墙:"a difference of race and level of culture is an impenetrable wall."他进一步引导人们思考,在殖民地这块重叠的领土上,白人与土著人的历史始终纠结在一起，双方在冲突中相互补充替代、彼此融合也是历史真实的一部分，殖民地不仅是西方永久的贸易场所，也是演绎异国恋情的舞台，异族女性的爱恨情仇在康拉德笔下得以鲜活展示，她们的存在本身就是一种叙事，原本沉默的群体获得了声音，这本身就是对女性边缘化的一种颠覆。

康拉德以西方人的视角描写非西方世界，在小说中他凸显了对殖民地土著女性的身体想象和话语关注，展示了她们在与本族男权、白人男性的冲突中所表现出的力量、尊严和为幸福而抗争的勇气，让读者撩开历史的面纱，去聆听沉默的异族女性声音、去思考性别、种族和文化冲突等问题，他为我们深入分析殖民霸权和男性中心文化，重新阐释殖民遭遇中的双方历史以及两性冲突故事，思考帝国主义政治、经济和文化的潜在共谋关系提供了新文本、新方法。

第五章 康拉德的叙事艺术

康拉德是一位讲故事的高手，叙事艺术独树一帜。对此英国作家高尔斯华绥深有感触，他曾经乘坐康拉德的帆船，后来他描述初见康拉德的情景："有 56 天的时间我在他的陪伴下航行，我们一起在船尾度过许多晴朗的傍晚。他是个讲故事的高手，已经有 20 年的经历可以讲……在开普敦，我在船上的最后一晚，他把我叫到他的舱里，我记得当时我感觉到，认识他是我那次航行中最重要的经历。"

康拉德的创作处在 19 世纪末 20 世纪初各种思潮纷纷出现、文坛风气多变的时代，从狄更斯小说对英国工业化进程的全景式描绘到艾略特个人性格与命运之间的关系，再到哈代性格与环境小说，他们多用现实主义手法描绘英国社会生活，康拉德之后的作家如詹姆斯·乔伊斯、弗吉利亚·伍尔夫等人进行各种文学实验，他们已经意识到人的心理感受和潜意识活动的重要性，创作中非现实的因素明显增多，而康拉德正好处于从 19 世纪现实主义向 20 世纪现代主义的转变时期，他身上同时具有传统和反传统、普遍与怪异、熟悉与陌生的倾向，他意识到传统的现实主义写作方法已难以满足需要，他不仅仅关注对事实的描述，关注小说的道德意义，更致力于事件对人的影响，致力于人物复杂心理的探索，致力于叙述技巧的革新，为此他与福特对小说创作方法进行探讨，希望找到一种"新的形式"。F. R. 列维斯在《伟大的传统》中这样概括康拉德与英国文学传统的关系："我们这儿便有了一位英语语言的大师，他选择这一语言，是因为看中了它的鲜明的特色，是由于它与道德传统相关相连；而他对于艺术的兴味——与简·奥斯丁、乔治·艾略特和亨利·詹姆斯一样，他也是个'形式'和方法的创新者——也是为对于生活所抱的一种极其严肃的行为服务的。"[①]他的作品为维多利亚小说和现代派小说之间提供了过渡，他在叙述形式上的实验为小说这种文体的革新开了一代风气。纵观康拉德一生所做过的对艺术的评论，可以看出他在重构殖民历史、刻画人类难题时，不懈地挖掘"叙事技巧"，他的这一追求或许是他小说的主要准则，同时，毫无疑问又是他小说的唯一最明显的特征。事实上，正如他的小说所反映的，这一追求用康拉德的话说是"绝对的对效果的追求"，这使得我们能更好地理解为什么他拒绝把自己与萨克雷、司各特、艾略特比较并且抗议说"我是现代的"，康拉德凭借叙事革新被誉为"他的那个时代最伟大的实验小说家"[②]，成为英国文坛一道亮丽的风景线。

第一节　混杂叙事法

评论家已经注意到康拉德叙事上的特点，其中爱德华·W. 萨义德的观点具有代表性，他主张对康拉德的小说《黑暗深处》采用两种阅读视角，因为"小说包含了帝国主义的两个十分不同但又紧密相关的方面：一方面是一种以力量掠夺领土的思想。这种思想很清楚自己的力量和它所带来的后果；另一方面，通过在帝国主义的受害者和维护者之间确立一个自发的、自我肯定的正当的权威体系，来推行一种模糊或掩盖这种思想的实践。"[③]他想说明的是，康拉德既描述了帝国的成功和收获，又揭示了帝国无法解决的矛盾，作家自觉地运用循环的叙述形式，强调"叙述作为一个可行的起点和合理的目标，已不足以决定人在社会中的定位。没有可指望的东西：我们被围困在我们自己的圈子里了。现在圆圈封起了口"[④]。萨义德断定康拉德小说的"成功在于他的叙事艺术"。弗雷德里克·杰姆

① 〔英〕F. R. 利维斯：《伟大的传统》，袁伟译，北京：生活·读书·新知三联书店 2002 年版，第 28 页。

② Ford Madox Ford, *Conrad on the Theory of Fiction'*, in *Conrad: A Collection of Critical Essays*, ed. Marvin Mudrick (Englewood Cliffs, New Jersey: Prentice-Hall, Inc., 1966), p. 167.

③ 〔美〕爱德华·W. 萨义德：《文化与帝国主义》，李琨译，北京：生活·读书·新知三联书店 2003 年版，第 94 页。

④ 同上书，第 34 页。

逊在《传奇与物化:康拉德小说中的情节建构和意识形态的封闭》一文中以《吉姆爷》和《诺斯托罗莫》为例,进一步探讨了康拉德的叙事艺术,他认为"在当代叙事的层创进化中,康拉德标志着策略上的断层"[①]。康拉德反对传统小说的平铺直叙,提倡非直接叙述,小说结构复杂,采用多重叙述声音,在时间安排上前后穿插,在空间距离上跳跃不定,笔者结合前人的研究结果把康拉德的叙事艺术归纳为混杂叙事法,探讨作家在叙事过程中对叙述层次、叙述顺序、叙述距离、叙述语言所作的艺术处理,其主要表现在主题的含混性、时空的模糊性、叙述视角的多元性以及语言的悖论等几个方面:

1. 主题含混性

康拉德小说具有重新阐释的可能性,而且为多种理论思潮奉为圭臬,同一部小说从心理学、解构主义、后殖民主义角度来研究会有不同的价值取向,评论家常被主题的复杂多元所困惑,正如康拉德所言,文本一经产生,就不属于作家了,而属于读者和评论家,作家的真实意图往往被误解。《蝇王》的作者戈尔丁曾说过:"我已经不再认为作家对自己的'产儿'有一种家长式的权威。作品一旦问世,作者就失去了权威,批评家们可能比作家更有发言权,因为他们是根据作品本身,而不是根据作者在写作时的意图来判断其意义的。"[②]柏拉图也意识到人们对书的不公正态度:那些装订成册的可携带的小说:"它们一旦写成,……被那些可能看懂也可能看不懂的人们乱堆一气,不知道应该回答谁的问题,或不应该回答谁的问题:而且,如果它们受到虐待或滥用,它们就得不到父母的保护;而她们也不能够保护自己或自卫。"[③]在康拉德看来,书是人类财富的一部分,理应受到人们的关注、仰慕和怜悯。"在所有无生命的物体中,在人类创造出来的一切事物中,书离我们最近,因为它们包含了我们真实的思想、我们

① 〔美〕弗雷德里克·杰姆逊:《政治无意识》,王逢振、陈永国译,北京:中国社会科学出版社1999年版,第192页。

② 张和龙:《理论与批评的是是非非》,转引自《外国文学》2003年第1期,第103页。

③ 〔美〕弗雷德里克·杰姆逊:《政治无意识》,王逢振、陈永国译,北京:中国社会科学出版社1999年版,第206页。

的志向、我们的愤怒、我们的幻想、我们对真理的忠诚,以及我们总是易于犯错误的倾向。但最重要的是它们和我们一样难于牢靠地掌握自己的命运。"①因为书籍或印刷文本往往从它的社会功能和交流环境的具体位置被拉下来,变成自由漂浮的物体,要想固定它的唯一意义是徒劳的,所以对一部作品的分析往往会出现意图迷误,对作品或褒或贬的价值判断基本取决于评论者自身的立场,正因为如此,评论界对《黑暗深处》的争论出现完全相左意见也就不足为奇了,对主人公库尔茨的形象分析也是各执己见。马洛通过贸易站的经理、会计、俄国小丑、库尔茨的堂兄以及库尔茨的未婚妻等人听到关于库尔茨的事情,形成各种不同的印象,经理认为他是傻瓜,小丑则对他顶礼膜拜佩服得五体投地,在表兄眼里库尔茨是个画家、音乐家和作家,同行记者认为库尔茨是演说家和政治家,在妻子眼里库尔茨是个诚实、坦率和执著的人,马洛先是把他当成"文明和光明的使者",后来视他为一个被荒原吞噬了灵魂的制造黑暗的恶魔,小说通过马洛的心理过滤再传达给他的听众,人物性格要到故事接近尾声时才基本完整地呈现在读者脑海中,读者还需进一步思考才能了解作家的真实意图,小说通常还运用语言的模糊性来强化这一效果:"我仿佛是在对你们讲一个梦——完全是白费力气,因为对梦的叙述是永远也不可能传达出梦的感觉的,那种在极力反抗的战栗中出现的荒唐、惊异和迷惘的混杂感情,以及那种完全听任不可思议的力量摆布的意念,而这些才真正是梦的本质……"②这种表达的含混使小说意义变得不确切和模糊,一位学者认为这部小说主题复杂,是"对帝国主义的抨击,是建构伦理价值的寓言,是一个返回原初大地的神话,是一次进入无意识自我的长夜旅程,是一次驶向超验知识的精神航行"③。真实的库尔茨不可能重现,反殖民意识和

---

① 〔英〕康拉德:《文学与人生札记》,金筑云等译,北京:中国文学出版社2000年版,第5页。

② 〔英〕康拉德:《吉姆爷 黑暗深处 水仙花号上的黑水手》,熊蕾等译,北京:人民文学出版社1998年版,第554页。

③ Bentia Parry, *Conrad & Imperialism*: *Ideological Boundaries & Visionary Frontiers* (London: Macmillan, 1983, p. 20.

无意中流露的殖民意识并存，主题的含混性构成小说的一个基本特征。这种含混叙事法取决于康拉德的人生阅历和思维方式，他因为航海经历和多元文化的浸润，有了人生的广度和深度，不仅关注外部世界如地缘、家国等，也关注展示人的孤独、悲凉的内心世界和道德意识。

下面以《黑暗深处》为例来说明康拉德对含混主题的表达。非洲尼日利亚作家齐努阿·阿切比认为《黑暗深处》只不过是“一本用极其庸俗的方式写成的宣扬偏见和诬蔑的书”①。针对阿切比的观点，有论者认为“《黑暗深处》对于欧洲殖民强国所从事的荒谬残暴的剥削是一份充满愤怒与讽刺的记录。这种最无耻的劫掠亵渎了人类良知的历史”②；威尔逊·哈利斯的观点是：“我深信阿切比对《黑暗深处》以及康拉德的奇才的判断和辩驳是极其错误的”③；D. C. R. A. 古纳提勒克认为，康拉德“像马克·吐温、罗杰·凯斯门和 E. D. 莫雷尔一样，是个对帝国主义展开批判和激烈抨击的、一个不可多得的杰出作家”④；Patrick Bratlinger 认为康拉德是种族主义者，但不是帝国主义者；John McClure 仍坚持康拉德是反种族、反帝国主义者⑤；塞德雷克·瓦兹坚持康拉德既不是种族主义者，也不是帝国主义者，他指出“《黑暗深处》的伟大部分在于它对种族歧视的强有力的批判。阿切比对小说意图的歪曲和否定，抹杀了康拉德与吉卜林的差别，混淆了康拉德与其他极端爱国的三流作家的区别。”⑥爱德华·W. 萨义德在《文化与帝国主义》中指出：“康拉德既是反帝国主义者，又是帝国主义者。这并不矛盾。当他无所畏惧又悲观地揭露那种自我肯

---

① Robert Kimbrough, ed. *In Heart of Darkness, An Authoritative Text, background and Sources Criticism.* London: W. W Norton and Co. 1988), pp. 251—261.

② T. D. Carew, *Conrad's Heart of Darkness*, London: Coles, 1969, p. 72.

③ Robert Hammer, *Joseph Conrad: Third World Perspectives*, Washington D. C.: Three Continents Press, 1990, p. 161.

④ Andrea White, *Conrad and Imperialism*, in J. H. Stape ed., The Cambridge Companion to Joseph Conrad, Shanghai: shanghai foreign language education press, 2000 年, p. 179.

⑤ Tom Henthorne, *An end to Imperialism: Lord Jim and the Postcolonial Conrad*, , from *Conradiana*, Fall, 2002-3, p. 203.

⑥ Cedric Watts, *A Bloody Racist: About Achebe's View of Conrad*, in Keith Carabine ed., Joseph Conrad: Critical Assessments, Vol. II, England: Helm Information Ltd., 1992, p. 406.

定和自我欺骗的海外统治的腐败时，他是进步的；而当他承认，非洲或南美洲本来可能有自己的历史和文化，这个历史和文化被帝国主义者粗暴践踏，但最终他们被自身历史和文化所大败时，他是极为反动的。"[①]而西方马克思主义批评家弗雷德里克·杰姆逊在《政治无意识》中则认为讨论《黑暗深处》主题意义不大，如果从审视帝国主义的视角看，就像微带毒素的高级棒棒糖一样是无关痛痒的，因为第三世界特别是当拉美和非洲国家可以用他们自己的文学声音和政治声音来发言时，可以对小说作出各种解释，詹姆逊更关注的是康拉德小说独特的叙事策略。人们对康拉德小说主题的讨论往往会陷入僵局。

我们可以先了解康拉德时代的帝国地缘政治。19 世纪中后期，帝国主义一直被认为对英国的繁荣和扩张具有重要意义，当时西方对非西方世界的大规模统治成为西方人的主流意识，大不列颠帝国的巨大地理疆域成为霸权和力量的同义语，从 1839—1842 年的中国鸦片战争开始，英国征服新西兰、缅甸，进攻波斯，平定印度叛乱，击败毛利人的抵抗，直到 1882 年征服埃及，他们殖民的足迹踏遍世界各个角落。他们在遥远的异乡通过远征、传教、贸易和旅行书信来传播帝国信息，把殖民话语编织进人们的日常生活和历史、文化中，为此产生了对所谓土著人的"神圣的职责"，在非洲、远东、拉美地区西方人或为领土利益或为"文明的使命"而证明自己有统治管理造福殖民地的能力。帝国叙事在地理、历史、文化、政治各领域有着极大的影响力。

康拉德小说涉及殖民帝国叙事的作品主要有以下几部：与非洲有关的是《黑暗深处》(1902)；与南海有关的是《吉姆爷》(1900)；与拉丁美洲有关的是《诺斯托罗莫》(1904)；与远东有关的是《阿尔迈耶的愚蠢》、《海隅逐客》和《芙丽亚》等等。遥远的非洲大陆有唾手可得的象牙和数不清的宝藏，南美有查尔斯·高尔德的桑·托美银矿，为了宗主国利益，殖民者的行动往往被欣赏，正如《黑暗深处》结尾时马洛为安慰库尔茨的未婚

---

① 〔美〕萨义德：《文化与帝国主义》，李琨译，北京：生活·读书·新知三联书店 2011 年版，第 11—12 页。

妻所表达的那样，说库尔茨最后说的话是未婚妻的名字，他说库尔茨是个“出色的人物”，未婚妻“最了解他”，并且使未婚妻相信“库尔茨的死亡是对世界的一大损失”，“他的美德在每个行为里都熠熠生辉”等。马洛不得不撒谎。康拉德在帝国殖民过程中带着历史的敏感性既要肯定库尔茨攫取海外财富的商业冒险，又要看到这种冒险所必须付出的代价，他不得不面临着帝国叙事中的两难处境，为此西方某些论者常就马洛对库尔茨未婚妻说谎带来的道德后果及影响进行争论。在林格三部曲中，康拉德把阿尔迈耶、威廉斯等殖民者的命运和土著女性联系在一起，讽刺性地描写了这些被文明世界抛弃的殖民者的可叹可悲。

殖民地是一个群雄争霸的战场，各种力量在上面角逐，谁曾经拥有这块土地，谁曾经管理过它，谁把它夺回，以及谁在规划它的未来，叙事是非常关键的，而这种含混模糊的辩证叙事，正好揭示了殖民地历史的复杂性，也对帝国叙事的权威性提出了挑战，写进文字的东西和被作者排斥在外的东西在含混的叙述中同时得到了表达。在殖民帝国的地缘政治空间中，异质时空相互交错，主导文化和从属文化遭遇相逢，异质文化在这片空间相互混杂，彼此之间具有同一性和差异性，同一与差异的辩证互补，颠覆了传统的、一元论的“历史叙事”或殖民叙事。文化差异并不仅仅是不同文化之间的隔绝或对立，而是为不同文化体系之间的交流和渗透提供话语实践，正如萨义德认为：“一切文化都你中有我，我中有你，没有任何一种文化是孤独单纯的，所有的文化都是杂交性的，混成的，内部千差万别的。”在殖民地复杂的文化环境中，采用非此即彼的思维方式和表达方式无疑会歪曲生活的本来面目，帝国真相被主流意识形态所遮蔽，被假象所充斥，它模糊不清，充满了谎言和虚构，成为一个可以被反复衡量、想象和重构的客体，康拉德试图通过辩证思维和混杂叙事在一定程度上颠覆了传统帝国叙事话语，凸显了充满康拉德个人主体色彩的历史真面目，客观上起到了反思帝国历史、揭示生活的真实的效果。正如詹姆逊所意识到的：“只有辩证法可以提供一种方式，使主题具体地‘非中心化’，并沿着政治和集体的方向超越‘伦理’。”只有通过辩证的思考，主流话语的总体定位和个体颠覆实践之间才有可能产生张力，康拉德的文本为我们提供了还原历史真相的可能性和进一步思考的空间。

康拉德小说的主题不确定性与他对帝国态度的摇摆相关，多重主题往往令论者茫然，他的立场观点也让人捉摸不透，人们对他或褒或贬的态度也就不足为奇了。一部小说的成败取决于多种因素，早就有人说过书有自己的命运，如柏拉图所说，这个物体“具有生命的态度，然而，如果你问它一个问题，它却保持严肃的沉默……你可以想象（这种印刷文本）具有理智，但是，如果你想要了解什么，向它们提出问题，说话者总是给你一个亘古不变的回答”①。正如康拉德所说：“在所有无生命的物体中，在人类创造出来的一切事物中，书离我们最近，因为它们包含了我们的真实思想、我们的志向、我们的愤怒、我们的幻想、我们对真理的忠诚，以及我们总是易于犯错误的倾向。但最重要的是它们和我们一样难于牢靠地掌握自己的生命。”②书的命运和作品的意义很难有一个最终的、确切的、权威的阐释，完全取决于读者和评论者了。1906 年 11 月，康拉德给伦敦出版商阿尔杰农·麦修恩的信中谈到《间谍》一书的性质，他说：“一部文学作品能用二十种方式来界说。在美国连载《间谍》的人现在发现他们自己的定义。他们在广告上把它描述为‘一个关于外交阴谋和无政府主义奸诈行为的故事’。”康拉德不完全同意这种看法：“我承认，在我眼里，这故事相当成功地（真诚地）用反讽的形式处理了一个特殊的题材，一个简直耸人听闻的题材。它以无政府主义活动中某次事件的内情为基础。从其他方面来看它纯粹是一部想象之作。它没有社会或哲学的意图。我谦卑地希望，它不乏艺术价值。它甚至可能有点道德意义。”③他的言外之意是《间谍》的价值远远超过政治小说。

老舍对康拉德小说主题的复杂多义颇有感触，他对小说开放性的结构作了一个总结：“Nothing，常常成为康拉德故事的结局。”著名批评家罗

---

① 〔美〕弗雷德里克·杰姆逊：《政治无意识》，王逢振、陈永国译，北京：中国社会科学出版社 1999 年版，第 206 页。

② 〔英〕康拉德：《文学与人生札记》，金筑云等译，北京：中国文学出版社 2000 年版，第 5 页。

③ 〔英〕康拉德：《间谍》，张健译，北京：外国文学出版社 2002 年版，第 2 页。

伯特·潘·沃伦也认为,在《黑暗深处》寻找确切释义,就如同企图在莫扎特的交响乐中找出确切释义一样徒劳无功,对马洛(或康拉德)来说,“一个故事的含义,不是像果核一样藏在故事之中,而是包裹在故事之外,让那故事像灼热的光放出雾气一样显示出它的含义来,那情况也很像雾蒙蒙的月晕,只有在月光光谱的照明下才偶尔让人一见”①。同时康拉德也是一位哲理性很强的作家,他说“世间万物均具有相对性”,文学作品“正是以伟大或渺小、表面或深刻的各种形式表现出来的这种关系,而且也只有这种关系由小说家用唯一能完成这项任务的艺术方法,对这种关系作出评论、解释和演示”②,这种关系的复杂表现在康拉德小说中则是多重主题交织在一起,我们可以发现一切单向解释的谬误所在,我们也能发现几乎所有解释中都有正确合理的成分,几乎所有的解释都是片面的。我们知道康拉德笔下的人物并不是那么黑白分明,善恶了然的,在他的作品中,人们好像是机器,受着命运的支配,无论怎样也逃不出那天然律。他的好人与坏人不是一种代表人物,而是真的人,也就是说,好人也有坏处,坏人也有好处,事情的真相,也正如吉姆对“我”讲述船上发生的事时感慨地说:“是啊,我是说不清,就有点像他们编的那个拙劣的故事。并不是撒谎——但也不是真话。那是某种……谎言一下子就可识破。这件事的是非之间还不到一页纸的厚度。”正如 F. R. 利维斯在分析《诺斯托罗莫》时也表达了类似的观点:“康拉德笔下的人物,是为我们清晰地看到和听到了的,这里便明显透出了他的敏锐感受力和超乎寻常的觉悟,而且在沉思之下,我们在这些人物身上,也没有发现任何与我们所知的人性相悖不符的东西。然而,看见和听见已然是充分的理解:他们呈现在我们的面前,而且完全就是本色;若欲借赏析或批评探入其后,那便是误读了这本书的

---

① 〔英〕康拉德:《吉姆爷 黑暗深处 水仙花号上的黑水手》,熊蕾等译,北京:人民文学出版社 1998 年版,第 521 页。

② 〔英〕康拉德:《文学与人生札记》,金筑云等译,北京:中国文学出版社 2000 年版,第 17 页。

内容。”①这种意义的不确定为我们提供了多层次、多角度阐释的可能性，正是在意义含混中揭示了生活的真实。

2. 时空模糊性

康拉德在一封给朋友的信中，把宇宙比作一架噩梦一般的织机：“它将我们织进又织出，它将一切都交织在一起：时间、空间、痛苦、死亡、腐败、绝望以及所有的幻想……然而这一切都是无足轻重的。”细心的读者会发现，康拉德故事难以找到其发生在哪年哪月这些准确的时间参数，不确指或可以任指的时间，要确定故事发生的具体时间，就只能通过故事或事件的背景来判断，小说的地理空间也变幻不定，从伦敦泰晤士河到非洲腹地，再到马来群岛原始森林，由讲故事的人连起来，有意模糊时空概念是康拉德的一种叙事策略，他希望把小说从时空的桎梏中解放出来，以便集中地表现生活的本质，为此康拉德故意使用时空交叉的叙述方式，他认为如果刻画一个人物“首先就必须使一个人物给读者一种强烈的印象，然后再对他的过去的描写前后反复地推移”②。对各种印象的描述是小说的任务之一，他认为“小说的普遍作用应该是生活对人们的普遍作用。因此，小说不应该是叙述，不应该是报道……我们看到，生活并不是叙述，而是在我们头脑中留下的印象。反而言之，如果我们想向你展现生活的作用，我们就不应该仅做叙述，而应该再现印象。”③这种对人和事的印象不受时间和空间的限制，它们往往是模糊的、不确定的甚至是矛盾的，所以小说作为对这些印象的记录，需要运用时空模糊技巧。

《青春》中老年马洛与朋友聚会，回忆 22 年前的一段航海经历，两个不同的时间和不同的空间交叉出现，通过马洛的插话“把酒瓶递给我”或“他喝了口酒”来打断叙述，把读者的视线从多年前的海上拉回到现实生

---

① 〔英〕F. R. 利维斯：《伟大的传统》，袁伟译，北京：生活·读书·新知三联书店 2002 年版，第 327 页。

② Ford Madox Ford, *Conrad on the Theory of Fiction*, in Conrad: A Collection of Critical Essays, ed. Marvin Mudrick (Englewood Cliffs, New Jersey: Prentice-Hall, Inc., 1966), p. 167.

③ Ford Madox Ford, *Joseph Conrad: A Personal Remembrance*, Boston: Little, Brown and Company, 1924, p. 194.

活中的聚会现场。《吉姆爷》是一个有趣但并不复杂的故事，康拉德是根据“朱达号”(Jeddah)的大副威廉斯(Augustus Podmore Williams)的经历写成的，他是小说中吉姆爷的原型。

这部小说由3大部分共45章组成，并分别采用不同的叙事角度来进行叙述，在情节安排中善于调动时空的位置，时间不再是各种事件顺次排列的直线，空间也被分割成无数小块，吉姆事件的叙述过程显得秩序混乱，呈现出网状立体结构。总体结构上，全书从序曲发展到高潮以及最后的尾声，构成一个有机整体，小说一开始描写了吉姆的形象：“他差个一两英寸不到六英尺，体格健壮。他直冲你走来，两肩微向前耸，头朝前倾，而从眼底向上的凝视令你想到一头正冲过来的公牛。他的声音低沉、响亮，他那样子表现出一种顽固的自负，但并不咄咄逼人。他好像不得不如此，而且他显然对自己同对别人都是这样。他整洁得一尘不染，从头到脚，穿得一身雪白。他在东方各港口靠给轮船货商拉生意为生，很有人缘。”

威廉斯和他的妻子

他这种自我保护的神态，在各个港口漂泊是为了不让大家知道他的真实身份和“那件事”，他永远离开海港和避开白人圈子到马来人居住的原始森林里，作者把时间空间前后反复多次推移转换，直到第9章才写出真正的原因，是他在“帕特拿”号船上担任大副却由于一念之差与其他指挥者弃船逃生了，小说中很多事件都是马洛或别人在故事发生后很久以后才进行追述的，叙事人马洛的介入使读者与主人公吉姆之间始终保持一定距离，首先是故事的事件由一个叙述人转述给另一个叙述人，或几经辗转，再由最后一个叙述人转述给读者，这样一来，由于插入了一个或多个视角，读者与事件距离更远。其次是注重讲故事时的情景。在特定的情景下，故事叙述人对着虚构的听众讲话，或给虚构的收信人写信，这些听众或收信人的特殊情绪和性格使他们充当了信息的过滤器。再次，《吉姆爷》的结构完全打乱了时间顺序，从吉姆经历的中段，他在东方港口担任职员开始，叙述他如何成功地向靠岸船只招徕生意，奇怪的是他从一个港口转到另一个港口，从不愿透露自己的姓氏，仿佛在隐瞒一个事实和保守一个秘密，给读者初步印象，然后以好奇的探索者发掘事实的方式把事情的片断串联起来，并在前后多次穿插把各种零碎、孤立的印象交织成一幅完整的图画。有论者归纳出小说在时间安排上的格局和意图：

事件发生的时间顺序	小说的叙述顺序
1　“帕特纳号”出航	7　吉姆当港口职员（第一章）
2　误触漂船	1　“帕特纳号”航程描述（第二章）
3　跳海逃生	2　误触漂船（第三章）
4　法庭受审	4　法庭受审（第四章）
5　吉姆的懊丧与自责	6　马洛结识吉姆（第五章）
6　马洛结识吉姆	5　吉姆的懊丧与自责（第六章）
7　吉姆当港口职员	3　跳海逃生（第七章）

康拉德采用前后穿插多次往复的叙述方式，目的是打破传统的写作方式，不按时间顺序交代故事的来龙去脉，而是要剖析决定吉姆性格的各种影响、动机、情绪和信念。

《黑暗深处》故事由马洛从现在——过去——现在的时间顺序讲述，马洛已经从非洲的刚果之旅回到英国伦敦，他与几位水手坐在泰晤士河口的游艇上聊天，回忆起当初罗马人把文明带到英伦三岛时，这河口曾经是地球上最黑暗的地方。接着他告诉听者自己在目前地球上最黑暗最野蛮的非洲大陆亲身经历的事件。于是他从头说起自己在刚果的冒险。小说结束时，又从过去跳回到现在的泰晤士河口：“远处的海面横堆着一股无边的黑云，那流向世界尽头的安静的河流，在乌云密布的天空下阴森地流动着——似乎一直要流入无边无际的黑暗深处。”①在小说进行时，康拉德喜欢将故事进行的时间顺序割裂，故事可以由结尾到开头，或由中间而首尾的叙述，使故事变得曲折神秘。康拉德把故事中每一个场面，每种叙事声音的力量发挥到极点——所谓要挤尽最后一滴“戏剧性”，描述一件事情，他常要写几个不同的场面，刻画一个人物他采用几种不同的视角，时间不再是各种事件按前后顺序排列的直线，而是一个编织交错的平面，布满了次序混乱的事件，空间也被分割成一个个小的部分，因此他叙事的方法也很独特，他很少把一个故事从头到尾按照时间顺序讲述下来，反而倒叙为多，他讲故事好像向前走一步，向后退两步，结果路程都是反身走完的，有时为了“挤尽戏剧性”，他不仅向后倒叙，而且不断穿插讲述，同一个人，或是几个人讲，反复重复，故事的时序让人费解，空间变幻不定，康拉德通过这种时空转换技巧把零碎的印象组合起来，这种印象组合才是真正完整的人物形象。

老舍把康拉德的故事看成一个球，认为创作“要像康拉德那样把故事看成一个球，从任何地方起始它总会滚动……”②“康拉德之所以能忽前忽后的述说，就是因为他先决定好了要传达的感情为何，故事的秩序虽颠倒杂陈亦不显得混乱了”③。他总结出康拉德写小说经常使用的两种方法：“古代说故事的老法子”和“将故事的进行程序割裂”，相对于由头到尾的线性叙述的方法，老舍更推崇第二种方法，“将故事的进行程序割裂，而忽前忽后的叙说。他往往先提出一个人或一件事，而后退回去解析他或它为何是这样的远因；然后再回来继续着第一次提出的人与事叙说。这个办法增加了故事的曲折，在相当的程度上也能给一些神秘的色彩。”④康拉德运用这种时空交叉倒错的方法，使读者产生由距离带来的陌生感和审美快感。

---

① 〔英〕康拉德：《吉姆爷 黑暗深处 水仙花号上的黑水手》，熊蕾等译，北京：人民文学出版社1998年版，第632页。

② 老舍：《老舍文集》第15卷，北京：人民文学出版社1990年版，第173页。

③ 同上书，第252页。

④ 同上书，第302—303页。

3. 多重变异的叙述角度

《黑暗深处》在叙述形式上主要采用多重变异的叙述视角,小说在我和马洛的叙述中不断切换,其中穿插贸易站经理、俄国人等其他人物的叙述,情节的发展和库尔茨的性格发展不是在同一个叙述层面上被连贯地叙述出来,而是在众多的叙述碎片中被折射出来。非洲之行的故事由马洛与四位听众的叙述活动构成,小说由一个匿名的第一叙述者“我”来记录马洛所讲的故事,回忆马洛在一艘停靠在伦敦外海船上所讲的刚果河故事,而讲故事的人自己也不知道全面的情况,马洛作为第二叙述者常常中断故事,引进别的人如贸易站经理、俄国人等其他人物的视角,后者又带来次要的见闻和观点,在营救库尔茨的过程中,作者不断寻找使同一故事显示出新面貌的目击者,由马洛或“我”统领整部小说,开头和结尾由“我”叙述,中间穿插马洛讲述的库尔茨的故事,还有其他人讲述库尔茨的经历,“我”把“现在”与“过去”联系在一起,文本中经常把时间拉回到英国泰晤士河畔,描写马洛的叙述停顿、马洛的沉思、马洛表述的困境,使作品故事层面和现实层面融会无间,小说采用回忆式的讲述方式为叙述的多重视角提供了可能。

作为小说的第二叙述者,马洛说了最多的谎言。一个声称讨厌撒谎的叙述者,说谎的倾向削弱了他叙述的可信性,但是,马洛的整个叙述过程显得毫无拘束,而且他还承认了一部分谎言,这使得听众倾向于相信他叙述的真实成分,遮掩了他在叙述中的真实处境,一味地被动迎合听众。马洛被动迎合的处境使他一到达“贸易站” 就说谎,让贸易总站经理的密探相信他属于有“新道德”的人物,是库尔茨幕后的同僚。马洛所说的一切并不是事实,他只是出于不信任和想及时弄到修船的铆钉而被迫地说这些谎话。但这个谎言却使得库尔茨的对手贸易总站经理认为马洛和库尔茨是同伙,故意延误了马洛沿河而上寻找库尔茨的时间,并给马洛带来了相当的麻烦。这个教训并没改变马洛作为被动说谎者的境地,他得继续他的谎言,他内心的真实和脱口而出的话语形成了强烈的反差和明显的错位。到达丛林贸易点后,马洛便对库尔茨说谎。为了能使库尔茨走出他的非洲部落,马洛告诉库尔茨:“你在欧洲的成功是有保证的。”很明显，无论对马洛或者读者来说不一定，对库尔茨却是个谎言。因为库尔茨出身贫寒而不能与未婚妻完婚，才远走非洲，怎能说他欧洲的成功是有保证的呢？马洛被迫说谎的趋势又让他连续撒谎。奄奄一息的库尔茨对马洛说，“我躺在这黑暗之中等待死亡”，马洛却说，“唉，别胡说”。马洛后来自己也承认，他是被迫说这话的。表明他本人也清楚这话是不真实的。库尔茨临死惊叫“恐怖呀，恐怖呀”，表明他终于在最后时刻从内心深处认识到自己全部罪恶的可怕与残忍。马洛的谎言就更加明显了。

按照简内特的叙述学理论，他将自己研究的对象——小说叙述，称为“叙事叙述法”，是“用于讲述某一事件或一系列事件的口头或笔头的话语”，这种话语活动依靠虚构才得以实现。马洛“口头话语”的两极是他本人和他的听众，中间地带通过叙述的虚构内容给串联了起来。这样，马洛口头讲述故事的行为，本身就是虚构性的叙事。从马洛故事的内层结构看，马洛叙述的内容里面又有听众和讲话者，其中马洛是故事现场最主要的讲话者。讲话者为了迎合听众又不时出现谎言，马洛并没全都指出并评价这些说法，这就强化了故事外层马洛叙述的虚构性，并形成了谎言套谎言的双重结构。

小说中那隐名的第一叙述者，也是船上的一位听众，对马洛故事里的谎言和虚构性叙述未加评价地记录下来，仿佛将读者也带到了船上，成为马洛的听众，让马洛用他故意设置而实际并不存在的故事欺骗读者，成为双重谎言的受骗者。这样，进入作品核心部分就显得相当艰难而吃力了。但批评家的聪明是能够跳出这双重谎言的叙述结构的包围，从谎言的外围去解读作品，正如第一叙述者所言，马洛叙述的一系列事件的意义不像果仁深藏在事件的中心，而是在叙述的事件的外围。那一层层谎言包裹起来的故事性事件，就像一个燃烧着的巨大煤球，中心部分并不闪闪发光，其火焰存在于煤球的外围。对小说叙述结构里谎言外围的接近，便是对小说主题核心的接近。

康拉德小说的叙述视角组合大致有如下三种类型：一是由“我”来转述他讲述的他自己的故事；二是由“我”来转述他讲述的别人的故事，三是由“我”或“他”转述别人的书信或日记。这些类型的组合形式都有两个以上的叙述人。在《黑暗深处》中先是由“我”带出马洛的故事,然后马洛讲述他在刚果营救库尔茨的经历,由他和其他叙述人的所见所闻所感共同组合成了故事,这种多元叙述,使每个叙述人出入自由,从单调的故事层面进入复杂的现实层面,从狭隘的个人内心层面到广阔的殖民反思层面,又可以回到作者所要叙述的对象和人物的内心世界,逼真再现人物心理状态,反映殖民者和殖民地生活,又展示一定心理深度,具有深刻的历史感和心理分析色彩。而马洛的故事除了涉及他(或康拉德)自己年轻时的非洲经历,其核心却是库尔茨这个当年矢志将“文明进步”带到非洲的理想主义者,后来变成了贪婪的帝国主义者,为了猎取象牙而滥杀无辜的事迹。马洛对库尔茨既不齿又同情,似乎视之为另一自我,以他的堕落为鉴。马洛一方面将所谓西方的“文明进步”打上某种问号,又割舍不下这似乎唯一能使殖民主义具有正当性的价值。马洛的叙述不断穿梭于过去与现在、自己和库尔茨与听众之间,而此叙述又被不知名的叙述者“我”折射出去,此种迂曲、破碎、多线并行的叙述打破直线进行,既渲染了视觉印象与记忆的影影绰绰,也加深了小说中的道德纠葛。《黑暗深处》中这种多重变异的技巧的使用让小说主题得以深化,马洛不仅是作者的代表,而且在他身上有库尔茨的影子,他具有双重的角色,有人认为库尔茨代表了马洛精神上受抑制的邪恶部分,马洛对库尔茨的探究也是对自我心理中黑暗部分的发现。《吉姆爷》中马洛对吉姆的兴趣是意识到他们有共同的航海经历,有共同的信念,吉姆是“另一个自己”,是“我们当中的一个”,马洛成了康拉德的化身和传声筒,是他用来探索人物心理深度的工具,“康拉德的许多航海和丛林故事都有很大的自传成分,他运用马洛作自己的代表,作者既可援引自己的经历又可保持独立,置身于外”,这样“他(康拉德)从年长而明智的马洛的眼光来审察事件,可以保留和重现作者年轻时的意气而又避免过多从感情上卷入作品”①。

对康拉德来说他的叙事不仅仅是表面上那样只是关于讲故事那么简

① Neville H. Newhouse: *Joseph Conrad* (Evans Brothers, 1976) p. 77.

单，可以说是修辞的叙事："叙事不仅仅是故事，而且也是行动，某人在某个场合出于某种目的对某人讲一个故事。"[①]在康拉德的小说中，由讲述者、故事、情节、读者所组成的叙事具有多重的结构：首先是叙述者向他的读者讲故事，然后是作者向作者的读者讲述的叙述者的讲述，在讲述库尔茨故事的过程中，叙述者马洛事实上也构建了他自己，使他自己也成为故事中的一个人物。小说中马洛这一角色有几种用途："作为事件中的一个主要而又——按他的特殊角色来看——超然于外的参与者，他为他在技巧上的功用，谋得了一个位于情节之中的戏剧化的身份，同时也给了作者一种非常诱人的自由出没的便利。但在其他情况下，马洛径直就是投射或表现的一种方式——我们学会了把他与康拉德的典型弱点和不足联系起来。"[②]

《吉姆爷》中在叙述视角上也进行革新尝试。康拉德利用见多识广、观察敏锐、多疑又善于营造氛围的马洛船长作为故事的叙述人，让读者和吉姆之间始终保持一定距离，为了这段距离作者还利用了其他方法，如故事的事件由一个叙述人转述给另一个叙述人，或经过其他叙述人的角度转述给最后一个叙述人，再转述给读者，由于插入了一个或多个叙述视角，读者与事件中心距离更远，这样让读者对吉姆的心态和行为了解得更客观更全面；另外，注重讲故事时的情境，故事叙述人对着虚构的听众讲话，或给虚构的收信人写信，听众和收信人因不同情绪和各异的性格充当了信息的过滤器；再有，小说中很多事件都是马洛或别人在故事发生后很久追述的，也让读者与事实真相产生距离感。作者打乱时间顺序，从多角度、多层次展开叙述，把一个并不复杂的故事讲得扑朔迷离，关键是要撇开吉姆跳船逃生这一肤浅的现象，让马洛代替自己去穷追"根本原因"，去查问"灵魂的情况"。从结构上看，《吉姆爷》第一部分(1—4 章)采用全知叙述方式，直接向读者介绍了吉姆的童年、浪漫的幻想、性格的弱点以及在海上当职员的事实，并通过决定吉姆一生命运的关键时刻他所作出

---

① 〔美〕詹姆斯·费伦：《作为修辞的叙事》，陈永国译，北京：北京大学出版社 2002 年版，第 14 页。

② 〔英〕F. R. 利维斯：《伟大的传统》，袁伟译，生活·读书·新知三联书店 2002 年版，第 315—316 页。

的选择，全面展示吉姆的思想、情感、动机和性格，使读者直接看到吉姆内心深处。第二部分（5—35章）由马洛接着用第一人称叙述，他出现在法庭审讯的听众席中，被吉姆的辩护所吸引，对吉姆的经历感到好奇，然后以探测疑云的方式展开，读者看到的是旁观者的客观印象和判断，没有真正深入吉姆本人的主观精神世界中去。第三部分（36—45章），以马洛给无名氏的函件和手稿的形式出现，吉姆死后，马洛从吉姆的马来妻子和法国少尉、琼斯船长、海盗布朗等人口中了解吉姆在帕图森岛上的经历，并加以转述，甚至吉姆本人也在马洛的叙述中再做叙述，使得马洛对吉姆的看法充满不确定性，这种矛盾的解决有待于读者凭借各种印象作出自己的判断。

《诺斯托罗莫》也同样采用多角度叙事。一方面，我们通过米切尔船长的眼睛和视角来观察诺斯托罗莫；而对于狄库德，我们主要通过两个视角来观察——他本人的视角和作者的视角。首先，我们发现这一人物否认自己的使命感，一味表现自己的漠然态度；其次，狄库德却有所行动，为保护桑·托梅的银锭他冒死与诺斯托罗莫黑夜驾船出海以避险。作为苏拉科的记者他完成了自己的职责，这位正直诚实、自命超然的人物获得了成功。另外，他与安东尼奥的“恋爱”，他用英勇的行动而不是靠浪漫的言词来表达，他将自己护船的动机归因于对她的爱，从另一方面加强了说服力，也证明了他的使命感很强，当他与诺斯托罗莫在海湾夜航时，他认为周围寂静的黑暗正是“永恒宁静的先兆”，只有死亡才能“把他从悔恨与希望的朦胧中”解放出来，他完全丧失对现实的感觉，而堕入“一种极端倦怠，然而却并非不快活的漠然之中”，万籁俱静的黑夜向狄库德展示了一种幻象，这个非理性的、宇宙皆恶的幻想最终压垮了他，他对一个全恶的、物欲横流的世界深信不疑，他拒绝回到现实生活中，所以决定自杀，他在自己的身上绑了四块桑·托梅的银锭，带着这一罪恶的重负进入了寂静与死亡的世界。狄库德内心深刻的绝望以及他内心所经历的强烈痛苦激起了读者的同情，也激起了作者的同情，康拉德用独特的叙述视角和美妙的节奏和语言描述了这一情节。

康拉德其他小说也常使用不同的叙述角度，有时由无所不知的全能叙述者进行叙述，如《台风》；有时由小说中的一个主要人物或事件见证人来叙述，如《青春》中的马洛和《秘密分享者》中的“我”。即使是第三人称叙述的《台风》，叙述角度也时有变化，如“南山号”受台风袭击的主要场景通过大副朱可士的眼睛反映出来，马克惠船长处理中国苦力间的纠纷则由朱可士给朋友的信进行描述，几位目击者所写的不同信件反映对同一事件的不同态度，这种由事件参与者现身说法的叙述角度，就像实际经验一样可信，不同叙述角度互相补充，反复交织，加强了小说的真实性和丰富性。

在康拉德的艺术世界里，多变的人生和隐秘的内心世界，无法用一种角度、一种模式来表述，采用多重变异的叙述视角有助于人物和事件的立体再现，由表及里的观察也有了心理学上的深度。康拉德在谈到莫泊桑的艺术成就时说：“你会发现通过不懈努力使故事变得充实，获得改进并达到完美的实质并非依赖叙述故事时所应用的词语，而是取决于描述故事的真实形态和细节时所采取的视角。”[①]康拉德对莫泊桑的推崇与后者在叙述角度上的艺术探索有直接的关系，他自己也成为叙事艺术的革新者。

4. 语言的悖论

中世纪意大利诗人但丁对人类语言的演化提出自己的看法：“我们所有的语言——除了创世时期上帝创造的语言——都受制于人的自由意志，这一切肇始于混乱之初，即，人对先前语言的遗忘。”[②]在巴比通天塔空想以后的时代，人们不再将语言视为神赐之物，也不认为语言能充分表述事务，这时，语言就开始像人的行为一样变化无常了。从此语言规则发生了变化，符号与指涉对象之间失去了对等关系，语言已经不能充分表述所有的存在之物了，语言的悖论现象成为一个普遍的事实。

在康拉德小说中语言的多义、模棱两可、自相矛盾更是司空见惯，它们受到说者和听者及读者的观念、兴趣和意图的影响，作家处于一个不断变化、矛盾冲突的世界，要真实地表述这个变化的世界，必须要恰当运用

---

① 〔英〕康拉德：《文学与人生札记》，金筑云等译，北京：中国文学出版社2000年版，第32页。

② 〔美〕保罗·鲍威编：《向权力说真话——萨义德和批评家的工作》，王亚丽、王逢振译，北京：中国社会科学出版社2003年版，第126页。

语言这一工具,找到一种特殊的表达方式。康拉德曾经说过“文明也可能是野蛮的,它既是一种有价值的成就,值得人类小心地呵护,同时它也是一种伪善的借口”,他认为“一个出卖灵魂的人至少还有灵魂可以出卖,并可能由此超越平庸”①。再如“这褐色的流水待在那儿,随时准备承载朋友或敌人,也准备以它那忍从而又无情的胸脯,去孕育爱或恨,去协助或妨碍,去挽救生命或置人死地。这条伟大湍急的河流,既是解脱之道,也是囹圄之所;既予人庇荫,也是座坟墓。”②在描绘热带生命时康拉德也运用语言悖论技巧:“这生命需要阳光,却在黑暗中滋长;看来五光十色,多姿多彩,充满光明,充满欢笑,实际上却只是死亡的花朵。神秘莫测,承诺美与欢乐,但除了剧毒与霉腐,却一无所有。”③这类语言悖论在他的文本中并不少见,他在描写东方世界时,“这就是古代航海家的东方啊,那么古老,那么神秘,那么灿烂而又阴郁,那么富有生机而又停滞不前,那么危险四伏而又充满希望”④。康拉德在前言不搭后语的矛盾表达中揭示了欧洲人眼里令人神往和让人恐惧的东方形象。笔者在第一章第三节中已涉及康拉德所面临的语言困境,他的语言的独特之处不在于他能运用别人不用的词汇,而在于在别人也用的词汇里赋予别人想不到的意蕴。如《诺斯托罗莫》建在山坡上的萨拉科,犹如《圣经》中的人们往往将神殿建在高处,萨拉科晚上的灯光使它恍如超脱了大地上的空间羁绊,宛如“悬挂在天堂与尘世之间的黑夜中”,这样的描写具有含义模糊的特点,一方面,它是魔鬼的天堂,它摧毁了大自然;另一方面,它将光明投向黑暗——无论这黑暗是狭义的大自然的黑暗,还是代表着漠然的宇宙的黑暗?或是在历史事件中象征愚昧与非理性的黑暗,还是人心的黑暗?语义的模糊让读者思考这座银矿的象征意义,它能否使陷入混乱的萨拉科重新变得有序和宁静?语言的悖论往往使得文字在向心和离心之间摆动,在所指

---

① Edited by J. H. Stape, *The Cambridge Companion to Joseph Conrad*, London: Cambridge University Press2000, p. 47.

② 〔英〕康拉德:《海隅逐客》,金圣华译,南京:译林出版社 2000 年版,第 163—164 页。

③ 同上书,第 53 页。

④ 朱炯强编选:《康拉德精选集》,济南:山东文艺出版社 1999 年版,第 163 页。

和能指之间游离，意义变得无法确定和自我矛盾，文本也就不再有中心和本质。

语言悖论与人的行动和观念的矛盾有着内在联系，因为人的主观思想是个层次丰富的多元体，在这个复杂的主体中各个组成部分并不总是和谐一致的，相反，冲突和斗争是真实的现象，正是这种内在的冲突构成了人的精神生活，可见人的自我精神并非一个完整单一的世界。康拉德笔下的英雄大多具有浮士德式的辩证精神，即为了反抗一种毁灭方式而采取另一种毁灭方式，在库尔茨身上，另一种毁灭方式就是对土著黑人的人性的否定，而这同时就从根本上否定了除库尔茨之外的其他意识的存在，因而库尔茨在丛林中对独立自我的追求必然是一个失败，他唯一能做的就是回到欧洲社会，像马洛劝诱库尔茨跟他离开土著人时所说的那样，"在欧洲你的成就是毫无疑问的"。浮士德曾说过"有两个灵魂住在我的胸中"，也许浮士德不是第一个这样表白的人，但是这一形象却深刻地揭示了人类发展的动力来自自身的矛盾这一真理："一个怀着一种强烈的情欲，以它的卷须紧紧攀附着现世；另一个却要拼命地脱离尘俗，高飞到崇高的先辈的居地。"[①]浮士德精神的辩证因素体现在一切现象运动的原因归于事物内部的矛盾：肉体和精神、享乐和节制、趋恶与向善、感性与理性……这一切在浮士德身上达到了完美统一，传统文学中所谓正面与反面主人公的机械划分和人性善或人性恶的二元对立思维方式已经被摈弃。在歌德看来，人的本质是一个自我创造的过程，人类的进化与社会发展也是通过对矛盾的克服来实现的，仅仅满足对善的倡导和对恶的斥责是不够的，我们要理解不可避免的恶如何推动善的发展，浮士德与靡菲斯特的对立统一关系就像硬币的两面，揭示了人性的复杂，为此这部作品生动而精辟地再现了这一真理，从而获得历史哲学上的意义。康拉德对人性的复杂同样认识深透，他通过文本语言的模糊含混技巧来揭示行动和观念世界的矛盾纠结，由于叙述语言的不确定使得库尔茨的形象变得难以把握，他身处非洲中心，辉煌、狂热、注定要失败，却又勇敢、贪婪、能言善辩

① 《歌德谈话录》，北京：人民文学出版社 1978 年版，第 131 页。

而受人崇拜，他希望给黑暗地区带来光明，却随时准备“消灭”可能不合作或者敢于反抗的“野蛮人”，他一边担当文明与教化的使者，一边自甘堕落制造黑暗；威廉斯一方面沉迷于爱伊莎的情欲中，一方面又想摆脱她的束缚回到白人的文明世界，他既是土著家庭的救助者也是悲剧推手；吉姆本我与超我之间的抗争，跳船逃生的本能与英雄所具备的责任，表现了恶与善集于一身互相冲突的人类本性；在萨拉科的西方人查尔斯·高尔德既是桑·托梅银矿的投资者，又是计划炸毁银矿的策划者……康拉德写出了帝国观念如何同时造福和危害土著人，写出了人性的复杂和人在不可预知的环境中的过失以及人应该承担的后果。

萨义德在《文化与帝国主义》中曾指出康拉德叙述语言的错位问题，文章认为叙述人与他的听众聚在一起的原因、叙述人讲话的声音、讲话的效果是故事中非常重要的内容，例如，马洛一会儿喋喋不休，一会儿口若悬河，一会儿停顿不语，经常讲错话让自己的叙述含混不清、前后矛盾，使本来奇特神秘的东西更令人琢磨不透，尤其是库尔茨像一个演讲家，他流利的口才既有欺骗性又有启发性，康拉德的小说语言充满了这一类奇怪的差异，评论家伊安·瓦特（Ian Watt）把它们叫做“延迟的解码”①。文本中的语言悖论达到了这样一种效果：听众和读者强烈地感觉到他所叙述的并不完全与事实真相吻合，使读者不仅对欧洲人心中的官方殖民思想产生怀疑，也对非洲现实本身的真相产生怀疑。19 世纪末随着对非洲的征服，帝国成了普遍关注的问题，与笛福和吉卜林相比，康拉德对殖民统治并不那么执著，他用自己独特的方式证明了正统的帝国主义观念与自己对帝国主义的看法之间的区别，阐明自己的思想立场和价值观，从而与主流意识保持距离。康拉德的《在西方的注视下》告诉我们：“语言是实现最大的敌人。”他感觉到“那是很可怕的——不是事实，而是文字；那些字眼赋有某种意义的暧昧的力量，似乎有绝大权力可以把‘命运’唤到地上，就仿佛人在睡梦中有时听到的那些奇异而惊人的话语一样”②。康拉

① 〔美〕爱德华·W. 萨义德：《文化与帝国主义》，李琨译，北京：生活·读书·新知三联书店 2003 年版，第 37 页。

② 〔英〕康拉德：《不安的故事》，关琪桐译，上海：商务印书馆 1936 年版，第 117 页。

德在论及莫泊桑小说的语言技巧时说："我们主要易受空洞的、无须费神的词语所引导，阅读这些词语并不需要我们具备任何素质。除了要求我们对情感有点模糊的感受之外，没有人能通过对重大事件简单而清晰的揭示就获得一群人的广泛喝彩。仅靠规则串在一起的单词能吸引我们，就像串在一条线上的无价值的玻璃珠子一直使住在岛上未开化的野人兄弟们着迷一样。"①这些粗糙、廉价的词语通过莫泊桑的艺术处理变成了一颗颗宝石，这位用词精确的语言大师赢得了康拉德的推崇。但康拉德本人在创作《黑暗深处》的过程中深切体会到语言的苍白无法如实描述自己非洲之行的真实感受，他在回忆非洲之行时感慨道："你不可能把你一生中某一时期对生命的感受转述出来，你无法转述——那构成生命的真实和意义的东西——它的微妙的无所不在的本质。这是不可能的。我们生活中也和在梦中一样——孤独……"②这段独白虽然说明了一切话语的可悲窘境和作者对把握语言的不自信，但并不意味着他运用语言的失败。尽管不少评论者指出康拉德缺乏对语言的把握能力，因为在他的小说中，他"顽固地坚持使用抽象的形容词来表达那些不可表达和难以理解的神秘力量"，有令人恼火的"不可思议"、"不可想象"、"无法形容"这类词语反复出现在读者眼前，刚果河的神秘性并不因为"难以理解"、"难以言说的秘密"、"难以想象"这类词汇的运用得以强化，实际的效果反而受到抑制，结果如利维斯所说康拉德在《黑暗深处》"非但没有把神秘的力量阐述清楚，反而使之更加模糊难懂"，如果库尔茨临死前没有"恐怖啊！恐怖啊！"的绝望呼声，也许那种恐怖的氛围更浓烈。但事实并非如此简单，康拉德所运用的语言悖论技巧和语言模糊技巧带给我们的阅读震撼已被时间证明。

由于殖民历史的含混不清，殖民者和被殖民者彼此在斗争中求生存，在制约中相互依赖的关系，小说本身理应包含着对立冲突的因素，其内在

---

① 〔英〕康拉德：《文学与人生札记》，金筑云等译，北京：中国文学出版社2000年版，第31页。

② 〔英〕康拉德：《吉姆爷 黑暗深处 水仙花号上的黑水手》，熊蕾等译，北京：人民文学出版社1998年版，第555页。

运动完全符合辩证法中的对立统一规律，即一切事物的内部所包含的矛盾方面相互依赖，相互斗争，这些矛盾的方面决定着一切事物的生命，推动着一切事物的发展，也揭示了殖民地被遮蔽的历史真相。康拉德笔下的人物并不是那么黑白分明，善恶了然的，种种证据有时偏向这边，有时又偏向那边，对库尔茨的评价也是褒贬不一，俄国人对他顶礼膜拜，公司经理和他是叔侄却把他当成一个十足的傻瓜，马洛对他情感复杂，既痛心他的堕落，又为他在特定环境中的堕落开脱，甚至不惜为他撒谎。康拉德亲自到过非洲，了解那里的恶劣环境，深知白人处境的险恶，如果不以恶自卫，库尔茨也许早已是黄土一堆，他融入土著人之中是明智之举。他拒绝回到白人世界也正说明了他人性中趋恶与向善的矛盾，他作为个体无法解决这个难题，死亡无法避免，但作为一个超越时间的、抽象的人，临终前他把领悟到的一切传授给了后来者，他在未婚妻的幻觉中得到了再生，因为她可以靠马洛的谎言，靠虚幻的东西支撑自己以后的生活和信念。库尔茨与他的未婚妻之间无法沟通，正如《归来》中的亚尔文在妻子跟人私奔后又回到他身边所感受到的陌生和尴尬的处境一样："这些年来她心里有什么思想呢？……他必须发现出来才行……但是他又如何能知道呢？她已经不忠于他，不忠于那人，不忠于她自己；她现在又准备着要不忠实——为他。永远是不忠实的。她看一眼，呼吸一下，无不是撒谎，整个的生活是撒谎——口里更要撒谎——永久是这样——直到生命的尽期！"[①]在欧洲文明的面纱后面谎言无处不在，生活就是由各种谎言构成的。

在《水仙花号上的黑水手》的序言中，康拉德对艺术的特性有深刻的理解，他认为，相对于思想家注重见解和科学家钻进种种事实并常用权威的口气发言不同，艺术家则是"面对同样的不可思议的景象时，便深入内心，如果他该当走运，他就在那紧张争论的孤独的领域中，找到表达他的呼吁的特有的语言。他诉诸我们不那么明显的能力：诉诸我们那一部分天性，因为这好战的生存条件，它必须隐藏在抵抗力更强更坚韧的一些品

① 〔英〕康拉德：《不安的故事》，关琪桐译，上海：商务印书馆 1936 年版，第 162 页。

质中——像穿着钢甲的易受伤害的身体一样。他的呼吁不那么响亮，但更深刻，不那么清楚，但更激动人心。然而它的影响经久不衰。一代又一代的不断变化的学识抛弃种种观念，对种种事实提出质疑，推翻种种理论”①。所以他很少谈到艺术的目的，因为“它像生活本身一样，令人鼓舞”。作家也很难确定艺术的目的，原因在于“罩在雾里而模糊不清。它不在一个洋洋得意的结论的清晰的逻辑中”。康拉德认识到，正是由于生活本身充满悖论和不确定的因素，所以艺术需要运用模糊、含混的表达方式，虽然有批评家指责他语言晦涩不明带来阅读和理解上的困难，作家却很好地再现了殖民背景下东西方世界彼此冲突又相互依存的辩证关系，由此达到了艺术真实再现生活的目的，康拉德运用文字的表现力确实比文字表面所含的意义要深刻得多，他认为小说如果真渴求成为艺术，就应该像绘画、音乐、雕塑一样必须诉诸气质，气质可以将真实的含意赋予时事，造出地点的，时间的，道德的，感情的气氛，通过感觉的呼吁传达印象达到一种艺术的最高境界，这也是他为什么总不能让人正确理解的原因之一。

对康拉德文本的叙事技巧，评论者也是见仁见智。E. M. 福斯特先生在 1935 年出版了批评论著《阿宾哲收获集》，其中谈及康拉德：“令人困惑的是，他总在那里允诺要对宇宙说些具有普遍哲理的话，可接下来又硬邦邦地声明他不说了。……这里难道不是有一种根本性的含糊——某种虽然崇高、豪迈、美丽，激发出了六七本伟大的书，但却仍是含含糊糊的东西吗？……这些文章就是要表明，他不仅在边缘，而且在中间也是含糊不清的；盛装他天才的神秘盒子里包裹的不是珠宝，而是一团雾气。”②事实上康拉德“不仅能通过明确的表达，而且能通过模棱两可的意象以及多层意

① 〔英〕康拉德：《吉姆爷 黑暗深处 水仙花号上的黑水手》，熊蕾等译，北京：人民文学出版社 1998 年版，第 367—368 页。

② 〔英〕F. R. 利维斯：《伟大的传统》，袁伟译，北京：生活 · 读书 · 新知三联书店 2002 年版，第 286 页。

义的象征疾呼出自己所要表达的事物的矛盾性”①。他对伦理思维的判断习惯提出了挑战，因为把一切都归于善与恶的对立范畴，不仅是一个错误，而且难以避免个别主体的偏见：好的属于我，坏的属于他者。显然，善与恶，进步与落后，西方与东方，文明与野蛮等观念只不过是投射到政治意识形态和历史现象上来的伦理范畴，康拉德需要独立的思考，这样才能像库尔茨那样达到彻底的醒悟“他这一辈子，直到那一刻，都在像众人一样傻乎乎的信着那些胡说八道。现在他开始思考了！他平静了，因为他拥有了终极智慧！”

通过上述分析我们可以看到，康拉德的小说善用精巧多层的叙述框架、分割萦绕的时空观念、含混模糊的语言悖论并由此造成了主题的多义和不确定性，他采用的叙述策略就是非明确化、非绝对化，具有辩证思维的特点。他的叙事契合了 19 世纪含混的殖民历史，在这种特定的语境中，帝国主义是人类历史上最好的东西，同时又是最坏的东西，而人们往往放弃晦涩艰深的辩证法则，去选择轻而易举的道德立场，做非此即彼的二元判断，这是人之常情，也是根深蒂固的思维方式，然而康拉德对此却采取既再现又批判的态度，运用辩证思维去质疑伴随西方文明而生的殖民意识——它既是灾难又是进步，所以我们要重视康拉德作品的含混价值，这种含混性使他的文本成为复杂而富有意趣的历史行为，他通过含混的叙述方式达到了超越历史、超越环境、超越自我的目的。瓦兹（Cedric Watts）认为不能仅以作品是否在表面上体现了道德价值来定夺作品的好坏，“作品的道德价值在于作品的辩证力量，而不在于作品的示范力量”②。康拉德“对世间荒谬的事物和人与人之间的不可交流性进行了夸张、颠覆，但他的夸张缜密审慎并且巧妙，这样的夸张是对追求真理的激励”③。康拉德在这种含混而辩证的叙事中揭示了生活的真实和历史的

① Cedric Watts,. *Heart of Darknes*. Ed. J. H. Stape. Shanghai: Shanghai Foreign Language Education Press,2000. pp. 46—47.

② Cedric Watts, *A Bloody Racist: About Achebe's View of Conrad*, in Keith Carabine ed., Joseph Conrad: Critical Assessments, Vol. II. England: Helm Information Ltd., 1992, p. 415.

③ Ibid., p. 416.

真相,“进步的内容”和“实际反动的东西”是一枚硬币的两面,重叠的领土和纠结的历史是对殖民地现状的最好概括,所以对欧洲殖民过程进行辩证思考必须构建一个新的空间,发明一种新的超越二元对立的思想,但并不是消除善恶的界限或是非的判断,而是理解善恶的相互关系,来思考这两个同一又对立的特征,他在一篇札记中用书的命运来解释创作中的辩证因素:“对我们的书来说,在艺术的准则中找不到它永生的秘诀,就像对我们的身体来说在已开好的一大堆药物中不能发现永生的秘诀一样。这倒不是因为这些书不值得延续其生命,而是因为艺术的准则依赖于种种可变的、不稳定的以及不可信赖的事物;它还依赖于人类的同情心、偏见;依赖于人的爱和憎、道德观、礼节、信仰和各种学说。这些东西本身不可摧毁,却常改变其形式。”①

我们无法确切知道康拉德是否受到黑格尔辩证法思想的影响,但我们可以肯定地说他的叙事艺术与黑格尔(Wilhelm Friedrich Hegel, 1770—1831)的辩证思想有相似的地方,对于黑格尔来说,物体的整体是由彼此处于动态关系的各部分组成的。为了描述社会,我们在研究事件和人物,以及他们之间的关系时,不应把他们看作固定的和静止的对象,而应看作具有其方向性和潜在性的过程的组成部分。在这些联系中,往往有一种冲突,事件往往表现为对现存力量的一种反作用,从而导致形成某种波动。历史不是无情地导致某一特定目的的、不可避免的目的论过程,而是可以产生千变万化之结果的对立系统间的辩证关系。康拉德在书写殖民地历史和现实时,把殖民者和被殖民者的多元性成分展示在他的文本中,半真半假的陈述,真伪混同的思想,使他揭开了罩在生活表面的面纱,从表象延伸到很深的地域,“事实,只有事实是他唯一关注之点”。他认为“如果有这么一处地方能保证其艺术达到完美的话,那一定是在正常的生活实践中,而不是在荒谬的创作公式中,因为这些公式试图规定有关技巧

① 〔英〕康拉德:《文学与人生札记》,金筑云等译,北京:中国文学出版社2000年版,第6页。

或概念的种种具体方法"①。对传统的叙述方式的革新,按照生活本身的规律去创作,采用辩证又含混的叙事策略,康拉德成功地展示了现实生活和隐秘人性的真实面貌,成功地抒写了帝国殖民的复杂纠结的历史,时间证明,康拉德采用这种含混叙事法的作用和意义在于,他的文本正如格雷厄姆(Kenneth Graham)所言:"自始至终都似乎在挑战唯一的意义诠释。"②

第二节 叙述人马洛的自我成长

自我意识的多元性是20世纪小说的一个明显特征。从某种意义上说,小说发展成几卷是自我意识不断发展延伸的表现,多卷式的小说既是独立的个体又是一个整体,独立的每卷必须代表自己,而它们之间的相互关联又要求我们有远视的眼光,它们不只是各部分的简单相加,读者可以从后一卷再回到前一卷,人物再反复出现,在不同作品中性格形成自我成长,这类连续性的小说最多可以写出像巴尔扎克的《人间喜剧》那样有九十多部来。福斯特说"小说是用散文写成的具有某种长度的虚构故事"③,他把小说定义成某种长度上虚构的散文,然而许多小说超过了"某种长度"变成了"无限长度",因为既然小说变成了一种开放的描述,小说作者发现没有必要给小说结尾,它在各方面继续展开,通常发展到几部甚至多部,后来的小说作者事实上更倾向于写短篇小说,但写完之后他们发现似乎还不能算是完成,于是他们就从另一角度继续写,这样就形成了现代卷帙浩繁的小说了。

康拉德有关马洛的系列小说——《青春》(1898)、《吉姆爷》(1900)、

① 〔英〕康拉德:《文学与人生札记》,金筑云等译,北京:中国文学出版社2000年版,第10页。

② Kenneth Graham, *Conrad and Modernism*. Ed. J. H. Stape. Shanghai: Shanghai Foreign Language Education Press, 2000. p. 213.

③ 〔英〕爱·摩·福斯特:《小说面面观》,苏炳文译,广州:花城出版社1984年版,第3页。

《黑暗深处》(1902)、《机会》(1913)体现了20世纪小说的一个明显特征——自我意识的多元主义,马洛成为推动小说发展的中心人物,他既奠定了他所讲述的故事的基础,同时又有一个匿名叙述者设定了他的形象,每一个故事都促成了他的自我成长。他是故事的制造者、讲述者和故事的主角,故事又使他变得更为丰富。在这四部小说里马洛始终是推动小说发展的中心人物,许多事情都围绕着他展开,马洛占据中心位置。犹如巴尔扎克在《人间喜剧》中运用的人物再现法一样,康拉德笔下的马洛也是反复出现在多部小说中。这四部小说为我们展示了马洛人生的不同阶段,从青春年少的梦幻、力量、冒险到精神道德、审美意识从幼稚到成熟的过程,他信心十足地许了很多宏伟的誓愿,却时常冒犯了他人而自己却意识不到,马洛的自贬自嘲,敏感而又毫无结果地闯入他人的生活,但是在困境中他作为我们的精神向导我们还是相信他的,马洛对人性和人生的感悟最终引起了作者和读者对自己本性的质疑与检验,因为他在某种程度上代表着一个人的成长,代表着我们的经历、我们的追求。

《青春》中的马洛对情谊深厚的四位同行——金融家、会计师、律师和"我"讲述了他22年前的航海经历。那年马洛才20岁,带着年轻人的激情、力量和浪漫的梦幻,他踏上了一条老旧的"朱迪埃"号航船,这是马洛的第一次航行,第一次领略东方的神秘和魅力,第一次当二副去真正履行职责,这段航程对马洛来说似乎注定是用来解释生活、历练青春、象征人生的,正如"朱迪埃"船名下面写着"不成功毋宁死",这句格言激起了马洛的满腔热情和满心喜悦,"啊,青春!青春的活力,青春的信念,青春的想象!对于我,'朱迪埃'不是一条为运费而东奔西颠的运煤破船——对于我,它是生活的抗争、考验和磨炼。直到现在我想起它时,心中还充满喜悦和激情,以及惋惜——有如你想起曾经热爱过的去世的亲人。我永远忘不了它……"这段包孕着青春的召唤和挑战的航程,本来意味着飞来的横财、天赐的恩惠和意外的好运,然而船上煤堆的自燃引起的大火毁掉了"朱迪埃"号,马洛和船员们奋力自救,青春的火焰和力量比船上的熊熊烈火更加耀眼更加辉煌,他终于登上小艇驶向东方,完成了一次自我成长的航行,通过了一个在黑暗的大海上独自航行的英雄成人仪式。那时马洛青春年少,一无所有;大海给他的只是沉重的打击,同时也给他一个感受自己力量的机会,经受挫折和磨炼的马洛成长起来了。

在《青春》中康拉德表现了初涉人世的马洛对人性的态度。他们征服了那么多的种族,抢占了那么多的土地,他们为自己的智慧、知识和力量而感到自豪,马洛抬高了"朱迪埃"号船上那帮衣衫褴褛的英国海员的地位:他们"有一种内在的品质,一种天生的、微妙的、永不泯灭的品质。我不绝对的认为法国或德国商船上的水手不会那样做,但我怀疑他们能不能表现得那么出色。这内在的品质包含着一种完美,它顽强得像天性,熟练得像本能,它是一种秘密的表露——一种内在的秘密,一种造成民族差异、决定国家命运的善良或邪恶的天赋"。其中体现了青春年少的马洛对道德理想和种族观念的认识。

等到马洛到达刚果在《黑暗深处》中,他才发现这是一个与西方文明和正常的社会完全不同的社会,或者说它很怪异地模仿着正常社会:脱去机械衬套的船竟安然无恙,一动不动的火车车厢像动物的死尸一样躺在那里,憔悴的奴隶一脸的默然,他们被称为忧郁的罪恶的野人。马洛带着典型的讽刺口吻说他得到了卑微的经理的欢迎。他又用类似的口气间接提到库尔茨的崇拜者——一个俄国小丑式的青年人:"我这决不是向你们泄漏商业秘密。事实上,那经理后来说,库尔茨先生的办法把他在那个区域的生意全给毁了。关于这一点,我说不出什么意见来,可是我希望你们完全明白,挂在那里的那些人头并不曾带来任何真正的利益。那只是表明,库尔茨先生在满足他的各种欲念的时候,缺乏节制。"①他们只表明库尔茨先生对他的各种欲望缺乏控制,因为贪婪不是他的动机,那无限的欲望才是他的动机。很快马洛又对库尔茨做出了精辟的评价:——"他的内心是空虚的"——对他的追求来说这是一种可怕的结论:"我很想知道这个有某种思想的人能否爬到社会的顶层,又如何开始他在那里的新生活。"因此马洛对拯救库尔茨的意义表示怀疑,感到自己所追求的东西是虚无缥缈的,因为库尔茨道德上是空虚的,他带来了他遇到的那些罪恶。

---

① 朱炯强编译:《康拉德精选集》,济南:山东文艺出版社1999年版,第153页。

像《吉姆爷》一样,《黑暗深处》又是一部不同的作品,因为我们已经很敏感马洛对自己的空虚定位了,在他的判断里有一种微妙的恐惧,虽然这一切在他的叙述里几乎没有明确的证据可依,他也没有意识到他生动、形象的描述库尔茨“象牙色的脸”和“又白又滑的额头”是具有讽刺性意味的。当看到库尔茨生活的悲惨与死亡的痛苦后,马洛便开始谴责所谓的高尚道德了,这是《黑暗深处》的主题,现在马洛老了、累了,就像他年轻时曾经提出那些高尚的思想道德一样,他现在拒绝这些道德,在《吉姆爷》中马洛赞赏那些更为实际的想法。

《黑暗深处》的故事第一讲述者“我”曾是名水手,与其他四位(公司董事、律师、会计和马洛)一起回忆了他们相似的经历。“我已经在《青春》里说过,在我们之间存在着一种由海洋生活形成的纽带。它除了经过长时间的分离仍会把我们的心连在一起之外,还使我们彼此能耐心听着对方信口讲出的故事——甚至对彼此不同的信念也都能容忍。”但是《青春》更直接一些,因为在这部小说里马洛既没有什么经验要传授,也没什么经验要学习。《青春》和《黑暗深处》语气的差别正如《汤姆·索亚历险记》和《哈克贝里·费恩历险记》的语气差别一样,但是在关于马洛的后面三部小说结构与叙述方面的复杂性远比语气的转换更关键。《黑暗深处》中的库尔茨、《吉姆爷》中的吉姆、《机会》中的弗洛拉和鲍威尔把我们带到一个更广阔的世界里。

《黑暗深处》中的马洛成为作者的代言人,同时也是故事的中心叙述者、故事的参与者、调查者和评论者等几种角色,他变得圆滑而让人恼火。马洛是位目击者,他时而为主人公,时而为旁观者,一方面是回忆的自述者,他不仅叙述书中主人公的故事,同时也反映出自己对实情的反应;一方面又是观察者,确实地搜集及融合他人的叙述、注重事实,进而揭示重要的、抽象的、相对的意念。如年少与年老、死亡与再生、文明与野蛮、理想与实况、机缘与人意等。《黑暗深处》在马洛的开场白之后、正式的故事开始之前,叙述人首先声明:“为了让你们了解这件事对我的影响,你们应该知道我是怎么到那里去的,我看到了什么,我又是怎么沿河而上,来到一个地方,第一次和那个可怜的家伙见面的。那是我的航程的最远点,也是我的经历的最高潮。这件事似乎照亮了我周围的一切——同时也照亮了我的思想。这件事也实在够阴暗低沉的——而且十分悲惨——无论从哪方面说，都没有什么不寻常的地方——而且也不是十分清楚。是的，不很清楚。但尽管这样，它似乎使我心里豁亮了。"[①]马洛想告诉读者，其中的故事内容、任何评论、判断只不过是个人的印象或意见，是不可靠、不确定、非终结性的，辩证的思想体现在叙事的全过程中，小说把不同世界的零星、散碎内容放在一起，然后对所有事实进行筛选、组合，通过多元视角加强叙述的力量，从而再现一个复杂的殖民地。马洛作为一个叙述者开始只是一个普通角色，后来慢慢变成了小说的主人公。他在《黑暗深处》的开头流利地叙述说："我并不想跟你们讲我个人的经历，让你们感到厌烦"，"这一插曲并不是处于核心的内部而在外部，这外部包裹了这个故事，取出这个故事有如从迷雾中取出一点星火，正像在这些迷雾中有时可以看到显现在月光下的一星鬼火一样。" 这引发了另一位隐藏叙述者的评论：马洛身上透露着许多讲故事的人的共同缺点，他们往往无法肯定自己的听众究竟喜欢哪一类故事。我们也不时被那个爱唠叨但又天生不会讲故事的家伙马洛惹怒，他横在我们与作品之间，读者有时会落入陷阱：《黑暗深处》到底是库尔茨的故事呢还是马洛漫游库尔茨的经历的故事呢？马洛是为突出库尔茨精神堕落而创造的修辞手段呢，还是库尔茨是为马洛提供他在刚果的经历而创造的呢？这是一张天衣无缝的网，从中我们知道对那一古老问题（谁是主人公）的争论是毫无意义的。马洛很快又指出他讲述他在刚果的经历是想让听众们明白那种经历对他的影响，其实也是康拉德想把 1890 年在刚果受伤的经验传达给读者。故事的可信性、旁观者经历的对生活的印象才是艺术家追求的目标。

《吉姆爷》是四部小说中最好的一部，马洛的叙述作用被强化了。"他们要事实。事实！他们跟他要事实，好像事实可以解释一切！"作家通过马洛、法国中尉、法庭审判员以及帕图森居民的不同声音来刻画吉姆爷

① 〔英〕康拉德：《吉姆爷 黑暗深处 水仙花号上的黑水手》，熊蕾等译，北京：人民文学出版社 1998 年版，第 517 页。

这一形象。“后来有很多次,在世界一些遥远的地方,马洛都愿意记起吉姆,将他记得很全面,很详细,而且还要讲出来。他的回忆也许是在饭后,在静止不动的枝叶掩映和鲜花覆盖的游廊里,在苍茫的暮色中,只有几星点着的雪茄烟头的闪光。每张长长的藤椅上都坐着一个静静倾听的人。”[①]马洛这一个人的声音与其他声音的主要区别就是“许多次”的频率与最后一个“也许”的含糊,小说从第5章开始一直是马洛的叙述,直到第36章他的声音伴随着其他叙述声音的出现结束,听众四散离开,由于讲述者不确定的腔调,使得对吉姆行为的讨论和评价都不可能,他们每个人都好像带走了自己的印象。为什么康拉德要在《吉姆爷》中运用马洛来讲述他自己和吉姆爷的故事呢？这不是一个简单的问题。康拉德通过马洛这位叙述者让我们更好地认识到吉姆幼稚愚蠢的自我:“他满心想的都是英雄行为:他喜欢这些梦,喜欢他想象的业绩给他的成就感。它们是人生最美好的经历,是人生的秘密真理,也是人生隐形的真实。它们具有了不起的男子汉气概,有着朦胧的魅力,它们以英雄的步伐从他面前经过;它们带走了他的灵魂,使它着魔般地沉醉于一种无限的自信。”[②]通过对大无畏的行为、幻想的成功、阳刚之气、含糊的魅力、英雄的步伐的泛泛描述,表现出了叙述者嘲笑的口吻;同时也表现在“他什么都敢直面相对”的自欺欺人以及“眼睛冷冷地直视前方”的不信任里。每读一遍,对吉姆讽刺的体会也就多一些,如果吉姆想要得到任何同情的话,那么必须减少这一讽刺性,为此康拉德让马洛作为吉姆与读者的中介。当马洛情绪高涨地向吉姆的妻子珠儿宣布吉姆不够好(因为谁也不够好)时,很明显他跟其他的叙述者有相似的感受,他使得对吉姆以及事实的讽刺性生效,使得人类的努力卑微。马洛同情吉姆,他想为吉姆辩解,认为他和那些人没有任何共同之处,仿佛他们之间隔着不可逾越的空间,隔着不可克服的障碍,然而吉姆关键时刻的一跳,使他掉进了一个无底的深渊,生命中的一切荣耀在那个晚上随着那条船一起沉下去了,他再也无法堂堂正正地做

---

① 〔英〕康拉德:《吉姆爷 黑暗深处 水仙花号上的黑水手》,熊蕾等译,北京:人民文学出版社1998年版,第30页。

② 同上书,第20页。

人了。然后马洛对吉姆的态度作了如下描述："他已经意识到只有小心翼翼的陈述才能够揭露出隐藏在可怕的事实背后的真相；为了事实他要继续说下去，也许是为了自己。尽管他的发言是有准备的，他的思想还是被许多事实缠绕，并将他与其他人孤立起来，他被迫回答一个毫无疑义而又不得不认真回答的问题，然后只有等待。"马洛认为不要指望新成立的政府和法庭会去调查人们的灵魂。"说到事实，没有什么是没把握的。我的意思是说：没必要不时发现深层的原因，而是找出表面的方法……他面临的问题将他引开了，在我看来这是最值得了解的真相。"问题是我们忽视了事实，而同时我们还被迫相信一切都在掌握之中。我们不是因为他们所了解的事实变得有偏见，或者说我们是由于相信了他们的谎言才变得有偏见的。政府的无动于衷使得我们与马洛一样愤怒，因为我们与吉姆一样有着相同的感受，后来我们发现之所以如此是因为我们受骗了，我们掉进了马洛与康拉德为我们设下的陷阱。无法摆脱这种困境是因为小说的叙述顺序的混乱，使我们一次次不知不觉地上当了。

在《吉姆爷》中，吉姆被认为是"我们当中的一个"，白人绅士布朗也被认为是"我们当中的一个"。在马洛（康拉德）的观念中，这个世界上没有一个人是安全的，我们每一个人都有一个保护天使，每一个人身边也有一个魔鬼，世界上充满了看不见的危险，每一个人都可能像吉姆一样在本能驱使下选择弃船逃生；马洛也认可法国少尉的观点："人生下来就是懦夫。"人生在世确实应该充满希望，但也有恐惧，一个人不能比其他人更聪明更勇敢，人在懦弱的时候有的人经受住了考验，有人却没有；没有一个人是十全十美的，正如斯坦因对吉姆的评论："他是一个痴心的人……这很不好，非常不好……但也可以说很好。"每个人都有"阿喀琉斯之踵"这个致命的弱点。马洛认为每个人都离不开这个世界，吉姆和船上其他逃命的人不同，"他的同伙只不过是些粗俗贪婪的畜生，但他似乎被一些复杂的意图所感动"。吉姆的航船和最后去的帕图森岛都不是世外桃源，他的两次选择都让人深思。海盗布朗杀了多拉明的独子丹·瓦利斯，马洛认为作为人，在他欲望背后他有权利这么做，那不是粗俗反叛的屠杀，那是一种教训，一种补偿，是人类阴暗可怕的本性的表露，这种本性恐怕离我们思想的表层不远。同样，马洛认为丹·瓦利斯"不具备吉姆的种族威望和不可战胜、超乎自然的力量的名声。他不是那种永无止境的真理和永无止境的胜利看得见摸得着的化身。尽管他受人敬重，受到信任，受到爱戴，但他仍然是'他们'当中的一个，而吉姆是'我们'当中的一个。此外，那个白人本身就是可资依赖之人，凛凛不可侵犯，而丹·瓦利斯却可以被杀死"①。当马洛把斯坦因当做倾听吉姆故事的知音来诉说吉姆的死亡时，那个有名望的绅士布朗就代表了马洛极端的偏见，他写道："你说把命交给他们就像把你的灵魂卖给畜生。你认为这种事情只有在坚信我们的立场时才能容忍，才可以容忍……换句话说我们必须战斗，否则我们就没救了。"通过叙述人马洛与吉姆的关系，康拉德探讨了机会、命运、荣誉、道德等问题。《吉姆爷》中叙述者马洛以他的不确定和其他叙述者对事实的攻击，使得我们过度相信了马洛的故事，因为马洛巧妙地向我们隐藏了吉姆出逃的真正原因，马洛同时戴着讽刺与同情的面具来讲述吉姆的故事，这使得我们在困境中把他作为评判吉姆的标准，但马洛并没有解决主要的矛盾，这成为《吉姆爷》紧张情节的来源，从这一角度考虑，《吉姆爷》比《黑暗深处》更精细。

在马洛的所有叙述中，尤其是在《吉姆爷》中，他的不可靠性削弱了他和我们应该代表的那种价值观，虽然起先看起来这种价值观可能会被强化。不管是不是故意的，马洛在贬低吉姆时激起了我们对吉姆的同情。他说他是无情的，但是他马上又补充："我们必须相信他的判断，他认为船随时都有可能沉没；相信如果其他人处于他的位置，他们也会这么做的……"马洛利用了我们，在他叙述的开始时，我们仍然相信船确实沉没了，因此马洛把吉姆抬高到了一个道德高尚的境界。然后他用一种微弱的诅咒式的赞扬把自己与魔鬼换了个位置："或许他不怕死，但是他害怕紧急事件……他迷惑的想象激起了他听说过的海上的所有恐怖。他本来很有可能先辞职，然后慢慢死去，但是我怀疑他不想在更多的恐怖中死去，他

① 〔英〕康拉德：《吉姆爷 黑暗深处 水仙花号上的黑水手》，熊蕾等译，北京：人民文学出版社1998年版，第313页。

想在一种恍惚中平静的死去。”他勇敢地走向多拉明，用一道骄傲而毫不畏缩的光迎接着射入胸膛的子弹。从某种程度上来说，马洛的预言是正确的。吉姆以一种我们想不到的方式死去了：他在一团云雾中逝去了。

在《吉姆爷》这部小说进行到一半时，马洛强调了吉姆在帕图森的成功，他帮助吉布斯人打败了阿里警长，被征服的土地任他踩在脚下，吉姆和丹・瓦利斯任命了当地的首脑，他实际上成了这片土地的真正统治者，吉姆有了权力，在他的新领域内，生杀予夺，似乎没有他说了不行的，他好像能驾驭自己的命运了，也重新获得了他人的信任和敬重，而别人是不可能取得像吉姆那样的成功的：他受人爱戴、受人信任、受人赞扬，他的名字带有一种传奇般的力量和神勇，他成了帕图森的英雄。“那是我最后一次见到他——很突出，很有号召力，然而又跟他所处的环境——跟森林中的生活，跟普通人的生活——十分和谐。”①“这最后的话不能说，也许永远也不应该说……我已放弃了这最后的话，如果可以说的话，我想他是振聋发聩的……我最后想对吉姆说的话只有三言两语。我敢肯定地说他的一生是伟大的，但是说起来、听起来却显得那么渺小。坦白地说，我不是不相信我的话，我是不相信你们的脑袋。如果不是害怕你们会用贫乏的想象力去喂你们的肉体的话，我可以滔滔不绝，像在其他许多地方一样。”马洛忘掉了《黑暗深处》中的教训，忘掉了《青春》中的教训，他所作的仓促的结论再次出卖了自己。我们要对这声明的权威性质疑，就像它在小说中对在帕图森的叙述质疑一样：“我在此为你把它记下来，仿佛我是个见证似的。我的信息七零八碎，但是我已把它们拼凑在一起，而已有的这些信息也足够拼成一幅明明白白的图画了。我不知道它自己会怎样叙述它。他已跟我讲过那么多的心里话，有时似乎他马上就会进来，用他自己的话来讲这个故事，声音漫不经心却又充满感情，举止随随便便，有一点迷惑，有一点厌烦，有一点伤心，不过偶尔也能以片言只字使人瞥见他的

① 〔英〕康拉德：《吉姆爷 黑暗深处 水仙花号上的黑水手》，熊蕾等译，北京：人民文学出版社 1998 年版，第 150 页。

本来面目，那是有意识地专门去看时，永远看不到的。”[1]康拉德告诉我们的是，马洛的叙述已经变得不可靠，吉姆本人的叙述也难以置信，如果我们没有受到马洛偏见影响的话，我们不会相信这一结论。

马洛对吉姆成就的总结与刚开始的说法不同。他首先困惑地说吉姆基本上是满足的。大家都不敢说自己是满足的，但是“他是我们中的一员”，他可以说他基本上是满足的，但是之后他用华丽的语言描述了吉姆的死之后，他说：“他是满足的吗？我很怀疑。我们应该知道。他是我们中的一员。难道我没有曾经站起来替他的永恒说过话吗？难道我错了吗？谁知道呢？”马洛又进一步提醒说我们眼中的吉姆和他所认识的吉姆不同：“我手把手地把他引了出来，我把他呈现到你们大家的面前。”对读者来说吉姆是一部艺术作品，马洛就是这部艺术作品的作者，“我真不懂他何以总是在我眼里显出象征的色彩。也许这正是我对他的命运感兴趣的真正原因。”[2]就像平时一样，马洛再一次对我们提出希望，因为在最后一次向吉姆告别，他说到重新进入一个复杂与不确定的世界时，他注意到：“我已经离开了这一世界，在进入另一个‘事情在发展，光线在跳跃，生命在流动的世界里……’，但是至于我身后的东西，我想不会有任何改变的……它们好像存在巫师的魔棒下，但是我不敢肯定是谁控制了这一切。在我的眼前，任何巫师都可以说服他。他是我们中的一员。这可能是对‘我们中的一员’的最好的解释：那些天生就生活在一个道德挑战与不足的世界里，那些要在想象、自由与流动的世界里灭亡的人，他们不是人类共同的命运。”在他的叙述中，马洛对吉姆的态度游弋在两个极端中。既然吉姆有一种微妙的不完美，他就不应该看起来有这么完美，他的行为是不可以原谅的，因为他违背了人类所应该遵循的信念。马洛告诉我们吉姆已经跳到了一个无底深渊里了。他从一个他将再也不可能爬上去的高度跳了下去。难怪马洛对吉姆是无情的，也难怪他总是讽刺吉姆甚至十分的厌烦他。马洛又进一步地做出了一个完全相反的宣布，他说吉姆是

---

① 〔英〕康拉德：《吉姆爷 黑暗深处 水仙花号上的黑水手》，熊蕾等译，北京：人民文学出版社 1998 年版，第 296 页。

② 同上书，第 228 页。

残忍骇人的玩笑的受害者。他为吉姆开脱："任何处于他位置的人都相信船是随时会沉没的。"而无助的吉姆面对了这一黑暗势力的攻击，并且活了过来，最后他被一种不可言传的力量征服了，他被他的人格征服了。这是他尽了最大努力去掌握的命运赐予的礼物。马洛对吉姆说："你已经经受住了考验。"说他是一个绅士，他很同意那个法国中尉的观点，那就是吉姆是伟大的。最终，马洛寻求化解这两极矛盾的方法。他说："吉姆在哪个方面都有吸引力。"有时候，吉姆对他来说是模糊的，或许对吉姆自己也是模糊的。很难说他的行为准则是不是可以摆脱他的灵魂。最后，马洛认为在吉姆孤独的灵魂里，他是伟大的，也是可悲的，他就像一个悲剧的英雄，马洛一直想把他定位成一只斯坦因的蝴蝶，然而却没有成功，吉姆必须代表所有的矛盾。

卷入审讯的海事顾问之一的蓝星轮船公司船长布莱尔利为吉姆的出逃提供金钱可能是整个叙述中最明显的矛盾之处。他对吉姆的案子感到厌倦，一方面他蔑视吉姆，一方面他默默地审判着自己，明显有罪在身，结果他带着证据的秘密跳海自杀，在此以前，布莱尔利船长提供二百卢布让吉姆逃走，"我们干吗要折磨那个年轻人？""他难道不明白那个混蛋船长已一走了之？他还指望什么？什么也救不了他，他完啦。……像他那样面对审判也是要有勇气的，因为他明知如果他逃跑，也不会有人去追他的。"①布莱尔利船长对吉姆由于过失造成的困境非常同情，他没有勇气与吉姆面谈，希望马洛帮他实现让吉姆逃走的计划，马洛首先表白自己当然是拒绝管闲事的，但"我心里开始很有些肯定那场审判对那位吉姆是个严厉的惩罚，由他来面对这件令人十分反感的案子——实际上也是出于他自己的意愿——具有一种补过的性质。对此我以前并不这么有把握。布莱尔利生气地走了"②。之后马洛又以完全不同的态度描述了这件事情。他说："他是有罪的，我曾多次告诉自己他是有罪的，我想宽恕他，我不是为我的道德辩护。在引诱我的布莱尔利的计划面前，我没有道德可

---

① 〔英〕康拉德：《吉姆爷 黑暗深处 水仙花号上的黑水手》，熊蕾等译，北京：人民文学出版社 1998 年版，第 57 页。

② 同上书，第 59 页。

言。马洛对吉姆的出逃感到气愤:“有时候比你强的人都认为逃跑是没有用的。”像其他地方一样,马洛又成功地从两方面控制了我们:他拒绝管闲事激起了我们“拼到底”的本能,他就范于布莱尔利的计划又引起我们愤怒的反抗——只有最机警的读者才能抓住这明显的矛盾。马洛像一个娴熟的军医和大胆的无赖一样,抓住了读者的敏感点。

马洛的不可信最终集中在了斯坦因身上,他把斯坦因说成是他所认识的人中最可信赖的。他是一个受人尊重的富商,年轻时在东方冒险,简直把人生当球耍,晚年却是一副学者面孔,成了博学的蝴蝶收藏家。马洛说:“我是了解他的,我把他当做倾听我诉说吉姆及我自己难处的最合适的人选。”①他对马洛讲述了他的人生哲学——“一个人生了下来,陷入一场梦,就像一个人掉进了大海。假如他和那些没有经验的人一样,竭力要爬出来,吸到空气的话,他就淹死了——是不是?出路就是把你自己交给这个具有破坏性的物体,在水里伸开你的手脚,让那深深的、深深的大海把你托起。”②吉姆的事件也一样,出路只有一条,那就是沉到那个破坏性的东西里面去,“那才是出路。追寻梦境,再追寻梦境——就这样——永远——直到最后”。他认为人性复杂极了,既想当圣人又想当魔鬼,人世的痛苦就在于不能像蝴蝶那样找到了一小堆脏土,落在上面一动不动。马洛从他身上看到了人生真相:“他懂得如何以不动摇的步伐来追随命运的脚步,他懂得人生在卑贱的环境中开始,在慷慨的热情中,在友谊、爱情、战争——在一切浪漫的崇高感情中——变得丰富。”③马洛在斯坦因的说教下更是成熟起来了,斯坦因平静地述说着他杀了三个人,然后发现地球仍然向他微笑,他一手握着左轮手枪,另一只手把柔软的毡帽取下捕捉到一只蝴蝶,“我抓住它了!当我站起身来时,我兴奋得直发抖,抖得像一片叶子,当我展开了这些美丽的翅膀,确信我得到的是多么难得又是多么非同寻常地完美的标本时,我激动得头直晕,腿发软,只好坐到地上”。

① 〔英〕康拉德:《吉姆爷 黑暗深处 水仙花号上的黑水手》,熊蕾等译,北京:人民文学出版社1998年版,第174页。

② 同上书,第184页。

③ 同上书,第186页。

斯坦因意味深长地对马洛说："那天我什么欲望也没有了；我已让我最主要的敌人大为恼火；我年轻有为；我有友谊；我有女人的爱情，我还有一个孩子，这使我的心非常充实——甚至我曾经睡梦中向往的也到了我的手中！"①感情、语言比例的失衡是我们认识斯坦因的线索，以及马洛对斯坦因信任的线索，在艺术家的传统里，斯坦因的价值观模模糊糊地忽视了一些东西：青春、朋友、妻子、力量，斯坦因就像被他作为标本的蝴蝶一样"是一个很好的标本"，而不是像马洛所说的那样是一个引领人们穿过道德魔窟的天使般的可靠向导。

小说中马洛把吉姆的死浪漫化了，这与他前面对吉姆伟大的肯定形成了呼应。吉姆礼仪性的自杀，不像他年轻时的梦想和在帕图森岛的成功，对西方读者来说是没有任何道德指导的，因此他发现吉姆与他的活动最后都被那穿透性的阴影淡化了。马洛含糊地描写了吉姆的死，他说这是吉姆最后一次的自我主义的胜利："即使在他童年的想象最狂妄的岁月里，他也看不出这样一种非凡的成功会是这样的诱人！因为很可能就在他投出最后那一瞥骄傲而毫不畏缩的目光的短暂时刻，他看到了那机会的面孔，那机会就像一个东方的新娘，戴着面罩，来到他的身边。"②这是他留在人世骄傲而又坚强的最后一瞥。"但是我们却可以看见他，一个无名的征服了名声的人，在他崇高的自我主义的示意和召唤下，挣脱了一份妒忌的爱的臂膀。他从一个活生生的女人身边走开，去庆祝他和一个影子似的理想行为的无情结合。"③在《吉姆爷》中马洛对吉姆和他的死有着一系列悬而未决的困惑："他满意了没有——相当满意了没有，现在，我奇怪？我们应当知道。他是我们当中的一个——我曾经不是有过一回，像个被召来的魂，站起来担保他永恒的坚定不移么？我这样到底是不是大错特错了呢？如今他已不复存在，但有些天，那个真实的活生生的他带着一种巨大的压倒一切的力量来到我跟前；而凭我的名誉起誓，也有这样的

---

① 〔英〕康拉德：《吉姆爷 黑暗深处 水仙花号上的黑水手》，熊蕾等译，北京：人民文学出版社 1998 年版，第 181 页。

② 同上书，第 361 页。

③ 同上。

时刻,他从我眼前经过,像一个脱离了躯体的精灵,在这尘世间的种种情感中茫然不知所措,随时准备忠心耿耿地为了他那个阴影中的世界的主张牺牲自己。”①……谁知道呢?吉姆爷走了,斯坦因近来已经老了很多。他自己也感到了这一点,他准备离开这一切,准备离开,同时他伤感地朝他的蝴蝶们挥挥手。马洛在追求一种神秘、诗性、悲伤,他同情吉姆的失败,也流露出对吉姆多方面的失望。马洛重复使用“我们当中的一员”,把吉姆定义成一个白色英国人,是西方的忠诚和信念义不容辞的成功化身。马洛一语中的地说:“他就像在一座柱基上立起来的塑像,以他执著的青春代表着永不衰老的那种人的力量,也许还有美德,那是从阴沉中显露出来的。我真不懂他何以总是在我眼里显出象征的色彩。也许这正是我对他的命运感兴趣的真正原因。”②

马洛的叙述并不具有决定性,因为这些经验既没有支持他先前的论断,也没使他改变。马洛作为小说中的人物和叙述者是他的优点同时也是他的缺点:自贬、仁慈、公开质疑、当被授权时他拒绝做出权威性的宣称、擅闯他人生活而又没有结果时他会很敏感。这些都代表了一个自认为是“我们当中的一个”的人显著的自我贬低。他的犹豫和与他人的不和谐反映了一种不可靠性,这是与他作为叙述者表面的可靠性完全相悖的。“他认为有人带给他一个真理,把这个真理是他的真理,他试图一生都以这条真理为准绳,这样他就变成了一个怪人,他所拥有的真理也就变成了谬论。”正如我们所看到的,在《黑暗深处》里马洛固执地抓住“思想的道德性”,在《吉姆爷》中死死抓住外表与实质的一致性;然而他大胆的想象使得这些问题需要不懈的斗争才能得到解决。

然而《机会》是很不同的,因为马洛与弗洛拉、安东尼、鲍威尔以及他叙述中的其他人物乏味的高尚形成鲜明的对比。T. S. 艾略特注意到在某种程度上我们通过做好事和坏事生活着,在《机会》中马洛的智力与道德的超然有一种死气沉沉与腐烂的臭味,这被他称为“平庸”。“为我们任

---

① 〔英〕康拉德:《吉姆爷 黑暗深处 水仙花号上的黑水手》,熊蕾等译,北京:人民文学出版社 1998 年版,第 361 页。

② 同上书,第 228 页。

何预测不了结果的行为负责是不明智的……由于我们继承的世俗，这使得我们不可能做任何明显好或坏的事情，平庸是我们的面具。”他还注意到他曾经从不同的角度看待这个世界：当一个人年轻的本性让另外一个人感到震惊时，没有什么能够让《机会》中的马洛震惊，康拉德的错误就像莎士比亚在《温莎的风流娘们》里所犯的错误一样，他放弃了对那个道德堕落的代言人的驯服，就像福斯塔夫玩弄爱情一样，圆滑的马洛说出了我们的需要和欢乐。

从《青春》到《机会》，马洛寻求的不仅是深度而且还有广度，然而在《机会》中，马洛才被完全展开真正成熟。《机会》比《青春》长很多，因为就像康拉德的辩护性前言所暗示的，它的幅度很大程度上取决于“废话”。我们知道这样一个事实：《机会》是以《青春》的结尾开头的，而不是以《吉姆爷》的结尾开头的。《青春》以马洛的反问结尾：“我相信，天下最奇妙的莫过于海洋。是海洋本身奇妙呢，还是青春使它奇妙？这谁说得清呢。……你们在座各位，请告诉我，我们一生中最美好的时光，难道不是年轻时在海洋上度过的吗？那时我们青春年少，一无所有；大海给我们的只是沉重的打击，偶尔给我们一个感受自己力量的机会，仅此而已，可你们有什么遗憾呢？”①在《机会》开始时鲍威尔说：“他们生命中最快乐的日子就是年轻时在船上的日子，无忧无虑。”马洛看来是同意鲍威尔的观点的。马洛对大海的态度说明他没有进步。他第一次失败时，年轻的吉姆责备那“大海和大风虚伪的恐吓”，他为自己冒险的勇敢精神和青春活力而欢呼雀跃。我们期望《机会》中的马洛会有所不同，但是在他最后的叙述进行到一半时他又反映了吉姆对大海的天真判断：“大海是安全的，不会改变的……他可以庇护人类不受那些激情的危害，除了它自己的愤怒。”当然吉姆的一个作用就是完成库尔茨开始的历程：马洛首次陷入幻想，他摆脱了早期对青春和大海的看法，他说吉姆的外表获取了你们对消失的友谊的幻想，然后又毁掉了友谊。当然在大海上，那些开始下沉或犹豫的心回到了青春的边缘，对海上的生活幻想涵盖更广的现实。在《机会》和

① 朱炯强编选：《康拉德精选集》，济南：山东文艺出版社1999年版，第165页。

《青春》中，马洛肯定青春的勇敢胜利，但在遭遇到青春的思想和想象力的冲突之后，他又变得十分脆弱和做作，导致他在《黑暗深处》和《吉姆爷》里痛心的命运。《吉姆爷》中，“一切就这样结束了。他在一团云雾中逝去，内心仍然深不可测，被人遗忘却没有被人宽恕，而且太过浪漫。即使在他童年的想象最狂妄的岁月里，他也看不出这样一种非凡的成功会是这样的诱人！因为很可能就在他投出最后那一瞥骄傲而毫不畏缩的目光的短暂时刻，他看到了那机会的面孔，那机会就像一个东方的新娘，带着面罩，来到他身边”。

像《青春》一样，《机会》缺少一种中心道德，它们与马洛、库尔茨在《黑暗深处》以及吉姆在《吉姆爷》里经历的良心和噩梦般的危机没有任何关系，尽管多处引用“机会”，但它意味着巧合而不是天意，是偶然发生的而不是一种道德倾向。因此鲍威尔告诉我们他的第一次机遇是偶尔得来的，这种文字的讽刺性揭示了小说的深度和智慧。小说是被马洛称之为“最普遍的好奇心”的载体，而不是象征、哲学和道德探索的载体，因为他发现他的叙述只是稍微有趣，由于缺少感情的投入，最终失去了小说中心的紧张。《机会》的语气有一种随意乏味的优越性，马洛不合时宜地表现出了他强烈的情绪，就像他在设法逃出了弗洛拉的感情后，他抱怨道：“永不忏悔，永远不……不管哪种形式的忏悔都是不合时宜的。可以暂时容忍忏悔的唯一东西就是好奇心……所有的忏悔者在内心里都认为你是疯狂的、厚颜无耻的。”叙述者说：“我以前很少见马洛这么激动、这么消极、这么愤世嫉俗。”或许马洛的动机是正确的，但是好奇心是构筑《机会》的一种虚弱基础。

在《吉姆爷》中马洛认为吉姆是很守秘密的，马洛怀疑：“为什么人们会向他忏悔，好像我就没什么秘密似的……我实在不怎么适合接受人们的忏悔。”事实上他后来证明了这一点：“如果我不能理解忏悔者停顿下来的意思，我就不适合接受人们的忏悔。”马洛声明：“我的缺点就是不能辨别偶然事件。”但是当他表露出对法国中尉辨别力的敬佩时，它又暗含了反面的意思。然而尽管有这么多的矛盾，这样的声明不只是一般的误导，它是非常具有误导性的，好像他的自我判断得到回应一样。

马洛对《机会》的中心问题——大海和女人——的态度也是很烦人的，因为他自满的声明总是无休止地遇到冲突，而他又不改变。《机会》中的大海被认为是没有道德挑战性的，没有世俗的卑鄙的暗示，它提供了一种满足感和简单直接的冒险。因此人物生活的环境是异常的，它的不安不是大海所应该有的，而是与陆地联系的。这种异常被弗洛拉和安东尼的结合强化了，因为马洛的声明委婉地概括了大陆婚姻和海上婚姻。从弗洛拉和安东尼的婚姻中，不难发现在不到一年的时间里所发生的平常的婚姻争吵。如果你问马洛什么是平常的婚姻争吵，他会告诉你："那就是无中生有的争吵。"然而安东尼并没有受到这种堕落道德的影响，马洛没有解说成功，但他又一次保持着他的镇定自若。马洛说他不是生活在陆地上的，他当然不受妇女的困扰，尽管他在《机会》里首先宣布了与之相反的声明："我的本性里有足够的对妇女判断……妇女不是洋娃娃，也不是天使。她是人就像我一样。"实际上，这种亲和性、这种对"我们当中的一个"的随意滥用只是马洛在面对无知时所作的无休止声明的标志。他有时认为妇女比男人优秀，事实上在《机会》中通篇的叙述里他一直在抱怨妇女。于是马洛简洁地概括说："你说我不懂妇女，是的，也许我不懂她们，但是我对'妇女'有个很清楚的概念。"当然马洛既不懂妇女，也对妇女没有一个清楚的概念。他比他宣布的还知道得少，而且连他宣布的东西都弄不明白。因此在《黑暗深处》结尾时他对库尔茨说他有义务不告诉她有关妇女的一个事实，因为作为一个妇女她一定已经发现"太黑了……"然而在《机会》中他既成功地让别人领了他的情，又成功地换了另外一种说法："如果一个妇女间接地说出了她想说的话，我认为她是真诚的，如果不是考虑到那些愚蠢的男人，她可以直接说的……我们不能容忍妇女讲实话，在我们这个充满平庸之辈的傻子的天堂里，实话可以引起无限的麻烦与骚动……而她们知道这一事实。她们是仁慈的。"为了终止他对吉姆复杂的、模糊的态度，他揭示了自己内心深处的想法："当我们要与另外一个人的隐私的需要作斗争时，我们发现与我们一起分享太阳的温暖和星星的光辉的人是多么的不完美、优柔寡断和朦胧呀。好像孤独是生存的必需条件一样……"这种与人类关系的强烈冲突来自《机会》中激发马洛情绪的“普遍的好奇心”。在《青春》的作者注释里，康拉德说马洛自始至终都是他的代言人。康拉德否认马洛是一个吹牛大王，他是“一面镜子、一种工具、假冒者、一个常见的灵魂、一个窃窃私语的发报机”。他继续说：“我们的关系经过几年的发展，已经很亲密了……我们已结下了友谊，就他所有的主张来说，他不是个局外人。他闯入了我寂寞的生活，我沉默时，我们和谐地舒服地头靠头躺在一起，但是在故事结尾我们分手时，我很怀疑这就是我们最后一次的见面，但是我认为我们不是靠打倒对方而生存的。”至此，康拉德似乎已经进了一个迷宫，马洛作为一个成长中的叙述者，从《青春》中充满激情、朝气蓬勃、具有独立人格的小伙子到《吉姆爷》中那位对吉姆追求荣誉、英雄主义的理想抱着同情又略带讥讽的马洛，再到《黑暗深处》中对欧洲文明社会所谓到帝国建功立业的观念表示质疑最后彻底失望的马洛，他意识到非洲的黑暗和文明世界的黑暗一样，他加深了对人性善恶两重性的理解，加深了对真正信仰和正确观念的理解，他只有通过谎言来拯救那些蒙在鼓里的无辜和善良的人们，康拉德小说模式被不断扩展，视角被逐步深化，到了后期创作的小说《机会》里，马洛从小说中的一个人物转变成了一个不停做出迂腐声明的人，《机会》就变成了一种教化。马洛自己也意识到他的角度所带来的局限性，《机会》中马洛的讽刺与同情很明显带有巧合的性质，就像吉姆由于偶然因素到达帕图森岛一样，吉姆的死使马洛必然成为艺术家，马洛的让位又暗示了康拉德是个艺术家，艺术模仿了生活，艺术也恭维了生活，康拉德与马洛都在成长过程中合为一体，康拉德在叙述马洛的故事的同时获得了成功和成长。

第三节 《水仙花号上的黑水手》的叙事结构

《水仙花号上的黑水手》(*The Nigger of the Narcissus*, 1897)是康拉德航海小说的代表作。作品如实描绘了海洋的美丽景色，以海洋为镜，映照人心、道德、意志力量。航海经历是康拉德创作的重要源泉，海洋是一个具有象征意义的环境，以狂暴、神秘和无情向人的道德信念与意志力量提出挑战;航船上不同国籍、种族、地位的人形成一个组织严密、管理严格的现代社会,康拉德"将海洋和船上的生活环境……作为一种手段,用以探索人类经验中深刻的道德含义"。小说中的黑人新水手韦特是"船上集体心理学的中心和情节的枢纽",他一上船就自称重病在身,对整个航行没出过一点力,却处处表现出"暴躁和怯懦",并利用死作他的同谋来控制其他船员,在船上引起一片恐慌,船员中的骗子唐金乘机煽动闹事,船经过好望角时又遇上狂风巨浪,船长临危不惧沉着指挥,奋斗 30 小时之后终于脱险。最后,韦特死在船上。海员们为他举行了水葬,韦特的尸体刚一掉在海里,海面上就刮起了一阵怪风,此后一切正常,"水仙号"抵达英国,海员们登陆后四散而去。小说体现了一种积极、正义的人类力量,面临死亡绝境船员们的道德经受了严峻考验,既有巨浪覆船的威胁,又有疾病死亡的笼罩,还有以唐金为代表的道德上的腐蚀性和破坏力,而船长和老水手辛格尔顿忠于职守、精诚团结,最后战胜了自然的险恶和人心的邪恶,而韦特这个黑水手的形象激起了评论家们的巨大兴趣,评论《水仙花号上的黑水手》成了解释韦特的意义。其实,韦特不过是陆地上千千万万具体社会现象投向大海的阴影的焦点。康拉德把人类的普遍痛苦"物化"成了韦特,从而塑造出一个独具象征意义的人物。

《水仙花号上的黑水手》是一部带有实验性和创新意义的叙事作品,他的技巧在于采用多种人称叙述角度,第一章以全知全能的叙述方式,介绍了"水仙花号"在印度孟买起航前的情况;第二章继续用全知全能的方式叙述,在韦特说自己快要死了的时候,船员叙述者以第一人称"我们"的身份出现了,他变成了船员中的一员,体会到韦特的恐怖:"他一出现,仿佛使渐渐离去的阳光加快了撤离,落日突然沉下;他身上散发出一片黑雾;一种微妙的忧郁的影响;一种冷冰冰的阴暗的东西,飘散出来,附在所有人脸上,像服丧的面纱似的。"船员们见到他会散开,僵硬的嘴唇上欢乐的笑声消失了,全船的伙伴一点笑容也没有了。韦特把"我马上就要死了……死亡马上就要来了!"挂在嘴边,让大家一起感受到死亡的威胁和逼近。"吉米(韦特的昵称)一直期待的这位来客,是真实的——还是骗人的?我们既怜悯,又怀疑。他总是拿它炫耀。他一谈起那临近的死亡,就好像它已经在那儿，好像它走过外面的甲板，好像它马上就要进来，睡在那张唯一的空床；它天天干扰我们的工作，我们的空闲，我们的娱乐。”韦特借助死神控制了船员们的精神世界，也打破了大家的心理平衡；在第三章和第四章主要描写船员们与大海和死亡的拼搏，叙述角度也就更复杂和多样了，有全知全能式的叙述，有参与营救韦特的船员的叙述，有冷静旁观者报道船上发生的事情，还有第三人称叙述船上的罢工和哗变；第五章前半部分由船员叙述者来讲述故事经过，后半部分又出现了一个被贝尔法斯特认为是“韦特的好朋友”的叙述者，他感慨地目送船员们靠岸后四散离去的场面，小说最后一段话可以看做是康拉德的总结。《水仙花号上的黑水手》从第二章开始就进入了主题，出现了两个交替出现的叙述者——船员叙述者和全知全能的叙述者，船员叙述者通过集体代词如“我们”、“我们的”来表达感情，康拉德还不时的让船员叙述者来评价唐金，并发表一些超出其智力水平的高见。

有的评论家对康拉德在《水仙花号上的黑水手》里把詹姆斯·韦特作为人物轴心和叙事焦点这一事实提出了珍贵的见解，康拉德对韦特的定义对小说主题是很重要的：韦特是真正疾病的受害者和制造者。当韦特加入到“水仙花号”时，他已经是一个垂死的人了。然而由于害怕死亡，他说服自己相信这只不过是帮助自己逃避船上责任的借口。荒谬和具有讽刺意味的是韦特面临的死亡导致了他的自欺欺人。自从韦特来到船上，船员们对他就抱有一种复杂多变的感情。他们对他的感情一会儿这样，一会儿那样。由于不能够理解韦特的两难境地，最终导致了叛乱的发生。而且一直到叛乱被镇压之后大家才意识到韦特是真正的死到临头了。在小说中叙事角度的不断转换被理解为各种不同形式的“缺陷与不连贯”，然而作者正是通过拥有有限知识的船员叙事与拥有所有知识的“无所不知的叙事”之间的转换为读者提供了一个审美的距离，读者从中可以看到事件的真相与对事件的阐释的讽刺性。本节意在通过对《水仙花号上的黑水手》的叙述结构分析，来证明康拉德小说形式与意义的完美结合。

人们对这部小说评论的焦点在某种意义上有关康拉德对韦特心理的定义，作者在《水仙花号上的黑水手》的序言《致美国读者》一文中说过：

“他在书中微不足道；他仅仅是船上集体心理的中心和情节的枢纽。”①作家把韦特作为小说的轴心人物，他控制着读者的同情，他左右着船员们的行动。但笔者认为更值得关注的是贯穿小说全文的两种叙事声音，以及由此产生的对事件的解释。韦特为了掩盖他的病情，与死亡结成了好友，并且不时地向其他船员炫耀，一天要念叨许多次对临近死亡的想法。“它天天干扰我们的工作，我们的空闲，我们的娱乐。”韦特以死亡为借口，既不干活，也不许船员阿尔奇拉琴，韦特需要睡觉和休息时没人可以敲钉子挂衣服，看守们不得不小声地传话以免影响他休息，他甚至对食物和所有人都要抱怨诅咒一通，连他的咳嗽都变成了逃避责任的借口，他必须为自己制造的谎言保守秘密。康拉德把韦特描述为一个真正疾病的受害者和一个由于对死亡的恐惧而成为幻想中疾病的始作俑者，是一个在黑暗中、在阳光下、在睡眠中毫不倦怠的与死神为伴的人，他信守着逼近他的死亡的诺言，死亡仿佛构成了他生命的一部分。在暴风雨最肆虐的时候，韦特被船员们暂时遗忘，最终有人想起他被困在了船舱里，五个船员冒着生命危险费了九牛二虎之力才打破防水舱壁把他从船舱里救了出来，韦特对营救的反应是喘着粗气虚弱地说：“现在我终于把自己从那里搞了出来。”他那惊人的自信和他本应该表现出的对逼近的死亡的恐惧形成绝妙的讽刺。韦特对死亡很害怕但把死亡当做朋友，当做从犯，他是一个很有个性的人。正如小说所呈现的，韦特对死亡的态度是矛盾的，富有讽刺意味的，他的名字在船员名册上只是“模糊的一团”，变成了一种象征，是造成欺骗的媒介，他对逼近的死亡有时故意掩盖，有时故意渲染，使它成为欺骗船员们的一种心理暗示并最终导致了自欺欺人，读者也就不难理解康拉德对韦特的定位：他只不过是全体船员集体心理的中心和情节的枢纽。

韦特与船员唐金的关系为此做了很好的注释，他俩严重地威胁了船员的团结和船上的和谐。康拉德把唐金刻画成一个卑鄙险恶的家伙，一个懒惰无能的小人，他明知道作为船员的所有义务却不尽任何义务。作

---

① 〔英〕康拉德：《吉姆爷 黑暗深处 水仙花号上的黑水手》，熊蕾等译，北京：人民文学出版社1998年版，第365页。

家一方面描述了他俩的相互依存关系，一方面又细致地刻画了他俩的不同，韦特造成的威胁是复杂微妙的，而唐金造成的威胁是残忍明显的；韦特善于制造时机，而唐金则善于利用时机。为制造内讧，唐金假惺惺地表示关心船员们的幸福，从而利用他们纯洁天真的感情，在唐金的鼓动下，船员叙述者也承认尽管厌恶这个唾沫飞溅的家伙，但却无法否定他在争论中提出的明白易懂的事实："事实很明显。我们无疑是好人；我们的功劳很大，而我们的工资很少。是我们卖力卖命，救了这条船，而船长却会得到这份荣誉。他干了什么？唐金问道'如果没有我们，他能干什么？'我们答不上来。我们的确受这个世界不公平的压迫，一旦发觉我们在它的压迫下过了这么久，竟不了解自己不幸的处境，感到吃惊，又因为不安的怀疑使我们蠢得没有识别能力而苦恼。"[①]他煽动船员要求更高的薪水和改变目前不公平的待遇，达到控制船员发动叛乱的目的，但是直到船长对韦特的处置点燃了船员们的怒火，他的愿望才得以实现。后来唐金把船索扔向船长（这一行动明显有点过火），他的阴险用心和无礼举动被船员们否定了。然而，韦特与唐金的关系要微妙复杂得多，不管唐金怎么理解韦特与死神的关系，他总是抓住机会发泄不满、恶化矛盾；而韦特通过唐金认识到自己只是一个制造各种借口逃避工作的人，通过唐金强化自己的死亡恐惧，也使自己更依附于谎言，唐金的讽刺只能使韦特感到满足，他称韦特是骗子、黑鬼，并且责备船员们上了韦特的当，滑稽的是韦特对唐金的讽刺嘲弄的反应却是送给了唐金一件运动衫，"但是，韦特似乎真的很喜欢这样的讽刺"，从而突出了韦特对唐金的心理依赖。

康拉德对厨师波德莫尔与韦特的关系的描写带有喜剧色彩，他把波德莫尔描写成一个伪善自负的伦理家，好像他蒙受了特殊的恩惠专门来到船上拯救这些有罪的人，"这个瘦瘦的头发灰白的人在高他一头的大副二副当中露出来，衣服破烂，显得僵硬，瘦骨嶙峋，像雕刻的小人像，脸瘦

① 〔英〕康拉德：《吉姆爷 黑暗深处 水仙花号上的黑水手》，熊蕾等译，北京：人民文学出版社 1998 年版，第 453 页。

削而镇静”。[①] 他希望在韦特临终前为他祈祷，像是一个期待荣耀降临的虚伪的圣徒，康拉德把波德莫尔描述成一个宗教的狂热者，对基督的顶礼膜拜使他的形象变得滑稽可笑，他对韦特说：

> “……死到临头了！你看不见永恒的火……你就感觉不到吗？罪孽深重，才看不见！忏悔吧，忏悔吧！想到你，我就受不了。我听到要拯救你的呼声。白天，晚上都听得见。吉米，让我拯救你吧。”

厨师这番既恳求又威胁的话让韦特直冒汗并高呼救命，波德莫尔打破了韦特的心理壁垒，并在随后与暴风雨的搏斗中建立了自己的声誉，他不顾安危为船员们冲咖啡赢得了船员们的尊敬。小说第五章中波德莫尔最后一次去探视韦特时，他冷酷地打消了韦特逃避责任躲在房间睡觉的念头，并再次提到了他的壮举：“他是一个声音——一个没有血肉的崇高的东西，像那个难忘的晚上一样——那晚上他轻易地战胜大海去给那些冻得要死的罪人做咖啡。”[②]从小说第四章开始，波德莫尔与韦特的关系变得相当残忍，韦特的心理防线开始瓦解，波德莫尔有关地狱之火的那席话把韦特逼得无路可退，他接着说：“我看你马上就要死了……死在我面前……你已经跟死差不多了。”于是韦特不但承认自己病得没那么严重，还要求马上回到工作岗位上去。“上星期我就好些了……我好了……我回去值班……明天——要是你愿意，现在也行，船长。”[③]

整部小说中，韦特控制着船员们复杂多变的感情，这成为小说的情节枢纽。因为他们说不清对韦特的感情，不知道对他该采用什么态度。“他掌握了生活的秘诀，那个可恶的垂死的人；他控制着我们生存的每时每刻。我们绝望了，但仍然顺从。”[④]尽管他们怀疑和责备韦特，但并没有因此找到安全感，他们对韦特的感情忽左忽右，爱恨交织。贝尔法斯特曾说：“扭断他丑陋的黑头——懒惰的骗子。”然而也是他偷了长官星期天的

---

① 〔英〕康拉德：《吉姆爷 黑暗深处 水仙花号上的黑水手》，熊蕾等译，北京：人民文学出版社1998年版，第467页。

② 同上书，第466页。

③ 同上书，第468页。

④ 同上书，第401页。

水果派去引诱韦特挑剔的胃口，偷窃事件影响了官兵的相互信任，此时的韦特成了船员们的主心骨。叛乱平息了，船长的一席话使船员们意识到了韦特的自欺欺人和他对死亡的害怕，辛格尔顿在船长示意下保证让韦特继续休养，事实最终证明唐金对船上的和平造成的威胁是无力的，船员们对韦特的自欺欺人既吃惊又同情并开始支持他，他们离伤感的谎言如此的近，说明对韦特的心理依赖成了船员们共同的选择。

康拉德把船长阿利斯顿描写成一个自信的能够解决船上所有问题的严肃的长官。在暴风雨中，他的行为是无可挑剔的。他拒绝砍断桅杆，他手下的官员支持他的判断——船员们会照顾船只。他在处理波德莫尔假装神圣的激昂演说、唐金向他扔船索以及韦特要回工作岗位等棘手问题上，都表明他有着"如何规矩船员们行动"的睿智，船长很藐视唐金并且在船员面前成功地羞辱了他，从而彻底摧毁了唐金作为叛乱发起者的余威。但是韦特的问题却比较复杂，当韦特受到波德莫尔的恐吓要求回到工作岗位时，船长对他说："你本来在装病，喏，这谁都看得出来。你没病，不过，既然你愿意躺着取乐——现在，你也得躺着让我高兴高兴。贝克先生，我命令，在这次航行结束以前，不准这个人上甲板。"①然后他对贝克先生说："刚才你认为我处理不当吧，贝克先生？"他敲敲额头，笑了一声，"我一看见他站在那儿跟死人差不多，又吓成那副样子——黑乎乎的夹在那帮目瞪口呆的家伙当中——根本没胆量面对我们要发生的事——我还来不及考虑一下，突然起了那个念头。为他感到遗憾——像你们会为一个生病的畜生感到遗憾一样。要是人怕死，非常惊惶！……我认为，我会随他便，让他出去。"②船长非常清楚韦特的把戏，却对他留有情面，这体现了船长阿利斯顿的同情心与对韦特的理解，指出了韦特的恐惧是一种"无名的恐惧"。船上只有老船员辛格尔顿不为韦特的自欺欺人所动，他认为自从韦特上船，他就注定要死，这是海上的惯例，只不过这件事是巧合罢了，他对韦特温和地说："好，你要死就死吧。""可别为这事给咱们大

---

① 〔英〕康拉德：《吉姆爷 黑暗深处 水仙花号上的黑水手》，熊蕾等译，北京：人民文学出版社1998年版，第469页。

② 同上书，第474页。

吵大闹。我们无法帮助你。”①辛格尔顿对小说戏剧化的结构当然很重要，作为一个老海员，在叛乱的关键时刻他减缓了船员们激昂的情绪。另一方面他对小说也有着重要的意义，因为这场风暴也让他改变了很多，在风暴中他坚守在驾驶舱长达三十多个小时，这时他意识到一个难以接受的事实——“老辛格尔顿”不仅仅是一种尊称，现在他确实太老了，再不能适应船上艰苦的生活与工作了。

康拉德尽可能限制他的船员叙述者讲述他所听到所参加的事件，他能够叙述营救韦特时的情景是因为他参与了对韦特的营救，因此他就成了一个叙事中介，对推动小说事件的发展起到重要作用。然而，船员的叙述决不仅限于叙述事实和偶然的理性思考，他还可以质疑，例如，他作为全体船员的代言人，通过他的评论反映了他与其他船员最初对韦特的态度以及对韦特困境的不理解，韦特时常把死亡挂在嘴边，“这个讨厌的黑人一天要念它许多次，骂他们，像夸耀，又像威胁。这死亡至今还只照顾他生活上的舒适，他似乎以此自负；他为此盛气凌人，好像世界上还没有别人跟这样一个同伴亲近过；他不停地在我们面前夸耀它，那样情真意切地坚持，使人觉得它的临近不容置疑，然而又不可信”②。当韦特念叨着“我马上就要死了……死亡马上就要来了”时，这位船员叙述者对韦特与死神的关系地做出了这样的评论：“不可能怀疑谁有这种可怕的友谊！韦特一直期待的这位来客，是真实的——还是骗人的？当他为了一点小事，就在我们眼前抖动他那身令人讨厌的可耻的骨架子时，我们可怜也不是，疑惑也不是。他总是拿它炫耀。他一谈起那临近的死亡，就好像它已经在那儿，好像它走过外面的甲板，好像它马上就要进来，睡在那张唯一的空床上；好像吃每顿饭时都坐在他身边。”③大家都在疑惑，这个韦特等待的死神到底是虚幻的呢还是实际存在的呢？我们在同情与怀疑之间犹豫不定，让人烦恼的是他总在我们面前搬弄他那烦人的死神幽魂。在叛乱

① 〔英〕康拉德：《吉姆爷 黑暗深处 水仙花号上的黑水手》，熊蕾等译，北京：人民文学出版社1998年版，第405页。

② 同上书，第400页。

③ 同上。

之后，当船员叙述者与其他船员一样意识到韦特真的是快死了的时候，他继续评论说："虚幻胜利了。他通过怀疑、愚蠢、同情和情感主义取得了胜利。我们通过同情、鲁莽和滑稽支持了它的胜利。韦特面对死亡的不真实的态度的坚定是一个巨大的谜。"韦特终于死了。"他的死，像一个古老的信念消亡一样，动摇了我们这个社会的基础。一条共同的纽带消失了；那是由一个伤感的谎言编成的结实、有效、可敬的纽带。"①船员们失去了心理依托，他们陷入了发呆、怀疑、醒悟状态。

康拉德一方面对船员叙述者的观点加以限制与干涉，另一方面通过一个无所不知的全能叙述者对一些场面进行解说，比如波德莫尔与唐金对韦特的探望，事实上，正是从这种不同的角度出发才能了解小说的讽刺性所在，因为康拉德从来就不打算让读者仅仅通过单一叙述了解他对韦特的看法，他向读者提供一个多重视角，创造出一种在船员叙事与全知全能的叙事之间的讽刺距离，他有意赋予这些叙述声音较为清晰的意义，从小说所提供的审美角度来看，它毫无疑问体现了康拉德艺术的目的——唤起同情感、美感和痛苦感，以及"我要尽力完成的工作，是靠文字的力量，使你能听到，使你能感受到——最重要的是，使你能看到"②。不管人们如何评价小说中的多种叙事声音，这部小说的艺术完整性就在于叙事技巧的使用，这一点是毫无疑问的，多种叙事的声音让读者了解人物的心理发展，了解事件的真相和对事件的解释，康拉德极力要表现的是，为读者提供一个多重角度来讽刺性地看待整个事件，从不同层面使他的小说具有权威性。

第四节 《台风》叙事语言研究

康拉德小说语言的混杂现象体现在不同国籍、不同文化背景的人物身上，而在同一种语言体系中语言的复杂性又如何呢？笔者以《台风》为

---

① 〔英〕康拉德：《吉姆爷 黑暗深处 水仙花号上的黑水手》，熊蕾等译，北京：人民文学出版社1998年版，第499页。

② 同上书，第36页。

例来具体说明康拉德对语言的认识和运用,从而把握《台风》独特的艺术透视角度和层次丰富的叙事语言。《台风》写了两个方面的矛盾:人与自然之间的矛盾,人与人之间的冲突。康拉德这样解释故事的含义:虽然是"专写暴风雨之作",但它的真正主题"不是恶劣的天气,而是甲板下人为因素造成的极度紧张给船上生活带来的复杂情势",人的活动才是故事的中心。在《台风》中把行动和观念两个王国合在一起的是语言交流的不同层次,一些交流紧紧围绕行动展开,一些交流与空想猜测有关,研究它们之间的和谐关系,有助于了解康拉德对于行动、观念、语言和叙事艺术的思考。

第一层面的语言交流在"南山号"船长马克惠与全体船员、公司来的办事员和中国人之间进行。这一层语言交流与行动世界分不开,众多的行动构成叙事的主要核心:送中国苦力回福州,在狂暴的台风中如何维持秩序。全体船员之间的语言交流最后起到了恢复船上秩序、完成运送任务、拯救航船于台风之中的作用,在这个过程中,小说一系列的语言交流成了统一的向心力和多样的离心力之间竞争的场地,其中马克惠船长和大副朱可士的语言习惯差异最有代表性。老薛格先生正是看中了马克惠的沉默寡言、严谨务实才委以他船长重任的,马克惠只相信有意义的和实用的语言,对他来说,语言必须是与现实和事实相联系的工具,他很少开口,他觉得诸如指挥或命令与职务有关的话早已交代清楚,日常琐碎之事不需添加注解,因为最正确而不容置疑的说明莫过于事实本身。他的语言习惯也体现在给家人的信件中,可怜的父母为马克惠到海上飘荡伤透了心,8 个月后他们收到儿子的第一封来信,马克惠只简单写了"我们出航一路天气很好"之类的话,随后的一封封信中多是地名、船名和人名:

> The old couple ultimately became acquainted with a good many names of ships, and with the name of skippers who command them—with the names of Scots and English shipowners—with the names of seas, oceans, straits, promontories—with outlandish names of lumber-ports, of rice-ports, of cotton-ports—with the names of islands—with the name of their young son's woman. She was called Lucy. It did not suggest itself to

him to mention whether he thought the name pretty. And then they died.

（结果老人家倒熟悉了许多船舶的名字和带领它们的船长们的名字——苏格兰和英格兰的船户们的名字——许多海、洋、峡、岬的名字——许多输出木材、米、棉的商港的外国名字——许多岛屿的名字——年轻儿媳的名字。她叫露西。他自己觉得这名字很玲珑，他可没有想到提一提。随后老两口死了。）①

船长认为语言最基本的特点就是为事物命名，它的基本作用是在语言秩序和现实秩序之间保持最强的联系，他使用语言主要是为了指定人、地方和事物，他并不关心语言作为一个独立的现象有其自身的价值、美感和规范标准，自然他对语言内部各种因素相互作用所创造的意义也很冷漠。他只是运用基本的语言功能，他甚至不需要运用语言交流就能解决大多数生活中的难题，他拥有与世界直接交流的天赋，在他眼里中国海令人着迷："中国海南北海面都很窄。这些海有的是耸人听闻的日常琐屑，岛屿啊，沙滩啊，暗礁啊，易变的激流啊……尽是些纠缠的事实，可是依然能明晰确切地打动一个海员的听闻。事实的言语，呈诉于马克惠船长惟实的意识，力量是那么强大。"②船长也有能力不通过语言中介与他的下属交流，这种才能越过了不可克服的语言障碍，他在颠簸的船上有效地控制住陷入疯狂的苦力，尽管马克惠从没与苦力讲过一句话，他直觉到他们的需要和他们的恐惧，了解他们对所采取的措施的反应，"那些中国人里面闹什么乱子呢。他们正动武呢，好像是。动武可是不允许的，无论如何。" 这种本能直觉使他能够成功地恢复秩序和使苦力们安静下来，他认为消除苦力对失散财物的焦虑情绪的最好办法就是"把所有的钱都拣起来"。由于船在台风暴雨中颠簸，苦力们的箱子破散了，于是船上的中国人一股脑儿爬起来抢护他们的财产，在底舱里，混作一团，斗争一旦开始，连他们自己都没法停止了。现在除了用全力对付，什么也禁止不了他们，这是一场灾难。船长的态度很肯定，他认为该怎样对付就怎样对付，他在

① 薛诗绮编选：《康拉德海洋小说》，上海：百家出版社 2004 年版，第 51 页。

② 同上书，第 61 页。

风暴中下达的命令虽然没有修饰色彩，却传达出一种坚定的力量，因此当其他指挥者屈服于台风毁灭性的淫威时，马克惠冷静和坚定的语言为船员们提供了信念上的支持，把他们从恐惧和崩溃的边缘拉了回来。在危急关头，大副朱可士“于是他又听见了那个声音，勉强逼出而微微震颤的声音，可是在那洪大杂乱的喧闹里带有静谧的沁人心脾的效力，仿佛从暴风的黑暗荒野的那边，从一个遥远的和平境界里传来的；他又听见了那个人的声音……纤弱而不可屈挠的声音，能以传达无限思想、决心和目的，纵使到了世界末日，天体坠落而正义完成的时节也会说些自信的话的——他又听见了这声音，仿佛正从很远很远的地方向他叫喊——‘没有错儿’”①。很明显，马克惠通过无言的交流或有限的交流达到解决问题的目的，他这种简单客观的语言习惯在危机中自有它的优点，没有任何牵强或横插进来的东西，在普通平实中显现了特殊的效果。在马克惠身上毫无英雄气概，却有一种无法忽视的力量，不管大副流露出如何激动、紧张和劫后余生的喜悦，但他的船长只是紧紧抓住栏杆，并没有理会他的话，只是冷静地说：“按那些书上的说法，最坏的情形可还没过去呢。”小说中马克惠的形象显得古怪可笑，类似狄更斯笔下的人物，他外表平凡无奇，缺乏想象力和幽默感，有点愚鲁，然而面临外有台风肆虐，内有苦力骚乱的双重危机，他那实用平淡的语言、沉着刚毅的性格就显示出了与众不同的精神力量，他坚信闯入台风中心才是最明智的做法，最危险的地方也就是最安全的地方，至于试图预见未来或是按观念行事，或按照书本所说的偏离航线以躲避暴风雨，这在马克惠看来是最愚蠢不过的做法了。“迎头应战——决不闪避——唯有这个方法才能突破这重难关。你是个年轻水手。正面应战。这就够了，无论在谁，头脑要冷。”②对风暴的态度是决不避让，而是迎头“直穿过去”，只要对着台风干，就尽到了一个船员的职责，所以船长用不着摆出什么象征性的架势，他站在台风中，就成了传统的体现，成了权威的体现，最高的精神胜利体现在平平实实的意识和

① 薛诗绮编选：《康拉德海洋小说》，上海：百家出版社 2004 年版，第 91 页。
② 同上书，第 137 页。

语言中，体现在对中国苦力的冲突采取合理、果断的解决方式，体现在思想周密、判断准确、处事公正，平时他的智慧并无表露，只在受到外部强大压力才激发出来，人物性格为此更具深度。《台风》中的船长是一个没有受到陆地上肮脏和罪恶污染的人，他“航行于海洋的表面，就像有些人轻轻掠过生存的岁月，悄悄沉入一座平静的坟墓，始终没有懂得生活，也从来没有机会看见生活所包含的一切奸狠、狂暴和恐怖”。正是这样一个不懂得生活的人，用内在的品质战胜了风浪，平息了纷争，摆脱了死亡，使航行得以顺利完成。虽然朱可士对船长的专横训练和机械命令有些反感，可他不得不佩服船长的指挥能力。

尽管马克惠船长是力量的象征，他的语言扮演了一个决定性的角色，然而他却不能凭借基本的语言独自完成拯救轮船的任务，他的语言被其他语言所限定，它们依靠其他人语言的相互作用才能发挥作用，彼此的对话产生合力才能组成切实可行的行动，才能最终避免船毁人亡悲剧的发生，船员们不同层次的戏剧性语言对危机的最终解决产生了同样重要的作用。比如，大副朱可士富于想象力和隐喻色彩的语言表达，与船长平实的语言表达形成鲜明对比，在完成航行使命的过程中与船长的语言同样不可或缺。薛格公司为方便起见，决定在航行中把英国旗换成暹罗（泰国的旧称）旗，船籍的改变让朱可士心神不安，仿佛自身受了污辱一样，他抱怨并发出冷笑：“你想想，船上挂的旗画了个怪滑稽的，跟小儿玩具似的像。”[①]暹罗国旗中央那只大象让他觉得太古怪了，甚至产生辞职不干的想法，且看他与船长为国旗一事的对话：

> “旗又怎么啦，”马克惠船长问道。“我看并没有错儿。”他便走过望台的一头去，仔细看了看。
>
> “嗳，我觉得太古怪了。”朱可士突然喊道，恼怒得厉害，一骨碌走下望台去。马克惠对于这些举措倒吃了一惊。少顷，他悄悄走进海图室，打开他的“国际船舶信号书“，翻到世界各国的国旗，一排排灿烂夺目，刻画得很准确的插图。他用一只手指挨次点着这些国旗，等

① 薛诗绮编选：《康拉德海洋小说》，上海：百家出版社 2004 年版，第 55 页。

点到暹罗,他便凝神定睛,仔细地端详那个红底白象,没有再简单明白的了;可是为要得个分晓,他便随手带了这本书出来,走上望台去想把书上画的图同船尾旗杆上挂的实物对比一下。当时朱可士抑制着胸中的怒火,正在料理当天的事务,恰巧也上了望台,船长便道:

"那面旗并没有哪儿不对啊。"

"没有么?"朱可士嗫嚅说,对着甲板库双膝跪下,恶狠狠地抛出一束剩余备用的测锤铅绳。

"没有。我查书来看,长是宽的二倍,象形在正中。我原想他们上岸总该知道当地的旗是怎么做法的必然之理.。你弄错了,朱可士……

"嗳,先生,"朱可士愤激地站起身来说,"我是说……"他摸索着找那束铅绳的头,双手直抖。

"一点不错。"马克惠船长安慰他,沉重地往一张他所心爱的小帆布摺椅上一坐。"你得特别留神的就是在他们没有十分熟悉以前,别让他们把那只象挂倒了。"①

朱可士想和船长争论清楚,可船长已经将手肘舒舒服服地搁在望台的栏杆上了。船长考虑的,要是大象挂颠倒了的话,旁人也许会把它当成危险信号呢,他善于面对事实,不考虑过多的个人情感因素,只是维持正常的秩序就好。而朱可士的语言更多带有夸张和想象的色彩,更多代表了一种异想天开的观念,在风暴的魔力中他变得迷离恍惚,他的自信几乎被摧垮:"仿佛台风的猛力使他失掉了责任心,甚至连行动的念头都变得没有意义了。要使他的心肠化作坚硬的铁石去应付恶劣不堪的遭遇,他觉得非全神贯注不可,所以他对于任何旁的活动方式渐渐感到难忍的嫌恶。他倒并不馁怯;这他知道,因为他坚决地相信他再也看不见下回的旭日东升了,这样的信念反使他保持着镇静。"②当船长听到苦力们在底舱里滚打时,他要求朱可士下去了解实情,朱可士极力想躲避这项任务。

---

① 薛诗绮编选:《康拉德海洋小说》,上海:百家出版社 2004 年版,第 55—56 页。

② 同上书,第 97 页。

"我又有什么办法呢,先生?"朱可士浑身透湿,只是打颤,使他说话的声音好似咩咩的小羊叫。

"先瞧瞧……水手长……说……滚呢。"

"那水手长是个浑头浑脑的傻瓜。"朱可士抖抖地狂吼。

船长对朱可士提出的这个要求未免太荒唐,激起了他的嫌恨。他怎么也不肯去,仿佛他只消离开甲板,船马上准会沉的。

"我非得知道……不能让……"

"他们自己会平定的,先生。"①

船长坚持让朱可士去制止中国苦力的混乱争斗,他说:"并不愿……丢了你……这么久……船并没……陆特……好人……船会挨过这……总算还没有出毛病。"朱可士忽然明白他非去不可了,他无法抗拒船长话语的权威性,他尖叫地问"你觉得它会挨过去么?"得到的回答是"一定",语言的交锋促成了行动的实施。

小说中船员们的语言似乎只比动物的呻吟略为高级些,他们的焦虑出于纯粹的自私、非理性,他们的语言充满了俗语和俚语行话,在台风肆虐的危急关头,要想使旁人听懂他们的话,实在是非常费劲。最后,他们里面的一位说:"只要有些微亮的光,让人们看得见彼此的鼻头,那也要好多了。"他宣称,躺在黑暗里,静待那倒霉的船往下沉,简直叫他要发疯啦。他们使用语言的目的是设法讲清楚他们对灯光的象征性需要,他们在黑暗混乱中渴求秩序,然后采取了一系列行动,他们哀泣恳求,希望有一盏灯照着他们淹死,这似乎是迈开了在混乱现状中找回秩序的第一步。水手长尽管意识到责任重大,又难免不理智地发牢骚,他抱怨没有人能爬到那间放灯的房舱去,如果他如实告诉陷入绝望的船员们,那他得到的结果必然是异口同声的辱骂。他们的埋怨、叹息和嘀咕,使水手长烦恼异常。无人帮他的忙,拦住他去路的水手竟不肯挪动一下,他只好慈悲地劝说他:"呃,你们吵闹着要灯,我正打算替你们拿一盏过来呢。"②言语中带有

① 薛诗绮编选:《康拉德海洋小说》,上海:百家出版社2004年版,第106页。

② 同上书,第101页。

讨好和息事宁人的味道，水手长突然想起在前面中舱还挂着6盏球形的灯，然而那里的苦力已经扭打成一团了，他面对着地狱般失控的混乱场面，意识到一盏灯的实用价值远比寻求隐喻光亮更重要，它可以控制像动物般叫喊的苦力：

> "He pulled back the bolt: the heavy iron plate turned on its hinges; and it was as though he had opened the door to the sounds of the tempest. A gust of hoarse yelling met him; the air was covered by a tumult of strangled throaty shrieks that produced an effect of desperate confusion."
>
> "他拉开门闩：沉重的铁扉在枢纽上转动了；他打开门来，仿佛去迎接那风涛的声音。一阵干哑的叫喊声迎面扑来：空气并无骚动；窒闷尖利的叫声，形成一片异常狂野的混乱，盖过了头顶海水的奔腾声。"①

在当代批评意识中，理智的欧洲船员与野兽般的东方人这类套话会令人感觉不舒服，然而，在康拉德所描绘的殖民地系列小说中，他认真思考了理性的观念和混乱的生活两者之间的关系，你无法回避只有去努力发现隐藏在现象底下的更深层的含义。在所有的事件中，苦力动物般的嚎叫、船员们的牢骚、朱可士富有想象力的语言和马克惠船长实用的语言，再加上水手长的责任感一起构成了切实有用的行动。有趣的是，水手长一开始并没有给人留下深刻印象，他是个矮小、难看、粗笨的人，毛发蓬松，短腿长臂，活像个老猢狲，性格懒散随意，人们爱怎么就怎么对待他，他是一个"夸夸其谈的人"，"人们不喜欢他"，朱可士评价他"性格中没有一点创新"，正是这个消极被动的人物，在行动中起到领头作用，为恢复船上混乱的秩序发挥了关键作用，他那套健谈的、粗心直率的、不留神的语言在所有不同语言表达方式中反而使他成了聪明的反省者和思考者，他帮助带有强烈想象色彩却无法抓住事实真相的朱可士摆脱困境，这样朱可士才能把想象的力量转化为有效的行动，水手长一眼看穿了苦力争斗

---

① 薛诗绮编选：《康拉德海洋小说》，上海：百家出版社2004年版，第103页。

的根由，保护被吓昏的神志迷乱的朱可士，当朱可士为手头荒唐的职责感到愤慨而心事重重时，水手长及时地警告他要小心打开那扇关着暴乱者的门，朱可士就像一个茫然若失的瞎子，而水手长就是他的盲杖，水手长多次提醒朱可士苦力们打斗的起因："银圆！银圆啊，先生，他们那些破烂的箱子完全爆裂了。银圆满处滚跳，他们横颠竖倒地追抢——拼命地你拉我咬。那里面简直成了个小地狱啦。"[①]他带着严峻的口气请求被吓蒙了的朱可士："你可别走进那里面去啊，先生。"他的语言为迷乱的朱可士提供了庇护所。

在生死存亡的紧要关头，只有二副的恶毒语言没有位置，他的语言只有两个目的：防卫或冒犯进攻，一方面他使自己显得过分警惕，好远离那无害无恶意的嘲弄；另一方面他想趁机发表多余的评论，用有害的语言制造恐慌使船员们意志消沉。他喜欢和朱可士抬杠："你们这儿谁也愚弄不了我哩，我敢相信。"朱可士对他的无礼纠缠深感厌恶，呵斥他"喔，滚你的"，他却发出得意的冷笑。"这是你说的。"朱可士反击道："我说的又怎么啦？"二副带着幸灾乐祸的心理说："我知道挺好的人，压根儿没有说什么，竟跟着他们的船长遇险遭难了，啊错啦！你可招不着我。"[②]二副的语言形成一种离心力，起到涣散人心的作用，在海浪冲击甲板时，为了偷生，二副低低地缩躺在操舵室的后面，好像一个不怀好意的小野兽躲在篱笆下面，他用抱怨的口气回答水手长的问话："船长么？把我们弄到这样不死不活的田地，自个儿倒先滚下海去了。大副想来也淹死了，管他呢，又一个傻瓜。"[③]面对船长的镇静指挥，二副带着一种愤怒、悲哀、委弃、屈服和决不饶恕的神情，用哀悼的口气对船长说："你看不见天亮了！""不会的了，天呀！你决不会……"在台风中，他浑身抖动得厉害，又用拳头抱住自己的脸，船长告诫大家别理会那家伙说的话，他的语言被船长喝令"闭嘴"而失去了功能，他也因恐惧过头神经失了常态，他从语言交流的世界中消失了。

---

① 薛诗绮编选：《康拉德海洋小说》，上海：百家出版社2004年版，第109页。

② 同上书，第75页。

③ 同上书，第105页。

此外,锅炉室的胖伙夫默不作声,仿佛他的舌头被割掉了;副机师却像个天不怕地不怕的疯子嚷嚷不休;中国苦力不是在为银圆肉搏就是在悲切地啜泣。"蓦然地,一个苦力说起话来。灯光来回地照了照他消瘦紧张的脸;他猛然抬起头来,活像个吠叫的猎犬。煤舱里传来敲击声和银圆抛滚声;他伸出一条胳膊,嘴张成个黑洞洞的窟窿,发出不可理解的叫嚷着的喉音,似乎说的是不属于人类的语言,这使朱可士产生了一种奇怪的感情。仿佛那是一个野兽想要高谈阔论呢。"在整个应付狂风巨浪和苦力们暴乱的过程中,船长从容不迫的声音和实事求是的音调起到稳定人心和解决问题的关键作用。

不管怎样,各具特色的语言习惯的配合使用使船员们发挥了各自最大的作用,然而,在台风中所经历的一切复杂行动不能只从单一的角度来叙述,除了对话,康拉德采用了第二层面的语言交流,即书信交流的方式来叙述事件。

《台风》的最后一章讲"南山号"轮船抵达中国福州后的事。通过"南山号"船上的官员给家人和朋友的几封重要书信,对海上遭遇台风后所发生的事作了进一步的评论,但却没有一封信能提供真实可信的解释,困难就在于写信者和读信者由于地理空间差异和社交活动不同导致的交流困难。首先是大副朱可士写给大西洋那边从事西方海上贸易的朋友的信,讲述这场风暴和苦力问题是如何解决的,他的叙述的确又生动又丰富,正如他的对话语言一样。他的朋友把信的内容随意讲给定期班船上的职员们听:"我认识一个家伙,他给我写信,说他船上发生了一件非常不寻常的事,就是那回刮台风的时候——你们知道——两个月以前我们在报纸上看见的。这事挺有趣!请你们自己看看他说的什么。我拿他的信给你们看吧。"[①]大副朱可士的叙述充分表现了一种天真、青春和活泼愉快的个性,然而他总结事件过程的努力非常幽默,他的评论或者过度修饰或者离题甚远,比如:"……我忽然恍悟,这些该死的中国人哪能知道我们是不是亡命的强盗呢?假使有个中国人,他比你强,而你要他丢下他的银钱,事

① 薛诗绮编选:《康拉德海洋小说》,上海:百家出版社 2004 年版,第 146 页。

情就糟了。”[1]信里有好些词句,似乎故意叫读者忘不了他那轻松愉快、百折不回的精神,他有意强调自己在动乱事件中的作用:“因此,没有多加思索,我迅雷不及掩耳的将水手们带走了——我们的工作完成了——那是老大(指船长)下决心要干的。我们一逃而空,没有时间去问问他们作何感想。我相信:假使他们不是受了这样的猛烈的颠簸,假使他们不是人人害怕得不敢站直的话,我们怕已经被他们撕得粉碎了。噢!这件事儿简直可谓没有缺陷的了。”[2]虽然朱可士对船长的决定经常持保留态度,最后却不得不承认船长的话是对的:“这的确是最合宜的可能处置,没有让事件声张泄露,所有关系者都受惠不浅。”

> "What's your opinion, you pampered mail-boat swell? The old [old Solomon, the chief engineer] says that this was plainly the only thing that could be done. The skipper remarked to me the other day. "There are things you find nothing about in books." I think that he got out of it pretty well for such a stupid man."
>
> “你的意见如何?轮机长说这显然是唯一的可行办法。不久以前有一天老大还对我说,‘有些事情,你在书本里连影子都找不着的。’我想,以他这样的蠢汉,居然摆脱了这次的麻烦,要算很不错的啦。”[3]

在《台风》中朱可士的报告重现了康拉德的叙述风格,即通过一些相关的碎片描述了整个事件的大致轮廓。

另外两封信中有一封是老苏罗门写给妻子的劫后余生略带伤感的信;另一封是马克惠船长写给妻子的信,是毫无文采的一笔流水账。马克惠太太以为丈夫想退休回家很不高兴,儿子对父亲漠不关心,女儿也瞧不起父亲,但他却是一个真正的海上英雄,用他的沉稳、用他的忠诚击败了肆虐的台风和暴乱的苦力。这两封家信再次证实了单向交流的叙事的有

---

① 薛诗绮编选:《康拉德海洋小说》,上海:百家出版社 2004 年版,第 146 页。
② 同上。
③ 同上书,第 151 页。

限权力，他们的信无法填补在殖民地环境中生活的本来面貌和西半球那种放纵舒适生活之间巨大的沟壑，正如朱可士在给朋友的信中所言："我可以这样说，你来来回回地在大西洋上航行，纵使直到地老天荒，你也不会碰到这样又棘手又顺手的活儿的。"[①]更不用说那些生活在英国本土的人了。船长太太除了关心带给她的食物和庇护所外对其他的生活细节漠不关心，当她看到丈夫用陈腐的口气报告台风的过程和生命中的严峻时刻，她却打着哈欠没有丝毫兴趣，她循例敷衍似地翻阅着那几页信笺，茫然的眼睛东看一句，西瞟一眼，她所关心的信的价值在于她的丈夫很安全，可以继续为她和孩子们的舒适生活提供保障，苦力们的挣扎、船员们的险境与她的购物和社交闲聊毫无关系；陆特太太与马克惠太太不一样，她对丈夫老苏罗门的来信有异乎寻常的热情，想从中得到一些智慧，尽管陆特太太迫切想知道"南山号"船上发生了什么，苏罗门却抑制住自己，没有告诉她事件的细节，也许苏罗门意识到把与骚乱和死亡的争斗化作闲谈话题是无益的，而且惊奇骇怪的事是永远不会绝迹的，尤其是在变幻莫测的海洋中，所以关于台风，轮机长只提了一二字，信上提到船长干了一件怪聪明的事却不告诉妻子和老母亲详情，在苏罗门看来她们不能了解这里面含有多少意义。九死一生之后的苏罗门心中有很多感动有更多渴望，但只是略带伤感地表示："假使不是为了母亲需要照顾，我今天就寄盘缠给你了，你到这儿来很可以安置个小小的家。那我不时也有看见你的机会了。我们并非愈过愈年轻啊……"尽管陆特太太对丈夫所经历的事情很感兴趣也充满同情，然而丈夫生命中的绝望挣扎和所面临的死亡威胁充其量也只是她在客厅招待朋友时谈话中愉快的插曲而已。

可见，《台风》体现了小说叙事中寻找多层次语言表述方式的必要性，它揭示了在交流艺术中的困境和复杂的过程，它也描述了在叙述人即写信者和读者的兴趣之间的微妙平衡，小说力图把那些矛盾、悖论和冲突的观点通过语言交流构成行动世界中合理的组成部分，而这些信件从行动的真实世界移开，是每一个体的受到限制的交流形式，这些信不可能再现

① 薛诗绮编选：《康拉德海洋小说》，上海：百家出版社2004年版，第147页。

行动世界的复杂性,康拉德使用这些受到限制的形式来揭示作者和读者之间的复杂关系,小说通过不同层次的语言交流来传达他的意图,不同类型的语言使得《台风》成为叙事艺术的寓言,它告诉我们,当一个人在危机中需要不同的方式来维持最好的秩序,他就需要利用不同层次的语言来建立一种特别复杂的叙事使人能通过它来解决问题和观察生活。作为用非母语进行创作的康拉德来说,他对英语语言的认识和运用让文坛震惊,他复杂的语言叙事创造了一个奇迹,甚至"连上帝也会喜欢他的小说《台风》的"①。法国作家安德烈·纪德(André Paul Guillaume Gide,1869—1951)翻译过康拉德的多部小说,他曾说:"谁若是想学习英语,他应该读一读康拉德的英语原作。"②这也许是对用非母语进行创作的康拉德语言艺术的最高评价了。

总之,康拉德在叙述者功能、叙述结构和叙述语言方面进行了有益的尝试。作为一个文体形式的革新者,他的成功很大程度上取决于他的混杂叙事技巧:含混模糊的主题、分割交错的时空、多重变异的角度、歧义矛盾的语言。康拉德那种半真半假的叙述、真伪混同的思想、求同存异的文化观,为我们构建了一个超出文本之外的思考空间,在某种自相矛盾或辩证思考的意义上,康拉德作品拥有了最大限度的真实,为殖民地重叠的领土和纠结的历史提供了形状和意义,也因此具有了不断阐释的可能性和历久弥新的生命力。

---

① Con Coroneos, *Space*, *Conrad*, *and Modernity*, Oxford University Press, 2002.

② 薛诗绮编选:《康拉德海洋小说》,上海:百家出版社 2004 年版,第 3 页。

结　　语

20 世纪后期进入全球化时代以来，伴随着移民现象出现的身份认同和流散写作成为无法回避的问题，这为我国学界研究康拉德提供了一个新的契机。笔者尝试从文化身份认同和流散文学以及对康拉德文本进行文化人类学解读、神话原型批评、形象学和他者想象以及叙事学研究层面，为国内学界同人提供多维视野，试图在康拉德研究中形成自己的模式。

作为一个移居他国的文化主体，康拉德的文化身份在异质环境中需要重构，由于他辗转世界各地，生活在不同的文化环境中，他的身份分裂、游离、不连续性等特征，使他永远不会得到一个完整的主体认证。民族、语言和文化等诸多方面的影响合成了一个特殊的综合主体，这种主体裂变和复杂性在康拉德身上得到很好的体现。一方面，康拉德身上的波兰血统和波兰气质无法改变，民族的记忆和文化的烙印依然清晰，但他的文化身份逐渐变得模糊，他具有多重文化身份，他无法代表本民族的利益，出于对自己祖国波兰某些不尽如人意之处的不满和失望，他希望在异国他乡找到心灵的寄托；另一方面，为了生存和进入宗主国的文化主流，康拉德不得不归化认同英国文化，为此康拉德一直在为获得英国文学界和读者的承认而努力，但由于其本民族的文化根基难以动摇，他又很难与移居国的文化和社会观念融为一体，作为代价，他暂时失去他固有的民族和文化身份。他经常面临两边的误解和反对，波兰人批评他那种难以理解的渴望成为英国绅士的举动，而西方批评家指责他主动放弃对本国人民所应尽的责任，所以英国人从来没有把康拉德看成是“我们当中的一个”，有的评论家甚至认为康拉德的这种尴尬身份给他带来背叛自身文化传统所致的犯罪感。事实上，康拉德的文化身份永远无法界定，因为它会依环境的不同而发生改变，也因为他与不同的文化体系有着割舍不断的精神联系，他把深藏于心的焦虑和痛苦以及对世界的思考通过叙事得以释放。

这种特殊的人生体验为他复杂的叙事方式提供了基础，叙事是人们对世界的一种认知方式，基于不同的立场或目的、处于不同时代和环境的叙事者往往会采取不同的叙事样式，这既是文体演变和进化的需要，同时也是作者的一种叙事谋略。康拉德的边缘人处境使他具有流散写作的文化自觉和思辨精神，他超越了民族、单一文化的束缚，通过复杂的叙事创造了个人的历史并对丰富的生活和多变的世界进行重新阐释，反思殖民意识对人类造成的影响，记录了帝国殖民者在历史进程中的命运，唤起人们对已经忘却了的被征服国家的历史的记忆，他“以坦诚虔敬之心面对生活，有巨大的吐纳经验的能力和显著的道德力度”①。他在混杂的语境中用介于模拟性和讽喻性之间的辩证叙事方式来削弱帝国话语霸权，并破坏了西方二元对立的伦理思维方式和传统叙述方式的单一性、明确性，在含混的殖民语境中，人们再也无法用道德立场做非此即彼的选择，因为进步的历史和实际反动的东西往往纠缠在一起，所以康拉德那种半真半假的叙述、真伪混同的思想、求同存异的文化观，为大量混乱纠缠的历史现象提供了形状和意义，这种混杂的叙事正是新的意义赖以产生的平台，它为我们构建了一个超出文本之外的思考空间，如果没有多重身份和文化认证的困境，没有对不同语言的微妙体验，没有对人类多元文化的感触和包容心态，没有对欧洲殖民观念的透视能力，没有对人类经验的辩证认识和混杂叙述，康拉德文本不可能有如此的敏锐性和感人的力量。

康拉德通过小说创造了生活，阐释了生活，它的意义同时显现在中心和边缘、过去和未来，因而具有了不断阐释的可能性和历久弥新的生命力。他的价值在于不仅为同行和读者改变了艺术的潜能，而且就其所促发的人性意识和文化多元并存的意识而言，具有重要意义。

---

① 〔英〕F. R. 利维斯：《伟大的传统》，袁伟译，北京：生活 · 读书 · 新知三联书店 2002 年版，第 15 页。

多罗西·理查生(Dorethy Richardson)曾如此评价康拉德:“他是一个很好的新式的现代作家。他们都私下里批判他……而康拉德使所有事物变得有意义,他所讲的一切都可以成为永久的经验。错过他和他带来的新生事物,真让人感到遗憾。”①詹姆逊认为康拉德在文学史上的特殊性就在于:“康拉德就是如此过时、如此倒退和守旧,而与此同时又是后现代的,比他的任何同时代人都更加现代的人。”②在某种自相矛盾或辩证的意义上康拉德的文本带给了我们真实,他为混杂的殖民历史和多元文化并存的现实提供了新的意义,他在事实和观念之间架起了桥梁,人们可以通过他的文化叙事走向对文化多元化和人类未来的深度思考。诚如康拉德所表达的美好愿望:同为地球的子女需要彻底的宽容和理解。以此乌托邦理想来观照21世纪,我们相信“西方和东方终将融为一体”,尽管目标遥远难及,我们为此有了和平的企盼。

---

① Con Coroneos, *Space*, *Conrad*, *and Modernity*, Oxford University Press, 2002.

② 〔美〕弗雷德里克·杰姆逊:《政治无意识》,王逢振 陈永国译,北京:中国社会科学出版社1999年版,第205页。

附录　康拉德作品目录

Novels:

Almayer's Folly (1895)

An Outcast of the Islands (1896)

The Nigger of the "Narcissus" (1897)

Lord Jim (1900)

The Inheritors (1901)

Romance (1903)

Nostromo (1904)

The Secret Agent (1907)

Under Western eyes (1911)

Chance (1913)

Victory (1915)

The Shadow Line: A Confession (1917)

The Arrow of Gold (1919)

The Rescue (1920)

The Rover (1923)

The Nature of a Crime (1924)

Short stories:

Youth: a Narrative (1898)

Heart of Darkness (1902)

The End of the Tether (*1902*)

Typhoon and Other Stories (*1903*)

A Set of Six (*1908*)

—*Gaspar Ruiz*

—*The Informer*

—*The Anarchist*

—*The Brute*

—*The Duel*

—*II Conde*

Twixt Land and Sea (*1912*)

Within the Tides (*1915*)

—*The Planter of Malta*

—*The Inn of Two Witches*

—*Because of the Dollars*

Tales of Hearsay (*1925*)

Other works:

A Personal Record (1912)

Notes on My Books (1921)

Essays

—John Galsworthy -an Appreciation

—The "Torrens"

—Ocean Travel

—Legends

—The Loss of the "Dalgonar"

—A Glance at Two Books

—The Congo Diary

—A Smile of Fortune

—The Future of Constantinople

—Memorandum on the Scheme of Fitting - Out a Sailing Ship

—Outside Literature

—The Unlighten Coast

—Travel

—Stephen Crane

—War Book

—Cookery

Play Adaptations:

Laughing Anne-from his "Because of the Dollars"

One Day More-from his "Tomorrow"

参 考 文 献

中文参考书目:

1. 〔英〕F. R. 利维斯:《伟大的传统》,袁伟译,北京:生活·读书·新知三联书店 2002 年版。

2. 〔美〕安妮特·T·鲁宾斯坦:《英国文学的伟大传统》(上中下),陈安全等译,上海:上海译文出版社 1998 年版。

3. 侯维瑞主编:《英国文学通史》,上海:上海外语出版社 1999 年版。

4. 肖淑蕙主编:《英国小说》,合肥:安徽教育出版社 2003 年版。

5. 童庆炳主编:《全球化语境与民族文化、文学》,北京:中国社会科学出版社 2002 年版。

6. 王宁:《全球化:文学研究与文化研究》,桂林:广西师范大学出版社 2003 年版。

7. 〔美〕爱德华·W. 萨义德:《文化与帝国主义》,李琨译,北京:生活·读书·新知三联书店 2003 年版。

8. 〔美〕爱德华·W. 萨义德:《东方学》,王宇根译,北京:生活·读书·新知三联书店 1999 年版。

9. 罗钢、刘象愚主编:《后殖民主义文化理论》,北京:中国社会科学出版社 1999 年版。

10. 〔美〕弗雷德里克·詹姆逊:《快感:文化与政治》,王逢振等译,北京:中国社会科学出版社 1998 年版。

11. 〔美〕弗雷德里克·詹姆逊:《政治无意识》,王逢振等译,北京:中国社会科学出版社 1998 年版。

12. 〔美〕弗雷德里克·詹姆逊:《后现代主义与文化理论》,唐小兵译,北京:

北京大学出版社 1997 年版。

13. 〔英〕巴特・穆尔一吉尔伯特编撰:《后殖民批评》,杨乃桥等译,北京:北京大学出版社 2001 年版。

14. 葛桂录:《雾外的远音——英国作家与中国文化》,银川:宁夏人民出版社 2002 年版。

15. 严建强:《18 世纪中国文化在西欧的传播及其反应》,杭州:中国美术学院出版社 2002 年版。

16. 张星烺:《欧化东渐史》,北京:商务印书馆 2000 年版。

17. 〔美〕保罗・鲍威编:《向权力说真话——萨义德和批评家的工作》,王丽亚 王逢振译,北京:中国社会科学出版社 2003 年版。

18. 〔美〕塞缪尔・亨廷顿、劳伦斯・哈里森主编:《文化的重要作用》,程克雄译,北京:新华出版社 2002 年版。

19. 艾周昌、沐涛:《走进黑非洲》,上海:上海文艺出版社 2001 年版。

20. 叶舒宪:《文学人类学》,桂林:广西师范大学出版社 1998 年版。

21. 〔荷〕米克・巴尔著:《叙述学——叙事理论导论》,谭君强译,北京:中国社会出版社 2003 年版。

22. 〔美〕希利斯・米勒著:《解读叙事》,申丹译,北京:北京大学出版社 2002 年版。

23. 赵毅衡:《当说者被说的时候——比较叙述学导论》,北京:中国人民大学出版社 1998 年版。

24. 葛鲁嘉、陈若莉:《文化困境与内心挣扎》,武汉:湖北教育出版社 2001 年版。

25. 〔美〕约翰・维克雷编:《神话与文学》,潘国庆等译,上海:上海文艺出版社 1995 年版。

26. 李亦园:《宗教与神话》,桂林:广西师范大学出版社 2004 年版。

27. 〔罗马尼亚〕亚・泰纳谢:《文化与宗教》,张伟达等译,北京:中国社会科学出版社 1984 年版。

28. 〔法〕阿尔贝・雅卡尔:《差异的颂歌》,王大智译,桂林:广西师范大学出版社 2004 年版。

29. 〔英〕汤因比:《历史研究》(上中下),曹未风等译,上海:上海人民出版社 1997 年版。

30.〔英〕汤因比:《文明经受着考验》,沈建辉等译,杭州:浙江人民出版社1988年版。

31.〔美〕克利福德·格尔茨著:《文化的解释》,韩莉译,南京:译林出版社2002年版。

32.〔美〕威廉·詹姆士著:《多元的宇宙》,吴棠译,北京:商务印书馆1999年版。

33.〔英〕艾弗·埃文斯著:《英国文学简史》,北京:人民文学出版社1984年版。

34.〔加〕谢少波著:《抵抗的文化政治学》,陈永国、汪民安译,北京:中国社会科学出版社1999年版。

35.〔法〕古斯塔夫·多雷著:《圣经故事多雷版画插图集》,张延风编译,桂林:广西师范大学出版社2003年版。

36. 黄淑娉、龚佩华:《文化人类学理论方法研究》,广州:广东高等教育出版社1996年版。

37.〔美〕罗伯特·F.墨菲著:《文化与社会人类学引论》王卓君等译,北京:商务印书馆1994年版。

38.〔德〕米夏埃尔·兰德曼著:《哲学人类学》,张乐天译,上海:上海译文出版社1988年版。

39.〔美〕理查德·福克斯主编:《重新把握人类学》,和少英、何昌邑译,昆明:云南大学出版社1994年版。

40.〔英〕菲奥纳·鲍伊著:《宗教人类学导论》,金泽、何其敏译,北京:人民大学出版社2004年版。

41. 叶舒宪、彭兆荣、纳日碧力戈:《人类学关键词》,桂林:广西师范大学出版社2004年版。

42.〔英〕达尔文:《人类的由来》,潘光旦、胡寿文译,北京:商务印书馆1997年版。

43.〔美〕弗雷德里克·詹姆逊著:《文化转向》,胡亚敏等译,北京:中国社会科学出版社2000年版。

44. 罗钢、刘象愚主编:《文化研究读本》,北京:中国社会科学出版社2000年版。

45. 何兆武、柳卸林主编:《中国印象——世界名人论中国文化》,桂林:广西师范大学出版社 2001 年版。

46. 王一川:《语言乌托邦——20 世纪西方语言论美学探究》,昆明:云南人民出版社 1999 年版。

47. 申丹:《叙述学与小说文体学研究》,北京:北京大学出版社 1998 年版。

48. 〔丹麦〕勃兰兑斯《19 世纪文学主流》,张道真译,北京:人民文学出版社 1988 年版。

49. 〔英〕劳恩・列维斯著:《社会人类学导论》,黄宣卫、刘容贵译,台湾五南出版公司 1985 年版。

50. 〔日〕石川荣吉著:《现代文化人类学》,周星等译,北京:中国国际广播出版社 1988 年版。

51. 〔英〕詹・乔・弗雷泽著:《金枝》,徐育新、汪培基等译,北京:中国民间文艺出版社 1987 年版。

52.《老舍文集》第 15 卷,北京:人民文学出版社 1990 年版。

康拉德作品中译本:

1. 赵启光译:《康拉德小说选》,上海:上海译文出版社 1985 年版。

2. 〔英〕康拉德:《吉姆爷 黑暗深处 水仙花号上的黑水手》,熊蕾等译,北京:人民文学出版社 1998 年版。

3. 〔英〕康拉德:《诺斯托罗莫》,刘珠还译,南京:译林出版社 2001 年版。

4. 〔英〕康拉德:《黑暗的心》,黄雨石译,北京:人民文学出版社 2002 年版。

5. 〔英〕康拉德:《间谍》,张健译,北京:外国文学出版社 2002 年版。

6. 〔英〕康拉德:《金箭》,张梦井译,太原:北岳文艺出版社 2000 年版。

7. 〔英〕康拉德:《海隅逐客》,金圣华译,南京:译林出版社 2000 年版。

8. 〔英〕康拉德:《大海如镜》,倪庆饩译,天津:百花文艺出版社 2000 年版。

9. 〔英〕康拉德:《台风及其他三个短篇》,孙述宇等译,台北:联经出版事业公司 1989 年版。

10. 〔英〕康拉德:《不安的故事》,关琪桐译,上海:商务印书馆 1936 年版。

11. 〔英〕康拉德:《芙丽亚》,刘文贞译,台北:文化工作社 1951 年版。

12. 〔英〕康拉德:《文学与人生札记》,金筑云等译,北京:中国文学出版社 2000 年版。

13. 〔英〕康拉德:《生活笔记》,傅松雪译,江苏教育出版社 2006 年版。

14. 薛诗绮编选:《康拉德海洋小说》,上海:百家出版社 2004 年版。

15. 朱炯强编选:《康拉德精选集》,济南:山东文艺出版社 1999 年版。

16. 隋刚、杜芳译:《康拉德短篇小说选》,北京:外文出版社 2000 年版。

17. 白夫编:《世界中篇名作选》,南宁:漓江出版社 1985 年版。

18. 《外国文艺》编辑部编:《现当代英国短篇小说集》,上海:上海译文出版社 1981 年版。

19. 朱虹编选:《英国短篇小说选》,北京:中国青年出版社 1981 年版。

20. 《英国短篇小说选》,北京:人民文学出版社 1980 年版。

英文参考资料:

1. Jeffrey Meyers. *Joseph Conrad: A Biography.* New York:Cooper Square Press, 2001.

2. Con Coroneos. *Space, Conrad, and Modernity.* New York: Oxford University Press, 2002.

3. Laurence Davies Frederick R. Karl and Owen Knowles. *The Collected Letters of Joseph Conrad 1917—1919.* London: Cambridge University Press,2002.

4. Morton Dauwen Zabel. *The Portable Conrad.* London:Penguin Books,1975.

5. Robert Hampson. *Cross-Cultural Encounters in Joseph Conrad's Malay Fiction.* London: University of London,2000.

6. Andrew Mozina. *Joseph Conrad and the Art of Sacrifice: the Evolution of the Scapegoat Theme in Joseph Conrad's Fiction.* New York: Published in 2001 by Routledge 29West 35th Street.

7. J. H. Stape. *The Cambridge Companion to Joseph Conrad.* London: Cambridge University Press,2000.

8. Ford Madox Ford. *Joseph Conrad: A Personal Remembrance.* New York: Octagon Books. Inc. ,1965.

9. Robert F. Andreach, *Conrad, Ford, and the Christian Myth.* London: University of London Press Ltd, 1970.

10. D. C. R. A. Goonetilleke. *Joseph Conrad: Beyond Culture and Background.* London: The Macmillan Press Ltd. ,1990.

11. Laura L. Davis. *Conrad's Century: The Past and Future Splendour.* New

York: Columbia University Press,1998.

12. J. Hillis Miller. *Others.* New York: Princeton University Press,2001.

13. Donald Keesey. *Contexts for Criticism.* USA: Mayfield Publishing Company,1987

14. Gilbert Phelps. *From Myth to Modernism.* New York: Routledge,1988.

15. Morton Dauwen Zabel. *Joseph Conrad: Tales of the East and West.* New York: Hanover House,Garden City,1958.

16. Keith Carabine and Owen Knowles with Paul Armstrong. *Conrad, James and Other Relations.* New York: Columbia University Press, 1988.

17. Norman Sherry. *Conrad's Eastern World.* London: Cambridge at the University Press,1971.

18. V. T. Girdhari. *The Novels of Joseph Conrad.* New York: Prestige Books,1999.

19. Susan Jones. *Conrad and Woman.* New York: Oxford University Press Inc,1999.

20. Joseph Conrad. *Eastern Skins Wwstern Seas.* New York: First Carroll & Graf edition 1990.

21. Joseph Conrad. *Under Western Eyes.* London:Penguin Books,2002.

22. Stephen Donovan. *Joseph Conrad and Popular Culture.* New York: Palgrave Macmillan, Houndmils, Basingstole, Hampshire RC216XS and 175Fifth Avenue, New York, N. Y. 2005.

23. John P. Anderson. *Conrad's Heart of Darkness: Rebirth of Tragedy.* Universal Publishers, 2005.

24. Byron Caminero-Santangelo. *African Fiction and Joseph Conrad: Reading Postcolonial Intertextuality.* State University of New York Press, 2005.

25. Terry Collits. *Postcolonial Conrad: Paradoxes of Empire.* Routledge, 2005.

26. Stephen Donovan. *Joseph Conrad and Popular Culture.* Palgrave Macmillan, 2005.

27. Bernard J. Paris. *Conrad's Charlie Marlow: A New Approach to "Heart of Darkness" and Lord Jim.* Palgrave Macmillan, 2006.

28. Mohit K. Ray. *Joseph Conrad's Heart of Darkness.* Atlantic

Publishers, 2006.

29. Peter Villiers. *Joseph Conrad: Master Mariner.* Sheridan House, 2006.

30. Carola M. Kaplan. *Conrad in the Twenty-First Century.* New York: Routledge. 270Madison Avenue. New York, NY. 2008.

后　　记

我是一个以读书教书为乐写书为累的人，做学问需要知识积淀，更要有切问近思的钻劲和学术的敏感性，自以为资质浅陋，且临事而惧，故难成气候。虽然书稿即将付印，心却无法释然，深知康拉德研究无法定稿。

常有人问起"为什么喜欢康拉德?"我想喜欢一个作家如同爱上一个人或一个地方一样不需要太多的理由，他的作品会为困惑者提供最佳答案。其实有趣无趣不过是读者的一种心境，就像做学问一样，得失几何，甘苦自知。康拉德的文学世界犹如上帝之镜，影射历史，探究人心，观照人类共同的命运，其艺术魅力犹如神秘大海，你看得见风平浪静，听得到惊涛拍岸，就是触不到它的深蕴，惟其如此，想象得以驰骋，探索永无止境。粗浅的思考总算有了一个结果，欣慰之余也知书中多有不尽人意之处，期待学界同人批评指正。

拙著是在博士论文基础上完成的，除了增加部分内容之外，还挑选了一些国内鲜见的图片附在书中，这些资料大都是在美国纽约州立大学和英国布莱顿大学图书馆搜集而来。在书稿修改过程中，本人抱着认真负责的态度，希望给自己为人为学一个勉强的交代，为那些流逝的春春找一点慰藉。在过去的十余年，康拉德成了我生命的一部分，正如哲学家罗素对他的高度赞赏："强烈而热情的高贵风格照亮我的心底，像从井底看到明星一样。"我的天空也因康拉德多了一抹亮色。

感谢导师方汉文先生的悉心指教。先生家学渊源，治学严谨，待人宽厚，在比较文化学研究领域造诣颇深，不仅著作等身，而且引领苏州大学比较文学研究团队锐意进取，成绩斐然，为青年学者的成长提供了平台。拙著得以面世有先生激励敦促之功。年前收到先生近期出版的长篇小说

《青雪盟誓》,欣喜无比,窃以为今日学界能集学术研究和文学创作功力于一身者,方先生必是其中翘楚。

感谢答辩委员会主席陈思和先生对论文的批评指正,感谢王纪人、刘峰杰、曹惠民、王尧、鲁枢元、王蜡宝、吴雨平等老师对学生论文的学术意义、研究方法、创新意识等方面给予的肯定和鼓励。

感谢中国传媒大学文学院对学术出版的支持。

感谢北大出版社编辑魏冬峰为此书付出的辛勤劳动,欣闻冬峰君也曾负笈从师于苏大,自然多了一份亲近。

最后,感谢家人的全力支持。先生肖启明是出版人,他让我感受到出书人的荣耀和与书结缘的幸福,儿子北辰是我生命中的骄傲,他的健康成长让我充满喜悦;大家庭中父辈的教诲、兄弟的厚爱以及亲朋好友的关心让我心存感激;耄耋之年的外公外婆给我最多感动,他们从民国走来已相依相伴 70 年,历经沧桑依然本性纯良,以勤俭和厚德养育了满堂子孙,他们是我的精神偶像。

岁月静好,感谢生活!

癸巳年 3 月 5 号于北京冠城北园